A TRAMA

A TRAMA
JEAN HANFF KORELITZ

Tradução de
Ana Rodrigues

1ª edição

EDITORA RECORD
RIO DE JANEIRO • SÃO PAULO
2023

CIP-BRASIL. CATALOGAÇÃO NA PUBLICAÇÃO
SINDICATO NACIONAL DOS EDITORES DE LIVROS, RJ

K86t

Korelitz, Jean Hanff
 A trama / Jean Hanff Korelitz ; tradução Ana Rodrigues. – 1. ed. – Rio de Janeiro : Record, 2023.

 Tradução de: The plot
 ISBN 978-65-5587-754-0

 1. Ficção americana. I. Rodrigues, Ana. II. Título.

23-83496
CDD: 813
CDU: 82-3(73)

Meri Gleice Rodrigues de Souza – Bibliotecária – CRB-7/6439

TÍTULO ORIGINAL
The Plot

Copyright © 2021, Jean Hanff Korelitz

Texto revisado segundo o Acordo Ortográfico da Língua Portuguesa de 1990.

Todos os direitos reservados. Proibida a reprodução, no todo ou em parte, através de quaisquer meios. Os direitos morais da autora foram assegurados.

Direitos exclusivos de publicação em língua portuguesa somente para o Brasil adquiridos pela
EDITORA RECORD LTDA.
Rua Argentina, 171 – Rio de Janeiro, RJ – 20921-380 – Tel.: (21) 2585-2000, que se reserva a propriedade literária desta tradução.

Impresso no Brasil

ISBN 978-65-5587-754-0

Seja um leitor preferencial Record.
Cadastre-se no site www.record.com.br e receba informações sobre nossos lançamentos e nossas promoções.

Atendimento e venda direta ao leitor:
sac@record.com.br

Para Laurie Eustis

Bons escritores pegam emprestado, grandes escritores roubam.
— T. S. Eliot (possivelmente roubado de Oscar Wilde)

PARTE UM

CAPÍTULO UM

Qualquer um pode ser escritor

Jacob Finch Bonner, o outrora promissor autor do romance *A invenção do assombro*, mencionado na seção "New & Noteworthy" ("Novos & dignos de nota") do caderno literário do *New York Times*, entrou na sala que lhe fora designada no segundo andar do Richard Peng Hall, deixou a bolsa de couro surrada em cima da mesa vazia e olhou ao redor com uma expressão que se assemelhava ao desespero. A sala, a sua quarta naquele prédio em tantos anos, não era muito melhor que as três anteriores, mas pelo menos dava para um caminho de aparência vagamente universitária sob as árvores, que se via da janela atrás da mesa, e não para o estacionamento do segundo e do terceiro ano dele lá, ou para a lixeira do primeiro ano (quando, por ironia, Jake estava muito mais perto do auge de sua fama literária, por mais modesta que tivesse sido, e portanto seria até lógico esperar algo melhor). A única coisa na sala que indicava algo de natureza literária de fato, que sinalizava um mínimo de calor humano, era a bolsa surrada que Jake usava para carregar o notebook e, naquele dia em particular, as amostras de texto dos alunos que logo chegariam — uma bolsa que ele já usava havia anos. Jake a conseguira em um brechó pouco antes da publicação de seu primeiro romance, e a bolsa era um símbolo que misturava esperança e modéstia literária: *Jovem romancista aclamado ainda carrega a bolsa de couro antiga que usou ao longo dos anos de esforço para ter seu trabalho reconhecido!* Qualquer esperança residual de se tornar aquela pessoa já se fora havia muito tempo. E, mesmo que não fosse esse o caso, não havia como justificar o gasto para comprar uma bolsa nova. Não mais.

O Richard Peng Hall tinha sido um acréscimo dos anos 1960 ao campus da Universidade Ripley, um prédio de aparência desagradável, de blocos de concreto branco, atrás do ginásio e ao lado de alguns dormitórios construídos para abrigar "grupos mistos", quando a Ripley começara a admitir mulheres, em 1966 (o que, para crédito da instituição, a colocara à frente de muitas outras). Richard Peng tinha sido um estudante de engenharia de Hong Kong, e, embora provavelmente devesse mais da fortuna que viria a ganhar à escola que frequentou *depois* da Ripley (a saber, o MIT — Instituto de Tecnologia de Massachusetts), a instituição em questão se recusara a construir um Richard Peng Hall, ao menos considerando o tamanho da doação que ele tinha em mente. O propósito original do prédio na Ripley tinha sido acomodar o programa de engenharia, e o lugar ainda guardava o toque distinto de um prédio de ciências, com seu saguão com janelas onde ninguém nunca se sentava, os corredores longos e áridos e aquela aparência de bloco de concreto que parecia matar a alma. Mas, quando a Ripley se livrou da engenharia, em 2005 (se livrou de todos os seus programas de ciências, na verdade, incluindo os de ciências sociais), e passou a se dedicar, nas palavras do seu insano conselho de supervisores, "ao estudo e à prática das artes e humanidades em um mundo que as valoriza cada vez menos e precisa delas cada vez mais", o Richard Peng Hall foi transferido para o curso de Pós-Graduação em Ficção, Poesia e Não Ficção Pessoal (Memórias), ministrado de forma híbrida — parte do programa era online e parte era presencial e intensiva, na universidade.

Assim, os escritores inscritos na pós-graduação passavam períodos de imersão no Richard Peng Hall, no campus da Ripley, que ficava naquele canto esquisito do norte de Vermont, perto o suficiente do lendário

"Reino do Nordeste" para guardar algum traço da sua estranheza característica (a área havia sido o lar de um pequeno, mas resistente, culto cristão desde a década de 1970), mas não tão longe de Burlington e Hanover a ponto de estar completamente no meio do nada. A escrita criativa vinha sendo ensinada na Ripley desde a década de 1950, mas nunca de forma séria, muito menos arrojada. Conforme a cultura mudava por volta dessa época e os alunos começavam, em sua maneira eternamente estudantil, a *fazer exigências*, novos itens — estudos feministas, estudos afro-americanos, um centro de informática que reconhecesse que os computadores eram, bem... *importantes* — foram sendo adicionados ao currículo de todas as instituições educacionais preocupadas com a própria sobrevivência. Quando, porém, a Ripley passou por sua grande crise no final da década de 1980 e a universidade lançou um olhar sério e bastante apreensivo sobre o que poderia ser necessário para a real sobrevivência institucional, foi — surpresa! — a *escrita criativa* que indicou o caminho mais otimista a seguir. Assim, a instituição lançou seu primeiro (e, ainda, único) curso de pós-graduação, o Simpósio Ripley de Escrita Criativa, e nos anos seguintes o Simpósio basicamente engoliu o restante da universidade, até que tudo o que restou foi aquele programa de ensino híbrido, muito mais confortável para os alunos que não podiam largar tudo e se dedicar de modo exclusivo a um mestrado de dois anos. E nem se deveria esperar que pudessem! Escrever, de acordo com o programa impresso em papel lustroso da Ripley e publicado em seu site muito bem-feito, não era uma atividade elitista, excludente, destinada a alguns poucos afortunados. Cada pessoa tinha uma voz única e uma história singular para contar. E qualquer um — especialmente com a orientação e o apoio do Simpósio Ripley — poderia ser escritor.

Tudo que Jacob Finch Bonner sempre tinha desejado era ser escritor. *Sempre, sempre, sempre*, desde a época em que morava no subúrbio de Long Island, o último lugar na terra de onde um artista sério de qualquer tipo deveria sair, mas onde ele tivera a maldição de ser criado, filho único de um advogado tributarista e de uma orientadora educacional do ensino médio. Por que ele havia se determinado a aparecer na pequena prateleira abandonada da biblioteca local catalogada como "AUTORES DE LONG ISLAND!" era uma incógnita, mas aquilo não passara despercebido na casa do jovem escritor. Seu pai (o advogado tributarista) tinha sido enérgico em suas objeções: *Escritores não ganham dinheiro! Com exceção do Sidney Sheldon. Jake tinha pretensões de ser o próximo Sidney Sheldon?* E a mãe (a orientadora educacional) julgara conveniente lembrá-lo *constantemente* de sua pontuação no mínimo medíocre nos exames finais do ensino fundamental no que se referia à interpretação de texto. (Fora muito embaraçoso para Jake o fato de ele ter se saído *melhor em matemática que em interpretação de texto.*) Aqueles haviam sido desafios atrozes a serem superados, mas que artista não tinha desafios a superar? Jake lera de maneira obstinada (e, é preciso registrar, já com um olhar competitivo — e invejoso) durante toda a infância e a adolescência, indo além do currículo obrigatório e das besteiras adolescentes habituais para examinar o campo emergente de seus futuros rivais. Então, fora para a Universidade Wesleyan estudar escrita criativa, e lá formara um grupo restrito de colegas protorromancistas e contistas que eram tão insanamente competitivos quanto ele.

Muitos eram os sonhos do jovem Jacob Finch Bonner no que se referia à ficção que um dia escreveria. (O "Bonner", na verdade, não era totalmente autêntico — o bisavô paterno de Jake havia substituído Bernstein por Bonner um século antes —, mas o "Finch" também não, já que o próprio Jake o havia acrescentado no ensino médio como uma homenagem ao romance que despertara seu amor pela ficção.) Às vezes, no caso de livros pelos quais tinha paixão especial, Jake imaginava que ele mesmo os havia escrito e que estava dando entrevistas a respeito para críticos ou jornalistas especializados (sempre humilde ao se desviar dos elogios do entrevistador), ou lendo trechos de sua obra para grandes e ávidas plateias em uma livraria ou em algum auditório com todos os assentos ocupados. Ele imaginava sua fotografia na contracapa de um livro de capa dura (tomando como modelo o já ultrapassado escritor- -debruçado-sobre-a-máquina-de-escrever ou o escritor-com-cachimbo) e pensava com muita frequência em como seria se sentar diante de uma mesa e autografar exemplares para uma longa e sinuosa fila de leitores. *Obrigado*, diria, amável, para cada mulher ou homem. *É muita gentileza sua dizer isso. Sim, também é um dos meus favoritos.*

Não era exatamente verdade que Jake nunca pensava sobre a escrita de fato de suas futuras ficções. Ele compreendia que os livros não se escreviam sozinhos e que seria necessário trabalho de verdade — trabalho de imaginação, de tenacidade, de habilidade — para trazer as próprias obras ao mundo. Jake também compreendia que não era o único com aquelas ambições: muitos jovens se sentiam como ele em relação aos livros e queriam escrevê-los um dia, e era até possível que alguns desses outros jovens tivessem *ainda mais talento natural* do que ele, ou quem sabe uma imaginação mais robusta, ou até uma vontade maior de pôr a mão na massa. Essas não eram ideias que lhe davam muito prazer, mas, a seu favor, ele conhecia bem a própria mente. Sabia que não seria professor de inglês em escolas públicas ("se a coisa da escrita não funcionar") nem faria prova para a faculdade de direito ("por que não?"). Jake tinha convicção de que havia escolhido sua raia e já começara a nadar, e não pararia até segurar seu livro nas mãos — um momento em que o mundo com certeza descobriria o que ele próprio sabia havia tantos anos:

Ele era um escritor.

Um grande escritor.

Pelo menos essa tinha sido a intenção.

Era final de junho e chovia em todo o estado de Vermont fazia quase uma semana quando Jake abriu a porta da sua nova sala no Richard Peng Hall. Quando entrou, ele reparou que havia deixado um rastro de lama ao longo do corredor e da sala, olhou para o estado lamentável dos tênis de corrida que usava — que já tinham sido brancos, no momento estavam marrons de umidade e sujeira e nunca haviam sido usados para correr de verdade — e se deu conta de que era inútil tirá-los agora. Jake havia passado aquele longo dia dirigindo de Nova York até ali, com duas sacolas plásticas de supermercado cheias de roupas, aquela velha bolsa de couro que guardava o notebook quase tão velho quanto, onde estava seu trabalho atual — o romance em que ele estava teoricamente (em vez de ativamente) trabalhando —, além das pastas com as amostras de texto enviadas pelos alunos que lhe haviam sido designados, e lhe ocorreu que levava cada vez menos bagagem a cada viagem que fazia para o norte, para a Ripley. No primeiro ano? Uma grande mala recheada com a maior parte das roupas dele (porque como saber qual seria considerado o traje apropriado para três semanas no norte de Vermont, cercado de alunos com certeza bajuladores e de colegas professores com certeza invejosos?), além de todos os rascunhos impressos de seu segundo romance — de cujo prazo de entrega ele tinha a tendência de reclamar em público. Agora? Apenas aquelas duas sacolas plásticas com jeans e camisas jogados de qualquer jeito e o notebook que Jake usava basicamente para pedir o jantar e assistir a vídeos no YouTube.

Se ele ainda estivesse fazendo aquele trabalho deprimente dali a um ano, provavelmente nem se daria o trabalho de levar o notebook.

Não, Jake não estava nada ansioso para o período letivo do Simpósio Ripley que estava prestes a começar. Nem para voltar a encontrar seus colegas tediosos e irritantes — nenhum deles um escritor que admirasse de fato —, e certamente não estava ansioso para fingir entusiasmo por outro batalhão de alunos ávidos, cada um deles convencido de que um dia escreveria — ou talvez *já tivesse escrito* — o Grande Romance Americano.

Acima de tudo, não estava nada ansioso para fingir que ainda era um escritor, muito menos um grande escritor.

Nem era necessário dizer que Jake não havia feito preparação alguma para o período que estava prestes a começar no Simpósio Ripley. Ele não tinha familiaridade com nenhuma das amostras de texto naquelas pastas irritantemente grossas. Quando começara na Ripley, Jake tinha se convencido de que "grande professor" era uma adição louvável a "grande escritor" e lera com atenção os textos daquelas pessoas que tinham investido um bom dinheiro para estudar com ele. Mas as pastas que estava tirando da bolsa agora — com textos que deveria ter começado a ler semanas antes, quando tinham sido enviados por Ruth Steuben (a administradora azeda da secretaria do Simpósio) — tinham ido da embalagem do correio em que haviam sido enviadas para a bolsa de couro, sem nunca sofrerem a indignidade de serem abertas, menos ainda submetidas a um exame íntimo. Jake olhou para as pastas com uma expressão maligna, como se elas tivessem sido responsáveis pela procrastinação dele, e pela noite terrível que teria pela frente como resultado.

Afinal o que havia para saber sobre as pessoas cujas vidas íntimas estavam guardadas naquelas pastas e que, naquele momento, convergiam para o norte de Vermont, para as salas de aula estéreis do Richard Peng Hall, para a sala que ele ocupava naquele ano, assim que as reuniões entre ele e cada aluno começassem, em poucos dias? Aqueles alunos em particular, aqueles aprendizes cheios de entusiasmo, seriam de todo indistinguíveis de seus colegas de outros anos na Ripley: profissionais em meio de carreira, convencidos de que poderiam produzir aventuras como as dos livros de Clive Cussler; ou mães que blogavam sobre os filhos e não viam por que aquilo não deveria lhes dar o direito a um quadro regular no *Good Morning America*; ou pessoas recém-aposentadas que estavam "retornando à ficção" (certas de que a ficção estava esperando por elas?). Pior de tudo eram aqueles que faziam Jake se lembrar muito de si: "romancistas literários" absolutamente sérios, ardendo de ressentimento contra qualquer um que tivesse tido sucesso primeiro. Os Clive Cusslers e as mães blogueiras talvez ainda pudessem ser convencidos de que Jake era um romancista famoso, ou pelo menos um jovem (agora não tão jovem) romancista "conceituado", mas e os aspirantes a David Foster Wallace ou Donna Tartt, que sem dúvida estavam presentes na pilha de pastas? Nem tanto. Aquele grupo teria plena consciência de que Jacob Finch Bonner havia se atrapalhado em sua primeira tentativa, que não tinha conseguido produzir um segundo romance bom o suficiente ou qualquer vestígio de um terceiro romance, e acabara sendo enviado para o purgatório especial onde ficavam os escritores outrora promissores — de onde muito poucos deles saíam. (Por acaso, não era verdade que Jake não tivesse produzido um terceiro romance, mas, nesse caso, a inverdade era preferível à verdade. *Houvera* um terceiro romance, e até um quarto, mas os originais, cuja criação havia consumido quase cinco anos da vida dele, tinham sido rejeitados por um conjunto numeroso de editoras de prestígio em declínio, desde a editora "herdada" de *A invenção do assombro* à respeitável editora universitária que publicara o segundo livro dele, *Reverberações*, chegando aos muitos concursos de publicações de pequenas editoras listados na última página da revista *Poets & Writers*, dos quais ele gastara uma pequena fortuna para participar e que, nem era preciso dizer, não vencera. Levando em consideração esses fatos desmoralizantes, Jake preferia que seus alunos acreditassem que ele ainda estava tentando terminar aquele segundo romance mítico e estupendo.)

Mesmo sem ler o trabalho dos novos alunos, Jake sentia que já os conhecia de maneira tão íntima quanto conhecera os colegas deles dos anos anteriores, o que era mais do que desejava conhecê-los. Ele sabia, por exemplo, que eram muito menos talentosos do que acreditavam ser, ou ainda tão ruins quanto secretamente temiam ser. Sabia que aqueles alunos esperavam coisas dele que estava de todo despreparado para oferecer e que nem adiantava fingir o contrário. Jake também sabia que cada um deles iria fracassar, e que, quando os deixasse para trás no fim daquele período presencial de três semanas, eles desapareceriam para sempre de sua vida e de sua memória. O que, de verdade, era tudo o que ele queria.

Mas, antes, Jake precisava vender a fantasia Ripley de que todos eles — tanto alunos quanto professores — eram "irmãos na arte", cada um com uma voz única e uma história singular para contar, e cada um igualmente merecedor de ser chamado por aquela designação mágica: *escritor*.

Passava um pouco das sete e ainda chovia. No momento em que ele encontrasse seus novos alunos na noite seguinte, no churrasco de boas-vindas, teria que ser todo sorrisos, exalar encorajamento pessoal e orientações tão brilhantes que cada novo membro do curso de pós--graduação em escrita criativa do Simpósio Ripley acreditaria que o "talentoso" (*Philadelphia Inquirer*) e "promissor" (*Boston Globe*) autor de *A invenção do assombro* estava preparado para conduzi-los ao Shangri-lá da Fama Literária.

Infelizmente, o único caminho até lá passava por aquelas doze pastas.

Jake acendeu a luminária de mesa padrão do prédio Richard Peng e se sentou na cadeira de escritório padrão do prédio Richard Peng — que deu um guincho alto ao receber seu peso —, então passou um longo tempo traçando com o dedo uma linha na poeira que cobria os blocos de concreto na parede ao lado da porta do escritório, adiando até o último momento a noite longa e profundamente desagradável que estava prestes a começar.

Quantas vezes, olhando para trás, para aquela noite, a última noite de um tempo em que ele sempre pensaria como "antes", Jake desejaria não estar tão completa e fatalmente errado? Quantas vezes, apesar da espantosa boa sorte que seria desencadeada por uma daquelas pastas, ele desejaria ter saído daquele escritório estéril, refeito as próprias pegadas enlameadas pelo corredor, retornado para o carro e dirigido as muitas horas de volta a Nova York e ao seu reles fracasso pessoal? Incontáveis vezes, mas isso não importava. Já era tarde demais.

CAPÍTULO DOIS

Recepção de herói

Quando o churrasco de boas-vindas começou, na tarde seguinte, Jake estava exausto, já que precisara se arrastar para a reunião do corpo docente naquela manhã depois de apenas três horas de sono. Tinha sido uma pequena vitória aquele ano que Ruth Steuben tivesse enfim transferido os alunos que se identificavam como poetas para longe dele, passando-os para outros professores que também se identificavam como poetas (Jake não tinha nada de valor para ensinar a aspirantes àquele gênero. Na experiência dele, os poetas costumavam ler ficção, mas os escritores de ficção que diziam ler poesia com alguma regularidade estavam *mentindo*). Assim, ao menos se podia afirmar que os doze alunos que lhe couberam eram escritores de prosa. Mas que prosa! Em sua leitura noturna à base de Red Bull, a perspectiva narrativa saltava de um ponto a outro como se o narrador fosse uma pulga, vagando de personagem para personagem, e as histórias (ou... capítulos?) eram tão frouxas e ao mesmo tempo frenéticas que significavam, na pior das hipóteses, nada e, na melhor das hipóteses, não o bastante. Os tempos verbais se misturavam em um mesmo parágrafo (às vezes em uma mesma frase!), e as palavras muitas vezes eram usadas de formas que sugeriam que o escritor não tinha muita noção do seu significado. Gramaticalmente, o pior deles fazia Donald Trump parecer Stephen Fry, e a maior parte dos outros era formada por criadores de orações que só poderiam ser descritas como... banais.

Guardados naquelas pastas estavam: a chocante descoberta de um cadáver em decomposição na praia (os seios da mulher morta eram descritos, de forma incompreensível, como "melões maduros"); o relato histriônico de um escritor sobre descobrir, por meio de um teste de DNA, que era "parte africano"; um estudo de personagem inerte de uma mãe e uma filha vivendo juntas em uma casa velha; e a abertura de um romance ambientado em uma barragem de castores "nas profundezas da floresta". Algumas daquelas amostras de texto não tinham pretensões específicas de ser peças de literatura e seriam bastante fáceis de lidar — bastaria ajustar o enredo e adestrar a prosa com várias anotações em caneta vermelha para justificar o salário que recebia e honrar suas responsabilidades profissionais —, mas a correção dos textos mais alegadamente "literários" (alguns deles, por ironia, entre os mais mal escritos) sugaria a alma dele. Jake tinha certeza disso. Já estava acontecendo.

Felizmente, a reunião do corpo docente não foi muito cansativa. (Era possível que Jake tivesse até cochilado por um breve momento durante o ritual de Ruth Steuben de declamação das diretrizes sobre assédio sexual da Ripley.) Os professores do Simpósio Ripley se davam razoavelmente bem, e, embora Jake não pudesse dizer que havia se tornado *amigo* de verdade de qualquer um deles, tinha uma tradição bem estabelecida de tomar uma cerveja a cada período letivo no Ripley Inn com Bruce O'Reilly, aposentado do Departamento de Inglês da Colby e autor de meia dúzia de romances publicados por uma editora independente de sua terra natal, o Maine. Naquele ano, havia dois recém-chegados à sala de reunião do Richard Peng no nível do saguão: uma poeta nervosa chamada Alice, que parecia ter mais ou menos a idade de Jake, e um homem que se apresentou como um escritor "multigênero" e anunciou seu nome, Frank Ricardo, em um tom que implicava que o restante deles o reconheceria — ou pelo menos *deveria*. (Frank Ricardo? Era verdade que Jake havia parado de prestar muita atenção em outros escritores na época em que seu quarto romance começara a receber cartas de rejeição — era doloroso demais continuar a fazer aquilo —, mas não achava que tinha ouvido falar de um Frank Ricardo. Algum Frank Ricardo ganhara o National Book Award ou o Pulitzer? Algum Frank Ricardo tivera seu primeiro romance alçado do nada ao topo da lista de mais vendidos do *New York Times* graças a um boca a boca viral?) Depois que Ruth Steuben terminou sua declamação e repassou a programação do período letivo (diária e semanal, leituras noturnas, datas de entrega de avaliações escritas e prazos para julgar os prêmios de final de período letivo do Simpósio aos melhores textos), ela os dispensou com um lembrete sorridente, mas firme, de que o churrasco de boas-vindas não era opcional para os professores. Jake se apressou a sair da sala antes que algum de seus colegas — conhecido ou novo — pudesse falar com ele.

O apartamento que ele alugava ficava alguns quilômetros a leste da Ripley, em uma estrada que se chamava Poverty Lane (Alameda da Pobreza). Pertencia a um fazendeiro local — mais precisamente à viúva dele — e tinha vista para a estrada e um celeiro caindo aos pedaços que um dia abrigara um rebanho leiteiro. Agora, a viúva alugava a terra para um dos irmãos de Ruth Steuben e administrava uma creche na casa da fazenda. Ela se dizia perplexa com o fato de que o que Jake escrevera havia sido transformado em livro, ou que aquilo fosse ensinado na Ripley, ou que alguém se dispusesse a pagar para aprender uma coisa daquelas, mas reservava o apartamento para ele desde o primeiro ano de Jake na Ripley — ser silencioso, educado e confiável no pagamento do aluguel era uma combinação muito rara, ao que parecia. Jake tinha ido para a cama por volta das quatro da manhã e dormira até dez minutos antes do início da reunião do corpo docente. Não fora o suficiente. Agora, ele fechou as cortinas, desmaiou de novo e acordou apenas às cinco da tarde para colocar no rosto sua expressão confiante característica do início oficial do período na Ripley.

O churrasco acontecia no gramado da faculdade, cercado pelos prédios mais antigos da Ripley, que — ao contrário do Richard Peng

Hall — tinham uma aparência tranquilizadoramente universitária e na verdade eram muito bonitos. Jake encheu um prato de papel com frango e pão de milho e esticou a mão para pegar uma garrafa de Heineken em uma das geladeiras. Mas, no momento em que fazia isso, um corpo se inclinou sobre ele, e um longo antebraço, coberto de pelos loiros, desviou o braço de Jake da trajetória prevista.

— Desculpa, cara — disse a pessoa ainda invisível, enquanto seus dedos se fechavam ao redor da garrafa de cerveja que Jake pretendia pegar, tirando-a da geladeira.

— Tudo bem — respondeu Jake, de maneira automática.

Um momento tão pateticamente pequeno. Isso fez Jake pensar naqueles desenhos de fisiculturismo na contracapa dos quadrinhos antigos: valentão chuta areia no rosto de fracote de quarenta e cinco quilos. O que ele iria fazer em relação a isso? Se tornar um valentão, é claro. O cara — que era razoavelmente alto, razoavelmente loiro, de ombros largos — já tinha se virado e estava abrindo a tampa da garrafa e levando-a à boca. Jake não conseguia ver o rosto do idiota.

— Sr. Bonner.

Jake endireitou o corpo. Havia uma mulher de pé ao seu lado. Era a recém-chegada que estava na reunião do corpo docente daquela manhã. Alice alguma coisa. A nervosa.

— Oi. Alice, certo?

— Alice Logan. Sim. Só queria dizer que gosto muito do seu trabalho.

Jake experimentou, e reconheceu, a sensação física que costumava acompanhar essa frase, que ele ainda ouvia de vez em quando. Nesse contexto, "trabalho" só poderia se referir a *A invenção do assombro*, um romance tranquilo ambientado na Long Island dele, apresentando um jovem chamado Arthur. Arthur, cujo fascínio pela vida e pelas ideias de Isaac Newton garantia uma linha mestra para o romance e uma resistência ao caos quando o irmão dele morria de forma repentina, não era — e esse era um *não* enfático — um indicador do eu mais jovem do próprio Jake. (Jake não tinha irmãos e precisara fazer uma extensa pesquisa para criar um personagem que conhecesse muito bem a vida e as ideias de Isaac Newton!) *A invenção do assombro* fora mesmo lido na época da publicação e, ele supunha, ainda era lido de vez em quando por pessoas que se preocupavam com a ficção e com o caminho que ela poderia estar tomando. Em nenhum momento alguém havia usado a frase "Gosto do seu trabalho" para se referir a *Reverberações* (uma coleção de contos que seu primeiro editor havia rejeitado e que a Diadem Press, da Universidade de Nova York — uma editora universitária *altamente respeitada*! —, havia reformulado como "um romance em contos interligados"), apesar do fato de inúmeras cópias terem sido enviadas aos críticos literários (não resultando em *nem uma crítica sequer*).

Deveria ser bom quando aquele reconhecimento ainda acontecia, mas por algum motivo não era. Por algum motivo, um elogio como aquele fazia Jake se sentir péssimo. Mas não era assim que ele se sentia em relação a tudo?

Eles foram até uma das mesas de piquenique e se sentaram. Depois do roubo da Heineken, Jake se esqueceu de pegar outra bebida.

— Achei tão forte — comentou Alice, retomando de onde parou. — E você tinha... o que, vinte e cinco anos quando escreveu o livro?

— Mais ou menos isso, sim.

— Nossa, achei incrível.

— Obrigado, é muita gentileza sua dizer isso.

— Eu estava na pós quando li. Aliás, acho que fizemos o mesmo curso. Só que não na mesma época.

— Ah, é?

A pós-graduação que Jake cursara — e, ao que parecia, Alice também — não era naquele estilo híbrido mais recente, mas do tipo mais clássico, "largue a sua vida e se dedique à sua arte por dois anos seguidos"; era também um curso com muito mais prestígio que o da Ripley. Associada à Universidade Midwestern, a pós-graduação havia muito produzia poetas e romancistas de *grande importância* para a literatura dos Estados Unidos, e o acesso era tão difícil que Jake levara três anos para conseguir entrar (e durante aquele tempo vira alguns amigos e conhecidos menos talentosos serem aceitos). Ele passara aqueles anos morando em um apartamento microscópico no Queens e trabalhando para uma agência literária com interesse especial em ficção científica e fantasia. Ficção científica e fantasia, que nunca tinham sido gêneros pelos quais ele se sentira pessoalmente inclinado, pareciam atrair um alto quociente de — ora, por que não ser franco? — *loucura* em seu grupo de aspirantes a autores, não que Jake tivesse como comparar, já que cada uma das agências literárias muito ilustres para as quais ele se candidatara depois de se formar na faculdade tinha se recusado a fazer uso dos seus talentos. A Fantastic Fictions, LLC, agência que pertencia a dois homens no bairro de Hell's Kitchen (na verdade, na minúscula sala dos fundos do apartamento comprido dos proprietários em Hell's Kitchen), tinha uma lista de clientes com cerca de quarenta escritores, e a maior parte deles partia para agências maiores assim que conseguia algum sucesso profissional. O trabalho de Jake era mandar o advogado para cima daqueles escritores ingratos, desencorajar autores exagerados que pretendiam descrever suas séries de dez volumes (já escritos ou não) aos agentes pelo telefone e, acima de tudo, ler um manuscrito depois do outro sobre realidades alternativas distópicas em planetas distantes, sistemas penais sombrios muito abaixo da superfície da Terra e ligas de rebeldes pós-apocalípticos empenhados em derrubar déspotas sádicos.

Uma vez, Jake tinha *realmente* descoberto uma possibilidade animadora para seus chefes, um romance sobre uma jovem corajosa que escapa de um planeta que funciona como colônia penal a bordo de uma espécie de navio intergaláctico e descobre uma população mutante entre o lixo, que ela transforma em um exército vingativo e, por fim, lidera na batalha. O original tinha grande potencial, mas os dois fracassados que o contrataram deixaram o texto definhar por meses em cima da mesa deles, ignorando os lembretes de Jake. Ele acabou desistindo e, um ano mais tarde, quando leu na *Variety* sobre a venda do livro pela ICM para a Miramax (com Sandra Bullock garantida), arquivou a matéria com cuidado. Seis meses depois, quando seu bilhete dourado de entrada para a festa da pós-graduação em escrita criativa chegou e Jake largou o emprego — *Ah, que dia feliz!* —, ele deixou o recorte da matéria em cima do original empoeirado que continuava na mesa do chefe. Ele fizera o que fora contratado para fazer — sempre reconhecia uma boa trama quando via uma.

Ao contrário de muitos de seus colegas da pós-graduação (alguns dos quais tinham entrado no curso com textos já publicados, no geral em revistas literárias, mas em um caso — felizmente um poeta e não um escritor de ficção — na porra da *New Yorker*!), Jake não desperdiçou um único instante daqueles dois anos preciosos. Ele fez questão de comparecer a todos os seminários, palestras, leituras, oficinas e reuniões informais com editores e agentes de Nova York em visita à universidade, e de modo geral havia se recusado a chafurdar naquela doença (fictícia em si) chamada "bloqueio do escritor". Quando não estava em aula ou assistindo a palestras na universidade, Jake estava escrevendo e, em dois anos, havia terminado uma primeira versão do que se tornaria *A invenção do assombro*. Ele apresentou aquela versão como sua tese e também a inscreveu em cada prêmio possível que o programa oferecia. Ganhou um deles. Ainda mais importante, conseguiu um agente.

Alice, por sua vez, tinha chegado ao campus da Universidade Midwestern poucas semanas depois que Jake se fora. E estava lá no ano seguinte, quando o romance dele foi publicado e uma cópia da capa foi fixada no quadro de avisos, abaixo da etiqueta PUBLICAÇÕES DE EX-ALUNOS.

— Nossa, achei tão animador! Você publicou só um ano depois de terminar o curso.

— Sim. Foi de subir à cabeça.

A frase ficou pairando entre eles como algo maçante e desagradável. Por fim, Jake disse:

— Então, você escreve poesia.

— Sim. Publiquei a minha primeira coletânea no outono. Universidade do Alabama.

— Parabéns. Eu gostaria de ler mais poesia.

Ele não gostaria, na verdade, mas *desejou* desejar ler mais poesia, o que provavelmente contava de algum jeito.

— Eu gostaria de conseguir escrever um romance.

— Ah, talvez você consiga.

Alice balançou a cabeça. Ela parecia... Era absurdo, mas aquela poeta pálida estava mesmo flertando com ele? Para que, pelo amor de Deus?

— Eu não saberia como. Quer dizer, adoro ler romances, mas fico exausta de escrever um verso. Nem consigo imaginar como deve ser escrever páginas e páginas, sem falar na criação de personagens que têm que parecer reais e de uma história que precisa surpreender. Acho impressionante que as pessoas consigam fazer isso. E mais de uma vez! Quer dizer, você escreveu um segundo romance, não foi?

E um terceiro e um quarto, pensou Jake. Um quinto, se contasse o que estava no notebook dele no momento, o que ele estava desanimado demais para sequer olhar já fazia quase um ano. Jake assentiu.

— Bem, quando eu consegui esse emprego, você era a única pessoa do corpo docente que eu conhecia. Quer dizer, cujo trabalho eu conhecia. Achei que, se você estava aqui, eu devia aceitar o cargo.

Jake deu uma mordida cautelosa no pão de milho: seco, como previsto. Ele não recebia aquele grau de aprovação como escritor havia alguns anos, e foi incrível a rapidez com que retornaram ao seu ego as sensações cálidas e entorpecentes. Aquilo era ser admirado, admirado de verdade, por alguém que sabia exatamente como era difícil escrever uma frase boa e transcendente de prosa! Jake certa vez pensara que sua vida seria repleta de encontros como aquele, não apenas com colegas escritores e leitores dedicados (de sua *obra* cada vez maior e mais profunda), mas também com estudantes (talvez, em última análise, em programas muito melhores que aquele) entusiasmados por terem Jacob Finch Bonner, o jovem romancista em ascensão, como instrutor/escritor supervisor. O tipo de professor com quem o aluno poderia tomar uma cerveja depois que a oficina terminasse!

Não que Jake já tivesse tomado uma cerveja com qualquer um de seus alunos.

— É muita gentileza sua dizer isso — ele falou para Alice, com humildade forçada.

— Vou começar como professora-adjunta na Hopkins no outono, mas nunca dei aula. Talvez eu tenha me precipitado.

Jake olhou para ela, e sua reserva de paciência, que já era pequena, agora se esvaía. Professora-adjunta na Johns Hopkins não era pouca coisa. Provavelmente significava o direito a uma bolsa pela qual ela precisara vencer algumas centenas de outros poetas. A publicação pela editora universitária também devia ser resultado de algum prêmio, ocorreu a Jake, e praticamente todo mundo que saía de um programa de pós-graduação com um original na mão se candidatava a um deles. Aquela mulher, Alice, devia ser alguma versão de uma autora importante, ou pelo menos o que passava por uma autora importante no mundo da poesia. Esse pensamento o desanimou por completo.

— Tenho certeza de que você vai se sair bem — afirmou Jake. — Na dúvida, basta incentivá-los. É para isso que nos pagam tão bem. — Ele tentou sorrir. E pareceu muito sem jeito.

Alice, depois de um momento, também colocou um sorriso no rosto, e parecia tão desconfortável quanto ele.

— Ei, você está usando isso? — perguntou uma voz.

Jake olhou para cima. Ele talvez não tivesse reconhecido o rosto — longo e estreito, cabelos loiros caídos para a frente, por cima de olhos de pálpebras pesadas —, mas reconheceu aquele braço. E deixou os olhos correrem até o fim do braço: até a unha bastante afiada no dedo indicador estendido. Havia um abridor de garrafas em cima da toalha de plástico xadrez vermelha da mesa de piquenique.

— O quê? — perguntou Jake de volta. — Ah, não.

— É que as pessoas estão procurando. Tinha que estar perto das cervejas.

A acusação era clara: Jake e Alice, duas pessoas obviamente sem importância, haviam privado aquele talento que pulsava no coração do Simpósio Ripley — e os amigos dele — do acesso à ferramenta crucial para a abertura de garrafas, o que por sua vez privava aqueles estudantes obviamente talentosos do acesso à bebida de sua escolha.

Nem Alice nem Jake responderam.

— Então eu vou pegar de volta — avisou o cara loiro, e foi o que fez.

Os dois membros do corpo docente assistiram em silêncio: mais uma vez de costas, razoavelmente alto, razoavelmente loiro, de ombros largos, se afastando, brandindo o abridor em triunfo.

— E lá se vai um aluno encantador. — Alice falou primeiro.

O homem foi até outra mesa, que estava lotada, com pessoas sentadas nas extremidades dos bancos e em cadeiras de praia arrastadas até ali. Era a primeira noite do período letivo e aquele grupo de alunos novinhos em folha havia se estabelecido de forma clara como um grupo alfa — e, a julgar pela recepção de herói que o cara loiro com o abridor de garrafas estava tendo dos companheiros de mesa, ele era o nítido epicentro da turma.

— Espero que ele não esteja entre os poetas — comentou Alice, com um suspiro.

Não há muita chance, pensou Jake. Tudo no camarada parecia gritar ESCRITOR DE FICÇÃO, embora a espécie em si se dividisse de maneira mais ou menos uniforme nas subcategorias:

1. Grande romancista americano.
2. Autor best-seller do *New York Times*.

Ou aquele híbrido raro…

3. Grande romancista americano best-seller do *New York Times*.

O salvador triunfal do abridor de garrafas sequestrado talvez quisesse ser Jonathan Franzen, em outras palavras, ou James Patterson, mas do ponto de vista prático não fazia diferença. A Ripley não separava o pretensioso literário do artesão contador de histórias, o que significava que, de uma forma ou de outra, aquela lenda autodeclarada provavelmente estaria na sala de Jake na manhã seguinte. E não havia nada que ele pudesse fazer a respeito.

CAPÍTULO TRÊS

Evan Parker/Parker Evan

E aconteceu como previsto: lá estava ele às dez horas da manhã seguinte, entrando a passos arrogantes na Peng-101 (a sala de aula no térreo) com os outros. O camarada lançou um olhar lento para a cabeceira da mesa a que Jake estava sentado, sem demonstrar nenhum sinal de reconhecimento da pessoa (Jacob Finch Bonner!) que era a óbvia figura de autoridade na sala, e se sentou. Então, estendeu a mão para a pilha de fotocópias no centro da mesa e Jake o viu folhear as páginas, impassível, com um sorrisinho de escárnio antecipado, e colocá-las ao lado do próprio caderno, da caneta e da garrafa de água. (O Simpósio Ripley entregava as garrafas na inscrição, e aquele era o primeiro e único brinde do programa.) Depois, o homem começou a conversar em voz alta com seu vizinho de mesa, um cavalheiro rotundo de Cape Cod que pelo menos se apresentara a Jake na noite anterior.

Cinco minutos após a hora marcada, a aula começou.

Era outra manhã úmida, e os alunos — nove ao todo — começaram a despir camadas de agasalhos conforme a oficina avançava. Jake fazia grande parte daquilo no piloto automático: se apresentar, apresentar rapidamente a própria biografia (ele não se detinha em suas publicações — se os alunos não dessem importância, ou caso se recusassem a valorizar suas conquistas, Jake preferia não ver isso no rosto deles) e falar um pouco sobre o que poderia e o que não poderia ser alcançado em uma oficina de escrita criativa. Ele estabelecia alguns parâmetros otimistas de boas práticas (Positividade era a regra! Comentários pessoais e ideologias políticas deveriam ser evitados!) e, em seguida, convidava cada um a falar um pouco de si: quem eram, o que já tinham escrito e como esperavam que o Simpósio Ripley pudesse ajudá-los a crescer como escritores. (Aquela sempre tinha sido uma maneira confiável de ocupar a maior parte da aula inaugural. Se não acontecesse, eles passariam para as três amostras de texto de que ele havia tirado cópias para aquele primeiro encontro.)

A Ripley lançava uma rede e tanto no que se referia a atrair estudantes — nos últimos anos, o site e o folheto cintilante eram acompanhados por anúncios direcionados no Facebook —, mas, embora o número de candidatos sem dúvida tivesse aumentado, ainda não houvera um período letivo em que fosse maior que o número de vagas. Em resumo, qualquer pessoa que quisesse participar do Simpósio Ripley e pudesse pagar por ele era bem-vinda ali. (Por outro lado, não era impossível ser expulso depois de já ter entrado — esse feito fora alcançado por alguns alunos desde o início do Simpósio, normalmente por causa de agressividade extrema na aula, por porte de arma de fogo ou por agirem feito loucos varridos.) Como previsto, o grupo se dividia de maneira mais ou menos uniforme entre os alunos que sonhavam em ganhar o National Book Award e os que sonhavam em ver seus livros em uma vitrine giratória de brochuras no aeroporto — e, como nenhum desses era um objetivo que o próprio Jake havia alcançado, ele sabia que tinha certos desafios a superar como professor. Sua oficina tinha como alunas não uma, mas duas mulheres que citaram Elizabeth Gilbert como inspiração; outra que esperava escrever uma série de mistério organizada em torno de "princípios de numerologia"; um homem que já tinha escrito seiscentas páginas de um romance baseado em sua própria vida (e ele só chegara até a adolescência); e um cavalheiro de Montana que parecia estar escrevendo uma nova versão de *Os miseráveis*, com os "erros" de Victor Hugo corrigidos. Quando chegaram ao salvador do abridor de garrafas, Jake teve a forte impressão de que o grupo havia se unido ao redor do absurdo da numeróloga e do cara pós-Victor Hugo, mais por causa do sorriso mal disfarçado do cara loiro, mas não tinha certeza. Dependeria muito do que aconteceria a seguir.

O rapaz cruzou os braços. Ele estava recostado na cadeira e, de algum modo, conseguia fazer aquela posição parecer confortável.

— Evan Parker — se apresentou, sem preâmbulos. — Mas estou pensando em inverter, para fins profissionais.

Jake franziu a testa.

— Está se referindo a um pseudônimo?

— Sim, por uma questão de privacidade. Parker Evan.

Jake precisou se controlar para não rir, já que a vida da grande maioria dos autores era muito mais privada do que eles provavelmente desejavam. Talvez Stephen King ou John Grisham fossem abordados no supermercado por uma pessoa lhes estendendo papel e caneta com a mão trêmula, mas para a maioria dos escritores, até mesmo aqueles publicados de forma confiável e capazes de viver da escrita, a privacidade era estrondosa.

— E que tipo de ficção?

— Eu não ligo muito para rótulos — disse Evan Parker/Parker Evan, tirando aquela mecha pesada de cabelo da testa e jogando para trás. O cabelo caiu no rosto dele de novo, mas talvez esse fosse o objetivo. — Só me importo com a história. Ou o enredo é bom ou não é. E, se o enredo não for bom, nem o melhor texto é capaz de ajudar. Mas, se for bom, nem o pior texto consegue prejudicar.

A frase memorável foi recebida com silêncio.

— Você está escrevendo contos? Ou está planejando um romance?

— Um romance — respondeu o rapaz brevemente, como se Jake duvidasse dele de alguma forma. O que, para ser justo, era a mais pura verdade.

— É um empreendimento e tanto.

— Sei muito bem disso — falou Evan Parker, o tom cáustico.

— Bem, você pode nos contar alguma coisa sobre o romance que gostaria de escrever?

Na mesma hora o rapaz pareceu desconfiado.

— "Alguma coisa" como?

— Hum, o cenário, por exemplo. Os personagens? Ou uma noção geral do enredo. Você tem algum enredo em mente?

— Sim — respondeu Parker, agora transbordando hostilidade. — Prefiro não falar sobre isso. — Ele olhou ao redor. — Neste ambiente.

Mesmo sem olhar de modo direto para nenhum dos alunos, Jake conseguiu sentir a reação deles. Todos pareciam estar no mesmo impasse, mas esperava-se que apenas o professor respondesse.

— Imagino — disse Jake — que o que nós precisamos saber, então, é como eu... como esta aula... pode ajudar você a melhorar como escritor.

— Ah — respondeu Evan Parker/Parker Evan —, não estou procurando melhorar. Sou um escritor muito bom, e meu romance está no caminho certo. Na verdade, para ser bem honesto, nem tenho certeza se escrita é algo que pode ser ensinado. Até mesmo pelo melhor professor.

Jake notou a onda de desânimo se espalhando ao redor da mesa. Mais de um de seus novos alunos devia estar pensando no dinheiro desperdiçado com as mensalidades.

— Bem, eu obviamente discordaria disso — falou Jake, tentando rir.

— Eu com certeza espero que sim! — disse o homem de Cape Cod.

— Estou curiosa — comentou a mulher à direita de Jake, que estava escrevendo um "livro de memórias ficcional" sobre a sua infância em um subúrbio de Cleveland. — Por que você se inscreveu em um programa de pós-graduação em escrita criativa se acha que a escrita não pode ser ensinada? Se é assim, por que não escrever seu livro por conta própria e pronto?

— Olha — Evan Parker/Parker Evan deu de ombros —, é óbvio que eu não sou *contra* esse tipo de curso. Ainda não estou convencido de que funciona, só isso. Já estou escrevendo o meu livro e sei que é bom. Mas eu achei que, mesmo que o programa em si não me ajudasse, seria legal ter o diploma. Mais letras com o nome da gente nunca é demais, certo? E existe uma chance de que o curso me ajude a conseguir um agente.

Por um longo momento, ninguém falou. Vários alunos pareceram subitamente distraídos pelas amostras de texto que tinham diante de si. Por fim, Jake disse:

— Fico feliz em saber que você está seguindo bem com o seu projeto e espero que possamos lhe dar mais recursos, que possamos ser um sistema de apoio. Uma coisa que sabemos é que escritores sempre ajudam outros escritores, estejam eles juntos ou não em um programa formal. Todos nós sabemos que escrever é uma atividade solitária. Fazemos nosso trabalho sozinhos... sem teleconferências ou reuniões para trocar ideias, sem exercícios em equipe, só nós em uma sala, sozinhos. Talvez seja por isso que a tradição de compartilhar o nosso trabalho com colegas escritores evoluiu da forma que evoluiu. Grupos de escritores sempre se reuniram, lendo trabalhos em voz alta ou compartilhando originais. E não apenas para terem companhia ou pelo senso de comunidade, mas porque nós precisamos de outros olhos no que escrevemos. Precisamos saber o que está funcionando e, mais importante, o que não está funcionando. E, na maioria das vezes, não podemos confiar em nós mesmos para isso. Não importa quanto um autor seja bem-sucedido, por qualquer parâmetro que se meça o sucesso, eu apostaria que esse autor tem um leitor em quem confia, que lê o trabalho antes do agente ou do editor. E, só para adicionar uma camada de praticidade a isso, agora nós temos uma indústria editorial na qual o papel tradicional do "editor" está reduzido. Hoje os editores querem um livro que possa ir direto para a produção, ou o mais próximo possível disso, então, se você acha que Maxwell Perkins está esperando seu manuscrito chegar à mesa dele para que ele possa arregaçar as mangas e transformá-lo em *O grande Gatsby*, isso não é verdade faz muito tempo.

Jake percebeu — para sua tristeza, mas não surpresa — que o nome "Maxwell Perkins" não significava nada para os alunos diante dele.

— Assim, em outras palavras: se formos espertos, vamos procurar esses leitores e convidá-los para participar do nosso processo. E é isso que todos nós estamos fazendo aqui na Ripley. Vocês podem fazer isso de maneira mais ou menos formal, mas acho que o nosso papel neste grupo é acrescentar o que pudermos ao trabalho dos nossos colegas escritores e nos abrir o máximo possível para a orientação deles. E isso me inclui, aliás. Não pretendo ocupar o tempo da aula com meu próprio trabalho, mas espero aprender muito com os escritores que estão nesta sala, tanto com o trabalho que vocês estão desenvolvendo nos seus próprios projetos quanto com os olhos e ouvidos e observações que fizerem sobre o trabalho dos colegas.

Evan Parker/Parker Evan não parou de sorrir nem uma vez durante esse discurso semiapaixonado. Quando Jake terminou, o rapaz acrescentou um aceno de cabeça ao sorriso, para enfatizar o tanto que estava se divertindo.

— Vai ser um prazer dar a minha opinião sobre os textos de todos — falou. — Mas não espere que eu mude o que estou fazendo por causa dos olhos, ouvidos ou narizes de qualquer outra pessoa. Eu sei o que eu tenho. Não acho que exista uma única pessoa no planeta, mesmo que seja um péssimo escritor, capaz de estragar um enredo como o meu. E isso é tudo o que vou dizer.

E com isso ele cruzou os braços e cerrou os lábios com firmeza, como se quisesse garantir que nenhum outro naco de sabedoria escapasse por sua boca. O grande romance em andamento de Evan Parker/Parker Evan estava a salvo dos olhos, ouvidos e narizes inferiores do primeiro ano da oficina de ficção em prosa do Simpósio Ripley.

CAPÍTULO QUATRO

Sucesso garantido

A mãe e a filha na casa velha: aquela era a amostra de texto dele. E, se alguma vez uma obra de prosa apontou menos para um enredo estupendo, infalível, espetacular, só poderia ser algo como uma dissertação sobre tinta secando. Jake se demorou um tempo a mais com o texto na mão antes da primeira reunião individual com o autor, só para ter certeza de que não estava deixando escapar um potencial *Os caçadores da arca perdida* ou as sementes de alguma jornada épica ao estilo *Senhor dos Anéis* — mas se estivessem ali, nas descrições cotidianas dos deveres de casa da filha, ou no modo como a mãe preparava creme de milho em lata, ou nas descrições da casa em si, Jake não conseguia ver.

Ao mesmo tempo, ele ficou ligeiramente irritado ao perceber que a escrita em si não era terrível. Evan Parker — e ele seria Evan Parker, a menos e até que conseguisse de fato publicar a obra-prima que ameaçava lançar e que exigiria um pseudônimo para resguardar sua privacidade — havia insistido em exaltar seu enredo supostamente espetacular na oficina, mas o aluno detestável de Jake produzira oito páginas de frases inofensivas sem defeitos óbvios, nem mesmo as habituais indulgências literárias. O fato era: aquele babaca parecia ser um escritor nato, com o tipo de relação relaxada e apreciativa com a linguagem que nem mesmo programas de escrita muito mais prestigiosos que o da Ripley eram capazes de ensinar, e que o próprio Jake nunca havia transmitido a um aluno (pois ele mesmo nunca recebera de um professor). Parker escrevia com um olho para o detalhe e um ouvido para a forma como as palavras eram tecidas na frase. Ele invocava suas supostas protagonistas (a mãe chamada Diandra e sua filha adolescente, Ruby) e a casa delas — uma casa muito antiga em alguma parte anônima do país, que ficava coberta de neve no inverno — com uma economia de descrição que de alguma forma conseguia transmitir como eram aquelas pessoas, naquele cenário, assim como o nível de tensão óbvio e até alarmante entre elas. Ruby, a filha, era estudiosa e mal-humorada, e surgia na página como uma personagem observada de perto, palpável mesmo. Diandra, a mãe, era uma presença menos definida, mas intensa, nos limites da perspectiva da filha, como Jake supôs que se poderia esperar de uma casa velha e espaçosa com apenas duas pessoas. No entanto, mesmo em extremos opostos da casa que compartilhavam, o ódio recíproco entre as duas parecia vibrar.

Jake já havia lido o texto duas vezes: uma poucas noites antes, quando lera os textos de todos, e outra na noite seguinte à primeira aula, quando a pura curiosidade o levara de volta às pastas dos alunos, na esperança de descobrir um pouco mais sobre aquele idiota. Quando Parker fez afirmações tão sensacionais sobre o próprio enredo, Jake pensara logo naquele corpo descoberto na areia, decompondo-se de forma agressiva enquanto ainda ilogicamente de posse de seios como "melões maduros", e ficou bastante surpreso ao descobrir que aquela incongruência memorável fora fruto da mente fértil de sua aluna Chris, administradora de um hospital em Roanoke e mãe de três filhas. Momentos depois, quando se deu conta de que Evan Parker era o autor daquelas páginas em particular — bem escritas, com certeza, mas totalmente desprovidas de enredo, que dirá de um enredo tão brilhante que nem mesmo um "escritor ruim" conseguiria estragar —, Jake sentiu vontade de rir.

Agora, quando o próprio autor estava prestes a chegar para a primeira reunião a sós com o professor, ele se sentou com o texto pela terceira e, de preferência, última vez.

Ruby podia ouvir a mãe no quarto dela, no andar de cima, ao telefone. Ela não conseguia distinguir as palavras, mas sabia quando Diandra estava em uma de suas ligações da Linha Direta com o Além porque sua voz ficava mais alta e ondulante, como se Diandra (ou pelo menos sua persona como vidente, Irmã Dee Dee) estivesse pairando no ar, olhando de cima para a vida do pobre consulente e vendo tudo. Quando a voz da mãe assumia um tom normal e monótono, Ruby sabia que Diandra estava trabalhando para uma das linhas terceirizadas de atendimento ao cliente de que era contratada. E, quando ficava baixa e ofegante, era a linha do chat pornô que tinha sido a trilha sonora da maior parte dos últimos dois anos da vida de Ruby.

Ruby estava na cozinha no andar de baixo, refazendo uma prova de história depois de ela mesma ter feito um pedido especial ao professor. A prova tinha abrangido desde a Guerra Civil até a reconstrução do pós-guerra, e ela havia respondido errado sobre o que era um "carpetbagger" (o termo se referia a moradores do Norte dos Estados Unidos considerados oportunistas, que tinham ido para o Sul em busca de lucro trabalhando para governos de reconstrução após a Guerra Civil americana) e qual a origem do termo. Era uma bobagem, mas tinha sido o suficiente para tirá-la de sua posição habitual como melhor da turma. Naturalmente, Ruby pediu mais quinze perguntas ao professor.

O sr. Brown havia tentado argumentar que o 9,4 que ela havia tirado na prova não iria prejudicar sua nota final, mas Ruby se recusava a deixar passar.

— Ruby, você errou uma pergunta. Não é o fim do mundo. Além disso, pelo resto da sua vida você vai se lembrar do que é "carpetbagger". Esse é o objetivo.

Não era o objetivo. Nem parte dele. O objetivo era tirar 10 na matéria para que Ruby pudesse defender sua saída da aula de história americana supostamente avançada daquele semestre do segundo ano do ensino médio e cursar história na faculdade comunitária, porque aquilo a ajudaria a sair dali e entrar na universidade — de preferência com uma bolsa de estudos, de preferência muito, muito longe daquela casa. Não que ela sentisse a menor inclinação para explicar aquilo ao sr. Brown. Mas Ruby havia implorado por uma nova prova, e ele acabara cedendo.

— Muito bem, então. Mas faça o teste em casa. Faça no seu tempo. Pesquise.

— Vou fazer hoje à noite. E juro que não vou pesquisar nada.

O professor havia suspirado e se sentara para escrever mais quinze perguntas só para ela.

Ruby estava escrevendo uma resposta mais longa que o necessário sobre a Ku Klux Klan quando a mãe desceu a escada e entrou na cozinha, com o telefone preso entre a orelha e o ombro, a mão estendida para a porta da geladeira.

— Meu bem, ela está por perto. Neste momento. Consigo senti-la.

Houve uma pausa. A mãe, ao que parecia, estava reunindo informações. Ruby tentou voltar a responder sobre a Ku Klux Klan.

— Sim, ela também sente a sua falta. Ela está cuidando de você. E queria que eu dissesse algo sobre... o que mesmo, querida?

Diandra agora estava parada diante da geladeira aberta. Depois de um instante, pegou uma lata de Dr Pepper Diet.

— Um gato? Um gato significa alguma coisa para você?

Silêncio. Ruby olhou para a prova. Ela ainda tinha nove questões para responder, mas não conseguiria fazer isso com a presença do além enchendo a cozinha pequena.

— Sim, ela disse que era um gato malhado. Ela usou essa expressão, "gato malhado". Como está o gato, querida?

Ruby esticou o corpo na banqueta pequena em que estava sentada. Ela estava com fome, mas tinha prometido a si mesma não preparar nada para o jantar até ter feito o que precisava fazer, até terminar de provar ao professor o que precisava provar. As compras da semana já estavam no fim, e ela tinha visto que não havia muita coisa na geladeira, mas vira uma pizza congelada e algumas vagens.

— Ah, que bom saber. Ela está tão feliz com isso. Agora, querida, já estamos chegando a quase meia hora de ligação. Você tem mais perguntas para mim? Quer que eu continue na linha com você?

Diandra estava voltando para a escada e Ruby ficou olhando enquanto a mãe subia os degraus. A casa era muito velha. Tinha pertencido aos avós dela, e aos pais do avô antes disso, e, embora tivesse havido mudanças — papel de parede, pintura e um carpete que ia de um lado a outro da sala de estar e supostamente deveria ser bege —, ainda havia desenhos antigos feitos com estêncil nas paredes de alguns cômodos. Ao redor da porta da frente, na parte de dentro, por exemplo: uma fileira de abacaxis deformados. Aqueles abacaxis nunca tinham feito sentido para Ruby, ao menos até a turma dela fazer uma excursão a um museu americano antigo, onde ela viu a mesma coisa em um dos prédios ali. Ao que parecia, o abacaxi simbolizava hospitalidade, o que o tornava a última coisa que combinava com a parede da casa dela, porque toda a vida de Diandra era o oposto da hospitalidade. Ela nem conseguia se lembrar da última vez que alguém havia passado por lá nem para deixar uma correspondência extraviada, menos ainda para tomar uma xícara do café terrível que a mãe preparava.

Ruby voltou à prova. O tampo da mesa estava grudento por causa da calda doce que tinha sido usada no café da manhã, ou talvez fosse um resto do macarrão com queijo do jantar da véspera, ou talvez ainda algo que a mãe tinha comido ou preparado na mesa enquanto Ruby estava na escola. As duas nunca comiam juntas. Ruby se recusava o máximo possível a colocar seu bem-estar nutricional nas mãos da mãe, que mantinha seu corpo de menina — de menina mesmo: de costas, mãe e filha eram absurdamente parecidas — por meio de uma dieta que envolvia apenas bastões de aipo e refrigerante Dr Pepper Diet. Diandra havia parado de alimentar a filha na época em que Ruby completara nove anos, e aquela tinha sido a mesma época em que Ruby aprendera a abrir uma lata de espaguete para si mesma.

Por ironia, à medida em que as duas se tornavam cada vez mais parecidas fisicamente, tinham cada vez menos a dizer uma à outra. Não que fossem ter algum prazer no que se poderia chamar de um relacionamento amoroso entre mãe e filha — Ruby não conseguia se lembrar de nenhum aconchego da mãe na hora de dormir ou de chás de mentirinha, nem de aniversários divertidos, ou de manhãs de Natal com a casa decorada, e de nada semelhante a conselhos maternos ou gestos espontâneos de afeto, do tipo que ela às vezes encontrava em romances ou nos filmes da Disney (em geral pouco antes de a mãe morrer ou desaparecer). Diandra parecia se ater ao mínimo de deveres maternos, limitando-se aos relacionados a manter Ruby viva e vacinada, abrigada (se é que se poderia chamar aquela casa gelada de fonte de abrigo) e instruída (se é que se poderia chamar a escola rural nada ambiciosa que Ruby frequentava de fonte de instrução). Diandra parecia desejar, com o mesmo fervor que a própria filha, que tudo aquilo acabasse logo.

Mas não era possível que desejasse com tanto fervor quanto a própria Ruby. A mãe não conseguia chegar nem perto daquilo.

No verão anterior, Ruby tinha trabalhado na padaria da cidade, sem carteira assinada, é claro. Então, naquele outono, ela conseguira um trabalho na casa dos vizinhos, aos domingos, cuidando das crianças pequenas enquanto o restante da família ia à igreja. Metade de tudo o que ganhava ia para as despesas da casa, como comida e reparos ocasionais, mas a outra metade Ruby guardava dentro de um livro de química da escola, que provavelmente seria o último lugar em que a mãe pensaria em procurar. Química tinha sido um trabalho árduo e necessário no ano anterior, um acordo que ela havia feito com o orientador para que pudesse seguir na trilha básica de ciências na escola, e tinha sido difícil administrar aquilo e mais as aulas da área de ciências humanas na universidade comunitária, além do projeto independente de francês e, claro, os dois empregos, mas tudo fazia parte do plano que Ruby elaborara quando tinha aberto a primeira lata de espaguete. O plano se chamava "Sumir Daqui", e ela não se desviara dele por um único segundo. Ruby tinha quinze anos agora e estava no segundo ano do ensino médio, pois pulara o jardim de infância. Em alguns meses poderia se inscrever na faculdade. Dali a um ano, teria ido embora para sempre.

Ela nem sempre tinha sido daquele jeito. Conseguia se lembrar, sem grande esforço, de uma época em que se sentia pelo menos neutra em relação a viver naquela casa e na órbita da mãe, que era o único membro da família existente (certamente o único membro da família que ela já conhecera). Ruby se lembrava de fazer as coisas que imaginava que a maior parte das outras crianças fazia — brincar na terra, ver livros ilustrados — sem nenhum sentimento de tristeza ou raiva, e agora sabia o bastante para reconhecer que, por mais desagradável que sua vida doméstica e sua "família" pudessem ser, havia infinitas versões piores lá fora, no que ela havia passado a entender como o mundo mais amplo. Então, o que a levara àquele precipício amargo? O que transformara a criança normal na Ruby debruçada sobre a prova de história em casa, uma prova de que tanta coisa dependia — ao menos na mente dela, a Ruby que (literalmente) contava os dias até sua partida? A resposta era inacessível. A resposta nunca havia sido compartilhada com ela. A resposta nem era mais uma preocupação, apenas a verdade que resultava dela, e que Ruby havia descoberto anos antes e nunca questionara: a mãe a detestava, e isso sempre tinha sido verdade.

O que ela deveria fazer com essa informação?

Exatamente.

Ser aprovada no teste de história. Pedir ao sr. Brown para escrever uma recomendação (na qual, com sorte, ele contaria o caso da garota que tinha insistido em fazer uma *prova extra*). Então, tirar seu cérebro claramente superior de debaixo daquele dossel de abacaxis velhos e levá-lo para um mundo que ao menos a apreciaria. Ruby havia aprendido a não esperar amor, e nem sabia se queria amor. Aquela era a sabedoria mais profunda que tinha conseguido extrair dos quinze anos que passara na presença da mãe. Quinze anos já tinham ido. Faltava mais um — por favor, Deus, só um.

Jake abaixou as folhas. Mãe e filha, confinadas juntas, um pouco isoladas, mas dificilmente eremitas (a mãe faz compras no supermercado, a filha frequenta a escola e tem um professor interessado em seu bem-estar), com uma tensão óbvia e extrema entre elas. Muito bem. A mãe tem um trabalho que gera renda (ainda que seja um trabalho duvidoso) e mantém um teto sobre a cabeça das duas e comida de baixa qualidade na mesa. Muito bem. A filha é ambiciosa e pretende deixar a casa e a mãe para trás e ir para a faculdade. Muito bem, muito bem.

Como o professor de escrita do próprio Jake na pós-graduação dissera uma vez a um dos escritores de prosa mais comodistas na oficina dele: "E... E daí?"

Um enredo como o meu, Evan Parker tinha dito. Havia de fato algo como "um enredo como o meu"? Mentes mais capazes que a de Jake (e, ele estava disposto a apostar, mais capazes até que a de Evan Parker) identificaram as poucas tramas essenciais ao longo das quais quase todas as histórias se desenrolavam: "A missão", "A viagem e o retorno", "O amadurecimento", "Vencer o monstro" etc. A mãe e a filha na velha casa de madeira — bem, especificamente a filha na velha casa de madeira — parecia uma história de "Amadurecimento", ou um "Romance de formação", ou talvez uma história "Da pobreza à riqueza". No entanto, por mais convincentes que essas histórias pudessem ser, quase nunca se mostravam impressionantes, surpreendentes, tortuosas e arrebatadoras, tão envolventes por si mesmas que poderiam ser imunes a uma escrita ruim.

Ao longo de seus anos trabalhando como professor, Jake tinha se reunido com muitos alunos que tinham uma noção imperfeita do próprio talento, embora aquela dissociação costumasse se concentrar na habilidade básica de escrita. Muitos escritores inexperientes trabalhavam com a percepção equivocada de que, se eles mesmos soubessem como era um personagem, aquilo seria o bastante para expressar magicamente esse personagem ao leitor. Outros acreditavam que um único detalhe bastava para tornar um personagem memorável, mas o detalhe que escolhiam era sempre banal: personagens femininas descritas apenas como "loiras", enquanto para o homem "abdome com músculos definidos" — Ele tinha! Ou ele não tinha! — era tudo o que qualquer leitor precisava saber. Às vezes um escritor compunha frase após frase como uma sequência invariável — substantivo, verbo, frase preposicional, substantivo, verbo, frase preposicional —, sem entender a irritação profunda que aquela monotonia provocava. Às vezes um aluno ficava preso em sua própria área de interesse ou hobby específico e vomitava sua paixão pessoal na página, fosse com uma sobrecarga de detalhes pouco interessantes ou uma abreviatura de algum tipo que a pessoa em questão achava que deveria ser suficiente para sustentar a história: um homem entra em uma reunião da NASCAR, ou uma mulher participa de um reencontro com colegas da faculdade em uma ilha exótica (que, aliás, foi como aquele cadáver dotado de "seios como melões maduros" acabou na praia). Às vezes eles se perdiam nos pronomes, e era preciso reler várias vezes o texto para descobrir quem estava fazendo o quê com quem. Às vezes, em meio a páginas boas, ou até com uma qualidade de texto acima da média... absolutamente nada acontecia.

Mas aquelas pessoas eram alunos e alunas de escrita criativa — aquele, presumia-se, era o motivo de estarem ali na Ripley e no escritório de Jake no Richard Peng Hall. Aquelas pessoas queriam aprender e melhorar, e estavam abertas às ideias e sugestões dele, por isso, quando ele as alertava para o fato de que não saberia dizer pelas palavras na página como era um personagem ou o que era importante para aquele personagem, ou ainda que não se sentia compelido a acompanhá-lo em sua jornada porque não conseguira se envolver o bastante com a vida dele, ou que não havia informações suficientes sobre a NASCAR ou sobre o encontro da faculdade para que ele pudesse entender o significado do que estava (ou não) sendo descrito, ou que a prosa parecia pesada, ou o diálogo sinuoso, ou que a história em si só o fazia pensar *e daí?*... os alunos e alunas tendiam a assentir, tomar notas, talvez enxugar uma ou duas lágrimas, e depois começavam a trabalhar. Na próxima vez que Jake os visse, eles estariam com novas páginas na mão e lhe agradeceriam por tornar o trabalho em andamento melhor.

Por algum motivo, Jake não achava que aquele seria o caso no momento.

Ele ouviu Evan Parker caminhando devagar pelo corredor, apesar de estar quase dez minutos atrasado para a reunião. A porta estava entreaberta e o rapaz entrou sem bater e pousou sua garrafa de água da Ripley em cima da mesa de Jake, antes de pegar a cadeira extra e chegá-la mais para o lado, como se os dois estivessem reunidos em um café para uma conversa camarada, em vez de se encarando, cada um de um lado da mesa, com algum grau de formalidade ou (suposta) diferença hierárquica. Jake ficou olhando Evan tirar da bolsa de lona um bloco de notas, com as primeiras páginas já arrancadas. Ele deixou aquilo no colo, então — da maneira exata como fizera na sala de reunião — cruzou os braços com força diante do peito e fitou o professor com uma expressão de diversão não inteiramente benevolente.

— Bem — disse ele —, aqui estou eu.

Jake assentiu.

— Examinei mais uma vez o texto que mandou. Você é um escritor bastante bom.

Ele decidira começar dizendo isso. O uso das palavras "bastante" e "bom" havia sido debatido à exaustão, mas Jake acabou decidindo que era o melhor caminho a seguir, e de fato o aluno pareceu levemente desarmado.

— Ah, fico feliz em ouvir isso. Porque, como eu disse, não tenho certeza se escrever pode ser ensinado.

— Ainda assim, aqui está você. — Jake deu de ombros. — Então, como posso ajudar?

Evan Parker riu.

— Um agente seria útil.

Jake não tinha mais agente, mas não comentava esse fato.

— No fim do período letivo, nós temos um dia com a participação de profissionais do meio editorial. Não sei quem vem este ano, mas em geral recebemos dois ou três agentes e editores.

— Uma recomendação pessoal pode me levar ainda mais longe. Você deve saber como é difícil para alguém de fora colocar seu trabalho nas mãos das pessoas certas.

— Bem, eu jamais diria a você que conhecer pessoas no meio não ajuda, mas vale lembrar que ninguém jamais publicou um livro como um favor. Há muito em jogo, dinheiro e responsabilidade profissional demais, caso as coisas não corram bem. Talvez um relacionamento pessoal consiga colocar seu original nas mãos de alguém, mas o trabalho tem que se sustentar sozinho a partir daí. E mais uma coisa: os agentes e editores estão realmente procurando por bons livros, e as portas não estão fechadas para autores de primeira viagem. Longe disso. Antes de mais nada, um autor iniciante não arrasta atrás de si números de vendas decepcionantes de livros anteriores, e os leitores estão sempre dispostos a descobrir novidades. Um escritor novo é interessante para os agentes porque ele pode vir a ser a próxima Gillian Flynn ou o próximo Michael Chabon, e aquele agente pode acompanhá-lo em todos os livros que ele vier a escrever, não apenas o atual, portanto não se trata apenas de um ganho momentâneo, mas também de um ganho futuro. Acredite ou não, você está em uma situação muito melhor do que alguém já inserido no mercado que tenha publicado alguns livros não muito bem-sucedidos.

Em outras palavras, alguém como eu, pensou Jake.

— Bom, para você é fácil dizer isso. Você já foi um grande negócio.

Jake encarou o rapaz. Havia tantas direções a seguir. E todas elas terminavam em becos sem saída.

— Somos todos tão bons quanto o trabalho que estamos fazendo no momento. É por isso que eu gostaria de me concentrar no que você está escrevendo. E em para onde isso pode estar indo.

Para sua surpresa, Evan jogou a cabeça para trás e riu. Jake olhou para o relógio acima da porta. Quatro e meia da tarde. A reunião estava pela metade.

— Você quer o enredo, não é?

— O quê?

— Ah, por favor. Eu disse que estava trabalhando em um enredo incrível. Você quer saber como é. Afinal também é escritor, não é mesmo?

— Sim, sou escritor — retrucou Jake. Ele estava se esforçando para que sua voz não transparecesse que se sentira ofendido. — Mas neste momento sou seu professor, e é nessa função que estou tentando ajudar você a escrever o livro que deseja. Se não quiser falar mais sobre a história, ainda podemos trabalhar no trecho que você enviou, mas, sem saber como isso vai se encaixar no contexto de uma história maior, vou ficar em desvantagem.

Não que faça alguma diferença para mim, acrescentou Jake para si mesmo. *Na verdade, estou cagando para isso.*

O imbecil loiro à sua frente não disse nada.

— Esse trecho — voltou a tentar Jake — é parte do romance que você mencionou?

Evan Parker pareceu pensar nessa pergunta totalmente inofensiva por muito mais tempo que o necessário. Então, assentiu. A mecha de cabelo loiro quase tapava um dos olhos.

— É de um capítulo no início do livro.

— Bem, eu gosto dos detalhes. A pizza congelada, o professor de história e o atendimento mediúnico por telefone. Nessas páginas eu consigo ter uma noção melhor de quem é a filha do que a mãe, mas isso não é necessariamente um problema. E, óbvio, não sei que decisões você está tomando sobre o foco narrativo. Nesse trecho é a filha, claro. A Ruby. Vamos continuar com ela durante todo o romance?

Mais uma vez, a pergunta dificilmente justificava uma pausa.

— Não. E sim.

Jake assentiu, como se aquilo fizesse sentido.

Parker continuou:

— É só que... eu não quis entregar tudo na sala de aula, sabe? Essa história que estou escrevendo é, tipo, sucesso garantido. Você entende?

Jake fitou o rapaz. E sentiu uma enorme vontade de rir.

— Para ser sincero, acho que não. Sucesso garantido como?

Evan chegou mais à frente na cadeira, pegou a garrafa de água da Ripley, desenroscou a tampa e tomou um gole. Então voltou a cruzar os braços e disse, quase lamentando:

— Essa história vai ser lida por todo mundo. Vai render uma fortuna. Vai ser transformada em filme, provavelmente por alguém muito importante, um diretor de primeira linha. Vai ganhar todos os prêmios, entende o que eu quero dizer?

Jake, agora sem palavras, temia que sim.

— Tipo, a Oprah vai escolher esse livro para o clube de leitura dela. Ele vai ser mencionado em programas de TV. E programas de TV em que normalmente não falam sobre livros. Vai estar em todos os clubes de leitura. Vai ser recomendado por todos os blogueiros. Vai estar em tudo, em coisas que eu nem sei que existem. Esse livro, não tem como ele fracassar.

Aquilo foi demais. E quebrou o encanto.

— Qualquer coisa pode fracassar. No mundo dos livros? Qualquer coisa.

— Esse livro, não.

— Escuta — disse Jake. — Evan? Tudo bem se eu te chamar assim?

Evan ergueu os ombros. Ele pareceu de repente cansado, como se aquela declaração da própria grandiosidade o tivesse esgotado.

— Evan, eu adoro ver que você acredita no que está fazendo. É assim que eu espero que todos os seus colegas se sintam, ou venham a se sentir, em relação ao trabalho deles. Mesmo que muitas das... das grandes conquistas que você acabou de mencionar sejam bastante improváveis de acontecer, porque tem uma quantidade enorme de ótimas histórias por aí e elas são publicadas o tempo todo, e porque há muita concorrência. Mas existem várias outras formas de medir o sucesso de uma obra de arte, formas que não estão diretamente ligadas à Oprah ou a diretores de cinema. Eu adoraria ver muitas coisas boas acontecendo com o seu romance, mas antes disso você precisa escrever a melhor versão possível dele. Eu tenho algumas opiniões a respeito, com base no pouco que você me mandou, mas preciso ser honesto: o que estou vendo nas páginas que eu li é um tipo de livro mais tranquilo, quer dizer, não é um livro que grita *diretores de primeira linha* e *lista dos mais vendidos*, mas um romance potencialmente muito bom. A mãe e a filha morando juntas, talvez não se dando muito bem. Já estou torcendo pela filha. Quero que ela tenha sucesso. Quero que ela vá embora dali, se é isso que a garota quer. Quero descobrir o que está na raiz de tudo aquilo, por que a mãe parece odiá-la, se é verdade mesmo que a mãe a odeia... Adolescentes talvez não sejam as referências mais confiáveis no que se refere aos próprios pais. Mas são bases muito interessantes para um romance, e acho que o que eu não entendi é por que você está esperando parâmetros tão extremos de validação. Não seria suficiente escrever um bom primeiro romance e... bem, acrescentar alguns objetivos sobre os quais temos menos controle: encontrar um agente que acredite em você e no seu futuro, e até mesmo uma editora disposta a dar uma chance ao seu trabalho? Isso já seria muita coisa! Por que se colocar em uma posição em que, sei lá, você acharia que fracassou se o diretor do filme fosse de segunda linha, e não de primeira?

Por outro longo momento, irritantemente longo, Evan não respondeu. Jake estava a ponto de dizer mais alguma coisa só para interromper o desconforto, mesmo que isso significasse encerrar a reunião mais cedo, afinal que progresso os dois estavam fazendo? Eles nem tinham começado a analisar de fato o texto, menos ainda abordado algumas das questões mais importantes dali para a frente. Além do mais, agora era inegável que o cara não passava de um imbecil, um narcisista dos grandes. Provavelmente, mesmo que conseguisse terminar a história da garota inteligente crescendo em uma casa velha com a mãe, o melhor a que poderia aspirar era o mesmo grau de atenção literária de que o próprio Jake desfrutara por um tempo — e Jake estava disponível para descrever, caso fosse solicitado, como aquela experiência havia sido profundamente dolorosa, ou ao menos como as consequências daquilo tinham doído. Então, se Evan Parker/Parker Evan queria ser o autor do próximo *A invenção do assombro*, que ficasse à vontade. O próprio Jake faria uma guirlanda de louros para ele, organizaria uma festa e passaria adiante o conselho muito triste que seu orientador da pós-graduação certa vez havia tentado lhe dar: *A medida do seu sucesso é o último livro que você publicou, e a medida do seu talento é o próximo livro que está escrevendo. Portanto, cale a boca e escreva.*

— Não vai fracassar — Jake ouviu Evan dizer. Então o rapaz continuou: — Escuta.

E ele falou. E falou e falou — ou mais precisamente contou e contou. E, enquanto Evan contava a história, Jake sentiu aquelas duas mulheres indeléveis entrarem na sala e se posicionarem, sombrias, de cada lado da porta, como se desafiassem os dois homens ali a tentarem escapar delas. Jake nem pensava em escapar. Ele não pensava em nada além daquela história, que não se encaixava em nenhum dos grandes temas — "Da pobreza à riqueza", "A missão", "A viagem e o retorno", "Renascimento" (não *exatamente* "Renascimento"), "Vencer o monstro" (não *exatamente* "Vencer o monstro"). Aquilo era algo novo para Jake, como seria novo para cada pessoa que lesse o livro — e muita gente leria aquele livro. Ele seria lido — como aquele seu aluno terrível havia dito momentos antes — por todos os grupos de leitura, todos os blogueiros, por cada pessoa no vasto arquipélago editorial e de resenhas de livros, por cada celebridade com seu próprio clube de leitura, por cada leitor e leitora, por toda parte. Tamanha a amplitude, o impacto, daquela história chocante que surgira do nada. Quando seu aluno terminou de falar, Jake teve vontade de abaixar a cabeça, mas não podia demonstrar o que estava sentindo — o horror que se abatera sobre ele — ao idiota arrogante que um dia, e ele agora tinha certeza disso, se tornaria Parker Evan, o pseudônimo do autor daquele *primeiro romance impressionante, catapultado ao topo da lista de mais vendidos do* New York Times *por meio do boca a boca viral.* Ele não podia demonstrar nada. Por isso, apenas assentiu e fez algumas sugestões sobre como trazer aos poucos para o primeiro plano a personagem da mãe, e algumas formas possíveis de desenvolver e adaptar o foco e a voz narrativa — tudo desnecessário, de todo irrelevante. Evan Parker estava inteiramente certo: o pior escritor do planeta não poderia estragar um enredo como aquele. E Evan Parker sabia escrever.

Depois que ele saiu, Jake foi até a janela e viu o aluno se afastar na direção do refeitório, que ficava do outro lado de um pequeno bosque de pinheiros. Jake nunca havia reparado que aquelas árvores formavam uma espécie de obstáculo opaco através do qual as luzes dos prédios do outro lado do campus mal podiam ser vistas, e ainda assim todos passavam pelo meio delas, em vez de circundá-las, todas as vezes. *Da nossa vida, em meio da jornada*, ele se ouviu pensar, *achei-me numa selva tenebrosa, tendo perdido a verdadeira estrada*. Palavras que Jake conhecia desde sempre, mas nunca, até aquele momento, compreendera de fato.

Seu próprio caminho havia se perdido havia muito tempo, e não existia nenhuma chance de ele voltar a encontrá-lo. O romance em andamento no notebook dele não era um romance e mal estava em andamento. E qualquer ideia que Jake pudesse ter para outra história sofreria, a partir daquela tarde, o impacto fatal de não ser a história que ele acabara de ouvir, naquela sala de trabalho temporária, naquele prédio de blocos de concreto onde funcionava o curso de pós-graduação em escrita criativa de segunda categoria que ninguém — nem mesmo seu próprio corpo docente — levava a sério. A história que Jake acabara de ouvir, aquela era a única história. E ele sabia que tudo de que o futuro Parker Evan havia se gabado sobre o seu futuro romance iria acontecer. Com certeza. Haveria uma batalha pelos direitos de publicá-lo, e depois mais batalhas para publicá-lo no mundo todo, e outra para comprar os direitos para o cinema. Oprah Winfrey seguraria o livro diante das câmeras, e você o veria em exposição o mais próximo possível da porta da frente de todas as livrarias em que entrasse, provavelmente por anos. Todo mundo que Jake conhecia leria aquele livro. Cada escritor com quem competira na faculdade e a quem invejara na pós-graduação, cada mulher com quem tinha dormido (reconhecidamente não muitas), cada aluno a quem já dera aula, cada colega da Ripley e cada um dos seus ex-professores, até o pai e a mãe de Jake, que nunca liam livros, que precisaram se forçar a ler *A invenção do assombro* (se é que leram mesmo — Jake nunca os obrigara a provar isso), sem mencionar aqueles dois palhaços da Fantastic Fictions que tinham perdido a chance de agenciar um romance que havia se tornado um filme com a Sandra Bullock. Sem mencionar a própria Sandra Bullock. Cada uma daquelas pessoas compraria, pegaria emprestado, baixaria na internet, emprestaria, ouviria, daria e receberia de presente o livro que aquele arrogante, aquele pedaço de bosta que não merecia o que tinha na mão, aquele filho da puta do Parker Evan estava escrevendo. *Aquele idiota de merda*, pensou Jake, e foi assaltado na mesma hora pela consciência de que "idiota de merda" era uma escolha patética para alguém com a suposta habilidade dele quando se tratava de manejar palavras. Mas foi tudo em que ele conseguiu pensar naquele momento em particular.

PARTE DOIS

CAPÍTULO CINCO

Exílio

Dois anos e meio depois, Jacob Finch Bonner — autor de *A invenção do assombro* e antigo membro do corpo docente do ao menos honesto curso híbrido do Simpósio Ripley — parou seu velho Prius no estacionamento coberto de neve atrás do Centro Adlon para Artes Criativas, em Sharon Springs, Nova York. O Prius, que nunca fora particularmente robusto, se arrastava com dificuldade naquele terceiro mês de janeiro naquela área a oeste de Albany (conhecida, de modo um tanto extravagante, como "A Região de Leatherstocking", em referência ao personagem de um livro de James Fenimore Cooper), e sua capacidade de subir até mesmo inclinações suaves na neve — e a colina que levava ao Adlon era qualquer coisa menos suave — diminuía a cada ano. Jake não estava otimista em relação à sobrevivência do veículo ou, para ser sincero, em relação à própria sobrevivência enquanto continuava a dirigi-lo no inverno, mas estava ainda menos otimista quanto à sua capacidade de comprar outro carro.

O Simpósio Ripley demitira seu corpo docente em 2013, de maneira abrupta e com um e-mail conciso. Então, menos de um mês depois, o curso conseguira retornar, agora como um programa menos híbrido —

na verdade, totalmente online, sem nenhuma parte presencial, adotando a videoconferência no lugar dos agora nostálgicos encantos do prédio Richard Peng Hall. Jake, assim como a maior parte de seus colegas, tinha sido recontratado, o que era um alento para sua autoestima, mas o novo contrato que a Ripley lhe oferecera ficava muito aquém da capacidade de sustentar até mesmo sua existência modesta na cidade de Nova York.

Assim, na ausência de outras opções, ele se vira forçado a considerar a terrível perspectiva de deixar o centro do mundo literário.

O que havia fora da Ripley, em 2013, para um escritor cujos dois pequenos lotes ocupados na grande prateleira cumulativa da ficção americana eram deixados cada vez mais para trás, a cada ano que passava? Jake tinha enviado cinquenta currículos, se inscrevera em todos os serviços online que prometiam espalhar notícias sobre os seus talentos para possíveis empregadores em todos os lugares e voltara a entrar em contato com todas as pessoas que ainda suportava ver, informando estar disponível. Jake tinha ido a uma entrevista na Baruch, mas o administrador do curso a que ele estava se candidatando como professor na universidade não pôde deixar de mencionar que um de seus recém-formados, cujo primeiro romance estava prestes a sair pela Farrar, Straus and Giroux, também estava pleiteando o cargo. Jake ainda fora atrás de uma ex-namorada, que agora trabalhava para uma editora de grande sucesso com sede em Houston que produzia publicações subsidiadas, mas, depois de vinte minutos de reminiscências forçadas e histórias engraçadinhas sobre os gêmeos dela, ele simplesmente não conseguiu se forçar a perguntar sobre um emprego. Ele até voltou à Fantastic Fictions, mas a agência havia sido vendida e agora era uma pequena parte de uma nova entidade chamada Sci/Spec, e nenhum de seus dois chefes originais parecia ter sobrevivido à transição.

Por fim, com uma sensação de derrota absoluta, ele fez o que sabia que outros haviam feito e criou um site divulgando as próprias habilidades editoriais como autor de dois romances literários bem recebidos e membro de longa data do corpo docente de uma das melhores pós-graduações híbridas em escrita criativa do país. Então, esperou.

Aos poucos, começaram a pingar algumas coisas. Qual era a "taxa de sucesso" de Jake? (Ele respondeu com uma longa explicação do que o termo "sucesso" poderia significar para um artista. E nunca mais teve notícias daquela pessoa em particular.) O sr. Bonner trabalhava com autores independentes? (Ele respondeu na mesma hora: Sim! Depois disso, aquela pessoa também desapareceu.) Quais eram seus sentimentos sobre o antropomorfismo na ficção para jovens adultos? (Bastante positivos!, respondeu Jake por e-mail. O que mais ele iria dizer?) Ele estaria disposto a fazer uma "amostra de edição" de cinquenta páginas de um trabalho em andamento, para que o escritor pudesse julgar se valia a pena continuar? (Jake respirou fundo e respondeu: Não. Mas concordaria com um desconto especial de cinquenta por cento nas primeiras duas horas, o que deveria ser suficiente para que cada um tomasse a decisão de trabalhar ou não em conjunto.)

Naturalmente, aquela pessoa se tornou seu primeiro cliente.

Os textos que ele encontrou em seu novo papel como editor, coach e consultor (essa palavra maravilhosamente maleável) online faziam o pior de seus alunos da Ripley parecer Hemingway. Ele estimulava vezes sem conta seus clientes a distância a checarem a ortografia, a ficarem atentos aos nomes de seus personagens e a pensarem um pouco sobre que ideias básicas o trabalho deveria transmitir, antes de digitarem aquela palavra emocionante: FIM. Alguns ouviam. Outros pareciam de alguma forma acreditar que o mero ato de terem contratado um escritor profissional transformava como que por mágica seus textos em "profissionais". No entanto, o que mais o surpreendeu foi que seus novos clientes, muito mais que seus alunos menos talentosos da Ripley, pareciam considerar a publicação de um livro não como o portal mágico que a ideia sempre representara para Jake e para todos os outros escritores que ele admirava (e invejava), mas como mero negócio. Certa vez, em uma troca de e-mails inicial com uma senhora da Flórida que esperava completar a segunda parte de suas memórias, ele a cumprimentou educadamente pela recente publicação da primeira parte (*O rio tempestuoso: minha infância na Pensilvânia*). Aquela autora, para seu crédito, recusou sem rodeios o elogio.

— Ah, por favor — respondera ela —, qualquer um pode publicar um livro. Basta preencher um cheque.

Jake teve de admitir que essa era uma versão de *qualquer um pode ser escritor* que até ele conseguia apoiar.

De certa forma, os relacionamentos eram bem mais gentis naquele modo de trabalhar. Ainda havia egos surpreendentes com que batalhar, é claro, e também grandes distâncias entre as qualidades percebidas e os méritos reais das histórias, romances e memórias (e, embora ele com certeza não procurasse por isso, das poesias) que seus clientes lhe enviavam por e-mail. Mas a troca honesta e direta de um ganho vil por serviços prestados e a transparência da relação entre Jake e as pessoas que visitavam seu site (algumas até indicadas por clientes que ele já "ajudara") eram, depois de tantos anos de falsa camaradagem... simplesmente revigorantes.

No entanto, mesmo com um trabalho de consultoria semirregular e suas novas responsabilidades na Ripley, Jake não conseguia mais fazer as contas fecharem em Nova York. Quando uma cliente, uma escritora de contos de Buffalo, mencionou que havia retornado de uma "residência" no Centro Adlon para Artes Criativas, Jake anotou o nome que não conhecia e, depois que a videochamada terminou, pesquisou o site do lugar e leu sobre o que sem dúvida era uma ideia razoavelmente nova: uma colônia subsidiada de artistas que pareciam fazer bons negócios em um lugar de que Jake nunca tinha ouvido falar, uma cidadezinha no norte do estado chamada Sharon Springs.

Ele próprio, é claro, era um veterano das colônias de artistas tradicionais, que existiam para oferecer apoio e descanso a artistas sérios. Na época de seu período de calmaria, logo após a publicação de *A invenção do assombro*, Jake tinha recebido uma bolsa para Yaddo e voara até o Wyoming para passar algumas semanas produtivas no Centro Ucross. Ele também tinha ido para o Centro Virgínia de Artes Criativas e ainda para Ragdale — e, mesmo que Ragdale tivesse marcado o fim da sua maré de sorte um ano após a publicação de *Reverberações*, ele ao menos podia (e era o que fazia!) listar aquelas instituições veneráveis em seu currículo e em seu site para lustrar seu brilho de escritor. Em nenhum daqueles lugares, no entanto, Jake tinha sido convidado a gastar um único centavo do próprio dinheiro. Por isso, precisou ler com atenção o site do Adlon antes de conseguir entender que nova realidade aquele lugar representava: um retiro de artistas autopatrocinados, que tinham acesso a um ambiente no nível de retiros como Yaddo ou MacDowell, não apenas para a elite ou para as pessoas *tradicionalmente favorecidas* das letras, mas para quem precisasse. Ou, pelo menos, para quem precisasse e tivesse mil dólares por semana para gastar.

Jake examinou as fotos do lugar: um enorme hotel branco, ligeiramente inclinado (ou seria apenas o ângulo da fotografia?), construído nos anos 1890. O Adlon era um dos vários grandes hotéis ainda em funcionamento em Sharon Springs, uma antiga cidade de veraneio cercada de fontes sulfurosas e antes cheia de spas vitorianos. Sharon Springs estava localizada a uma hora a sudoeste de sua contraparte mais famosa, Saratoga Springs, mas era bem menos próspera já naquela época e continuava a ser. A cidade tinha entrado em declínio na virada para o século XX e, na década de 1950, sua meia dúzia de hotéis desmoronara, fora demolida, fechara ou definhara quando os hóspedes abandonaram os hábitos de verão de longa data ou simplesmente morreram. Então, alguém da família que era proprietária do Adlon teve aquela ideia inovadora para evitar ou pelo menos adiar o inevitável, e até agora estava dando certo. Ao que parecia, os escritores se reuniam no hotel desde 2012 e pagavam pela paz e tranquilidade, pelos quartos e escritórios limpos e pelos cafés da manhã e jantares comunitários (além do almoço servido em uma cesta de vime folclórica, deixada com discrição na porta do quarto para não interromper a escrita de *Kubla Khan*). Os escritores chegavam quando queriam, passavam seu tempo como queriam, socializavam com os colegas artistas se e quando desejassem e partiam quando achassem melhor.

Na verdade, o lugar parecia mais ou menos com... um hotel.

No topo da página principal do site, Jake clicou sem muita animação em Oportunidades e se pegou lendo a descrição do cargo de coordenador de curso no local, a iniciar logo depois do Ano-Novo. Não mencionava salário. Ele checou para ver se havia trem entre Nova York e Sharon Springs. Não havia. Ainda assim, era um emprego. E ele realmente precisava de um emprego.

Uma semana depois, Jake estava em um trem para Hudson para conhecer o jovem empresário — "jovem", naquele caso, se referindo a um homem seis anos mais novo que ele — cuja família administrava o Adlon havia três gerações e que tinha conseguido tirar aquele coelho da cartola. Quando terminaram a reunião em um café na Warren Street, apesar da óbvia falta de experiência de Jake como coordenador de cursos, ele foi contratado.

— Eu gosto da ideia de ter um escritor de sucesso recepcionando os hóspedes. Isso vai garantir a eles alguma coisa concreta a que aspirar.

Jake optou por não corrigir esse comentário notável de nenhuma das maneiras que poderia ter feito. Era uma solução temporária, de qualquer modo. Ninguém saía de Nova York para uma cidadezinha no meio do nada por vontade própria, pelo menos não sem um plano para voltar. O plano de Jake tinha muito a ver com a comparação entre o aluguel que estava pagando no recentemente fabuloso Brooklyn e o que esperava pagar em Cobleskill, alguns quilômetros ao sul de Sharon Springs. Além do fato de que manteria seus clientes particulares de orientação de escrita e seu trabalho para o novo formato do Simpósio Ripley, mesmo recebendo um salário do Centro Adlon para Artes Criativas. Tudo isso somado resultava em um exílio de alguns anos, três no máximo, o que também era tempo suficiente para começar e até terminar outro romance depois do que estava escrevendo no momento!

Não que ele estivesse escrevendo um romance no momento, ou tivesse a menor ideia para outro.

O emprego em si era uma espécie de híbrido entre coordenador de admissão, diretor de cruzeiro marítimo e supervisor de fábrica, mas, mesmo acumuladas, essas não eram funções particularmente exigentes. Mais incômodo, é claro, era o fato de ele ser obrigado a estar presente no Adlon durante o dia (e, na teoria, de plantão à noite e nos fins de semana), mas, levando em consideração o trabalho real associado à maior parte dos empregos, Jake se achava bastante privilegiado. Ele vivia de maneira frugal e economizava. Permanecia no mundo da escrita e dos escritores (embora mais longe do que nunca das suas próprias ambições de escritor). Ainda podia trabalhar no seu romance em andamento (ou poderia, se aquilo fosse uma realidade) e, naquele meio-tempo, podia continuar a cultivar e orientar o talento de outros escritores — escritores iniciantes, escritores em dificuldade, até mesmo escritores como ele, que estivessem passando pelo que poderia ser chamado de um retrocesso no meio da carreira. Como ele havia comentado fazia muito tempo em uma sala de reunião no prédio de concreto no antigo campus da Ripley (que, pela última informação que Jake tivera, havia sido comprado por uma empresa que organizava retiros e conferências corporativas), aquilo era simplesmente o que os escritores faziam uns pelos outros.

O Adlon, naquele dia em particular, tinha seis hóspedes-escritores, o que significava que o centro estava com apenas cerca de vinte por cento da capacidade ocupada (embora aquilo fosse seis pessoas a mais do que Jake imaginou que escolheriam passar janeiro em uma cidade termal coberta de neve, que não tivera nem o bom senso de se transformar em Saratoga Springs). Três daqueles hóspedes eram irmãs na casa dos sessenta anos que estavam trabalhando juntas em uma história familiar multigeracional, baseada na história da própria família — o que não era nenhuma surpresa. Outro hóspede era um homem vagamente ameaçador que na verdade morava ao sul de Cooperstown, mas dirigia até o hotel todas as manhãs, escrevia o dia todo e ia embora depois do jantar. Havia uma poeta de Montreal — que não falava muito, nem mesmo quando descia para as refeições — e um camarada que chegara alguns dias antes do sul da Califórnia. (Por que qualquer pessoa sã deixaria o sul da Califórnia em janeiro para viajar para o norte do estado de Nova York?) Até ali, os seis formavam um grupo silencioso, cooperativo e nada dramático, muito longe de algumas insanidades intramuros que Jake já havia testemunhado em Ragdale e no Centro Virgínia de Artes Criativas! O próprio hotel funcionava tão bem quanto era possível para um prédio de cento e trinta anos, e as duas cozinheiras do Adlon, mãe e filha de Cobleskill, preparavam refeições muito saborosas, o que era impressionante dado o isolamento da região no inverno. E naquela manhã, até onde Jake sabia, as horas à frente não prometiam nada além de uma oportunidade de se sentar em seu escritório atrás do antigo balcão de recepção do hotel e começar a editar a quarta revisão de um thriller profundamente desestimulante de um cliente de Milwaukee.

Em outras palavras, era um dia comum, em uma vida que estava prestes a se tornar muito menos comum.

CAPÍTULO SEIS

Que coisa terrível

O camarada da Califórnia apareceu logo depois do almoço, ou pelo menos depois que as cestas de almoço foram levadas para o andar de cima e deixadas na porta dos quartos dos escritores. Era um homem corpulento que não aparentava nem trinta anos, antebraços tatuados e uma mecha de cabelo que era afastada o tempo todo para o lado e voltava a cair. O homem entrou de maneira tempestuosa no pequeno escritório de Jake atrás do antigo balcão de recepção do hotel e colocou sua cesta em cima da mesa.

— Ei, isso tá uma porcaria.

Jake ergueu os olhos. Estava mergulhado no thriller horrível do seu cliente, uma narrativa tão formulaica que ele seria capaz de dizer exatamente o que iria acontecer a seguir e em que ordem, mesmo se aquela fosse a primeira vez que estivesse lendo o texto, e não a quarta.

— O almoço?

— Uma porcaria. Tem uma carne marrom esquisita. O que é? Algum bicho que você atropelou no caminho pra cá?

Jake não conseguiu conter um sorriso. Os atropelamentos no condado de Schoharie sem dúvida eram de amplo alcance.

— Você não come carne?

— Ah, eu como carne. Mas não como porcaria.

Jake se recostou na cadeira.

— Lamento. Que tal irmos até a cozinha? Aí podemos conversar com a Patty e a Nancy e você pode dizer do que gosta e não gosta. Nem sempre podemos garantir uma refeição separada, mas queremos que você fique satisfeito. Com apenas seis pessoas no retiro agora, é provável que a gente consiga ajustar os cardápios.

— Nossa, como esta cidade é patética. Não tem nada aqui.

Espere um pouco. *Naquilo* o amigo californiano de Jake com certeza estava errado. Os dias de glória de Sharon Springs sem dúvida haviam sido no fim do século xix (o próprio Oscar Wilde chegara a dar uma palestra no Pavilion Hotel), mas os últimos anos tinham trazido um renascimento promissor. O American Hotel, o mais renomado da cidade, havia sido restaurado com certo grau de elegância, e alguns restaurantes surpreendentemente bons tinham se instalado na pequena rua principal. Mais importante de tudo, dois homens de Manhattan, demitidos de seus empregos na imprensa na crise de 2008, tinham comprado uma fazenda local, adquirido um rebanho de cabras e começado a fazer queijo, sabão e, acima de tudo, uma grande divulgação para o mundo, indo muito além de Sharon Springs, Nova York. Os dois escreveram livros, estrelaram seu próprio reality show e abriram uma loja que se encaixaria muito bem nas ruas elegantes de East Hampton ou Aspen, mas que ficava bem em frente ao American Hotel. Aquele lugar estava se tornando uma atração turística de verdade. Embora talvez não em janeiro.

— Você já saiu para explorar a cidade? Muitos escritores que ficam aqui vão até o Black Cat Café de manhã. O café de lá é ótimo. E a comida do Bistro é excelente.

— Estou pagando muito caro a vocês para ficar *aqui* e trabalhar no meu livro *aqui*. O café *daqui* deveria ser ótimo. E a comida *daqui* não deveria ser uma merda. Pelo amor de Deus, iria matar a cozinheira preparar uma torrada com abacate?

Jake encarou o homem. Na Califórnia, abacates davam em árvores — literalmente — em janeiro, mas ele duvidava que aquele cara fosse aprovar os espécimes duros como pedra encontrados no mercado local.

— Leite e queijo são o principal ingrediente por aqui. Talvez você tenha reparado em todas as fazendas de gado leiteiro?

— Sou intolerante a lactose.

— Ah. — Jake franziu a testa. — Nós sabíamos disso? Está nos formulários que você preencheu?

— Não sei se sabiam. Não preenchi nenhum formulário.

O cara jogou para trás o cabelo cheio. Mais uma vez. E o cabelo caiu em seus olhos. Mais uma vez. Isso fez Jake se lembrar de alguma coisa.

— Bem, espero que você nos passe uma lista de alguns alimentos que gostaria de ter nas refeições. Eu não contaria com bons abacates por aqui, não nesta época do ano, mas, se houver pratos que você gostaria de comer, posso falar com a Patty e a Nancy. A menos que você mesmo queira fazer isso.

— *Eu quero escrever o meu livro* — disse o homem, com tanto ardor que poderia estar declamando a frase de efeito de um filme de ação, algo como *Este não foi o nosso último encontro* ou *Não subestime do que sou capaz*. — Vim aqui para fazer isso e não quero ter que pensar em mais nada. Não quero ficar ouvindo aquelas três bruxas cacarejando o tempo todo do outro lado da minha parede. Não quero ter um banheiro com canos que me acordam toda manhã. E qual é o problema com a lareira do meu quarto, que eu não tenho permissão para acender? Lembro muito bem de ter visto uma lareira acesa em um dos quartos quando entrei no site de vocês. Que porra é essa?

— É a lareira do salão de estar — disse Jake. — Infelizmente não conseguimos autorização para que as lareiras sejam acesas nos quartos. Mas acendemos a lareira do salão de estar todas as tardes, e vai ser um prazer fazer isso mais cedo caso você queira trabalhar ou ler lá. Nossa intenção aqui é tentar apoiar os escritores que hospedamos e garantir que eles tenham tudo de que precisam para fazer seu trabalho. E, claro, apoiar uns aos outros como escritores.

No instante em que falou isso, Jake se lembrou de todas as vezes que havia dito a mesma coisa, ou algo parecido, e de que quando fazia isso as pessoas que o escutavam sempre concordavam com a cabeça, porque também eram escritores, e escritores entendiam o poder de suas semelhanças. Aquilo sempre fora verdade. Exceto nesse exato minuto. E isso mais uma vez quase trouxe alguma lembrança à tona.

Então, o cara cruzou os braços com força diante do peito e encarou Jake. Nesse momento, a última peça se encaixou.

Evan Parker. Da Ripley. Aquele da história.

Agora Jake compreendia por que, durante todo aquele tempo em que o homem estava a sua frente, seu cérebro parecia estar dando voltas ao redor de si mesmo, por que seus pensamentos estavam girando em torno de alguma coisa ainda vaga. Não, ele nunca tinha visto esse idiota em particular até alguns dias antes, mas isso significava que o homem não era familiar a Jake? Ele era familiar. *Extremamente* familiar.

Não que Jake tivesse passado os dois últimos anos ruminando sobre *aquele* idiota, porque que escritor com *algum* grau de sucesso profissional, não só o próprio Jake, gostaria de pensar demais em um *escritor de primeira viagem* que de alguma forma tinha conseguido puxar a alavanca na máquina caça-níqueis de histórias espetaculares no momento preciso, com a primeira moeda, e recebido no colo o grande prêmio de sucesso totalmente imerecido? Sempre que Evan Parker passava pelos pensamentos de Jake, vinha acompanhado da habitual onda de inveja, da habitual amargura pela injustiça de tudo aquilo. Então, ele se lembrava de que o livro de Parker ainda não tinha sido publicado — ao menos que Jake soubesse, e ele com certeza saberia —, o que poderia significar que seu ex-aluno havia subestimado a própria capacidade de terminar de escrever, mas isso não o confortava muito. A história, como o próprio autor havia apontado, era uma bala de prata, e, no instante em que o livro surgisse no mercado, seria um sucesso, e seu autor também, superando seus sonhos mais loucos (ou, mais dolorosamente, os sonhos mais loucos de Jake).

Agora, em seu pequeno escritório no Centro Adlon para Artes Criativas, aquela pessoa, Evan Parker, voltou mais uma vez naquele momento à mente de Jake, e de forma tão brusca que era como se o rapaz também tivesse entrado na sala pequena e estivesse logo atrás do colega californiano.

Que ainda estava falando — não, bradando. Ele já havia reclamado dos colegas escritores que estavam hospedados ali, do Adlon, da comida e da cidade de Sharon Springs. Agora Jake estava ouvindo sobre um "agente da costa Leste" que havia sugerido que o homem *pagasse* a alguém, *com seu próprio dinheiro*, para orientar o trabalho adicional a ser feito no romance antes que ele voltasse a submetê-lo para publicação (*Não era para isso que os editores serviam? Ou os agentes, por falar nisso?*); e sobre o olheiro de cinema que ele tinha conhecido em uma festa, que tinha dito a ele para pensar em adicionar uma personagem feminina à história (*Porque homens não liam livros nem iam ao cinema?*); e sobre MacDowell e Yaddo, aqueles lugares idiotas que o haviam rejeitado para seus programas de residência (*Obviamente eles favoreciam "artistas" que esperavam vender dez cópias dos seus poemas do tamanho de um livro!*); e sobre fracassados escrevendo em todas as mesas de todos os cafés no sul da Califórnia, que se consideravam um presente de Deus e achavam que o mundo sem dúvida estava esperando pela sua coleção de contos, pelo roteiro ou pelo romance que estavam escrevendo...

— Na verdade — Jake se ouviu dizer —, eu sou autor de dois romances.

— Claro que é. — O cara balançou a cabeça. — *Qualquer um pode ser escritor.*

O homem deu as costas e saiu do escritório, deixando a cesta de vime para trás.

Jake ouviu o hóspede (o hóspede-*escritor!*) subir a escada, então o silêncio preencheu seu rastro e ele se perguntou uma vez mais que coisa terrível poderia ter feito para merecer a companhia de pessoas assim, que dirá ainda o desprezo delas. Tudo o que ele sempre quis tinha sido contar as histórias que guardava dentro de si — nas melhores palavras possíveis, organizadas da melhor forma possível. Sempre estivera mais que disposto a estudar e a trabalhar para isso. Tinha sido humilde com seus professores e respeitoso com seus pares. Aceitara as revisões editoriais do agente (quando teve um) e se curvara à caneta vermelha do editor (quando teve um), tudo sem reclamar. Havia apoiado os outros escritores que conhecia e admirava (mesmo aqueles que não admirava particularmente), participando de suas leituras e comprando seus livros (de capa dura! em livrarias independentes!), e tentara ser o melhor professor, o melhor mentor, líder de torcida e editor que sabia ser, apesar da (para ser franco) total desesperança que lhe provocava a maior parte dos textos com os quais tivera que trabalhar. E aonde ele tinha conseguido chegar com tudo aquilo? Era um atendente de convés no *Titanic*, perdendo seu tempo com quinze escritores de prosa sem talento, enquanto tentava persuadi-los de que um pouco de trabalho extra os ajudaria a melhorar. Era mordomo em um hotel antigo no norte do estado de Nova York, fingindo que os "hóspedes-escritores" no andar de cima não eram diferentes dos companheiros do Yaddo, uma hora ao norte. *Eu gosto da ideia de ter um escritor de sucesso recepcionando os hóspedes. Isso vai garantir a eles alguma coisa concreta a que aspirar.*

Mas nenhum "hóspede-escritor" jamais havia reconhecido as realizações profissionais de Jake, menos ainda se inspirado em seu sucesso no campo em que supostamente esperavam entrar. Nem uma vez em três anos. Ele era tão invisível para eles quanto havia se tornado para todos os outros.

Porque era um escritor fracassado.

Jake arquejou quando as palavras surgiram em sua mente. Por incrível que pudesse parecer, aquela era a primeira vez que ele encarava essa verdade.

Mas... Mas... As palavras giravam em sua cabeça, irrefreáveis e absurdas: "Novos & dignos de nota" do *New York Times*! "Um escritor para ficar de olho", de acordo com a *Poets & Writers*! A melhor pós-graduação em escrita criativa do país no currículo! A vez que ele havia entrado em uma Barnes & Noble em Stamford, Connecticut, e vira *A invenção do assombro* na estante de Escolhas da Equipe, incluindo até um cartãozinho escrito a mão por alguém chamado Daria: *Um dos livros mais interessantes que li este ano! O texto é lírico e profundo.*

Lírico! E profundo!

Tudo aquilo anos antes.

Qualquer um podia ser escritor. Qualquer um exceto ele, pelo jeito.

CAPÍTULO SETE

Toc, toc

Tarde naquela noite, em seu apartamento em Cobleskill, Jake fez algo que nunca tinha feito desde que vira seu aluno afortunado entrar no bosque no campus da Ripley.

Jake digitou o nome "Parker Evan" no computador e clicou em Pesquisar.

Não encontrou Parker Evan. O que não significava muito: Parker Evan era o pseudônimo *pretendido* do ex-aluno em *determinado momento*, mas aquele momento tinha sido três anos antes. Talvez ele tivesse se decidido por outro pseudônimo, ou porque inverter nome e sobrenome era uma ideia idiota, ou porque havia optado por ainda mais privacidade, entre uma miríade de outras possibilidades.

Jake voltou ao campo de busca e digitou: "Parker livro thriller".

Parker livro thriller teve como resultado páginas de referência aos romances com o personagem Parker, de Donald Westlake, e também a outra série de mistérios, de Robert B. Parker.

Portanto, mesmo que Evan Parker tivesse apresentado seu livro a uma editora, a primeira coisa que eles provavelmente teriam feito seria orientá-lo a não usar Parker como pseudônimo.

Jake apagou o nome do campo de busca e tentou: "thriller mãe filha".

E recebeu uma avalanche em resposta. Páginas e páginas de livros, páginas e páginas de escritores, a maioria dos quais Jake nunca tinha nem ouvido falar. Ele correu os olhos pelos resultados, lendo as breves descrições, mas não havia nada que se encaixasse nos elementos muito específicos da história que seu aluno lhe contara no Richard Peng Hall. Jake clicou então em alguns nomes de autores aleatórios, sem muita esperança de encontrar uma imagem do rosto de Evan Parker, de que mal se lembrava, mas não havia nada nem remotamente parecido: homens velhos, homens gordos, homens carecas e muitas mulheres. Ele não estava ali. O livro dele não estava ali.

Seria possível que Evan Parker tivesse errado? Será que ele, Jake, também estivera errado durante todo aquele tempo? Será que *aquele* enredo tinha desaparecido no mar de histórias, livros, thrillers e mistérios publicados todo ano e afundado no silêncio? Jake achava que não. Parecia mais provável que, apesar de sua fé ilimitada em si mesmo, Parker por algum motivo não tivesse conseguido terminar o livro. Talvez o livro não aparecesse ali no computador dele, confortavelmente instalado na primeira página de cada um dos resultados de pesquisa, porque não estava em lugar nenhum. Não estava no mundo de jeito nenhum. Mas por quê?

Jake digitou o nome, o nome verdadeiro, "Evan Parker" no campo de busca.

Vários Evan Parkers do Facebook apareceram nos resultados da pesquisa. Jake clicou no link e correu os olhos pela lista. E se deparou com mais homens — maiores, mais magros, mais carecas, mais morenos — e até algumas mulheres, mas nenhuma daquelas pessoas se parecia nem de longe com o ex-aluno dele. Talvez Evan não estivesse no Facebook. (O próprio Jake não estava no Facebook, tinha desistido quando se tornara desmoralizante demais ver os "amigos" postando sobre seus próximos livros.) Jake voltou aos resultados da pesquisa, clicou na guia "Imagens" e passou os olhos por aquela página, depois pela seguinte. Muitos Evan Parkers, e nenhum deles era o que ele estava procurando.

Voltou, então, para a aba "Todos os resultados". Havia Evan Parkers jogadores de futebol do ensino médio, dançarinos de balé, diplomatas de carreira lotados no Chade, cavalos de corrida e casais de noivos ("Os futuros Evan-Parker dão as boas-vindas ao nosso site de casamento!"). Não havia nenhum ser humano do sexo masculino, com a idade aproximada do ex-aluno de Jake, que se parecesse mesmo que remotamente com o Evan Parker que ele conhecera na Ripley.

Então ele viu, na parte inferior da página: "Pesquisas relacionadas a 'evan parker'".

E abaixo as palavras: "evan parker obituário".

Antes mesmo que o cursor encontrasse o link, Jake já sabia o que veria.

Evan Luke Parker (38), de West Rutland, Vermont, havia morrido de forma inesperada na noite de 4 de outubro de 2013. Evan Luke Parker se formou no ensino médio em 1995, na Escola West Rutland, e cursou a Universidade Comunitária de Rutland, além de ter sido um residente vitalício do centro do estado de Vermont. Precedido tanto pelos pais quanto por uma irmã, ele havia deixado uma sobrinha. O velório seria anunciado em momento futuro. O funeral seria privado.

Jake leu duas vezes. Não havia muito, na verdade, mas ainda assim era difícil assimilar.

Ele estava morto? *Ele estava morto*. E... Jake checou a data. Aquilo não era recente. Tinha acontecido... por incrível que parecesse, apenas alguns meses depois da tentativa frustrada de Jake de estabelecer um relacionamento professor-aluno. Jake não tinha chegado a saber que Evan era nativo de Vermont, ou que seus pais e sua irmã já estavam mortos, o que era muito trágico, levando em consideração que o próprio Parker era bastante jovem. Nenhuma daquelas informações havia surgido na conversa entre eles. Na verdade, eles não tinham conversado sobre qualquer outra coisa além do notável romance em andamento de Evan Parker. E mesmo assim não tinha sido muito. Durante o restante do período letivo na Ripley, Parker tinha sido absolutamente reticente na oficina e declinara das reuniões individuais seguintes, ou apenas não comparecera. Jake chegara a se perguntar se Parker tinha se arrependido de compartilhar sua ideia extraordinária de romance com o professor, ou se havia decidido não compartilhá-la com os colegas na oficina, mas o próprio Jake nunca tinha deixado transparecer que sabia alguma coisa sobre o texto em que Parker estava trabalhando ou que ele considerava o trabalho fora do comum. Quando o período letivo terminou, aquela pessoa pedante, reticente e profundamente irritante tinha apenas ido embora, ao que tudo indicava para fazer o que fosse preciso para dar à luz seu livro. Mas, na verdade, ele só tinha morrido. Agora Parker se fora, e seu livro, com toda a probabilidade, não havia sido escrito.

Mais tarde, é claro, Jake voltaria àquele momento. Mais tarde ele reconheceria a encruzilhada em que se encontrava, mas agora já estava envolvendo aquele conjunto de circunstâncias cruas, anos após o fato, na primeira das muitas camadas de racionalização que viriam. Aquelas camadas não tinham muito a ver com o fato de Jake ser uma pessoa virtuosa com um código ético de conduta. Tinham a ver principalmente com o fato de que ele era um escritor, e ser um escritor significava fidelidade a algo de valor ainda maior.

Que era a história em si.

Jake não era um homem de muita fé. Ele não acreditava que algum deus tivesse criado o universo, menos ainda que esse mesmo deus estivesse observando os acontecimentos e acompanhando cada ato humano, tudo com o propósito de atribuir a alguns mílênios de *Homo sapiens* uma pós-vida agradável ou desagradável. Jake não acreditava em vida após a morte. Nem em destino, sorte ou no poder do pensamento positivo. Ele não acreditava que recebemos o que merecemos, ou que tudo acontece por uma razão (que razão seria essa?), ou que forças sobrenaturais impactavam qualquer coisa na vida humana. O que restava depois de toda essa bobagem? A pura aleatoriedade das circunstâncias em que nascemos, dos genes que recebemos, dos nossos graus variados de vontade de trabalhar duro e da inteligência que podemos ou não ter para reconhecer uma oportunidade. Caso ela surgisse.

Mas havia uma coisa em que Jake realmente acreditava que beirava o mágico, ou pelo menos o fora do comum, e aquilo era o dever que um escritor tinha para com uma história.

Histórias, é claro, são comuns como pó. Todo mundo tem uma, quando não uma infinidade delas, e as histórias nos cercam o tempo todo, quer a gente reconheça isso ou não. Histórias são os poços em que mergulhamos para nos lembrarmos de quem somos, e as maneiras pelas quais nos asseguramos de que, por mais obscuros que possamos parecer para os outros, somos de fato importantes, até mesmo cruciais, para o drama da sobrevivência em curso: pessoal e socialmente e até mesmo como espécie.

Mas histórias, apesar de tudo isso, também são insuportavelmente esquivas. Não há uma mina profunda delas a ser minerada, ou uma grande loja com amplos corredores de narrativas não utilizadas, nunca sonhadas e emocionantemente novas por onde um escritor possa empurrar um carrinho de compras vazio, esperando que algo chame a sua atenção. Aqueles sete argumentos que Jake uma vez usara contra a história não muito empolgante de mãe e filha em uma casa velha de Evan Parker — *Vencer o monstro? Da pobreza à riqueza? A viagem e o retorno?* — eram os mesmos sete argumentos que escritores e outros contadores de histórias vinham revisitando desde sempre. Ainda assim...

Ainda assim.

De vez em quando, alguma centelha mágica se erguia do nada no ar e aterrissava (sim, *aterrissava*) na consciência de uma pessoa capaz de trazê-la à vida. Aquilo às vezes era chamado de "inspiração", embora "inspiração" não fosse uma palavra que os próprios escritores costumassem usar.

Aquelas pequenas centelhas mágicas em geral não perdiam tempo para se declarar. Elas acordavam o escritor pela manhã com um *toc, toc* irritante e uma sensação de urgência se expandindo, e o perseguiam pelos dias que se seguiam: a ideia, os personagens, o problema, o cenário, trechos de diálogos, frases descritivas, uma sentença de abertura.

Para Jake, a palavra que melhor descrevia a relação entre um escritor e sua centelha criativa era "responsabilidade". Quando de posse de uma ideia real, você tem uma dívida por ela ter *te* escolhido, e não a *algum outro escritor*, e você paga essa dívida trabalhando, não apenas como um artífice de frases, mas como um artista corajoso, pronto para cometer erros dolorosos, que consumiriam seu tempo e chegariam a comprometer sua autoestima. Estar à altura dessa responsabilidade era uma questão de encarar a página (ou a tela) em branco e amordaçar os críticos que moravam dentro da sua cabeça, ao menos por tempo suficiente para conseguir produzir alguma coisa — tudo isso era muito difícil e nada era opcional. E mais: caso você não assumisse a tarefa, seria por sua conta e risco, porque, se falhasse nessa responsabilidade tão séria, poderia acabar descobrindo, após algum período de distração, ou mesmo após algum tempo de trabalho sem grande empenho, que a sua preciosa centelha havia... te abandonado.

Em outras palavras, ela havia sumido — de maneira tão repentina e inesperada quanto aparecera — e seu romance se fora com ela, embora você pudesse continuar insistindo por alguns meses, alguns anos ou pelo resto da vida, jogando palavras na página (ou na tela) com desespero, em uma recusa obstinada de enfrentar o que tinha acontecido.

E havia mais uma coisa: uma superstição extra e sombria para qualquer escritor que fosse arrogante a ponto de ignorar a centelha de uma grande ideia, mesmo que esse escritor não fosse religioso, mesmo que ele não acreditasse que "tudo acontece por uma razão", mesmo que, de fato, resistisse ao pensamento mágico de qualquer outro tipo concebível. A superstição dizia que, se você não fizesse o certo pela magnífica ideia que *o* escolhera, *entre todos os escritores possíveis*, para trazê-la à vida, essa grande ideia não iria apenas deixá-lo insistindo em vão. Na verdade, ela *iria para outra pessoa*. Uma grande história, em outras palavras, queria ser contada. E, se você não fizesse isso, ela *iria embora*, encontraria *outro escritor que a contasse*, e você se veria reduzido a ver *outra pessoa* escrever e publicar seu livro.

Intolerável.

Jake se lembrou do dia em que um certo momento-chave de *A invenção do assombro* de súbito estava ali, com ele, no mundo — sem preâmbulo, sem aviso —, e, apesar de aquilo nunca ter acontecido com ele antes, seu primeiro pensamento no instante seguinte tinha sido:

Agarre-o.

E foi o que ele fez. Tinha agido certo com aquela centelha e escrevera o melhor romance possível em torno dela, o primeiro livro, indicado na seção "Novos & dignos de nota" do *New York Times*, que voltara — muito fugazmente — a atenção do mundo literário na sua direção.

No caso de *Reverberações* (seu "romance em contos interligados", que na verdade eram só… contos) lhe faltara até mesmo um pálido frêmito de uma ideia, embora obviamente ele tivesse terminado aquele livro, claudicando até o ponto em que se sentiu autorizado a digitar "Fim". Sem dúvida ali terminara seu período de "jovem escritor promissor", e talvez tivesse sido mais inteligente não publicar *Reverberações*, mas Jake estava apavorado com a possibilidade de perder a validação de *A invenção do assombro*. Depois que cada uma das editoras tradicionais, e então uma grande parte das editoras universitárias, rejeitara o manuscrito, a importância de publicar aquele segundo livro tinha crescido a ponto de parecer que toda a existência de Jake estava em jogo. Se ao menos ele pudesse tirar aquilo do caminho, tinha dito a si mesmo na época, talvez a próxima ideia, a próxima centelha, chegasse.

Mas não chegara. E, por mais que ele tivesse continuado a ter as ocasionais ideias rabugentas e práticas nos anos que se seguiram — *menino cresce em família obcecada com a criação de cães, homem descobre irmão mais velho internado em instituição psiquiátrica ao nascer* —, não houve nenhum *toc, toc* para acordá-lo, impelindo-o a escrever. O trabalho que Jake fizera desde então, em relação a essas e a algumas outras ideias ainda piores, acabara se extinguindo de forma dolorosa.

Até — se fosse totalmente sincero consigo mesmo, e naquele momento Jake *estava* sendo totalmente sincero consigo mesmo — que ele parou de tentar. Fazia mais de dois anos que não escrevia uma única palavra de ficção.

Certa vez, muito tempo antes, Jake tinha se esforçado para honrar o que lhe fora dado. Ele tinha reconhecido sua centelha e fizera o que devia por ela, sem jamais perder a concentração, dedicando-se a uma escrita cuidadosa, determinado a produzir um bom trabalho, e então um trabalho ainda melhor. Ele não havia tomado atalhos e não evitara nenhum esforço. Arriscara-se contra o mundo, submetendo-se às opiniões de editores, revisores e leitores comuns... mas as boas graças o ignoraram a partir dali, e haviam passado para outros. O que ele deveria fazer, quem deveria ser, se nenhuma outra centelha voltasse a surgir?

Era insuportável sequer imaginar aquilo.

Bons escritores pegam emprestado, grandes escritores roubam, estava pensando Jake. A frase corriqueira tinha sido atribuída a T. S. Eliot (o que não significava que Eliot não a tivesse roubado!), mas ele estava falando, talvez não muito a sério, sobre o roubo de elementos do texto — frases, sentenças e parágrafos —, não de uma história. Além disso, Jake sabia, assim como Eliot, e assim como todos os artistas deveriam saber, que cada história, como uma obra de arte única — desde as pinturas rupestres até o que quer que estivesse passando no Park Theatre, em Cobleskill, chegando aos próprios livros insignificantes dele —, *conversava com* todas as outras obras de arte: esbarrando em suas predecessoras, se inspirando em seus contemporâneos, se harmonizando com os padrões. Tudo aquilo — pintura, coreografia, poesia, fotografia, arte performática e o sempre oscilante romance — girava em uma máquina própria de *spin art* irrefreável. E era uma coisa linda e emocionante de se ver.

Ele não seria o primeiro a pegar a história de alguma peça ou livro — naquele caso, um livro que nunca havia sido escrito! — para criar algo inteiramente novo a partir dali. *Miss Saigon* e *Madame Butterfly*. *As horas* e *Mrs. Dalloway*. *O rei leão* e *Hamlet*, pelo amor de Deus! Nem chegava a ser um tabu, e óbvio que não era roubo; mesmo que o original de Parker *existisse* na época de sua morte, Jake nunca tinha visto mais que algumas páginas do texto e se lembrava pouco do que vira: a mãe na Linha Direta com o Além, a filha escrevendo sobre os "carpetbaggers", a decoração de abacaxis ao redor da porta da casa velha. Com certeza o que ele mesmo fosse capaz de fazer com tão pouco pertenceria a ele, somente a ele.

Essas, então, eram as circunstâncias em que Jake se encontrava naquela noite de janeiro, diante de seu computador, em seu apartamento horrível em Cobleskill, na Região de Leatherstocking, no norte do estado de Nova York, desprovido de orgulho, de esperança, de tempo e — ele enfim era capaz de admitir — de ideias próprias.

Jake não procurara por aquilo. Havia defendido a honra dos escritores que ouviam as ideias de outros escritores e depois voltavam, muito responsáveis, às próprias ideias. De forma alguma havia convidado a centelha brilhante que seu aluno abandonara (tudo bem, abandonara *involuntariamente*) a se aproximar *dele*, mas ela viera e ali estava, aquela coisa urgente, tremeluzente, já cutucando (*toc, toc*) a sua mente: *a ideia, os personagens, o problema*.

Então, o que Jake faria em relação àquilo?

Era uma pergunta retórica, claro. Ele sabia exatamente o que faria em relação àquilo.

PARTE TRÊS

CAPÍTULO OITO

Síndrome da réplica

Três anos mais tarde, Jacob Finch Bonner, autor de *A invenção do assombro* e do decididamente menos obscuro *Réplica* (mais de dois milhões de cópias impressas e atual ocupante do segundo lugar na lista de mais vendidos em capa dura do *New York Times* — depois de nove meses em primeiro lugar), se viu no palco do Auditório da Fundação S. Mark Taper na Sinfônica de Seattle. A mulher sentada à sua frente era um tipo que ele passara a conhecer bem durante sua interminável turnê de divulgação do livro: uma entusiasta ofegante, que não parava de agitar as mãos e talvez nunca tivesse lido um romance antes, e que havia ficado extasiada com a experiência com aquele romance em particular. Ela facilitava o trabalho de Jake porque falava de forma efusiva e incessante e quase nunca formulava uma pergunta coerente. Tudo o que ele precisava fazer, de modo geral, era assentir, agradecer e olhar para a plateia com um sorriso grato e modesto.

Aquela não era a primeira viagem de Jake a Seattle para promover o livro, mas a visita anterior tinha acontecido durante as primeiras semanas da turnê, quando o país estava começando a tomar conhecimento de *Réplica*, e os espaços para divulgação do livro eram os que costumavam designar para um autor ainda não famoso: a livraria Elliott Bay e a filial da Barnes & Noble em Bellevue. Para Jake, aqueles eventos já haviam sido bem empolgantes. (Não houvera nenhuma turnê de divulgação para *A invenção do assombro*, e o pedido pessoal de Jake para fazer uma leitura na Barnes & Noble perto da sua cidade natal, em Long Island, tinha lhe rendido uma plateia de seis pessoas, incluindo os pais dele, sua antiga professora e a mãe da namorada dele no ensino médio — que provavelmente tinha passado todo o tempo da leitura se perguntando o que a filha vira em Jake.) O que tinha sido ainda mais emocionante em relação às leituras da primeira rodada em Seattle, e às centenas como ela por todo o país, foi que as pessoas compareceram, pessoas que não eram os pais ou professores do ensino médio dele, ou que se sentiam obrigadas de alguma forma a estar lá. Os quarenta que apareceram para aquela leitura na Elliott Bay, por exemplo, ou os vinte e cinco na Barnes & Noble em Bellevue eram completos estranhos, e aquilo era simplesmente espantoso. Tão espantoso, na verdade, que Jake levara alguns meses para digerir a emoção que sentiu.

Mas já digerira.

Aquela turnê — tecnicamente a turnê de divulgação da edição capa dura — nunca havia terminado de fato. Conforme o livro decolava, mais e mais datas foram sendo adicionadas, cada vez mais lugares em que a compra do livro fazia parte do preço de entrada, então feiras e outros eventos literários começaram a ser anexados à programação: Miami, Texas, a conferência da AWP (Associação de Escritores e Programas de Escrita), a Bouchercon, a convenção Left Coast Crime (essas duas últimas, como tantas outras coisas relacionadas ao gênero de suspense em que ele entrara inadvertidamente, Jake até então não conhecia). Na verdade, ele mal havia parado de viajar desde a publicação do livro — que tinha sido acompanhada por um adorável perfil no *New York Times*, do tipo que já o deixara com os joelhos bambos de inveja. Então, depois de alguns meses naquilo, a edição brochura do livro tinha sido encomendada às pressas quando a Oprah o escolheu para a edição de outubro do clube de leitura dela, e agora Jake estava voltando a algumas das cidades que já visitara, mas em locais em que nem mesmo ele teria conseguido sonhar estar.

O Auditório da Fundação S. Mark Taper, por exemplo, tinha mais de dois mil e quatrocentos lugares — Jake pesquisara antes. *Dois mil e quatrocentos lugares!* E, até onde ele conseguia ver, cada um deles estava ocupado. Jake também via o verde forte da nova capa do livro no colo e nas mãos das pessoas. A maior parte daquelas pessoas tinha levado os próprios exemplares — o que Jake supôs que não era um bom presságio para as quatro mil cópias que a Elliott Bay estava agora desempacotando nas mesas de autógrafos no saguão, mas... nossa, como era gratificante para ele! Quando *A invenção do assombro* tinha sido publicado, quase quinze anos antes, ele havia se apegado à fantasia de vou-saber-que-cheguei-lá quando visse um estranho lendo seu livro em público, e nem é preciso dizer que aquilo nunca tinha acontecido. Certa vez, no metrô, Jake tinha visto um cara lendo um livro que parecia tentadoramente com o dele, mas, quando se aproximou, se sentou bem na frente do cara e deu uma olhada, descobriu que era o novo de Scott Turow, e aquele tinha sido apenas o primeiro de vários alarmes falsos esmagadores. Também não acontecera, é óbvio, com *Reverberações*, que havia tido menos de oitocentas cópias vendidas (e ele mesmo havia comprado duzentas pelo preço com desconto dos exemplares encalhados). Agora, aquele auditório estava cheio de leitores vivos e respirando, que pagaram dinheiro de verdade pelos ingressos e estavam ali, naquele espaço enorme, segurando o livro que ele tinha escrito enquanto se inclinavam para a frente em seus assentos e riam alto de tudo o que ele dizia, até mesmo das coisas banais sobre como era o seu "processo" e o fato de ele ainda carregar o notebook na mesma bolsa de couro que tinha havia anos.

— Ai, meu Deus — disse a mulher na outra cadeira —, preciso contar a você que estava no avião lendo o livro e cheguei à parte... acho que todos vocês sabem de que parte estou falando... e, nossa, de repente eu fiquei sem ar! É sério, eu fiz um barulho! E a comissária de bordo se aproximou e perguntou: "A senhora está bem?", e eu respondi: "Ai, meu Deus, é este livro!" Ela me perguntou, então, que livro eu estava lendo, eu mostrei e a comissária começou a rir. Ela disse que aquilo vinha acontecendo fazia meses, pessoas gritando e ofegando no meio do voo. É como uma síndrome. Tipo: síndrome da *Réplica*!

— Ah, isso é muito engraçado — disse Jake. — Eu sempre olhava o que as pessoas estavam lendo no avião. E posso garantir que nunca era nada escrito por mim!

— Mas o seu primeiro romance foi recomendado pelo *New York Times*.

— Sim, foi. E isso foi uma honra enorme. Infelizmente, não se traduziu em levar as pessoas às livrarias para comprarem o livro. Na verdade, acho que aquele livro nem *estava* nas livrarias. Eu lembro da minha mãe me dizendo que não tinha encontrado nenhum na livraria perto da casa dela em Long Island. Ela precisou encomendar. Isso é muito duro para uma mãe judia cujo filho nem é médico.

Risadas explosivas. A entrevistadora — seu nome era Candy e ela era uma espécie de figura pública local — se dobrou de rir. Quando ela se controlou, fez a pergunta, completamente previsível, sobre como Jake havia tido a ideia para o livro.

— Não acho que ideias, mesmo as grandes ideias, sejam tão difíceis de encontrar. Quando as pessoas me perguntam de onde eu tiro as minhas, sempre respondo que há uma centena de romances na edição diária do *New York Times*, e nós colocamos o jornal para reciclagem ou usamos para forrar a gaiola do passarinho. Se você ficar preso na sua própria experiência, talvez tenha dificuldade de enxergar além das coisas que aconteceram com você, e, a menos que tenha tido uma vida de aventuras dignas da *National Geographic*, provavelmente vai acabar achando que não tem nada que sirva de material para escrever um romance. Mas, se você passar alguns minutos com as histórias de outras pessoas e aprender a se perguntar *E se isso tivesse acontecido comigo?*, ou *E se isso acontecesse com uma pessoa totalmente distinta de mim* ou *em um mundo que é diferente do mundo em que estou vivendo?*, ou *E se acontecesse um pouco diferente, em outras circunstâncias?* As possibilidades são infinitas. As direções que você pode seguir, os personagens que pode encontrar ao longo do caminho, as coisas que pode aprender também são infinitas. Dei aula em cursos de pós-graduação em escrita criativa e posso dizer que isso talvez seja a coisa mais importante que alguém pode ensinar. Saia da sua cabeça e olhe ao redor. Há histórias crescendo em árvores.

— Muito bem — insistiu Candy —, mas de que árvore você tirou essa história em particular? Porque vou te dizer uma coisa: eu leio o tempo todo. Foram setenta e cinco romances no ano passado, eu contei! Bem, o Goodreads contou. — Ela sorriu para a plateia, que riu de volta, obediente. — E não consigo lembrar de outro livro que tenha me feito ofegar alto dentro de um avião. Então, como você chegou a isso?

E ali estava: aquela onda fria de terror se espalhando pelo corpo de Jake, do topo da cabeça, passando pela boca sorridente e ao longo de cada membro, até a extremidade de cada dedo da mão ou do pé. Por incrível que pudesse parecer, ele ainda não estava acostumado, embora aquilo o acompanhasse em todos os momentos de todos os dias, naquela turnê e na turnê anterior, nos meses inebriantes antes da publicação, conforme a sua nova editora elevava a temperatura e o mundo dos livros começava a notar *Réplica*. Aquela mesma onda fria de terror estava com ele na época em que escrevera o livro em si, o que levara seis meses entre inverno e primavera no apartamento dele em Cobleskill, Nova York, e no escritório atrás da antiga recepção do Centro Adlon para Artes Criativas — sempre torcendo para que nenhum dos "hóspedes-escritores" do andar de cima aparecesse para incomodá-lo com reclamações sobre os quartos ou perguntas sobre como conseguir um agente na William Morris Endeavor. Desde aquela noite de janeiro, quando tinha lido o obituário de Evan Parker, seu aluno mais memorável, Jake carregava sempre com ele, *a cada momento de cada dia*, a ameaça perpétua de dano permanente.

Desnecessário dizer que ele não havia usado *uma única palavra* daquelas páginas que lera na Ripley. Para começar, não as tinha mais com ele, e, ainda que tivesse, teria jogado as páginas fora para não olhar. Até mesmo o falecido Evan Parker, se fosse capaz de ler *Réplica*, teria achado impossível encontrar seu próprio texto no romance de Jake. Ainda assim, desde o momento em que havia digitado as palavras "capítulo um" no notebook, em Cobleskill, Jake estava sempre esperando, horrorizado, que surgisse alguém que soubesse a resposta para aquela pergunta — *Como você chegou a isso?* —, se levantasse e apontasse o dedo para ele, acusando-o.

Candy não era essa pessoa, óbvio. Candy não sabia muito sobre muita coisa, e não sabia nada sobre aquela coisa em particular — isso estava bem claro, mesmo para Jake. O que Candy levara para a conversa deles tinha sido uma admirável sensação de tranquilidade que o dominara ao se ver encarado por mais de dois mil e quatrocentos seres humanos, e essa não era uma qualidade que o próprio Jake menosprezaria, de forma alguma. Mas por trás da pergunta dela havia uma clara insipidez. Era só uma pergunta. Às vezes, uma pergunta era só uma pergunta.

— Ah, sabe — disse Jake por fim —, não é uma história muito interessante. Na verdade é um pouco constrangedor. Quer dizer, pense na atividade mais banal que puder imaginar: eu estava levando o meu lixo para colocar no meio-fio, e uma mãe que morava no meu quarteirão passou de carro com a filha adolescente. As duas estavam gritando uma com a outra dentro do carro. Você sabe, tendo um daqueles momentos difíceis, como nenhuma outra mãe e filha adolescente já teve.

Ali, Jake fez uma pausa para as risadas da plateia. Ele havia inventado a história de tirar-o-lixo exatamente para ocasiões como essa, e já a contara muitas vezes. As pessoas sempre riam.

— E a ideia do livro simplesmente surgiu na minha cabeça. Quer dizer, sejamos honestos. Quem nunca pensou *Eu seria capaz de matar a minha mãe* ou *Essa garota ainda vai me fazer cometer um assassinato*, por favor, levante a mão.

A enorme plateia ficou imóvel. Candy também. Então houve outra onda de risadas, agora bem menos exuberante. Era sempre assim.

— E eu comecei a pensar... esse argumento poderia ficar sério? Em que medida? Poderia ficar, vocês sabem, *muito sério*? E qual seria o resultado se isso acontecesse?

Depois de um momento, Candy disse:

— Bem, acho que agora todos sabemos a resposta.

Mais risadas e depois aplausos. Muitos aplausos. Jake e Candy trocaram um aperto de mãos e se levantaram, então acenaram para a plateia, saíram do palco e se separaram, ela para o camarim e Jake para a mesa de autógrafos no saguão, onde a longa e sinuosa fila que ele uma vez fantasiara já havia começado a se formar. Havia seis mulheres jovens paradas uma ao lado da outra, ao longo da extensão da mesa, à esquerda dele. Uma vendia os exemplares de *Réplica*, outra escrevia em um post-it o nome a ser colocado na dedicatória e colava na capa, e uma terceira abria os livros na página certa. Tudo o que Jake precisava fazer era sorrir e autografar — o que ele fez repetidas vezes, até sua mandíbula doer, sua mão esquerda doer e todos os rostos começarem a se parecer com o rosto anterior, ou o seguinte, ou ambos de uma só vez.

Oi, obrigado por vir!
Ah, que gentileza!
É mesmo? Que incrível!
Boa sorte com o que está escrevendo!

Aquele era o décimo quinto evento noturno de que Jake participava em quinze dias, com exceção apenas da noite da segunda-feira anterior, que ele passara em um hotel em Milwaukee, comendo um hambúrguer horrível e respondendo a e-mails, antes de desmaiar enquanto assistia ao programa de Rachel Maddow. Ele não colocava os pés no próprio apartamento — um apartamento novo, comprado com o adiantamento espantoso que tinha recebido por *Réplica*, e que mal estava mobiliado — desde o final de agosto, e já era final de setembro. Jake estava vivendo de hambúrgueres de hotel, whisky sours, jujubas de frigobar e pura tensão, tentando evocar respostas novas ou pelo menos variações de respostas para as mesmas perguntas que já ouvira centenas de vezes, e pelo menos dois quilos mais magro — apesar de todas aquelas jujubas —, em um corpo que não podia se dar ao luxo de perder muito mais. A agente dele, Matilda (que *não* era a agente que havia feito um péssimo trabalho com o primeiro romance de Jake e se desinteressara totalmente do segundo!), ligava a cada poucos dias para perguntar como quem não quer nada quanto ele já tinha avançado no próximo romance (resposta: não o bastante), e um coro de escritores que ele conhecera na pós-graduação, na faculdade e durante aqueles anos em Nova York o seguiam como as Fúrias, bombardeando-o com pedidos — tudo, desde elogios para os originais deles até recomendações para colônias de artistas e pedidos para serem colocados em contato com Matilda. Em resumo, Jake não conseguia ver adiante além de um ou dois dias. Mais que isso, ele passava as solicitações para Otis, o funcionário que a Macmillan havia escolhido para acompanhá-lo na turnê de divulgação. Aquela era uma forma estranha, quase incorpórea, de viver.

Mas também era a realização exata do seu sonho. Na época em que tinha aquele sonho, muito tempo antes de ser um "escritor de sucesso" (não fazia nem um ano!), ele não imaginava exatamente aquelas coisas? Plateias cheias, pilhas de livros, aquele "1" mágico ao lado do seu nome na lendária lista na última página do caderno literário do *New York Times*? Claro que sim, mas também ansiara pelas pequenas conexões humanas que devem acontecer com um escritor cujo trabalho foi de fato lido: abrir o próprio livro, escrever o próprio nome, entregá-lo a um único leitor interessado em lê-lo. Era errado querer essas recompensas simples e humildes? Mão na mão e cérebro com cérebro na maravilhosa conexão que era a linguagem escrita encontrando o poder de contar histórias? Ele tinha essas coisas agora. E devia pensar: havia conseguido tudo com o seu trabalho árduo e a sua imaginação.

E com uma história que talvez não fosse inteiramente dele para contar.

Uma história que alguém, em algum lugar no mundo, talvez conhecesse.

Tudo aquilo poderia ser arrancado dele a qualquer momento — *rip, rip, rip* —, e com tanta rapidez que Jake se veria impotente e aniquilado antes mesmo de saber o que estava acontecendo. Então, ele seria relegado para sempre e sem esperança de apelação ao círculo dos escritores impostores: James Frey, Stephen Glass, Clifford Irving, Greg Mortenson, Jerzy Kosinski...

Jacob Finch Bonner?

— Obrigado — Jake se ouviu dizer quando um jovem fez um comentário gentil sobre *A invenção do assombro*. — Também é um dos meus favoritos.

As palavras lhe pareceram de alguma forma familiares, então ele se lembrou de que essa frase exata tinha sido outra fantasia sua, e por um breve momento isso o fez se sentir absurdamente feliz. Mas apenas por um brevíssimo momento. Depois disso, ele voltou a ficar aterrorizado.

CAPÍTULO NOVE

Não foi o pior

Pela agenda impressa de Jake, ele teria a manhã seguinte de folga, mas no caminho de volta para o hotel, depois de autografar o último livro, Otis o informou de um novo evento, uma entrevista matinal para um programa de rádio chamado *Sunrise Seattle*.

— A distância? — perguntou Jake, esperançoso.

— Não. No estúdio. Foi um convite de última hora, mas a produtora do programa quer muito fazer acontecer. Ela alterou a agenda do apresentador para encaixar você. É uma grande fã.

— Ah. Que legal — disse Jake, embora não fosse, na verdade.

Ele tinha um voo marcado para San Francisco à tarde e um evento no Castro Theatre à noite, então teria que estar em Los Angeles na manhã seguinte para quase uma semana de reuniões relacionadas à adaptação de *Réplica* para o cinema. Uma delas era um almoço com o diretor. Um diretor de primeira linha, pelo padrão de qualquer pessoa.

A estação KBIK não era longe do hotel e ficava apenas alguns quarteirões ao norte do Pike Place Market. Bem cedo na manhã seguinte, Jake deixou Otis pegando a bagagem deles no táxi e entrou no saguão da estação de rádio, onde logo viu o contato que os aguardava: uma mulher com cabelos grisalhos brilhantes, afastados do rosto por uma tiara francamente juvenil. Ele se aproximou dela com a mão estendida e a frase desnecessária:

— Sou Jake Bonner.

— Jake! Oi!

Eles trocaram um aperto de mãos — a dela longa e fina, como seu corpo. A mulher tinha olhos azuis cintilantes e Jake reparou que ela não usava um pingo de maquiagem. Ele gostou disso. E reparou que tinha gostado disso.

— E você é?

— Ah! Desculpa, sou Anna Williams. Anna. Quer dizer, por favor, me chame de Anna. Sou a produtora do programa. É tão fantástico termos conseguido que você viesse! Eu adorei o seu livro.

— Obrigado. É muita gentileza sua dizer isso.

— É sério, não consegui tirar o livro da cabeça na primeira vez que li.

— Primeira vez?

— Ah, eu li várias vezes. É simplesmente incrível conhecer você.

Otis chegou, arrastando as duas malas. E também trocou um aperto de mãos com Anna.

— Então, é uma entrevista direta? — perguntou Otis. — Você precisa que o Jake leia alguma coisa?

— Não. A menos que você queira. — Anna olhou para Jake. Ela parecia quase aflita, como se não tivesse feito essa pergunta importante.

— De jeito nenhum. — Jake sorriu. Ele estava tentando adivinhar a idade de Anna. A mesma que ele? Ou talvez um pouco mais jovem. Era difícil dizer. Ela era esbelta e estava usando legging preta e uma espécie de túnica. Muito Seattle. — Sério, sou bem tranquilo. Vai ter telefonemas de ouvintes?

— Ah, nunca dá pra saber. O Randy é um pouco difícil de prever, ele decide tudo na hora. Às vezes recebe ligações, às vezes não.

— Randy Johnson é uma instituição de Seattle — explicou Otis. — Há quanto tempo... uns vinte anos?

— Vinte e dois. Nem todos nesta rádio. Acho que ele não passou mais que alguns dias fora do ar desde que começou. — Anna segurava a prancheta com firmeza contra o peito. As mãos longas envolvendo as bordas.

— Fiquei muito satisfeito quando soube que ele queria receber um romancista! — comentou Otis. — Normalmente, quando temos a sorte de participar do programa de Randy Johnson, é por causa de uma biografia esportiva, ou às vezes política. Não lembro de ter trazido um escritor de ficção antes. Pode ficar orgulhoso — ele disse para Jake. — Fez Randy Johnson ler um romance!

— Ah — disse a mulher, Anna Williams. — Sabe, eu gostaria de poder garantir que ele leu o romance inteiro. Ele sabe do que se trata, obviamente, mas você está certo, Randy não é o que se chamaria de um leitor natural de ficção. Mas ele entende a proporção que *Réplica* tomou e gosta de ter um fenômeno cultural no programa, seja um romance ou uma pedra de estimação.

Jake suspirou. Nas primeiras semanas depois do lançamento, tinha passado por várias entrevistas com pessoas que não tinham lido o livro, e responder a suas perguntas básicas — *Então, sobre o que é o seu livro?* — trazia o desafio significativo de descrever *Réplica* sem revelar a agora famosa reviravolta do enredo. No momento, todos pareciam saber do que se tratava sua obra, o que era um alívio em mais de um sentido. Além disso, não era divertido disfarçar a total falta de familiaridade de alguém com o seu trabalho enquanto tentava parecer agradável e participativo.

Eles subiram para o estúdio e encontraram o apresentador, Randy Johnson, no meio de uma entrevista com uma senadora estadual e uma eleitora dela, ambas muito envolvidas no assunto de uma nova lei relacionada aos cães e seus dejetos. Jake observou Johnson, um homem grande e peludo, com uma clara tendência a cuspir enquanto falava, jogar habilmente aquelas duas antagonistas uma contra a outra, até que a eleitora estivesse com o rosto vermelho e a senadora ameaçasse se levantar e sair do estúdio.

— Ah, não, você não quer fazer isso — disse Johnson, que sem dúvida estava contendo uma risada. — Escutem, vamos fazer uma pausa.

A produtora do programa, Anna Williams, entregou uma garrafa de água a Jake. Os dedos dela estavam quentes quando encostaram nos dele, mas a água estava gelada. Ele olhou para ela. Era uma mulher bonita; muito, inegavelmente bonita. Fazia muito tempo que Jake não parava para reparar na beleza de uma mulher. Ele conhecera uma pelo Bumble no verão anterior e saíra para jantar com ela algumas vezes. Antes disso, tinha havido uma mulher que ensinava estatística na suny Cobleskill. E, antes, Alice Logan, a poeta que conhecera na Ripley, embora a relação dos dois tivesse se exaurido quando ela foi para o sul, para a Johns Hopkins, no fim do verão. Jake sabia que Alice havia sido efetivada lá. Ela lhe enviara um breve e-mail de parabéns quando *Réplica* havia entrado na lista dos mais vendidos do *New York Times*.

— Ele está quase terminando com aquelas duas — disse Anna baixinho.

Quando o intervalo comercial começou, ela o levou para o assento que a eleitora furiosa acabara de desocupar e segurou os fones de ouvido abertos para ele. Randy Johnson estava examinando alguns papéis e bebendo alguma coisa de uma caneca com o logo da kbik.

— Espera — disse ele, sem olhar para cima. — Espera um instante.

— Claro — respondeu Jake.

Ele procurou Otis, mas não o viu por perto. Anna Williams se sentou na outra cadeira e colocou o próprio fone de ouvido. E deu um sorriso encorajador a Jake.

— Ele tem algumas boas perguntas — disse ela, não parecendo muito convencida disso.

Obviamente, ela mesma havia escrito as perguntas. A dúvida, supôs Jake, era se o apresentador se ateria a elas. Pouco antes de voltarem ao ar, Johnson ergueu o olhar e sorriu.

— Como vai. É Jack, certo?

— Jake — ele corrigiu. E estendeu a mão para apertar a do apresentador. — Obrigado por me receber.

Randy Johnson sorriu.

— Esta aqui — ele apontou para Anna — não me deu escolha.

— Ah — falou Jake, se virando para ela.

Anna estava com os olhos fixos na prancheta, fingindo não ouvir.

— Ela parece peso-pena, mas é peso-pesado quando se trata de conseguir o que quer.

— Isso deve ser o que faz dela uma grande produtora — comentou Jake, como se aquela completa estranha precisasse dele para defendê-la.

— Cinco segundos — disse uma voz nos ouvidos de Jake.

— Muito bem! — falou Randy Johnson. — Todos prontos?

Jake supunha que estivesse. Àquela altura, ele já havia se sentado em várias cadeiras como aquela e sorrira com cordialidade para um grande número de fanfarrões locais. Jake escutou Randy Johnson opinar sobre cães sem coleira nas ruas de Seattle por algum tempo, então ouviu o que entendeu ser sua própria apresentação.

— Muito bem, o nosso próximo convidado é provavelmente o escritor mais famoso da América no momento. Estou falando de Dan Brown ou John Grisham? Você está ficando muito animado aí do outro lado, estou certo?

Ele lançou um olhar para a mulher ao seu lado. O maxilar bem marcado dela estava tenso, os olhos fixos na prancheta.

— Bem, é uma pena. Mas deixe eu perguntar uma coisa a vocês. Quem aí já leu um livro chamado *A réplica*? Parece que é sobre um quadro. É sobre um quadro?

O apresentador ficou em silêncio, então. Depois de um momento de horror, Jake percebeu que era esperado que ele realmente respondesse à pergunta.

— Hum, o título é *Réplica*, não *A réplica*. E não tem nada a ver com um quadro. Tem a ver com se apropriar de alguma coisa. E... obrigado por me receber, Randy. Nós tivemos um grande evento aqui em Seattle na noite passada.

— É mesmo? Onde?

Jake não conseguiu se lembrar do nome correto do auditório.

— Artes e Palestras de Seattle. Na sinfônica. Um lugar lindo.

— É mesmo? Que importante. Qual o tamanho do lugar?

Sério?, pensou Jake. Agora se esperava que ele respondesse a perguntas triviais sobre a própria cidade do anfitrião? Mas na verdade ele sabia a resposta.

— Cerca de dois mil e quatrocentos lugares, acho. Eu conheci pessoas incríveis.

Ao lado dele, Anna levantou um pedaço de papel, só que para o anfitrião, não para Jake. NOME COMPLETO: JACOB FINCH BONNER, dizia.

Randy fez uma careta.

— Jacob Finch Bonner. Que tipo de nome é esse?

O tipo que eu tenho desde que nasci, pensou Jake. A não ser pelo Finch, é claro.

— Bem, todo mundo me chama de Jake. Tenho que admitir que eu mesmo adicionei o "Finch". Em homenagem a Scout, Jem e Atticus.

— Em homenagem a quem?

Foi tão difícil não balançar a cabeça. Jake precisou se esforçar muito.

— São personagens de *O sol é para todos*. Meu livro favorito quando eu era criança.

— Ah. Sim, acho que escapei de ler esse vendo o filme. — Ali, ele foi interrompido pela própria risada de aprovação. — Então, você lançou esse primeiro romance, que todo mundo está lendo. Conta pra gente do que se trata, Jake Finch.

Jake tentou rir também. Mas soou muito menos natural.

— Só Jake! Bem, há coisas no livro que não quero revelar para quem não leu, por isso vamos dizer apenas que é sobre uma mulher chamada Samantha que se torna mãe ainda jovem. Muito jovem. Jovem demais.

— Ela é uma garota safada — comentou Randy.

Jake olhou para ele quase sem acreditar.

— Bem, não necessariamente. Mas ela meio que abre mão da própria vida para ter a filha, e as duas vivem juntas, bastante isoladas, na casa onde a própria Samantha cresceu. Mas elas não são próximas. E a situação fica pior quando a filha, Maria, chega à adolescência.

— Ah, você quer dizer que é como na minha casa — brincou Randy, encantado com o próprio humor.

Anna ergueu outra folha de papel. MAIS DE 2 MILHÕES VENDIDOS, dizia. E abaixo: SPIELBERG VAI DIRIGIR O FILME.

— Então, Jake! Ouvi dizer que Steven Spielberg vai transformar seu livro em um filme. Como você fisgou um peixe tão grande?

Foi um alívio, pelo menos, desviar o assunto de si mesmo e até do livro. Jake falou um pouco sobre o filme, e sobre o fato de sempre ter sido fã de Spielberg.

— Acho incrível que ele tenha se conectado de um jeito tão forte com a história.

— Sim, mas por quê? Quer dizer, o cara provavelmente pode escolher qualquer projeto de filme por aí. E escolheu *A réplica*. Por que, você acha?

Jake fechou os olhos.

— Bem, acho que alguma coisa nos personagens deve ter atraído a atenção dele. Ou...

— Ah, então, como a minha filha de dezesseis anos e a minha esposa começam a gritar uma com a outra assim que acordam de manhã e não param até a meia-noite, eu poderia pedir para o Spielberg fazer um filme sobre elas? Porque pra mim tá ótimo. A minha produtora está aqui. Anna? Podemos ligar para o Spielberg? Vou dizer a ele que vendo a minha esposa e a minha filha pela metade do que está pagando ao Jake.

Jake encarou o homem, horrorizado. E se virou para procurar Otis. Nada de Otis. De qualquer modo, Otis não poderia ter feito nada a respeito.

— Muito bem! — disse Randy, com um floreio. — Vamos atender algumas ligações.

Ele cravou o dedo indicador no console, e uma mulher perguntou em voz baixa se poderia fazer uma pergunta a Jake.

— Claro! — disse Jake, muito mais entusiasmado do que se sentia de fato. — Oi!

— Oi. Eu amei muito o livro. Dei de presente pra todo mundo no meu escritório.

— Ah, que legal — disse Jake. — Você tem uma pergunta?

— Sim. Eu só queria saber como você pensou nessa história. Porque, nossa, eu fiquei realmente surpresa.

Jake procurou em seu arquivo mental qual de suas respostas já prontas era a mais apropriada.

— Acho que, quando a gente está escrevendo uma história longa, como um romance, não pensa em todas as partes da história de uma vez só. A gente pensa em uma parte, depois na próxima e na próxima. E o livro vai evoluindo...

— Obrigado — Randy disse, cortando tanto a ouvinte quanto Jake. — Então você meio que inventa conforme avança. Você não escreve um esboço do trabalho antes?

— Nunca fiz isso. O que não quer dizer que jamais vou fazer.

— Alô, você está falando com o Randy.

— Oi, Randy. Você sabe se a cidade pretende fazer alguma coisa em relação a todas aquelas pessoas usando drogas na Occidental Square? Estive lá no fim de semana com os meus sogros e está um absurdo, sabe?

— Ah, como eu sei! — concordou Randy. — A situação nunca esteve tão ruim, e esta cidade é assim: o que os olhos não veem o coração não sente. Sabe o que eu acho que deveriam fazer a respeito?

E ele seguiu: o prefeito, a câmara municipal, os benfeitores distribuindo comida e cupons, a que aquilo acabaria levando? Jake olhou para Anna, que fitava o apresentador, muito pálida. Não houve mais recados rabiscados. Ela parecia ter desistido. E o tempo acabou.

— Muito bem, agradeço por ter vindo — disse Randy Johnson assim que colocaram no ar um anúncio de seguro para carros. — Foi divertido. Vou ficar de olho no filme.

Tenho certeza disso, pensou Jake. E se levantou.

— Obrigado por me receber.

— Agradeça a Anna — falou Randy. — Foi ideia dela.

— Bem... — Jake começou a dizer.

— Obrigado, Anna. — Era Otis, finalmente na porta. — Foi ótimo.

— Vou acompanhar vocês até a saída — disse Anna.

Ela saiu na frente dele. De repente, Jake se sentiu muito mais nervoso do que estava enquanto esperava o início da entrevista, ou mesmo depois que começou a cair do penhasco que era Randy Johnson, a instituição de Seattle. Ele desceu a escada até o térreo atrás de Anna, os olhos fixos nas costas delgadas, o longo cabelo grisalho entre as omoplatas. Então, eles chegaram ao saguão e Otis foi pegar as malas, que tinham ficado atrás da mesa do segurança.

— Desculpe — disse Anna.

— Ah, ele não foi o pior.

— Não?

Na verdade, Randy chegara bem perto de ser o pior. Qualquer um podia ser um idiota ou um mau-caráter, separadamente, mas a combinação de ignorância e crueldade... aquilo era especial.

— Já me perguntaram se eu paguei alguém para escrever o livro para mim. Me pediram para ler o trabalho de ficção do filho do entrevistador. No ar. Uma mulher em um programa de TV, pouco antes de começar, me disse: "Eu li o começo e o fim do seu livro e achei ótimo".

— Fala *sério*. — Anna sorriu.

— É a pura verdade. É claro que é um formato absurdo: só alguns minutos em um programa de rádio ou TV para dizer qualquer coisa substancial sobre um romance.

— Mas ele foi... Eu só achei que ele poderia estar à altura da ocasião, sabe? O Randy pode não gostar de ler ficção, mas ele se interessa por pessoas. Se ele tivesse lido, teria sido completamente diferente. Mas claro que...

Otis estava ao celular, a testa franzida — provavelmente estava pedindo um Uber para o aeroporto.

— Por favor, não se preocupe.

— Não, eu só, eu queria poder te compensar por isso. Você teria... teria tempo para um café? Bom, tenho certeza que não. Mas tem um lugar legal no Mercado...

O convite pareceu surpreendê-la tanto quanto surpreendeu Jake, e Anna tentou recuar na mesma hora.

— Ah, deixa pra lá! Você provavelmente precisa ir embora. Por favor, esquece que eu convidei.

— Eu adoraria — falou Jake.

CAPÍTULO DEZ

Utica

Anna o levou a um lugar no último andar de um prédio em frente ao Mercado Público e insistiu em pagar o café. Era uma rede local de cafés chamada Storyville, e o lugar estava aquecido pela lareira acesa e tinha uma janela com vista para o letreiro do Mercado Público. Ela havia se recomposto em algum ponto no caminho até ali e parecia quase serena. E também exponencialmente mais bonita a cada momento que passava.

Anna Williams não era nativa de Seattle. Ela havia crescido no norte de Idaho, se mudou para oeste quando foi para a Universidade de Washington — "famosa por ser o primeiro playground de Ted Bundy" — e depois passou uma década na ilha Whidbey, trabalhando em uma pequena estação de rádio.

— Como era? — perguntou Jake.

— Músicas antigas e conversa. Uma combinação incomum.

— Não, estava me referindo a morar em uma ilha.

— Ah. Sabe como é. Tranquilo. Eu morei em uma cidadezinha chamada Coupeville, que era onde ficava a estação de rádio. Muitas pessoas iam passar o fim de semana lá, por isso nunca cheguei a me sentir isolada. E, você sabe, estamos todos acostumados com balsas aqui. Acho que, para as pessoas de Seattle, a palavra "ilha" não significa o mesmo que significa para os outros.

— Você costuma voltar a Idaho? — perguntou ele.

— Não desde que a minha mãe adotiva morreu.

— Ah. Sinto muito. — Um instante depois, ele voltou a falar: — Então você foi adotada?

— Formalmente, não. Minha mãe... minha mãe adotiva... na verdade era minha professora. A situação na minha casa era muito ruim, e a srta. Royce meio que me acolheu. Acho que todo mundo na cidade entendia minha condição. Houve uma espécie de acordo silencioso de que ninguém prestaria atenção demais naquilo ou envolveria as autoridades. Consegui ter mais estabilidade vivendo alguns anos com ela do que em toda a minha vida antes disso.

Claramente eles estavam bem na beira de um lago insondável. Havia muitas coisas que ele queria saber, mas aquele não era o momento certo.

— É maravilhoso quando a pessoa certa entra na nossa vida na hora certa.

— Bem... — Anna deu de ombros. — Se foi na hora certa eu não sei. Alguns anos antes teria sido ainda melhor. Mas sem dúvida consegui dar valor ao que eu tinha, enquanto tive. Eu gostava muito da srta. Royce. Estava no terceiro ano da faculdade quando ela ficou doente e voltei para casa para cuidar dela. Foi quando meu cabelo ficou grisalho.

Jake a encarou.

— É mesmo? Já ouvi falar disso. Do dia para a noite, não é?

— Não, não foi assim. Do jeito que as pessoas falam sobre isso, parece que você acorda de manhã e *bum*... todos os fios estão diferentes. No meu caso, os fios simplesmente começaram a crescer dessa cor. De certo modo foi um choque, mas depois de um tempo passei a achar que era uma espécie de oportunidade. Eu poderia ir na direção que eu quisesse. Pintei o cabelo nos primeiros dois anos, mas acabei decidindo que gostava assim. Gostei do fato de confundir um pouco. Não a mim, mas as outras pessoas.

— Como assim?

— Ah... é que a combinação de uma cor de cabelo que é vista como "de velha" com um rosto que não é velho confunde muita gente. Eu percebi que o cabelo grisalho faz algumas pessoas acharem que eu sou mais velha do que a minha idade, e outras acham que sou mais nova.

— Quantos anos você tem? — perguntou Jake. — Ou talvez eu não devesse perguntar.

— Não, tudo bem. Eu vou te contar, mas só depois que você me disser quantos anos acha que eu tenho. Não é por vaidade. Só fico curiosa.

Ela sorriu para Jake, e ele aproveitou a oportunidade para ver tudo de novo: o rosto oval pálido, o cabelo grisalho descendo pelas costas, aquela tiara juvenil com a túnica de linho e a legging que ele vira muito pela cidade, e botas caramelo nos pés, que pareciam prontas para fazer a volta para casa por uma trilha longa, arborizada e acidentada. Anna estava certa sobre a questão da idade, percebeu Jake — ele nunca tinha sido particularmente hábil em avaliar a idade das pessoas, mas com ela não saberia dizer com certeza nenhum número entre, digamos, vinte e oito e quarenta. Como tinha que dizer um número, arriscou um próximo da sua própria idade.

— Você tem... trinta e poucos?

— Sim. — Ela sorriu. — Quer tentar uma rodada bônus?

— Bem, eu tenho trinta e sete.

— Legal. Uma boa idade.

— E você...?

— Trinta e cinco. Uma idade ainda melhor.

— É verdade — concordou Jake. Começou a chover do lado de fora. — Então. Por que o rádio?

— Ah, eu sei, é um absurdo. A radiodifusão é uma indústria insana para se querer estar no século XXI, mas eu gosto do meu trabalho. Bem, não esta manhã em particular, mas na maioria das vezes. E vou continuar tentando colocar ficção no ar. Embora eu duvide que muitos outros romancistas sejam tão gentis quanto você.

Jake estremeceu por dentro. O "gentil" o fez lembrar, na mesma hora, daquela outra versão de si mesmo, o Jake que certa vez suportara em silêncio a diatribe de um "hóspede-escritor" narcisista da Califórnia: *encanamento barulhento! sanduíches ruins! lareiras que não funcionam!* E o que nunca seria esquecido: *Qualquer um pode ser escritor.*

Por outro lado, aquela diatribe acabou por levá-lo aonde estava agora. E era um bom lugar. Apesar dos eventos incandescentes dos últimos meses — Oprah! Spielberg! — e do espanto contínuo com o número crescente de leitores do seu livro, Jake na verdade se sentia mais feliz naquele exato momento — com aquela mulher de cabelos grisalhos, no café com painéis de madeira — do que em meses.

— A maior parte de nós — disse ele —, e estou me referindo à maior parte dos escritores de ficção, não está tão preocupada com as vendas, com os rankings ou com o número na lista da Amazon. Quer dizer, nós nos importamos, precisamos comer como todo mundo, mas ficamos felizes só por saber que as pessoas estão lendo o nosso trabalho. Na verdade, que *uma pessoa* está lendo o nosso trabalho. E, apesar do que o seu chefe disse no ar agora há pouco, *Réplica* não é o meu primeiro livro. Nem mesmo o segundo. Talvez apenas umas duas mil pessoas tenham lido o meu primeiro romance, mesmo ele tendo sido publicado por uma boa editora e recebido boas críticas. Mas até isso é muito mais do que o número de pessoas que leram o meu segundo livro. Assim, você entende, nunca contamos como certo que alguém vá realmente ler o nosso trabalho, por melhor que seja. E, se ninguém lê, ele não existe.

— A árvore cai na floresta... — disse Anna.

— Uma interpretação adequada, sim. Mas, se as pessoas leem, nunca superamos a emoção que isso provoca: alguém que a gente nem conhece, gastando seu dinheiro suado para ler o que a gente escreveu? É incrível. É inacreditável. Quando conheço leitores nesses eventos e eles trazem alguma cópia suja que deixaram cair na banheira ou em que derramaram café, ou com os cantos das páginas dobrados, a sensação é absurda. Ainda melhor do que alguém comprando um exemplar novinho em folha bem na minha frente. — Ele fez uma pausa. — Sabe, eu tenho a intuição de que você mesma é uma escritora enrustida.

— É? — Anna olhou para ele. — Por que enrustida?

— Ah, é que você ainda não mencionou nada a respeito.

— Talvez o assunto só não tenha surgido ainda.

— Muito bem. Então, o que você escreve? Ficção? Memórias? Poesia?

Anna pegou a caneca e ficou olhando para ela, como se a resposta morasse ali dentro.

— Não sou uma pessoa de poesia — falou por fim. — Adoro ler memórias, mas não estou nem um pouco interessada em revirar meu próprio lixo para compartilhar com o resto do mundo. E sempre gostei de romances. — Anna ergueu os olhos para ele, parecendo de repente tímida.

— É mesmo? Me diga alguns dos seus favoritos. — Então, ocorreu a Jake que ela poderia pensar que ele estava pedindo elogios. — Com exceção da presente companhia — acrescentou, tentando brincar.

— Bem... Dickens, claro. Willa Cather. Fitzgerald. Amo Marilynne Robinson. Quer dizer, seria um sonho escrever um romance, mas não há absolutamente nada na minha vida que sugira que eu seria capaz de fazer isso. De onde eu tiraria uma ideia? De onde você tira as suas?

Jake quase soltou um gemido. De volta ao arquivo mental de respostas aceitáveis para aquela pergunta, ele escolheu a mais óbvia, a que Stephen King sempre dava.

— Utica.

Anna o encarou.

— Como?

— Utica. Fica no norte do estado de Nova York. Alguém perguntou ao Stephen King de onde ele tirava suas ideias, e ele respondeu Utica. Se é bom o bastante para Stephen King, também é bom para mim.

— Certo. Que engraçado — falou Anna, mas não pareceu ter achado a menor graça. — Por que você não usou essa resposta ontem à noite?

Por um momento, Jake não respondeu.

— Você estava lá ontem.

Ela deu de ombros.

— É claro que eu estava lá. Sou sua fã, obviamente.

E Jake pensou como era surpreendente que aquela mulher tão bonita se declarasse *fã* dele. Depois de um momento, a ouviu perguntar se ele queria outro café.

— Não, obrigado. Daqui a pouco preciso ir. Otis já estava me olhando torto na estação de rádio. Você deve ter reparado.

— Ele não quer que você perca o seu próximo compromisso. É totalmente compreensível.

— Sim, embora eu quisesse muito ter um pouco mais de tempo. Fiquei pensando... você costuma ir para o leste?

Anna sorriu. Seu sorriso era estranho: os lábios cerrados com tanta força que parecia quase desconfortável manter aquela expressão.

— Ainda não fui — respondeu.

Quando eles saíram do café, Jake teve a ideia, pensou melhor, então reconsiderou a ideia de um beijo. Enquanto ele vacilava, foi Anna quem tomou a iniciativa. Seu cabelo prateado era macio contra o rosto dele. O corpo dela estava surpreendentemente quente, ou era o dele? Naquele momento, Jake teve uma ideia muito clara do que poderia acontecer a seguir.

Mas então, alguns minutos depois, no carro, ele viu a primeira das mensagens. Tinha sido encaminhada a partir do formulário de contato do site dele (*Obrigado por visitar a minha página! Tem alguma pergunta ou comentário sobre o meu trabalho? Por favor, use o formulário!*) na hora em que Jake estava prestes a entrar no ar com Randy Johnson, a instituição local de Seattle, e já aguardava em sua caixa de entrada do e-mail havia cerca de noventa minutos radioativos. Ler a mensagem naquele momento fez com que todas as coisas boas daquela manhã, para não falar do último ano da vida de Jake, parecessem despencar no chão na mesma hora, aterrissando com um baque brutal e reverberante. O endereço aterrorizante do e-mail era TomTalentoso@gmail.com, e, embora a mensagem se resumisse a quatro palavras, mesmo assim conseguia transmitir sua intenção.

Você é um ladrão.

RÉPLICA

DE JACOB FINCH BONNER

Macmillan, Nova York, 2017, páginas 3-4

Ela descobriu que estava grávida vomitando em cima da mesa, na aula de cálculo. Samantha tinha terminado de fazer algumas anotações sobre o conjunto de problemas e estava se certificando de que entendera direito a tarefa, enquanto todos já saíam da sala. (Samantha tinha uma teoria de que o sr. Fortis, que normalmente era um idiota, na verdade não corrigia as equações em si; ele só checava para ter certeza de que os problemas eram mesmo os que ele havia passado.) Então ela ficou de pé, sentiu uma vertigem como uma personagem de novela, estendeu os braços para se apoiar na mesa e vomitou tudo o que estava no estômago em cima do próprio caderno. Seu próximo pensamento coerente foi: *Merda*.

Samantha tinha quinze anos e não era nada idiota, muito obrigada. Ou talvez fosse, mas aquilo não estava acontecendo porque ela era ignorante ou ingênua, ou porque achava que nada ruim (aquilo era ruim) poderia acontecer *com ela*. Mas sim porque um desgraçado tinha lhe contado uma mentira descarada. E provavelmente mais de uma.

O vômito era viscoso e meio amarelo, e só de olhar para ele Samantha teve vontade de vomitar de novo. A cabeça dela estava doendo, porque era isso que acontecia quando a pessoa vomitava, mas o que mais a preocupava no momento era o modo como a sua pele meio que se tornara sensível por todo o corpo de um jeito desagradável. E lhe ocorreu que aquilo também devia ser um sinal de gravidez. Ou apenas de raiva. Estava claro que ela tinha ambas as coisas.

Samantha pegou o caderno, levou até a lixeira de metal no canto da sala e sacudiu ali dentro — parte do vômito escorreu, e ela secou o que sobrou com a manga da blusa, porque sinceramente aquilo já não importava mais. Nos últimos trinta segundos da sua vida, anos de objetivos tinham simplesmente desaparecido. Ela estava grávida. Estava grávida. Que merda.

Samantha tinha plena consciência de que não era uma garota sortuda. O filme *As patricinhas de Beverly Hills* havia passado no cinema de Norwich no verão anterior — ela sabia que havia garotas da sua idade que dirigiam carros por Beverly Hills e organizavam as roupas que iam usar em um computador, e aquela obviamente não era ela. Ao mesmo tempo, também não estava lutando contra abuso infantil violento ou pobreza abjeta. Havia comida na casa dela. E ela frequentava a escola, o que significava acesso a livros, e eles tinham TV a cabo, e seus pais até a haviam levado a Nova York duas vezes — embora em ambas as ocasiões eles tivessem parecido confusos em relação ao que deveriam fazer quando já estavam na cidade: refeições no hotel, um ônibus que circulava com um guia fazendo piadas que ela não entendia, o Empire State Building (fez sentido na primeira vez, mas na segunda também?) e o Rockfeller Center (também duas vezes, e nenhuma das viagens tinha sido na época das festas de fim de ano, então... por quê?). Não que ela mesma fosse muito bem informada sobre o que a maior cidade do mundo poderia ter a oferecer a três caipiras do centro do estado de Nova York (que poderia muito bem ser o centro de Indiana), mas Samantha só tinha nove anos na primeira vez e doze na segunda, então as decisões não cabiam a ela.

O mais importante que Samantha tinha na vida, o que a maioria das pessoas não tinha, era um futuro.

Os pais dela tinham emprego e o do pai era na faculdade em Hamilton, com uma descrição de cargo que parecia importante — "técnico de equipamentos" —, o que na realidade significava que era ele que chamavam quando uma garota da faculdade tentava dar a descarga em um absorvente e o vaso sanitário entupia. A mãe dela também trabalhava com limpeza, mas na pousada College Inn, e a descrição de cargo dela era muito mais objetiva: "diarista". Mas o que o trabalho do pai realmente significava era algo que Samantha havia precisado explicar a ele, e não o contrário: os catorze anos de serviço para a instituição seriam uma vantagem quando chegasse a hora de ela mesma ir para a faculdade, e ainda com uma quantia significativa para pagar as despesas pessoais. De acordo com o manual do cargo do pai, que ele mesmo nunca havia lido, mas do qual Samantha se tornara íntima havia alguns anos, a faculdade tinha toda a consideração com os filhos do seu corpo docente e dos funcionários no que se tratava de admissões e de ajuda financeira, e aquilo na verdade estava escrito em preto no branco: oitenta por cento de bolsa de estudos, dez por cento de empréstimo estudantil, dez por cento de emprego no campus. Em outras palavras, para uma pessoa como Samantha, era algo como achar um bilhete dourado em uma barra de chocolate.

Ou pelo menos isso tinha sido verdade até aquele momento.

A tempestade de merda que atingia a vida dela não deveria ser atribuída à educação sexual precária na Escola de Ensino Médio Earlville, menos ainda ao condado de Chenango (onde os moradores faziam todo o possível para impedir que seus jovens aprendessem como os bebês eram feitos); Samantha estava ciente dos detalhes da concepção desde o quinto ano, quando o pai havia comentado alguma coisa sobre um fim de semana particularmente agitado em uma das fraternidades (um incidente que exigiu a presença da polícia e resultou na desistência de uma garota). Ela estava acostumada a descobrir as coisas por si mesma, ainda mais quando essas coisas estavam envoltas no silêncio que o pai sempre destinava a tudo que achava que ela não deveria saber. Nos anos seguintes, os colegas a alcançaram no conhecimento básico do tema (mais uma vez, não graças às políticas oficiais do distrito escolar e do estado, que tinham se recusado a exigir educação sexual), mas a verdade era que o conhecimento de Samantha sobre o assunto era apenas isso: básico. Duas garotas da sua turma já tinham passado a "estudar em casa", e uma terceira fora morar com um parente em Utica. Mas aquelas garotas eram burras. Aquele era o tipo de coisa que *supostamente* acontecia com pessoas estúpidas.

Samantha recolheu o restante das suas coisas e saiu da sala de aula como uma pessoa grávida. Então, foi até o seu armário como uma pessoa grávida, se juntou aos outros do lado de fora da escola e entrou no ônibus, onde ocupou o assento de sempre na parte de trás, mas agora como uma pessoa grávida, ou seja, uma pessoa que, se não fizesse nada, acabaria por produzir outra pessoa e, portanto, largaria as rédeas da própria vida, provavelmente para sempre.

Mas era evidente que ela iria fazer alguma coisa a respeito.

CAPÍTULO ONZE

Tom Talentoso

Ele não contou a ninguém. Obviamente.

Jake foi a San Francisco e ao Castro Theatre, então, no dia seguinte, a Los Angeles, onde as reuniões correram tão bem quanto ele poderia esperar (e a emoção de estar em uma sala com Steven Spielberg entorpeceu sua angústia por dias), mas acabou tendo que voltar para Nova York, para o trabalho em seu próximo romance e o apartamento novo e parcamente mobiliado no West Village. Àquela altura, ele já tinha quase conseguido se convencer de que o e-mail havia sido uma espécie de fantasma, conjurado pela própria paranoia dele, impulsionado por algum bot aleatório sob o controle de um algoritmo sem intenção. Mas a ilusão não durou muito. Depois de acordar em seu combo de cama boxe e colchão sem adornos no dia seguinte à sua chegada em casa, Jake pegou o celular e descobriu que uma segunda mensagem havia aterrissado em sua caixa de entrada, mais uma vez encaminhada a partir do formulário de contato do site JacobFinchBonner.com e na qual se lia o mesmo Você é um ladrão. Dessa vez, porém, o e-mail também dizia: Nós dois sabemos disso.

O site havia sido convertido de sua antiga página como orientador de escrita, e agora se parecia com os sites dos escritores mais bem-sucedidos:

uma página "Sobre mim", publicações na imprensa e críticas de cada um de seus livros, uma lista de eventos futuros e um formulário de contato que vinha sendo muito usado desde a publicação de *Réplica*, no ano anterior. Quem estava entrando em contato? Leitores que queriam que ele soubesse o que havia de errado com seu livro, ou que *Réplica* os mantivera acordados a noite toda (no bom sentido). Bibliotecários ansiando por uma palestra dele, atrizes convencidas de serem perfeitas para o papel de Samantha ou Maria, além de praticamente todas as pessoas que Jake já conhecera e com quem perdera contato: de Long Island, da Wesleyan, do curso de pós-graduação em escrita criativa que havia feito, até mesmo aqueles idiotas com quem tinha trabalhado em Hell's Kitchen. Toda vez que via um e-mail daqueles em sua caixa de entrada, com sua tentadora meia linha de conteúdo (*Oi, não sei se você lembra de mim, mas... Jake! Acabei de terminar seu... Olá, estive na leitura que você fez do seu livro em...*), seu peito apertava e permanecia assim até ele descobrir que a mensagem era de um ex-colega de classe, de um amigo da mãe ou de uma pessoa cujo livro ele havia autografado em alguma livraria em Michigan, ou até mesmo de um maluco aleatório que acreditava que uma entidade de Alpha Centauri havia ditado *Réplica* por intermédio de uma casca de laranja na fruteira de Jake.

E então havia os *escritores*. Escritores pedindo mentoria. Escritores pedindo elogios para a capa de seus livros. Escritores solicitando uma apresentação (com boas recomendações, obviamente) a Matilda, a agente de Jake, ou a Wendy, sua editora. Escritores querendo saber se ele tinha lido os originais que haviam lhe mandado e se achava que eles deveriam deixar de lado o sonho da vida deles ou se "agarrar" a esse sonho. Escritores querendo que Jake confirmasse as teorias deles sobre discriminação no mundo editorial — Antissemitismo! Sexismo! Racismo! Etarismo! — como a única e verdadeira razão pela qual o romance experimental deles, de oitocentas páginas, não linear e sem pontuação, havia sido recusado por todas as editoras do país.

Nos meses após a venda do livro dele, Jake havia formalmente (e com gratidão) deixado para trás tanto seu trabalho de orientador na pós-graduação quanto os atendimentos particulares, mas compreendia muito bem que agora tinha a responsabilidade especial de não ser um babaca com outros escritores. Escritores que eram babacas com outros escritores acabavam pagando por isso: as redes sociais garantiam isso, e as redes sociais agora reivindicavam uma parte significativa da atividade mental de Jake. Ele tinha sido um dos primeiros a adotar o Twitter, aquele playground de gente das palavras, embora quase nunca postasse alguma coisa. (O que ele deveria dizer aos seus setenta e quatro "seguidores"? *Olá do norte do estado de Nova York, onde não escrevi hoje!*) O Facebook parecia inofensivo até a eleição de 2016, quando começou a bombardeá-lo com anúncios duvidosos e enquetes "impulsionadas" sobre as ações supostamente nefastas de Hillary Clinton. O Instagram parecia querer apenas que ele preparasse refeições fotogênicas e brincasse com animais de estimação fofos, sendo que nada disso fazia parte da existência de Jake em Cobleskill. Mas, depois que *Réplica* foi comprado e Jake começou a se reunir com as equipes de publicidade e marketing da Macmillan, foi convencido a manter uma presença vigorosa nessas três plataformas pelo menos, e recebeu a opção de ele mesmo intensificar suas aparições nas redes sociais ou entregar a alguém a tarefa de administrá-las em seu nome. Aquela tinha sido uma decisão mais difícil do que deveria. Jake sem dúvida reconhecia o apelo de passar adiante a tarefa de ser tuitado e de responder a DMs, de ser cutucado e contatado por todas as outras vias de conexão que a internet havia sonhado, e ainda assim, no fim, optou por ser o único no controle das próprias redes sociais. Dessa forma, desde que o livro havia sido publicado, Jake começava seus dias com uma varredura em suas contas de mídia social e uma revisão dos alertas do Google que ele havia configurado para vasculhar a internet — Jacob+Finch+Bonner, Jake+Bonner, Bonner+Réplica, Bonner+Escritor etc. Era um trabalho penoso, demorado e irritante, repleto de situações surreais, a maior parte delas penetrando diretamente seu labirinto pessoal de infelicidade. Então, por que ele não tinha aceitado a oferta de deixar que algum estagiário ou assistente de marketing da Macmillan fizesse isso?

Por causa do que estava acontecendo naquele momento. Obviamente.

Você é um ladrão. Nós dois sabemos disso.

No entanto, o remetente — TomTalentoso@gmail.com — não tinha feito a sua jogada nos campos de batalha abertos do Twitter, Facebook ou Instagram, nem tinha sido capturado por um alerta do Google. Aquele cara não tornara sua acusação pública; em vez disso, havia optado pelo canal de comunicação bem mais privado garantido pelo site de Jake. Havia alguma negociação implícita ali: *Vai lidar comigo agora, por este único canal, ou depois, por toda parte?* Ou aquilo era um tiro com o arco particular dele, um aviso para se preparar para alguma iminente Batalha de Trafalgar?

Jake soubera, desde aquele primeiro momento no banco de trás do carro a caminho do aeroporto de Seattle, que não se tratava de uma mensagem aleatória, que TomTalentoso não era um romancista invejoso, ou um leitor desapontado, ou mesmo um defensor perturbado da história de Alpha Centauri/casca de laranja (ou qualquer coisa semelhante!) como a origem do seu famoso romance. Muitos anos antes, o adjetivo "talentoso" havia sido ligado em eterna e indelével simbiose ao nome "Tom" por uma certa Patricia Highsmith, ampliando para sempre seu significado para que também incluísse uma determinada forma de autopreservação e extrema falta de consideração pelos outros. Aquele Tom talentoso em particular também era um assassino. E qual era o sobrenome dele?

Ripley.

Como na Universidade Ripley. Onde o destino fizera os caminhos de Jake e de Evan Parker se cruzarem.

A mensagem era violentamente clara: quem quer que fosse TomTalentoso, ele sabia. E queria que Jake soubesse que ele sabia. E queria que Jake soubesse que ele falava sério.

A pessoa estava à distância de um clique do botão Responder, mas a ideia de abrir de vez aquele canal entre os dois era repleta de perigos.

Responder significaria que Jake estava com medo, que levava a acusação a sério, que TomTalentoso, quem quer que fosse, era digno de reconhecimento. E mostrar até mesmo uma pequena porção de si mesmo para aquele estranho malévolo assustava Jake mais do que a noção difusa e horrível do que poderia acontecer a seguir.

Então, mais uma vez, Jake não respondeu. Em vez disso, com as mãos trêmulas, guardou a segunda mensagem no mesmo lugar em que a anterior estava definhando, uma pasta no notebook dele com o nome de "Trolls". (Na verdade a pasta havia sido aberta seis meses antes e já abrigava algumas dúzias de ataques ignorantes a *Réplica* — nada menos que três deles o acusavam de ser membro do "Deep State", além de um punhado de e-mails em que alguém do Texas fazia referência à "barreira hematoencefálica", que Jake evidentemente havia cruzado, ou que havia sido cruzada dentro dele... As mensagens eram, por sua própria natureza, confusas.) No momento em que fez isso, porém, Jake soube que era um gesto inútil da parte dele — as comunicações de TomTalentoso eram diferentes. Quem quer que fosse aquela pessoa, havia conseguido se tornar, em um piscar de olhos, uma das mais importantes da vida de Jake. E sem dúvida a mais aterrorizante.

Minutos depois de receber aquela segunda mensagem, Jake desligou o celular, o roteador e se deitou em posição fetal no sofá sujo que carregava com ele desde a faculdade, e lá permaneceu pelos quatro dias seguintes, comendo uma dúzia de cupcakes da Magnolia na Bleecker Street (alguns deles, pelo menos, tinham um glacê verde saudável) e bebendo a garrafa comemorativa de Jameson que Matilda mandara para ele após a venda dos direitos para o cinema. Naquelas horas embotadas, houve interlúdios de um entorpecimento feliz em que Jake de fato esquecia o que estava acontecendo, mas muitos outros momentos de pura angústia em que ele analisava e projetava as diversas maneiras como tudo poderia estar prestes a se desenrolar: as várias humilhações esperando por ele, a repulsa de cada pessoa que ele já tinha conhecido, invejado, olhado com arrogância, flertado ou — mais recentemente — feito negócios. Em certos momentos, como que para pôr em andamento o inevitável e pelo menos acabar com aquilo, Jake organizou sua própria campanha midiática de autoacusações punitivas, recitando seus crimes ao mundo. Em outros pontos, escreveu para si mesmo longos e desconexos discursos de justificativa e desculpas ainda mais longas e desconexas. Nada disso teve algum efeito no terror que continuava a rodopiar e uivar dentro dele.

Quando Jake enfim voltou à superfície, não foi porque tinha conseguido ver a situação sob alguma outra perspectiva, ou organizar qualquer coisa parecida com um plano, mas porque tinha terminado com o uísque e os cupcakes e começara a suspeitar fortemente de que o cheiro ruim que estava sentindo vinha de *dentro do apartamento*. Depois de abrir a janela, cuidar da louça suja e se arrastar até o chuveiro, ele reconectou o celular e o notebook ao mundo e encontrou uma dúzia de mensagens cada vez mais preocupadas dos pais, um e-mail falsamente animado de Matilda perguntando (mais uma vez!) sobre o novo livro e mais de duzentas mensagens adicionais que exigiam bastante atenção, incluindo um terceiro e-mail de TomTalentoso@gmail.com:

Eu sei que você roubou o seu "romance" e sei de quem você roubou.

Por alguma razão, o "romance" acabou de levar Jake ao limite.

Ele adicionou a mensagem à pasta Trolls. Então, curvando-se ao inevitável, abriu uma nova pasta para as três mensagens de TomTalentoso. Depois de pensar por um instante, nomeou a pasta como Ripley.

Com grande esforço, Jake voltou para o mundo além do seu computador, do seu celular e da sua mente e se forçou a prestar atenção em outras coisas — algumas delas muito boas — que também estavam acontecendo mais ou menos ao mesmo tempo. *Réplica* havia reconquistado o primeiro lugar na lista dos mais vendidos em brochura, depois de a entrevista dele para o clube do livro da Oprah Winfrey ter ido ao ar, e Jake tinha aparecido na capa de outubro da *Poets & Writers* (não exatamente uma revista do nível da *People* ou da *Vanity Fair*, era verdade, mas aquilo tinha sido um sonho dele desde seus dias wesleyanos). Ele também tinha recebido um convite para a convenção Bouchercon, para fazer uma das palestras principais, e estava recebendo novas informações sobre uma turnê inglesa, toda organizada em torno do Hay-on-Wye Festival.

Tudo muito bom. Tudo muito bom.

E então havia Anna Williams de Seattle, e aquilo era mais que bom.

Poucos dias depois de se encontrarem, ele e Anna haviam estabelecido o que nem mesmo Jake podia negar ser uma forma *calorosa* de se comunicar um com o outro, e, com exceção daquela temporada de quatro dias no sofá com os cupcakes e o Jameson, os dois mantinham contato pelo menos uma vez por dia por mensagem de texto. Jake agora sabia muito mais sobre a rotina de Anna em West Seattle, seus desafios (os pequenos e os não tão pequenos) na rádio KBIK, sobre o abacateiro que ela se esforçava para manter vivo na janela da cozinha de casa, o apelido que ela dera para o chefe, Randy Johnson, e o mantra que aprendera com seu professor de comunicação favorito da Universidade de Washington: *Ninguém mais pode viver a sua vida.* Jake sabia que Anna queria muito ter um gato, mas o proprietário do apartamento onde morava não permitia, que ela comia salmão pelo menos quatro vezes por semana e que secretamente preferia o que saía de sua cafeteira antiquada a qualquer coisa que pudesse conseguir nos templos refinados de Seattle para a degustação de café. Ele sabia que Anna parecia se importar tanto com o Jake Bonner que já existia antes do advento de *Réplica* quanto com a existência atual e estranhamente exposta dele. Aquilo significava tudo. Aquilo mudava tudo.

Jake limpou o apartamento. E começou a se premiar com uma ligação diária para Seattle via Skype: Anna na varanda da frente, ele perto da janela da sala com vista para a Abingdon Square. Anna começou a ler os romances que ele recomendava. Ele começou a experimentar os vinhos de que ela gostava. Jake voltou a trabalhar em seu novo romance e dedicou um mês inteiro de esforço concentrado a ele, o que o deixou tentadoramente próximo de uma primeira versão finalizada. Coisas boas em cima de coisas boas.

Então, no fim de outubro, chegou outra mensagem pelo JacobFinchBonner.com:

> O que a Oprah vai dizer quando descobrir sobre você? Pelo menos James Frey teve a decência de roubar de si mesmo.

Jake abriu a nova pasta em seu notebook e adicionou aquela mensagem às outras. Alguns dias depois, chegou uma quinta mensagem:

> Estou no Twitter agora. Achei que você ia gostar de saber. @TomTalentoso

Jake foi checar e, de fato, havia uma nova conta, mas ainda sem nenhuma publicação. O ovo genérico da plataforma ocupava o lugar da foto de perfil, e o total era de zero seguidores. A biografia do perfil consistia em uma única palavra: *Escritor*.

Jake havia deixado o relógio correr sem nem sequer tentar identificar seu oponente. Aquela não tinha sido uma boa decisão. Tudo indicava que TomTalentoso estava se preparando para entrar em uma nova fase, e Jake não tinha tempo a perder.

CAPÍTULO DOZE

Eu não sou ninguém. Quem é você?

Para começar: Evan Parker estava morto. Não havia nenhuma dúvida em relação a isso. Jake tinha visto o obituário três anos antes. Ele até lera uma página na internet em memória ao falecido, que, embora não tivesse sido muito acessada, continha as reminiscências de algumas pessoas que haviam conhecido Parker, e elas certamente pareciam ter a impressão de que ele estava morto. Foi fácil encontrar aquela página de novo, e Jake não ficou surpreso ao ver que não havia entradas adicionais no memorial desde a sua última visita:

> Evan e eu crescemos juntos em Rutland. Jogamos beisebol e fizemos luta livre juntos. Ele era um líder nato e sempre mantinha o humor da equipe elevado. Sei que ele teve suas lutas no passado, mas achei que estava se saindo muito bem. Fiquei triste ao saber o que aconteceu.

> Estudei com o Evan na universidade. Um cara muito legal. Não posso acreditar nisso. RIP, cara.

> Cresci na mesma cidade que a família do Evan. Aquelas pobres pessoas tiveram a pior das sortes.

Eu me lembro de quando o Evan jogava beisebol em West Rutland. Nunca o conheci pessoalmente, mas era um grande primeira base. Sinto muito mesmo por ele ter tido que lidar com aqueles demônios.

Tchau, Evan, vou sentir a sua falta. RIP.

Conheci o Evan no curso de pós-graduação em escrita criativa na Ripley. Um escritor muito talentoso, um grande cara. Estou chocado com o que aconteceu.

Por favor, aceitem as minhas condolências por sua perda, todos os familiares e amigos do falecido. Que a lembrança dele seja uma bênção.

Mas parecia não haver amigos *íntimos* nem referências a um cônjuge ou outro relacionamento significativo. O que Jake poderia descobrir a partir daquilo que ainda não soubesse?

Que Evan Parker praticara esportes no ensino médio. Que havia tido "lutas" e "demônios" — talvez fossem a mesma coisa? — pelo menos em determinado momento e de novo mais tarde, ao que parecia. Que havia algo descrito como "a pior das sortes" ligado a Parker e à família dele. Que pelo menos um aluno da pós-graduação da Ripley se lembrava de Evan. Qual teria sido o grau de intimidade daquele aluno com ele? O bastante para ter ouvido a mesma trama extraordinária que Evan contara a Jake? O bastante para agora se preocupar com o "roubo" do romance não escrito do colega de turma?

O aluno da Ripley que havia deixado o tributo assinara apenas com o primeiro nome: Martin. Aquilo não era muito útil para a memória de Jake, mas felizmente a lista de alunos de 2013 da Ripley ainda estava no computador dele, que logo abriu a planilha antiga. Ruth Steuben nunca devia ter lido uma história ou um poema na vida, mas acreditava muito em manter registros bem organizados e, ao lado do endereço de cada aluno, do número de telefone e do endereço de e-mail, havia sido acrescentada uma coluna dedicada ao gênero que era o foco do aluno: *F* para ficção ou *P* para poesia.

O único Martin na lista era Martin Purcell, de South Burlington, Vermont, e tinha um *F* ao lado do nome. No entanto, mesmo depois de procurar o perfil de Purcell no Facebook e de ver várias fotos do seu rosto sorridente, Jake não reconheceu o cara, o que poderia significar que Martin havia sido designado para um dos outros orientadores de ficção da faculdade, mas também que ele não era digno de lembrança, talvez nem mesmo para um professor genuinamente interessado em conhecer seus alunos (o que nunca fora o caso de Jake, como ele mesmo reconhecia). Além de Evan Parker, as únicas pessoas de quem se lembrava daquele grupo em particular eram o aluno que queria corrigir os "erros" de Victor Hugo e escrever uma nova versão de *Os miseráveis* e a mulher que havia conjurado a inesquecível expressão "seios como melões maduros". Do resto, Jake não se lembrava — assim como não se lembrava dos rostos e nomes dos escritores de ficção do seu terceiro ano como professor na Ripley, ou do segundo ano, ou do primeiro.

Ele começou um mergulho profundo em Martin Purcell, durante o qual fez uma pausa apenas para pedir e comer um prato de frango em um restaurante e trocar pelo menos vinte mensagens de texto com Anna (principalmente sobre as últimas excentricidades de Randy Johnson e sobre uma viagem de fim de semana que ela estava planejando para Port Townsend), e acabou descobrindo que Purcell era um professor de ensino médio que fabricava a própria cerveja, era fã do Red Sox e tinha um grande interesse no Eagles, a famosa banda da Califórnia. Purcell dava aula de história e era casado com uma mulher chamada Susie, que parecia muito engajada na política local. Ele postava demais no Facebook, na maior parte sobre a sua beagle, Josephine, e os filhos, mas não postava nada sobre qualquer coisa que pudesse estar escrevendo no momento, não havia mencionado nenhum amigo escritor nem algum autor que estivesse lendo ou tivesse admirado no passado. Na verdade, se não fosse pela referência à Universidade Ripley em sua formação educacional, nunca se saberia pelo Facebook que Martin Purcell lia ficção, muito menos que tinha aspirações de escrever.

Lamentavelmente, Purcell tinha quatrocentos e trinta e oito amigos no Facebook. Quais entre eles poderiam ser pessoas que ele conhecera no curso de pós-graduação em escrita criativa do Simpósio Ripley em 2012 ou 2013? Jake voltou à planilha de Ruth Steuben e cruzou meia dúzia de nomes, então começou a descer por aqueles buracos de coelho da Ripley. Mas a verdade era que ele não tinha ideia do que estava procurando.

Julian Zigler, advogado em West Hartford, que trabalhava no setor imobiliário em uma firma com sessenta advogados sorridentes, predominantemente homens, predominantemente brancos. Rosto de todo desconhecido para Jake.

Eric Jin-Jay Chang, residente em hematologia no Brigham and Women's Hospital.

Paul Brubacker, "escriba" em Billings, Montana. (O cara do Victor Hugo!)

Pat d'Arcy, artista de Baltimore, outro rosto que Jake poderia jurar que nunca tinha visto. Seis semanas antes, Pat d'Arcy havia publicado um conto muito curto em um site de flash fiction (um estilo de literatura de brevidade extrema) chamado Partitions. Uma das muitas mensagens de congratulações era de Martin Purcell:

> Pat! História incrível! Estou muito orgulhoso de você! Já postou na página do Simpósio?

A página do Simpósio.

Jake acabou descobrindo que aquela era a página não oficial de ex-alunos, em que graduados de cerca de seis turmas do curso híbrido compartilhavam trabalhos, informações e fofocas desde 2010. Jake checou cada postagem: concursos de poesia, notícias de uma carta de rejeição encorajadora da *West Texas Literary Review*, um anúncio da aceitação de um primeiro romance por uma editora híbrida em Boston, fotos de casamento, uma reunião dos poetas de 2011 em Brattleboro, uma leitura em uma galeria de arte em Lewiston, no Maine. Então, em outubro de 2013, o nome "Evan" começou a aparecer nas mensagens.

Apenas "Evan". É claro. Jake supôs que aquele era o motivo para a página de ex-alunos não ter aparecido em suas buscas iniciais de "Evan Parker". Naturalmente, o Evan em questão só precisaria do primeiro nome para ser reconhecido por todos que o conheciam. *Evan*, o salvador triunfante do abridor de garrafas sequestrado. *Evan*, o cara que se sentara à mesa do seminário com os braços cruzados com firmeza diante do peito. Todo mundo reconheceria um idiota daquele.

Pessoal, não estou acreditando. O Evan morreu na segunda-feira passada. Sinto muito ter que compartilhar isso.

(Aquilo, e não era uma grande surpresa, tinha sido postado por Martin Purcell, da turma de 2011-2012 da Ripley.)

Ai, meu deus! O quê?

Cacete!

Puta merda que horror. O que você sabe Martin?

Tínhamos marcado de nos encontrar na taverna dele no domingo passado, eu estava vindo de Burlington. Então ele não respondeu a minha mensagem. Achei que o Evan tinha me dado o cano, esquecido ou alguma coisa assim. Poucos dias depois, liguei para ele e recebi um aviso de que o número tinha sido desligado. Tive um mau pressentimento. Fui pesquisar no Google e logo apareceu. Eu sabia que ele tinha tido alguns problemas no passado, mas o Evan estava limpo já fazia um tempo.

Ah, cara. Coitado.

Esse é o terceiro amigo que eu perco por causa de uma overdose! Quando é que vão chamar o que está acontecendo pelo nome certo? EPIDEMIA.

Ora, ora, pensou Jake. Aquilo sem dúvida confirmava a sua suposição sobre o que significava "de forma inesperada", "lutas" e "demônios".

O telefone de Jake bipou.

Caranguejada em Seattle, Anna tinha escrito. Havia uma foto de um emaranhado de patas de caranguejo e espigas de milho cortadas. Mais além: uma janela, um porto.

Jake voltou ao notebook e pesquisou no Google as palavras "Evan+Parker+taverna", e logo surgiu uma matéria do *Rutland Herald*: a Taverna Parker, um lugar na State Street, em Rutland, que não era "elegante demais", estava sob nova direção após a morte do proprietário de longa data, Evan Parker, de West Rutland. Jake examinou a foto do lugar, um prédio vitoriano decadente, do tipo que se encontraria na maior parte das ruas principais da maioria das cidades da Nova Inglaterra. Provavelmente já havia sido a linda casa de alguém, mas agora tinha uma placa de neon verde na porta da frente em que se lia TAVERNA PARKER, COMIDA E BEBIDA, e o que parecia ser um cartaz pintado à mão anunciando *Happy Hour 15-18h*.

No celular dele, a única palavra: Oi?

Jake escreveu de volta: Delícia.

Tem bastante para dois, escreveu ela em resposta na mesma hora.

A matéria do *Rutland Herald* dizia que os novos proprietários, Jerry e Donna Hastings, de West Rutland, esperavam preservar o interior tradicional do bar, a seleção eclética de cervejas e, acima de tudo, o ambiente caloroso e acolhedor como ponto de encontro de moradores e visitantes. Quando perguntado sobre a decisão de manter "Taverna Parker" como nome do bar, Jerry Hastings respondeu que fazia aquilo por respeito: a família do falecido proprietário remontava a cinco gerações no centro de Vermont e, antes de sua morte trágica e prematura, Evan Parker havia trabalhado por anos para fazer da taverna o sucesso que era.

Muito bem então!, dizia a nova mensagem de Anna. Não está muito falante no momento. Sem problemas! Ou talvez você esteja em comunhão com a sua musa.

Jake pegou o celular de novo. Não tem nada de musa. Nada de "inspiração". É tudo profundamente não espiritual.

É mesmo? O que aconteceu com "todo mundo tem uma voz única e uma história singular para contar"?

Foi morar com o Yeti, o Abominável Homem das Neves e o Monstro do Lago Ness em Atlântida. Mas estou, sim, trabalhando agora. A gente pode se falar depois? Eu levo o merlot.

Como você vai saber qual?

Eu te pergunto. É claro.

Jake voltou à planilha de Ruth Steuben e procurou até encontrar o endereço de e-mail de Martin Purcell, então abriu o Gmail e escreveu:

Oi, Martin. Aqui é Jake Bonner, do curso de pós-graduação da Ripley. Desculpe enviar este e-mail do nada, mas gostaria de saber se posso ligar para você para conversar sobre um assunto. Me avise qual seria um bom momento para a gente conversar, ou sinta-se à vontade para me ligar na hora que quiser. Um abraço, Jake

E acrescentou seu número de celular.
O camarada ligou na mesma hora.
— Ah, uau — disse ele assim que Jake atendeu. — Não estou acreditando que você me escreveu. Isso não é para alguma angariação de fundos da Ripley, é? Porque agora eu não estou podendo.
— Não, não — disse Jake. — Não é nada disso. Olha, nós provavelmente nos conhecemos, mas eu não tenho os meus arquivos da Ripley comigo, por isso não tenho certeza se você estava na minha turma ou não.
— Bem que eu gostaria de ter frequentado a sua turma. O cara a quem eu fui designado só falava sobre situar. *Situar, situar, situar.* Tipo,

cada folha de grama tinha que ter sua própria história. Era disso que ele gostava.

Martin devia estar falando sobre Bruce O'Reilly, o professor aposentado da Colby e romancista profundamente centrado no Maine, com quem Jake tomava uma cerveja anual no Ripley Inn. Jake não se lembrava de Bruce O'Reilly fazia anos.

— Que chato. Seria melhor se os alunos passassem por todos os professores. Assim todo mundo conseguiria trabalhar com todo mundo.

Também fazia anos que Jake não pensava no ensino institucionalizado da escrita criativa. Não sentira a menor falta.

— Preciso dizer que amei o seu livro. Cara, aquela reviravolta... Eu fiquei, tipo, cacete!

Nenhum significado oculto no "aquela reviravolta", reparou Jake com profundo alívio. Com certeza nenhum *E eu tenho uma boa noção sobre de onde veio a ideia daquela reviravolta.*

— É muita gentileza sua dizer isso. Mas o motivo pelo qual eu entrei em contato é que acabei de saber que um aluno meu faleceu. Vi o seu post naquela página da Ripley no Facebook. Então pensei...

— Evan, você está falando dele. Certo? — respondeu Martin Purcell.

— Sim. Evan Parker. Ele foi meu aluno.

— Ah, eu sei. — Jake ouviu Martin Purcell dar uma risadinha lá no norte de Vermont. — Lamento dizer, ele não era seu fã. Mas eu não levaria para o lado pessoal. Evan achava que ninguém na Ripley era bom o bastante para ser professor dele.

Jake demorou um instante para examinar com atenção essa frase.

— Entendo — disse ele.

— Em uma hora ou duas, ainda na primeira noite do curso, eu já soube que o Evan não iria tirar muito proveito do programa. Se a pessoa se dispõe a aprender alguma coisa, precisa ter curiosidade. E o Evan não tinha. Mesmo assim ele era um cara legal pra bater papo. Carismático. Divertido.

— E você manteve contato com ele, obviamente.

— Ah, sim. Às vezes o Evan vinha a Burlington para um show ou algo assim. Nós fomos ver o Eagles juntos. Acho que ele também veio até aqui pra ver o Foo Fighters. E às vezes era eu que ia encontrar com ele. O Evan tinha uma taverna em Rutland, você sabe.

— Na verdade eu não sabia. Você se incomoda de me contar um pouco mais? Eu me sinto tão mal por só estar sabendo disso agora. Eu teria escrito para a família dele na época.

— Ei, você pode esperar um instante? — falou Martin Purcell. — Deixa só eu dizer à minha esposa que estou em uma ligação. Já volto.

Jake aguardou.

— Espero não estar atrasando você em relação a nada importante — disse, quando Purcell voltou.

— De jeito nenhum. Eu falei para ela que estou no telefone com um romancista famoso. Isso ganha da conversa que nós temos que ter com a nossa filha de quinze anos sobre a festa a que não queremos que ela vá.

Ele parou para rir da própria esperteza. Jake se forçou a rir também.

— Então, você sabe alguma coisa sobre a família do Evan? Suponho que seja tarde demais para uma mensagem de condolências.

— Bem, mesmo que não fosse, não sei para quem você enviaria. Os pais dele morreram faz muito tempo. O Evan tinha uma irmã que também faleceu, antes dele. — Martin fez uma pausa. — Ei, me desculpa se parecer grosseria o que eu vou dizer, mas nunca tive a impressão de que vocês dois tinham algum tipo de... relacionamento. Eu mesmo sou professor, por isso me solidarizo com qualquer um que precise lidar com um aluno difícil. Não gostaria de ter sido professor do Evan. Toda turma tem aquela pessoa que se larga na cadeira e fica só olhando pra você, como se dissesse: *Quem esse cara pensa que é?*

— E *O que faz te faz achar que tem alguma mínima coisa pra me ensinar?*

— Exatamente.

Jake tinha anotado: *pais, irmã — falecidos.*

Mas ele já sabia de tudo isso pelo obituário.

— Sim, sem dúvida esse aluno foi o Evan naquela turma em particular. Mas eu estava acostumado a ter Evans nas minhas turmas. No meu primeiro ano de ensino, a minha resposta para "Quem esse cara pensa que é?" teria sido: "Eu não sou ninguém. Quem é você?"

Jake ouviu Martin rir.

— Dickinson.

— Sim. E sairia da sala.

— Pra chorar no banheiro.

— Bem... — Jake franziu a testa.

— Estava me referindo a mim. Eu iria chorar no banheiro. No meu primeiro ano como professor. A gente acaba ficando mais cascudo. Mas em geral esses alunos são só pessoas inseguras, na verdade. E profundamente infelizes com a própria vida. Às vezes é com esses alunos difíceis que a gente mais se preocupa, porque eles não têm nenhuma noção de si mesmos, nenhuma confiança. Mas esse não era o caso do Evan. Já vi muitas falsas bravatas... e esse também não era o Evan. Ele tinha fé absoluta na própria capacidade de escrever um grande livro. Ou talvez seja mais correto dizer que ele achava que escrever um grande livro não era tão difícil, então por que ele não seria capaz de fazer isso? A maior parte de nós não era assim.

Ali Jake notou uma deixa — endêmica entre os escritores — para perguntar sobre o trabalho do próprio Martin.

— Para ser sincero, não fiz muito progresso desde que terminei o curso.

— Sim. Cada dia é um desafio.

— Você parece estar indo bem — comentou Martin, com certo incômodo.

— Não com o livro que estou escrevendo agora.

Jake ficou surpreso ao se ouvir confessando isso. Ficou surpreso por ter sido mais transparente em relação à sua vulnerabilidade com Martin Purcell, de Burlington, Vermont, do que com a sua editora ou com a sua agente.

— Bom, lamento ouvir isso.

— Não, está tudo bem, eu só preciso insistir. Ei, você sabe como o Evan estava indo com o livro dele? Se fez algum progresso depois da pós-graduação? Acho que na época ele ainda estava no começo. Pelo menos as páginas que eu vi.

Martin não disse nada durante os segundos mais longos da vida de Jake. Finalmente, se desculpou.

— Só estou tentando lembrar se ele chegou a comentar alguma coisa sobre isso. Acho que não. Mas, se ele estava usando drogas de novo, e parece que estava, eu duvido que passasse muito tempo escrevendo.

— Quantas páginas você acha que ele já tinha escrito?

Mais uma vez, aquela pausa desconfortável.

— Você está pensando em fazer alguma coisa pelo Evan? Quer dizer, pelo trabalho dele? Porque isso seria incrivelmente gentil da sua parte. Ainda mais considerando que ele não era exatamente um grande fã, se você entende o que eu quero dizer.

Jake respirou fundo. Ele não tinha, é claro, direito a qualquer bajulação, mas supôs que seria melhor deixar como estava.

— Eu só pensei, sei lá, que talvez pudesse haver alguma história pronta que eu possa enviar para algum lugar. Você não tem nenhum trecho, imagino.

— Não. Mas, sabe, eu não diria que nós estamos falando de um Nabokov deixando para trás um romance inacabado. Acho que você pode relegar a ficção não escrita de Evan Parker ao esquecimento sem muita culpa.

— Perdão? — perguntou Jake em um arquejo.

— Como professor dele.

— Ah. Sim.

— Porque eu lembro de pensar que ele tinha que estar bem surtado pelo jeito como falava daquele livro, e olha que eu gostava do cara. Como se fosse *O iluminado*, *As vinhas da ira* e *Moby Dick*, tudo junto, e que seria um enorme sucesso. Ele me mostrou algumas páginas da menina que odiava a mãe, ou talvez fosse a mãe que odiava a filha, e eram boas, mas... cara, não era exatamente *Garota exemplar*. Eu ficava olhando para ele, tipo, *Claro, cara, se você acha*. Não sei, eu só achava o Evan tão cheio de si que chegava a ser meio ridículo. Mas você já deve ter se deparado com muitas pessoas assim. Caramba — disse Martin Purcell —, estou falando como um cretino. E eu gostava do cara. É muito decente da sua parte querer ajudar o Evan.

— Eu só queria fazer algo de bom — disse Jake, se desviando o melhor que podia. — E como ele não tem família...

— Bem, talvez uma sobrinha. Acho que eu li sobre ela no obituário.

Eu também, não disse Jake. Na verdade ele não tinha conseguido descobrir uma única coisa com Martin Purcell que já não tivesse lido naquele obituário simples.

— Está certo, então — disse Jake. — Olha, obrigado por falar comigo.

— Ei! Eu é que agradeço a você por ligar. E...

— O que foi? — perguntou Jake.

— Bem, sei que vou estar me xingando daqui a exatos cinco minutos se não te perguntar isso, então...

— O que é? — voltou a perguntar Jake, já sabendo perfeitamente bem do que se tratava.

— Eu estava pensando... Eu sei que você é um cara ocupado. Mas será que estaria disposto a dar uma olhada em algumas coisas que eu escrevi? Ia ser muito legal ter a sua opinião honesta. Significaria muito pra mim.

Jake fechou os olhos.

— Claro — falou.

RÉPLICA
DE JACOB FINCH BONNER
Macmillan, Nova York, 2017, páginas 23-25

Eles queriam saber *De quem era?*, é claro. Pelo jeito isso era ainda mais premente do que a resposta para *Que porra ela achava que estava fazendo?*, e obviamente muito mais do que *Onde foi que eles erraram com ela como pais?* Fossem quais fossem os detalhes, os dois sem dúvida não achavam que era *culpa deles*, e com certeza não seria *problema deles.* Mas *de quem era* não era uma informação que Samantha tinha vontade de compartilhar, então lhe restava como escolha: um, não revelar; ou, dois, mentir descaradamente. Como princípio geral, ela não tinha nada contra ou a favor de mentir, mas o problema de mentir, pelo menos em relação àquela situação em particular, era que havia *testes* — seria preciso nunca ter assistido a programas sensacionalistas na TV para não saber sobre os *testes* —, e qualquer pessoa que ela mencionasse (ou melhor, qualquer *outra* pessoa que ela mencionasse) poderia acabar revelando que não era a pessoa certa, o que por sua vez revelaria a mentira de Samantha e reiniciaria toda a sequência: *De quem era?*

Por isso ela optou por não revelar.

— Escuta, isso não tem importância.

— Nossa filha de quinze anos está grávida e não importa quem a deixou assim.

Basicamente isso, pensou Samantha.

— Como vocês disseram, o problema é meu.

— Sim, é — confirmou o pai. Ele não parecia tão bravo quanto a mãe dela. Sua expressão era distante como sempre.

— Então, o que você pretende fazer? — perguntou a mãe. — Há anos nos dizem que você é inteligente. Aí você vai e faz isso.

Samantha não conseguia olhar para a cara daqueles dois desgraçados, por isso subiu, fechou com estrondo a porta do quarto e jogou a mochila no chão, ao lado da escrivaninha velha. O quarto dela dava para os fundos da casa, com vista para a encosta que descia até Porter Creek — o riacho era estreito e rochoso naquele trecho da floresta, e largo e rochoso ao norte e ao sul. A casa era velha, tinha mais de cem anos. Tinha sido do pai dela e dos pais dele e, antes disso, dos bisavós de Samantha. Ela deduzia que aquilo significava que acabaria sendo dela um dia, mas nunca tinha se importado com isso antes, e não se importava agora, já que não pretendia viver ali nem um minuto a mais que o necessário. A verdade era que aquele sempre tinha sido o plano, e ainda era. Assim que resolvesse o problema que tinha no momento, completasse seus créditos na escola e conseguisse a bolsa de estudos para a faculdade.

De quem era. A resposta para aquela pergunta era uma pessoa chamada Daniel Weybridge, que também era ninguém menos que o chefe da mãe de Samantha no College Inn — na verdade era o proprietário do College Inn, como havia sido o pai de Daniel antes dele, já que o lugar era *Administrado pela família há três gerações!*, como dizia a placa da pousada, o papel timbrado e até os porta-copos de papel deixados em todos os quartos. Daniel Weybridge era casado e pai de três meninos saltitantes, que sem dúvida seriam os próximos proprietários do College Inn. Ele também tinha feito uma vasectomia, ou tinha sido o que jurara para Samantha, o merda mentiroso. Não, ela não tinha contado a ele que estava grávida, e não faria isso. Ele não merecia saber.

A história com Daniel Weybridge era que ele tinha andado atrás de Samantha por pelo menos um ano, pelo que ela se lembrava, e provavelmente mais que isso, desde antes de ela começar a prestar atenção. Tinham sido inúmeras as vezes que Samantha passara por ele na pousada ou em um dos corredores da escola — quando ele aparecia para assistir a um dos três preciosos filhos em fosse qual fosse o esporte que estivessem praticando — e sentira o olhar ardente de Daniel, a atenção fixa do homem no eu de quinze anos dela quando se cruzavam. Obviamente ele era furtivo demais para fazer uma abordagem escancarada. Daniel dera atenção a Samantha, então passara aos elogios e pequenas insinuações de admiração genuína de adulto: *Ela havia pulado um ano na escola... nossa, impressionante! Ouvira dizer que Samantha tinha ganhado algum prêmio... que garota inteligente, com certeza chegaria longe!* Doía em Samantha admitir que aquelas táticas não tinham sido ineficazes. Afinal Daniel Weybridge era o que as pessoas no mundo dela consideravam um homem sofisticado — ele cursara a escola de hotelaria em Cornell, que era uma universidade Ivy League, e não lia só o *Observer-Dispatch*, o jornal local de Utica. Uma vez, no saguão da pousada, enquanto Samantha esperava que o horário de trabalho da mãe terminasse, os dois haviam tido uma conversa surpreendentemente cheia de sutilezas sobre *A letra escarlate*, que ela estava lendo para a aula de literatura do oitavo ano, e Daniel Weybridge fizera uma observação que ela acabara usando no trabalho. Um trabalho no qual havia recebido um dez.

Então, quando se deu conta — o que acabou acontecendo — de que havia um jogo mais longo sendo jogado ali, e que era o chefe da mãe dela que estava jogando, Samantha ficou um pouco mais surpresa do que deveria. E ela mesma viu a situação com outros olhos.

Àquela altura, já estava no segundo ano do ensino médio, embora fosse um ano mais nova que o aluno mais novo ali. A maior parte dos seus colegas de turma — *todos* os meninos, se a pessoa acreditasse neles, exceto talvez os mais tímidos e mais atrasados — estava ocupada tirando a virgindade da maior parte das meninas. E, sem contar a reputação destruída daquelas duas garotas que já tinham deixado a escola, ninguém parecia estar muito preocupado com isso. Momentos como aquele pareciam deixar mais sob os holofotes a diferença de idade dela para os colegas, e, embora Samantha estivesse muito satisfeita em ter pulado o sexto ano, não gostava da sensação de ser *mais nova* que todos os outros. Além disso, não havia nada especialmente significativo — menos ainda romântico — em relação ao ato em questão, assim como não havia nada especialmente obscuro sobre o que Daniel Weybridge queria ou como ele estava tentando conseguir.

Ainda assim, tudo tinha sido decisão dela. As apostas não pareciam tão altas. Se não fizesse nada, era provável que Daniel Weybridge continuasse a elogiá-la e a flertar com ela até o dia em que Samantha saísse de casa. E, quando aquele dia chegasse, ele simplesmente daria de ombros e voltaria sua atenção para a próxima filha da próxima faxineira, ou para a própria faxineira. No entanto, quanto mais Samantha pensava nisso, mais gostava da ideia. Do ponto de vista prático, sentia repulsa por todos os garotos com quem frequentava a escola, e Daniel Weybridge não era feio. Além disso, ele era adulto e pai de vários filhos, o que significava que sabia o que estava fazendo quando se tratava do ato em si. E mais: ao contrário dos garotos da turma dela, que eram incapazes de manter a boca fechada, nem era preciso dizer que Daniel Weybridge não contaria a ninguém. E, por fim, quando Samantha o deixou levá-la para a Suíte Fennimore (menos de uma hora depois de a mãe dela ter limpado o quarto), ele fez questão de dizer que havia feito vasectomia após o bebê número três. O que basicamente selou o acordo.

Portanto, talvez Samantha não fosse mesmo tão inteligente quanto todos sempre acharam que era, muito menos tão inteligente quanto *ela mesma* sempre achara que era. Samantha não fazia ideia de como se livrar do problema que tinha no momento. Não sabia nem quanto tempo ainda tinha para descobrir como se livrar. Mas sabia que não seria tempo suficiente.

CAPÍTULO TREZE

Se atira em cima de mim

— Olha só, você me conhece, sabe que eu não gosto de ser a agente que fica pressionando, mas...

Na verdade, Matilda era *a agente que fica pressionando* em cada molécula do seu ser, e aquele tinha sido o motivo pelo qual Jake sonhara, durante anos, em tê-la como agente. Quando ele terminara *Réplica*, depois do período mais frenético de escrita por que já passara, tinha sido Matilda Salter, e apenas Matilda Salter, que procurara, com a carta de apresentação mais cuidadosamente escrita da sua vida:

> *Embora eu tenha tido um agente para* A invenção do assombro *e sempre vá me orgulhar de o romance ter sido mencionado na seção "Novos & dignos de nota" do caderno literário do* New York Times, *volto agora com um tipo muito diferente de livro: regido pelo enredo, cheio de suspense e tortuoso, com uma protagonista feminina forte e complexa. Eu gostaria de começar de novo com uma agente que entenda exatamente aonde um livro como esse é capaz de chegar e que saiba lidar com a atenção de mercados estrangeiros e vendas de direitos para o cinema.*

Matilda — ou, mais provável, a assistente dela — tinha respondido com um convite para que Jake enviasse o original, e as coisas avançaram em uma boa velocidade a partir dali. Para Jake, tinha sido como uma redenção, além de muito emocionante — os autores de Matilda eram uma lista de estrelas que incluía vencedores dos prêmios Pulitzer e National Book Award, ocupantes permanentes das melhores livrarias de aeroporto (e também de todas as outras livrarias de aeroporto), queridinhos literários dos especialistas e estrelas do passado que nunca mais tinham precisado escrever uma única palavra.

— Mas? — ele falou agora.

— Mas eu recebi uma ligação da Wendy. Ela e o pessoal da Macmillan estão em dúvida se você vai cumprir o prazo do novo livro. Eles não querem te pressionar. É mais importante acertar que fazer rápido. Mas certo e rápido seria o melhor dos mundos.

— Sim — concordou Jake, arrasado.

— Porque, você sabe, meu bem, agora pode até parecer que isso nunca vai acontecer, mas vai ter que acontecer em algum momento. Nem que seja porque não vai sobrar mais ninguém no país que não tenha lido *Réplica*. O que estou dizendo é que vai chegar um momento em que todas essas pessoas *vão* querer ler outro livro. Só queremos que esse livro também seja escrito por você.

Ele assentiu, como se Matilda pudesse vê-lo.

— Eu sei. Estou trabalhando, não se preocupe.

— Ah, não estou preocupada. Só estou perguntando. Você viu que nós vamos fazer uma nova reimpressão de *Réplica*?

— Ah... sim. Que bom.

— É mais que bom. — Matilda fez uma pausa. Jake a ouviu se afastar para falar alguma coisa com a assistente. Então ela voltou. — Certo, meu bem. Tenho que atender outra ligação aqui. Nem todo mundo está tão feliz com a editora que tem quanto você.

Jake agradeceu e os dois desligaram. Ele continuou sentado no sofá velho por mais vinte minutos: de olhos fechados, sentindo o pavor percorrê-lo como uma meditação reversa, destinada a erradicar a serenidade. Então, se levantou e foi até a cozinha.

O ex-proprietário do novo apartamento de Jake tinha feito uma reforma estéril, com bancadas de granito cinza e um fogão de aço reluzente adequado para alguém cerca de cinco níveis acima das habilidades culinárias de Jake. Na verdade, até aquele momento ele não havia cozinhado nada (a menos que reaquecer contasse como cozinhar), e sua geladeira continha apenas uma variedade de embalagens de delivery, algumas delas vazias. Seus esforços para mobiliar o apartamento tinham perdido o fôlego logo depois de ele levar para lá o que já possuía, e qualquer intenção que tivesse de atender a algumas das necessidades mais óbvias — uma cabeceira para a cama, um sofá novo, cortinas para a janela do quarto — desaparecera na esteira da chegada de TomTalentoso em sua vida.

Como não conseguia se lembrar do que o levara até a própria cozinha, Jake se serviu de um copo d'água e voltou para o sofá. No breve tempo em que esteve fora, Anna tinha mandado duas mensagens.

Oi pra você.

Então, alguns minutos depois:

Você está aí?

Oi!, Jake digitou de volta. Desculpa. Estava no telefone. O que você está fazendo?

Pesquisando em sites de passagens aéreas, escreveu Anna. Descobri uns voos para NYC surpreendentemente baratos.

Bom saber. Tenho pensado em ir pra lá. Dizem que as luzes de neon são cintilantes.

Por um momento, nada. Então:

Eu adoraria ver um show na Broadway.

Jake sorriu. Na verdade, não deixam você ir embora da cidade sem ver um. Receio que você não tenha escolha.

Ao que parecia, Anna tinha alguns dias de folga. E podia tirá-los a qualquer momento.

Agora falando sério, escreveu Anna, como você se sente com a possibilidade de uma visita minha? Quero ter certeza de que não sou só eu, saindo do outro lado do país para me atirar em cima de você.

Jake tomou um gole da água. O que eu sinto é: se atira em cima de mim. Por favor. Vou adorar ter você aqui, mesmo que por alguns dias.

E você pode tirar algum tempo do trabalho?

Ele não podia.

Sim, claro.

Eles combinaram de Anna chegar no fim do mês e ficar por uma semana. Depois que encerraram a troca de mensagens, Jake entrou em uma loja online e comprou uma cabeceira e cortinas para o quarto. Na verdade não foi nada difícil.

CAPÍTULO CATORZE

Parece saída de um livro

Anna chegou em uma sexta-feira no fim de novembro, e Jake desceu para recebê-la no táxi. Ainda havia barreiras policiais na frente do prédio dele em West Village e, quando ela saiu do carro, Jake a viu olhar para aquilo com certo nervosismo.

— Filmagens — ele explicou. — *Law and Order*. Ontem à noite.

— Nossa, que alívio. Eu pensei: *Será que acabei de chegar a Nova York e já estou na cena de um crime?*

Depois de um momento, os dois se abraçaram, desajeitados. Então se abraçaram de novo, agora menos desajeitados.

Anna havia cortado o cabelo alguns centímetros, e só aquela pequena mudança já garantira um quê de transformação: da grunge de Seattle para uma versão chique de Nova York. Ela usava um trench coat por cima do jeans preto e do suéter cinza, alguns tons mais claro que o cabelo prateado, e uma única pérola barroca em um colar ao redor do pescoço. Depois de semanas imaginando como se sentiria quando a visse novamente, Jake logo se tranquilizou. Anna era linda. E estava ali.

Ele a levou a um restaurante brasileiro de que gostava, e depois ela quis caminhar até onde antes ficava o World Trade Center, a leste de

South Street Seaport. Jake a guiou movido por um vago senso de direção — ele não conhecia bem aquela região, o que Anna pareceu achar hilário. Em Chinatown, eles pararam em um "bar de sobremesas" e dividiram um doce feito de gelo raspado com cerca de oito coberturas, incluindo uma folha de ouro de verdade. Ele se ofereceu para reservar um quarto para ela em um hotel.

Anna riu dele.

De volta ao apartamento, Jake levou uma coberta e um travesseiro para o sofá velho e patético.

— Para mim — sugeriu, quando Anna chegou ao seu lado. — Quer dizer, não quero presumir nada.

— Você é um amor — disse ela, antes de levá-lo de volta para o quarto, onde agora ao menos havia cortinas na janela. E uma boa coisa também.

No dia seguinte, eles não saíram do apartamento.

No dia depois daquele, conseguiram sair para almoçar no RedFarm, mas voltaram para casa logo depois e passaram o restante do dia ali.

Uma ou duas vezes, Jake se desculpou por monopolizar o tempo dela na cidade. Com certeza Anna queria mais de sua visita a Nova York do que aquela intimidade e — até onde ele sabia — prazer mútuo, certo?

— Isso era exatamente o que eu queria da minha visita — declarou Anna.

Mas na manhã seguinte ela o deixou trabalhando e foi passear, e o resto da semana seguiu daquele jeito. Jake fazia o possível para trabalhar por algumas horas depois que ela saía e no fim da tarde ia encontrá-la onde quer que ela estivesse: Museu da Cidade de Nova York, Lincoln Center, Bloomingdale's. Anna não conseguia decidir que espetáculo da Broadway ver, e, em sua última noite na cidade, os dois acabaram assistindo a um negócio esquisito em que todos corriam ao redor de um enorme armazém no escuro, usando máscaras, e que supostamente era baseado em *Macbeth*.

— O que você achou? — perguntou Jake quando eles emergiram na noite de Chelsea. O voo dela sairia cedo na manhã seguinte e ele já estava temendo a despedida.

— Bom, ficou bem longe de *Oklahoma!*

Eles caminharam até o novo e fabuloso Meatpacking District e passaram por vários restaurantes até encontrar um mais tranquilo.

— Você gosta daqui — comentou Jake, depois que o garçom anotou os pedidos.

— Parece bom.

— Não, não estou falando do restaurante, mas de Nova York.

— Sim. Este lugar, eu poderia me apaixonar por um lugar como este.

— Bem — falou Jake —, vou ser sincero: isso não me deixa nada chateado.

Anna não disse nada. O garçom trouxe o vinho que eles haviam pedido.

— Então uma mulher com quem você se encontrou só uma vez, por uma hora, e que mora do outro lado do país vem te visitar por alguns dias e começa a falar que gosta de Nova York, e você não está nem um pouquinho assustado?

Jake encolheu os ombros.

— Muitas coisas me assustam. Mas, estranhamente, isso não. Ainda estou me acostumando com a ideia de que você gostou de mim o bastante para entrar em um avião e vir pra cá.

— Então você está presumindo que eu peguei um avião porque gostei de você e não, sei lá, porque consegui um voo barato e sempre quis correr ao redor de um armazém com uma máscara no rosto, fingindo que tenho vinte e dois anos e não a minha idade real.

— Você poderia passar sem problemas por vinte e dois — falou Jake depois de um instante.

— E por que eu ia querer isso? Aquele negócio todo esta noite foi a típica situação que todo mundo considera absurda mas não tem coragem de falar. Como a roupa nova do imperador.

Jake jogou a cabeça para trás e riu.

— Muito bem. Você acabou de mostrar sua carteirinha de millennial. Sabe disso.

— Eu não me importo nem um pouco. Acho que eu não fui jovem nem quando realmente era jovem, e isso não foi ontem.

O garçom chegou. Os dois tinham pedido a mesma coisa: frango assado com legumes. Olhando para os pratos, Jake se perguntou se não estariam, na verdade, comendo as duas metades da mesma ave.

— E por que você não foi jovem quando realmente era jovem? — perguntou Jake.

— Ah, essa é uma história longa e sofrida. Parece saída de um livro.

— Eu gostaria que você me contasse. — Ele olhou para ela. — É difícil falar sobre isso?

— Não, não é difícil. Mas ainda não é algo que eu faça com qualquer um.

— Muito bem. — Jake assentiu. — Estou me sentindo devidamente honrado.

Anna demorou um instante para voltar a falar, enquanto começava a comer e dava um gole no vinho.

— Então, em resumo, minha irmã e eu fomos criadas em Idaho, na cidade onde a nossa mãe cresceu. Nós duas éramos muito pequenas e não lembramos muito dela. A nossa mãe se suicidou, infelizmente. Entrou com o carro em um lago.

Jake soltou um suspiro.

— Ah, sinto muito. Que terrível.

— Depois disso a irmã da nossa mãe nos acolheu. Mas ela era muito estranha. A minha tia nunca dominou a arte de cuidar de si mesma, menos ainda de qualquer outra pessoa, o que dizer de duas crianças pequenas. Acho que nós duas entendíamos isso, a minha irmã e eu. Mas lidamos com a situação de jeitos diferentes. Depois que começamos o ensino médio, eu senti as duas se afastando cada vez mais de mim. A minha irmã e a minha tia — esclareceu ela. — A minha irmã parou de ir à escola. Eu parei de voltar para casa. E a minha professora, a srta. Royce, quando descobriu o que estava acontecendo na minha casa, perguntou se eu gostaria de morar com ela, e eu disse que sim.

— Mas... não houve nenhum tipo de intervenção? Estou falando do serviço social, da polícia...

— O xerife foi falar com a minha tia algumas vezes, mas ela nunca compreendeu direito. Acho que ela desejava ser capaz de ser uma mãe pra gente, mas estava além da capacidade dela. — Anna fez uma pausa. — Na verdade eu não guardo nenhum sentimento ruim por ela. Algumas pessoas conseguem pintar ou cantar, outras não. A minha tia era uma pessoa que simplesmente não conseguia estar no mundo da mesma forma que a maioria de nós consegue. Mas eu queria... — Ela balançou a cabeça. E pegou o copo.

— O quê?

— Bem, eu tentei fazer a minha irmã ir morar comigo, mas ela recusou. Quis ficar com a nossa tia. Então, um dia, as duas foram embora da cidade.

Jake esperou. E foi ficando mais inquieto.

— E...?

— E? Nada. Não tenho ideia de onde elas estão. Podem estar em qualquer lugar agora. E podem não estar em lugar nenhum. Poderiam estar neste restaurante. — Ela olhou ao redor. — Bem, não estão. Mas é assim que as coisas são. Eu fiquei, elas foram embora. Terminei o ensino médio. Fui para a faculdade. A minha professora... Acabei pegando o hábito de chamá-la de minha mãe adotiva, mas nunca houve nenhum processo formal. Quando ela morreu, me deixou algum dinheiro, o que foi bom. Mas, em relação ao paradeiro da minha irmã, não faço ideia.

— Você já tentou encontrá-la? — perguntou Jake.

Anna balançou a cabeça.

— Não. Acho que a nossa tia vivia uma vida bem à margem antes de passar a cuidar de nós. Ou de tentar cuidar de nós. Acho que, se elas ainda estiverem juntas, não pagam aluguel nem usam caixa eletrônico, muito menos têm um perfil no Facebook. Mas eu estou no Facebook e também no Instagram principalmente por causa disso. Se elas quiserem me encontrar, estou a alguns cliques de qualquer computador público em qualquer biblioteca do país. Se entrarem em contato comigo, vou receber um alerta por e-mail. Tento não pensar nisso, nunca, mas mesmo assim... toda vez que ligo o computador ou o celular, uma parte de mim se pergunta: será hoje o dia? Você não imagina como é esperar o tempo todo por uma mensagem que vai mudar totalmente a sua vida.

Na verdade, Jake imaginava perfeitamente bem. Mas não falou nada a respeito.

— Isso... Isso tudo fez você se sentir deprimida? Na adolescência?

Anna pareceu não levar a pergunta tão a sério.

— Acho que sim. A maior parte dos adolescentes fica deprimida, não é? Acho que eu não era muito introspectiva na adolescência. E, para ser sincera, também não era muito ambiciosa naquela época, por isso não achava que estava sendo privada de alguma coisa que eu desejava muito. Então, uma manhã, no outono do meu último ano, peguei um formulário de inscrição para a Universidade de Washington em cima de um banco do lado de fora da sala do orientador da minha escola. Tinha uns pinheiros na frente, e eu pensei... nossa, isso parece tão legal. Me passou uma sensação de lar. Então, preenchi o formulário ali mesmo, na sala do orientador, no computador que eles tinham ali. Três semanas depois, recebi a carta de aprovação.

O garçom voltou e recolheu os pratos. Ambos recusaram a sobremesa, mas pediram mais vinho.

— Sabe — falou Jake —, levando tudo em consideração, você é uma pessoa incrivelmente bem ajustada.

— Até parece. — Anna revirou os olhos. — Eu me escondi em uma ilha por quase uma década. Cheguei aos meus trinta e poucos anos sem nunca ter namorado sério. Nos últimos três anos me dediquei a fazer um completo imbecil parecer semiconvincente e minimamente bem informado no ar. Isso parece mesmo incrivelmente bem ajustado para você?

Ele sorriu para ela.

— Levando em consideração o que você passou? Acho que você é uma espécie de Mulher-Maravilha.

— A Mulher-Maravilha era uma ficção. Acho que eu prefiro ser uma pessoa real e comum.

Ela nunca conseguiria ser comum, pensou Jake. O simples fato de Anna, aquela mulher incrível de cabelos grisalhos, ter saído das florestas do noroeste e ainda assim parecer perfeitamente à vontade ali, em um restaurante fervilhante no bairro mais movimentado da cidade, já era por si só um desafio às normas: um relâmpago surgido do nada. Mas o que mais o surpreendia, percebeu Jake, era o fato de ela se sentir tão em paz em relação a tudo aquilo. Desde que Jake conseguia se lembrar, ele vivia se torturando por causa dos livros que estava escrevendo, depois por causa daqueles que não estava escrevendo, e por causa das pessoas que poderiam passar à frente dele, e do medo profundo e terrível de não ser bom o bastante — ou bom de forma alguma — na única coisa em que sempre quisera ser bom, sem mencionar o fato de que, ao seu redor, pessoas da idade dele estavam se conhecendo, formando pares e jurando lealdade umas às outras, e até mesmo criando bebês juntas, enquanto ele mal havia encontrado uma mulher de quem gostasse o bastante para sequer namorar, desde que rompera com a poeta, Alice Logan. Agora, tudo aquilo estava resolvido: de repente, tranquilamente, resolvido.

— Antes de mais nada — disse Jake —, fazer o seu chefe parecer mais inteligente do que é... Ora, esse é o trabalho da maioria das pessoas. E a ilha Whidbey me parece um bom lugar para passar a maior parte de uma década. E quanto a não ter um namorado sério, obviamente você estava esperando por mim.

Anna não estava olhando para Jake quando ele falou isso. Estava com os olhos fixos nas próprias mãos e no copo que segurava. Mas, quando Jake terminou de falar, ela ergueu o olhar e, depois de um momento, sorriu.

— Talvez eu estivesse — falou. — Talvez eu tenha pensado, quando li o seu romance: *Hum, eis um cérebro que me interessaria conhecer.* Talvez, quando fui ao seu evento em Seattle e vi você, eu tenha pensado: *Essa é uma pessoa que eu não ficaria infeliz em ver do outro lado da mesa no café da manhã.*

— No café da manhã? — Jake sorriu.

— E talvez, quando entrei em contato com o seu relações-públicas, não estivesse pensando só que devíamos tentar levar alguns autores de verdade ao programa. Talvez eu estivesse pensando: *Sabe, não seria nada ruim se eu pudesse conhecer Jake Bonner pessoalmente.*

— Olha só... E a verdade vem à tona.

Mesmo sob a meia-luz do restaurante, Jake viu que ela estava envergonhada.

— Ei, está tudo bem. Estou feliz por você ter feito isso. Incrivelmente feliz.

Anna assentiu, mas não o encarou.

— Tem certeza de que isso não te assusta nem um pouquinho? Eu agi de forma pouco profissional porque tenho uma queda por um escritor famoso.

Jake encolheu os ombros.

— Uma vez eu consegui me sentar ao lado do Peter Carey no metrô, porque tinha a fantasia de que poderia puxar conversa com o maior romancista vivo da Austrália e nós começaríamos a fazer brunches semanais juntos, todo domingo, quando iríamos debater a condição da ficção, então Carey entregaria o meu romance em andamento ao agente dele... Você entendeu a ideia.

— E você fez isso?

Jake tomou um gole do vinho.

— Fiz o quê?

— Sentou ao lado dele?

Jake assentiu.

— Sim. Mas não consegui me forçar a dizer uma única palavra. De qualquer forma, Carey desceu duas estações depois. Não teve conversa nenhuma, brunch nenhum, nenhuma apresentação ao agente dele. Fui só mais um fã no metrô. Isso poderia ter acontecido com a gente, se você tivesse sido tão covarde quanto eu fui. Mas você foi atrás do que queria. Do mesmo jeito que pegou aquele formulário de inscrição no banco da escola e preencheu. Eu admiro isso.

Anna não disse nada. Ela parecia aturdida.

— Como o seu antigo professor disse, ninguém mais pode ser dono da sua vida, certo?

Anna riu.

— Ninguém mais pode *viver* a sua vida.

— Parece aquela bobagem que a gente pregava na pós-graduação. *Cada pessoa tem uma voz única e uma história singular para contar.*

— E não é verdade?

— Com certeza não. De qualquer forma, se você está vivendo a sua vida, mais poder para você. Não consigo pensar em ninguém a quem você deva alguma coisa. A sua mãe adotiva se foi. A sua irmã e a sua tia saíram da equação, pelo menos por enquanto. Você merece cada pedacinho de felicidade que chegar.

Anna estendeu a mão sobre a mesa e pegou a dele.

— Concordo plenamente — falou.

RÉPLICA
DE JACOB FINCH BONNER
Macmillan, Nova York, 2017, páginas 36-38

A decisão de Samantha foi: ela queria fazer um aborto. Deveria ter sido simples, levando em consideração que seus pais também não pareciam nem um pouco interessados em ter um acréscimo à família. Mas havia uma complicação infeliz: o fato de a mãe e o pai serem cristãos, e não o tipo de cristão Jesus-é-amor, mas o tipo o-inferno-tem-uma-sala-especial-esperando-por-você. Além disso, as leis do estado de Nova York davam aos dois poder de veto sobre Samantha (que não era cristã de forma alguma, apesar de suas centenas de manhãs de domingo nos bancos do Tabernáculo da Irmandade de Norwich) e sobre o blastocisto que estava alguns centímetros ao sul do umbigo dela. Eles consideravam o referido blastocisto um neto amado, ou pelo menos um filho amado de Deus? Samantha desconfiava que não. E desconfiava que, ao contrário, o objetivo ali era ensinar algum tipo de "lição" a ela sobre o preço a pagar pelo pecado, algo na linha de *Com dor darás à luz*, como está na Bíblia. Tudo aquilo teria sido muito mais simples se eles tivessem concordado em levá-la de carro para a clínica em Ithaca.

Também não fazia parte do plano que Samantha abandonasse a escola, mas a gravidez tomou essa decisão por conta própria. No fim, ela não foi uma daquelas garotas que conseguiam continuar, ir ao baile, colocar a criança pra fora no nono mês e avançar de modo genérico por cada teste, cada prova, cada tarefa e trabalho de conclusão de curso, com apenas uma corrida ocasional pelo corredor com o propósito de vomitar no banheiro feminino. Não, ela fora diagnosticada com pressão alta no quarto mês, colocada de cama, em repouso, por causa da saúde do bebê e forçada a perder sumariamente sua posição como aluna do segundo ano, sem uma única reclamação nem do pai nem da mãe. E nenhum dos seus professores levantou sequer um dedo para ajudá-la a terminar o ano.

Durante os cinco meses brutais que lhe restavam, Samantha carregou o bebê no ventre com desconforto — a maior parte do tempo deitada na sua cama de criança, uma cama velha de quatro colunas que tinha sido do pai da mãe dela, ou da mãe do pai dela —, aceitando de má vontade a comida que a mãe lhe servia no quarto. Ela leu todos os livros que havia na casa — primeiro seus próprios livros e depois os da mãe, comprados na livraria cristã nos arredores de Oneonta —, mas logo começou a notar problemas no hardware do seu cérebro: frases se dobrando sobre si mesmas, significados se esvaindo no meio de um parágrafo, como se até aquela parte do corpo dela tivesse sido alterada pelo inquilino não solicitado. Tanto o pai quanto a mãe de Samantha tinham desistido de tentar descobrir o nome do pai do bebê — talvez tivessem chegado à conclusão de que Samantha não sabia. (Com quantos garotos eles achavam que ela havia transado? Com todos, provavelmente.) O pai não estava mais falando com ela, embora Samantha tivesse demorado algum tempo para se dar conta disso, já que ele nunca fora mesmo muito falante. A mãe continuava a falar com ela — ou melhor, a gritar com ela — diariamente. Samantha se perguntava como a mulher tinha energia.

Mas pelo menos haveria um ponto-final em tudo aquilo, porque aquela coisa, aquela provação, seria *finita*. Ou seja: iria acabar. E por quê?

Ela não desejava ser uma mãe de dezesseis anos mais do que desejara ser uma grávida de quinze anos e, ao menos em relação àquilo, acreditava que os pais se sentiam da mesma forma. Portanto, quando chegasse a hora, o bebê seria entregue para adoção. Então ela, a hospedeira que o gestara, retornaria ao ensino médio, embora na companhia daqueles colegas de turma chatos que havia deixado para trás no sexto ano: um ano mais distante do seu objetivo de ir para a faculdade e fugir de Earlville, mas pelo menos estaria de volta aos trilhos.

Ah, a ingenuidade da juventude. Ou ela ousara acreditar que os pais um dia poderiam reconhecer que um ser humano senciente, com seus próprios planos, prioridades e aspirações, tinha vivido ao lado deles ao longo daqueles quinze anos? Samantha analisara as possibilidades e chegara mesmo a dar o passo de procurar um daqueles "conselheiros de aborto" (não era de fato um "conselheiro de aborto", como Samantha sabia muito bem) que publicavam anúncios na última página do *Observer-Dispatch*: "Um lar cristão amoroso para o seu bebê!" Mas a mãe nem sequer olhou para o panfleto que lhe enviaram.

Ao que parecia, o preço do pecado de Samantha seria pago para sempre.

Espera um pouquinho!, ela havia gritado com os pais. *Eu não quero esse bebê e vocês não querem esse bebê. Vamos deixar que alguém que realmente queira um bebê fique com ele. Qual é o problema com isso?*

O problema, ao que parecia, era que Deus queria que Samantha ficasse com a criança. Ele a testara, ela falhara, portanto era isso que deveria acontecer.

Era enlouquecedor, enfurecedor. Pior: não tinha a menor lógica.

Mas Samantha tinha quinze anos. Então, era isso que ia acontecer.

CAPÍTULO QUINZE

Por que ela mudaria de ideia?

A conta do Twitter se manteve abençoadamente inativa, mas de repente, em meados de dezembro, os tuítes começaram — não como um estrondo, mas como um gemido no vazio:

@JacobFinchBonner não é o autor de #Réplica.

Jake ficou aliviado ao ver que não houve engajamento, provavelmente porque não havia ninguém com quem se engajar. Em suas seis semanas no site, o usuário do Twitter conhecido como @TomTalentoso ainda era retratado como um ovo sem biografia, de um local não declarado. A página tinha conseguido atrair apenas dois seguidores, ambos sem dúvida bots de algum ponto do Extremo Oriente, mas a falta de público não pareceu detê-lo. Nas semanas seguintes, houve um gotejamento constante de pequenas declarações cáusticas:

@JacobFinchBonner é um ladrão.

@JacobFinchBonner é um plagiador.

Anna voltou para Seattle para resolver algumas coisas. Quando ela retornou a Nova York, Jake a levou para Long Island, para o tradicional Hanukkah da família Bonner, com os irmãos do pai dele e seus filhos. Ele nunca havia levado uma acompanhante naquela ocasião, e houve um excesso de atenção meio ridícula dos primos dele, mas o salmão grelhado na tábua com que Anna contribuiu para a refeição foi recebido com gratidão atordoada.

Tecnicamente, Anna ainda não havia abandonado sua vida anterior — o apartamento em West Seattle havia sido sublocado e os móveis, transferidos para um depósito —, mas ela logo encontrou um emprego em um estúdio de podcast em Midtown e outro como produtora em um programa da rádio Sirius, que cobria a indústria de tecnologia. Apesar de ter crescido em uma cidadezinha de Idaho, não demorou muito para que Anna aumentasse a velocidade do passo, como faziam os nova-iorquinos pelas ruas, e, poucos dias depois do seu retorno à cidade, ela já parecia mais uma nativa sobrecarregada de trabalho, sempre correndo e com um nível de estresse que teria alarmado qualquer um fora dos cinco distritos de Nova York. Mas Anna estava feliz. Realmente feliz, claramente feliz. Ela começava todos os dias se enrolando ao redor do corpo de Jake e beijando seu pescoço. Também descobriu o que ele gostava de comer e assumiu a tarefa de alimentar ambos (o que foi um grande alívio, uma vez que ele jamais havia aprendido a se alimentar direito). Anna mergulhou na vida cultural da cidade e levou Jake com ela, e em pouco tempo era rara a noite que os dois passavam em casa e não em alguma peça ou concerto, ou vasculhando o bairro de Flushing em busca de uma barraca específica de bolinhos asiáticos sobre a qual ela havia lido.

É melhor a editora de @JacobFinchBonner se preparar para reembolsar cada exemplar vendido de #Réplica.

Alguém precisa dizer à @Oprah que ela tem outro autor farsante nas mãos.

Anna queria um gato. Ao que parecia, havia anos. Eles foram a um abrigo e adotaram um camaradinha despreocupado, todo preto, a não ser por uma única pata branca, que fez um circuito rápido pelo apartamento, tomou para si uma cadeira em que Jake gostava de se sentar para ler e se acomodou de vez. (Ele ficaria conhecido como Whidbey, em homenagem à ilha.) Ela queria assistir a um espetáculo da Broadway — um de verdade, daquela vez. Jake conseguiu ingressos para *Hamilton* por intermédio de um cliente de Matilda que tinha bons contatos. Anna quis fazer tours gastronômicos no Lower East Side, caminhadas históricas guiadas em Tribeca, brunches gospel no Harlem, todas aquelas coisas nativas (ou pelo menos "consagradas") para as quais os nova-iorquinos tendiam a torcer o nariz, preferindo manter uma ignorância presunçosa em relação à própria cidade. Ela começou a acompanhá-lo, já que seu próprio trabalho permitia, quando ele fazia leituras ou dava palestras — Boston, Montclair, Vassar College —, e uma vez eles passaram alguns dias na Flórida, depois da participação de Jake na Feira do Livro de Miami.

Jake começou a notar uma diferença básica entre eles: Anna via a aproximação de um estranho com clara curiosidade, e ele com pavor. (Isso já acontecia antes de ele se tornar um "escritor famoso" — um óbvio paradoxo, ou ao menos era o que tinha o hábito de dizer aos entrevistadores para passar uma impressão de modéstia — e até mesmo quando carregava uma aura de fracasso pessoal em torno de si como um bambolê radioativo.) Novas pessoas começaram a entrar na vida deles, e, pela primeira vez em anos, Jake estava conversando com pessoas que não eram escritores ou editores, ou mesmo ávidos leitores de ficção, e aquelas conversas iam muito além de que livro havia sido comprado por quem e por quanto, que segundo romance era uma decepção em vendas, qual editor fora demitido depois de gastar demais com um romancista superestimado e que blogueiros haviam tomado qual lado em uma acusação de "abordagens indesejadas" em uma conferência de verão de escritores. Ele descobriu que havia uma variedade impressionante de coisas a serem discutidas além do mundo da escrita: política, coisas para comer, pessoas interessantes e o que elas faziam no mundo, a era de ouro da comédia, da televisão, dos food trucks e do ativismo que acontecia no momento, ao redor deles, e dos quais Jake só estivera vagamente ciente até ali.

Ele reparou que, à medida que começaram a encontrar Anna pela segunda ou terceira vez, seus próprios amigos escritores a cumprimentavam com carinho, às vezes puxando-a para um beijo ou um abraço antes mesmo de se virarem para ele. Anna se lembrava dos nomes deles, dos nomes dos parceiros e parceiras e até dos animais de estimação (e de que espécie eles eram), lembrava quais eram seus empregos e suas reclamações sobre aqueles empregos e perguntava sobre tudo, enquanto Jake observava, com um sorriso tenso, imaginando como Anna tinha conseguido descobrir tanto sobre eles em tão pouco tempo.

Porque ela perguntava, foi a resposta que só lhe ocorreu tardiamente.

Eles estabeleceram um brunch mensal na cidade com os pais de Jake, depois de uma recomendação do crítico Adam Platt de um restaurante de dim sum que ficava sob a Ponte de Manhattan e logo se tornou o destino regular dos quatro. Jake via mais os pais agora, com Anna, do que quando estava solteiro e teoricamente livre dos compromissos e da agenda de outra pessoa. Com o passar dos meses de inverno, ele viu Anna desenvolver uma profunda familiaridade com os dois — ela conversava sobre o trabalho da mãe dele na escola; sobre as dificuldades do pai com um sócio na empresa dele; sobre a triste saga dos vizinhos duas casas para baixo, do outro lado da rua, cujos gêmeos adolescentes estavam em queda livre e levando o restante da família com eles. Anna queria ir a vendas de garagem com a mãe de Jake (uma atividade que ele mesmo se esforçava para evitar desde criança) quando o tempo esquentasse, e compartilhava do apreço do pai dele por Emmylou Harris (os dois checaram bem diante dos olhos dele a agenda da turnê de Harris e fizeram planos para vê-la naquele verão, no Nassau Coliseum). Na presença de Anna, os pais de Jake falavam mais deles mesmos, da sua saúde e até do que sentiam em relação ao sucesso de Jake do que jamais haviam falado quando estavam sozinhos com o filho — o que o inquietava, por mais que ele entendesse que aquilo era bom, que era uma coisa boa para todos eles. Jake sempre aceitara o fato de que os pais o amavam, mas via isso mais como uma posição predeterminada do que como uma expressão de preferência orgânica. Afinal era filho deles, e mais tarde, quando lhes deu motivos tão inequívocos para se orgulharem, aquela posição foi compreensivelmente fundamentada. Mas de Anna, que não era filha deles, e não era uma autora best-seller de estatura mundial, eles gostavam — na verdade, *amavam* — por quem ela era.

Certo domingo, no fim de janeiro, depois do banquete regular de dim sum deles, o pai puxou Jake de lado na Mott Street e perguntou quais eram as intenções dele.

— Não é o pai da moça que deve perguntar isso?

— Talvez eu esteja perguntando em nome do pai da Anna.

— Ah. Que engraçado. Bem, quais deveriam ser as minhas intenções?

O pai dele balançou a cabeça.

— Você está falando sério? Essa garota é fantástica. É linda, gentil e louca por você. Se eu fosse o pai dela, chamaria você para uma conversa séria.

— Você está querendo dizer para eu agarrá-la logo, antes que ela mude de ideia.

— Bom, não — respondeu o pai. — Na verdade, o que estou querendo saber é o que você está esperando. Por que ela mudaria de ideia?

Jake não podia dizer por que, não em voz alta, obviamente não para o pai, mas pensava nisso todos os dias enquanto @TomTalentoso continuava lançando os desafios dele no vazio. Jake passava todas as manhãs alternando entre os alertas do Google e se torturando com novas combinações de palavras para buscar na internet: "Evan+Parker+escritor", "Evan+Parker+Bonner", "Réplica+Bonner+ladrão", "Parker+Bonner+plágio". Ele era como uma pessoa com transtorno obsessivo-compulsivo à mercê de seus rituais de limpeza, ou incapaz de sair de casa até ter checado o fogão exatamente vinte e uma vezes, e levava cada vez mais tempo a cada dia para se sentir seguro o bastante e depois calmo o bastante para trabalhar no novo romance.

Quem acha que não há problema em @JacobFinchBonner roubar o livro de outro escritor?

Por que a @MacmillanBooks ainda está vendendo #Réplica, um romance que o autor roubou de outro escritor?

Por que ela mudaria de ideia?
Por causa daquilo. Obviamente.

Desde aquele dia em Seattle e especialmente desde que Anna cruzara o país para se juntar a ele em Nova York, Jake estava se preparando para o dia em que a namorada enfim mencionasse as postagens no Twitter, talvez com uma dúvida de todo compreensível sobre por que ele ainda não tinha contado a ela sobre isso. Anna não era nenhuma inimiga da tecnologia, é claro — ela trabalhava na imprensa! —, mas, como usava o Facebook e o Instagram basicamente como uma forma de permitir que a irmã e a tia desaparecidas entrassem em contato se quisessem, aquelas duas contas haviam quase se calcificado por falta de uso. O perfil dela no Facebook listava cerca de vinte amigos, tinha um link para a página da turma de Anna na Universidade de Washington e um apoio fixado à candidatura de Rick Larson ao Congresso em 2016. O primeiro e único post da conta do Instagram datava de 2015 e apresentava — ah, o clichê daquilo — um pinheiro desenhado com leite em uma xícara de café. Uma das funções dela no estúdio de podcast era gerenciar a conta do programa no Instagram, postando fotos dos vários anfitriões e convidados que usavam a instalação, mas ao que parecia Anna não tinha interesse em buscar curtidas, compartilhamentos, repostagens ou seguidores para si mesma, e com certeza não monitorava os altos e baixos da reputação de Jake na internet. Era nítido que Anna preferia o mundo real e as interações cara a cara da vida real que aconteciam nele: comer boa comida, beber bom vinho, suar em um colchonete de ioga em uma sala cheia de corpos reais.

Ainda assim, sempre havia a desconfortável possibilidade de que alguém, sabendo que ela morava com o autor de *Réplica*, pudesse mencionar uma acusação ou um ataque que tinha visto por acaso no próprio feed, ou perguntar educadamente como Jake estava reagindo a, você sabe, *aquela coisa que estava acontecendo*. Todo dia podia ser o dia em que a infecção de @TomTalentoso atravessaria a membrana de sua vida real e de seu relacionamento real. Toda noite poderia ser a noite em que Anna diria de súbito: "Ah, olha, alguém me encaminhou um tuíte esquisito sobre você". Até aquele momento, não tinha acontecido. Quando Anna voltava do trabalho, ou o encontrava para jantar depois da aula de ioga, ou passava o dia passeando com ele pela cidade, os dois conversavam sobre tudo e qualquer coisa, menos sobre a coisa mais importante na vida de Jake. Além dela, é claro.

Todas as manhãs, depois que Anna saía para trabalhar, Jake paralisava diante do computador em casa, indo e voltando do Facebook para o Twitter e para o Instagram, pesquisando a si mesmo no Google a cada hora mais ou menos para ver se alguma coisa havia surgido, medindo a temperatura da própria preocupação para ver se estava com medo ou só com medo de estar com medo. Cada aviso da chegada de um novo e-mail na sua caixa de entrada o sobressaltava, assim como cada bipe de alerta do Twitter e do Instagram quando alguém o marcava.

Eu sei que sou a última pessoa no planeta que leu #Réplica do @JacobFinchBonner, mas quero agradecer a todos por NÃO ME CONTAREM O QUE ACONTECIA PORQUE EU FIQUEI, TIPO... COMO ASSIM????!

Recomendado pela mãe do Sammy: #Pachenko (é assim que escreve?), #OTremDosÓrfãos, #Réplica. Qual eu leio primeiro?

Terminei réplica do @jacobfinchbonner. Foi ok. Próximo: #opintassilgo (cara, é loooooongo)

Jake pensou mais de uma vez em contratar um profissional (ou talvez apenas o filho adolescente de alguém) para tentar descobrir quem era o dono da conta do Twitter, ou do endereço de e-mail TomTalentoso@

gmail.com, ou pelo menos de que parte do mundo vinham aquelas mensagens, mas a ideia de colocar outra pessoa dentro do inferno pessoal dele parecia impossível. Jake pensou em registrar algum tipo de reclamação no Twitter, mas aquela era uma rede social que permitia que um presidente sugerisse que senadoras estavam fazendo sexo oral nele em troca do seu apoio — ele achava mesmo que a plataforma levantaria um dedo para ajudá-lo? No fim das contas, Jake não conseguiu tomar nenhuma atitude: direta, indireta ou até mesmo evasiva. Em vez disso, se refugiou várias vezes na ideia infundada de que, se continuasse a ignorar aquela provação, um dia, de algum modo, ela deixaria de ser real e, quando isso acontecesse, ele voltaria naturalmente a uma versão da própria vida na qual ninguém — nem os pais dele, nem sua agente, nem seus editores, nem seus milhares e milhares de leitores, nem Anna — teria razão alguma para desconfiar do que ele havia feito. A cada manhã, Jake acordava com uma esperança irracional de que tudo aquilo pudesse ter simplesmente... parado. Mas então uma nova nódoa ameaçadora emergia da tela do computador e ele se via encolhido diante da onda terrível que se aproximava, esperando o momento de se afogar.

CAPÍTULO DEZESSEIS

Só os escritores mais bem-sucedidos

Então, em fevereiro, Jake percebeu que a "bio" de Tom Talentoso no Twitter incluía um novo link para o Facebook. E, sentindo uma onda renovada daquele pavor agora familiar, clicou no link:

Nome: Tom Talentoso
Trabalha em: Restauração da Justiça na Ficção
Estudou em: Universidade Ripley
Mora em: Qualquer Cidade, Estados Unidos
De: Rutland, Vermont
Amigos: 0

O post de estreia de Tom Talentoso era curto, nada simpático e ia direto ao ponto:

Surpresos com aquela grande reviravolta em *Réplica*? Aqui vai outra: Jacob Finch Bonner roubou seu romance de outro escritor.

E, por algum motivo que Jake nunca entenderia, *aquele* foi o post que começou, finalmente, a metástase.

No início as respostas foram sem grande entusiasmo, indiferentes, até mesmo severas:

Que palhaçada é essa?
Cara, achei o livro superestimado, mas você não devia acusar uma pessoa assim.
Nossa, quanta inveja, hein, fracassado?

Alguns dias depois, porém, o alerta do Twitter de Jake capturou uma repostagem na conta de uma blogueira de livros pouco conhecida, que acrescentou uma pergunta:

Alguém sabe do que se trata?

Dezoito pessoas responderam. Nenhuma delas sabia. E, por alguns dias, Jake conseguiu se agarrar a uma esperança desesperada de que aquilo também passaria. Então, na segunda-feira seguinte, sua agente ligou para perguntar se ele estava livre no final da semana para uma reunião com a equipe da Macmillan, e algo na voz dela lhe disse que o assunto não seria a segunda rodada da turnê depois do lançamento do livro em brochura. Nem o novo romance, programado para o outono seguinte.

— O que houve? — perguntou Jake, já sabendo a resposta.

Matilda tinha um jeito muito particular de dar notícias terríveis, como se fosse uma observação interessante que acabara de lhe ocorrer. Ela disse:

— Ah, sabe de uma coisa? A Wendy mencionou que a área de contato com os leitores recebeu uma mensagem esquisita de alguém que disse que você não é o autor de *Réplica*. O que significa que agora você realmente chegou lá. Só os escritores mais bem-sucedidos conseguem atenção desses doidos.

Jake não conseguiu emitir nenhum som. Ele olhou para o celular, que estava na frente dele, na mesa de centro, com o alto-falante ligado. Depois de algum tempo conseguiu dizer, em uma voz estrangulada:

— O quê?

— Ah, não se preocupe. Todo mundo que faz sucesso passa por isso. Stephen King. J. K. Rowling. Até Ian McEwan! Um doido desses uma vez acusou Joyce Carol Oates de passar por cima da casa dele em um zepelim para conseguir fotografar o que ele estava escrevendo no computador.

— Que loucura. — Jake respirou fundo. — Mas... o que dizia a mensagem?

— Ah, alguma coisa muito específica sobre o fato de a sua história não pertencer a você. A editora só quer colocar o departamento jurídico na jogada para conversar a respeito. Para que deixem todos nós na mesma página.

Jake voltou a assentir.

— Está certo, ótimo.

— Amanhã às dez horas, tá bom pra você?

— Tudo bem.

Jake precisou de cada fibra de sua força de vontade para não repetir de imediato a quarentena que se autoimpusera no outono anterior: telefone desconectado, posição fetal, cupcakes, Jameson. Mas dessa vez ele sabia que em breve teria que se mostrar razoavelmente apresentável, e isso impediu a queda livre, ou pelo menos uma queda livre irreversível. Quando encontrou Matilda no saguão da venerável editora na manhã seguinte, ainda se sentia debilitado: tonto e malcheiroso, apesar de ter se forçado a tomar banho apenas uma hora antes. Os dois subiram juntos no elevador até o décimo quarto andar, e Jake, enquanto seguia a assistente da editora dele pelo corredor, não pôde deixar de lembrar das suas visitas anteriores àqueles escritórios: para uma comemoração após o leilão, para as intensas (mas ainda assim emocionantes!) sessões de edição, para a primeira e estonteante reunião com as equipes de relações-públicas e de marketing — quando ele se dera conta de que *Réplica* receberia cada partícula do pó mágico das editoras que tinha sido negado aos seus livros anteriores. As visitas seguintes tinham sido para ser informado de outros feitos surpreendentes: os primeiros cem mil exemplares vendidos, a primeira semana na lista do *New York Times*, a escolha para o clube de leitura da Oprah. Tudo bom. Às vezes, apenas tranquilizadoramente bom, outras vezes com consequências que mudariam a vida dele, mas sempre bom. Até aquele dia.

Naquele dia, o motivo para ele estar ali não era bom.

Em uma das salas de reunião, eles se sentaram com a editora de Jake, o relações-públicas e o advogado da casa, um homem chamado Alessandro, que anunciou que tinha acabado de chegar da academia, algo que, por mais absurdo que parecesse, Jake viu como um sinal de esperança. Alessandro era careca, e as lâmpadas fluorescentes do teto faziam o topo da sua cabeça brilhar. Espera... Jake olhou melhor... aquilo era suor? Não era. Jake era o único ali que estava suando.

— Então, meu bem — começou Matilda —, como eu te disse, e estava falando sério, não é incomum ser acusado de alguma coisa desagradável por um hater. Você sabe, até Stephen King foi acusado de plágio.

E J. K. Rowling. E Joyce Carol Oates. Ele sabia.

— E você vai ver que esse cara é um anônimo.

— Eu não reparei — mentiu Jake —, porque tenho tentado não pensar nisso.

— Ora, isso é bom — falou Wendy, a editora dele. — Queremos que você pense no novo livro, não nesse absurdo.

— Mas nós estivemos conversando a respeito — voltou a falar Matilda. — A Wendy e eu, e a equipe, e pensamos que talvez fosse a hora de trazer o sr. Guarise...

— Alessandro — disse o advogado. — Por favor.

— Para nos orientar em relação a isso. Para saber se devemos tomar alguma atitude.

Alessandro entregou uma planilha a Jake, que, para seu horror absoluto, viu que se tratava de um monitoramento muito abrangente das atividades online de TomTalentoso até ali: cada tuíte e postagem no Facebook registrados com precisão e reproduzidos de forma assustadora, em ordem de aparição.

— O que são esses dados? — perguntou Matilda, checando a folha na sua mão.

— Pedi a um dos meus assistentes jurídicos para investigar um pouco esse cara. Ele está ativo, pelo menos em pequena escala, desde novembro.

— Você estava ciente de alguma coisa a respeito disso? — perguntou Wendy.

Jake sentiu uma onda de náusea. Ficou claro que ele estava prestes a contar a primeira mentira da reunião. Era inevitável e necessário, mas também excruciante.

— Não tinha a menor ideia.

— Ah, isso é bom.

A assistente de Wendy enfiou a cabeça para dentro da sala e perguntou se alguém precisava de alguma coisa. Matilda pediu uma água. Jake achou que não conseguiria engolir nem água sem cuspir por toda parte.

— Olha só — voltou a falar Wendy. — Eu sei que você vai me perdoar por perguntar isso, mas é meio que uma pergunta padrão e nós só precisamos ouvir você dar a resposta. No que diz respeito a essa bobagem, e sei que o que ele está dizendo é totalmente vago e inespecífico, você tem alguma ideia do assunto a que esse palhaço pode estar se referindo?

Jake olhou para todos na sala. Sentia a boca seca como uma lixa. Ele desejou ter pedido a água.

— Hum, não. Quer dizer, como você disse, eu seria... o que, um ladrão? Do quê?

— Pois é, exatamente — falou Matilda.

— Ele usa a palavra "plágio" em alguns posts — disse Alessandro, tentando ser útil.

— Sim, eu adorei isso — comentou Jake, em um tom amargo.

— Mas *Réplica* não foi plagiado — voltou a falar Matilda.

— Não! — afirmou Jake. — Eu mesmo escrevi cada palavra de *Réplica*. Em um notebook caindo aos pedaços em Cobleskill. No inverno, na primavera e no verão de 2016.

— Ótimo. E não que vá chegar a isso, mas imagino que você tenha rascunhos, anotações e coisas assim, né?

— Sim — respondeu Jake, mas ele tremia quando disse isso.

— Estou espantada com o fato de ele se referir a si mesmo como "TomTalentoso" — comentou Wendy. — Devemos deduzir que se trata de um escritor?

— E talentoso — acrescentou Matilda, com sarcasmo extravagante.

— Quando li isso — comentou Roland, o relações-públicas —, pensei na mesma hora em, vocês sabem: Ripley.

Jake foi pego de surpresa e sentiu o rosto quente.

— Quem é esse? — perguntou o advogado.

— Tom Ripley. *O talentoso Ripley*. Conhece o livro?

— Eu vi o filme — falou Alessandro.

Jake deixou o ar escapar lentamente. Pelo jeito, ninguém na sala pareceu associar "Ripley" ao curso de pós-graduação em escrita criativa de quinta categoria no qual ele havia lecionado por alguns anos.

— Acho isso meio sinistro, na verdade — continuou Roland. — Quer dizer, o cara está chamando você de plagiador ao mesmo tempo em que diz: *Sou capaz de coisa muito pior*.

— Mas só às vezes ele acusa o Jake de plágio — falou Wendy. — Nas outras, só te acusa de roubar a história. "A história não pertence a você." O que significa isso?

— As pessoas não entendem que não se pode registrar os direitos autorais de um enredo — manifestou-se Alessandro, por fim. — Não se pode nem mesmo registrar os direitos autorais de um título, e seria muito mais fácil questionar isso.

— Se fosse possível registrar os direitos autorais de um enredo, nenhum romance seria publicado — comentou Wendy. — Imaginem uma única pessoa sendo dona dos direitos de *Garoto conhece garota, garoto perde garota, garoto fica com garota*. Ou *Herói criado na obscuridade descobre que é incrivelmente importante para uma batalha épica pelo poder*. Pelo amor de Deus, é um absurdo!

— Bem, para ser justo, esse é um enredo muito singular. Acho que você mesma disse, Wendy, que nunca tinha visto nada semelhante, não apenas em originais que enviaram pra você, mas na sua própria experiência como leitora.

Wendy assentiu.

— Isso é verdade.

— E você, Jake?

Mais uma inspiração funda, mais uma mentira.

— Não. Nunca encontrei nada parecido com *Réplica* em tudo que eu já li.

— E acho que você se lembraria! — disse Matilda. — Se um original com esse enredo tivesse entrado no meu escritório a qualquer momento, eu teria respondido como respondi quando o Jake nos mandou o original dele. Mesmo se eu não fosse a agente para quem esse escritor escolheu enviar o original, qualquer outro agente ficaria empolgado ao receber um livro com esse enredo. E eu acabaria tendo ouvido falar a respeito, como o resto de nós aqui, o que só pode significar que esse livro não existe.

— Talvez não tenha sido escrito — Jake se ouviu dizer.

Os outros olharam para ele.

— O que você quer dizer? — perguntou Alessandro.

— Bem, suponho que seja possível que algum escritor tenha tido a mesma ideia para um romance, mas nunca tenha chegado a escrever.

— O choro é livre! — Matilda jogou as mãos para o alto. — Vamos dar crédito a todos que *têm uma ideia* para um romance e simplesmente *não conseguem escrevê-lo*? Sabe quantas pessoas me procuram para dizer que têm um ótimo enredo para um romance?

— Imagino — falou Wendy, com um suspiro.

— E sabem o que eu digo a essas pessoas? Eu digo: "Fantástico! Depois de escrever, mande para o meu escritório". E adivinhem quantos já fizeram isso.

Eu apostaria em zero, pensou Jake.

— Nenhum! Em quase vinte anos como agente! Então, vamos dizer que haja alguém por aí que teve a ideia do mesmo enredo. Só uma suposição! Só que essa pessoa não chegou a escrever a porcaria do romance e agora está irritada porque outra pessoa, um escritor de verdade, fez isso!

E provavelmente muito melhor do que esse cara jamais conseguiria ter feito. Quer dizer. Da próxima vez, tenta fazer o trabalho.

— Matilda. — Wendy suspirou de novo. (Apesar da chateação do momento, as duas eram velhas amigas.) — Concordo plenamente. É por isso que nós estamos aqui, para proteger o Jake.

— Mas não podemos impedir as pessoas de dizerem besteira na internet — se manifestou Jake, corajoso. — Não haveria internet se pudéssemos. Não devíamos só ignorar esse cara?

O advogado deu de ombros.

— Nós ignoramos até agora, e o cara não parece disposto a parar. Talvez não ignorar dê mais certo.

— Tá, e como seria não ignorar? — perguntou Jake. Seu tom acabou saindo um pouco áspero, como se ele estivesse com raiva. Ora, é claro que estava com raiva! — Quer dizer, não queremos cutucar o urso, não é?

— Se for um urso. Para ser sincero, na maioria das vezes esses caras são mais um cervo paralisado na frente dos faróis de um carro do que um urso. Basta jogar a luz com mais força em cima deles que eles fogem. Não passa de um fracassado que pode ser muito corajoso no teclado, mas, se ele declarar ou sugerir um fato comprovadamente falso, não apenas uma opinião, isso é difamação. Esses caras não querem ver seus nomes divulgados na imprensa e com certeza não querem ser processados. No geral não ouvimos mais falar deles.

Jake sentiu uma centelha de esperança.

— Como vocês fariam isso?

— Escreveríamos alguma coisa que soasse oficial nos comentários. *Difamação, invasão de privacidade, falsidade ideológica...* enfim, todas as bases viáveis para uma ação judicial. Ao mesmo tempo, notificamos os sites de hospedagem e os provedores de internet e pedimos que removam as postagens de forma voluntária.

— E eles fazem isso? — perguntou Jake, ansioso.

Alessandro balançou a cabeça.

— Normalmente, não. A Lei de Decência nas Comunicações, de 1996, diz que eles não podem ser responsabilizados por uma difamação feita por terceiros. Tecnicamente, são considerados um vetor para a liberdade de expressão de outras pessoas, por isso estão protegidos. Mas todos têm padrões de conteúdo, e nenhum deles *quer* falir defendendo algum fracassado anônimo que provavelmente não está pagando um centavo por aquele serviço, então às vezes temos sorte e a coisa para por aí. Nós gostamos de ter o provedor do nosso lado, se der, porque ainda vamos querer limpar os metadados, mesmo que as postagens sejam removidas. Neste momento, se a gente pesquisar no Google "Jacob Finch Bonner" mais a palavra "ladrão", essas postagens vão aparecer no topo dos resultados. Se pesquisarmos no Google o nome do Jake e "plágio", a mesma coisa. As técnicas de otimização de mecanismos de pesquisa podem mitigar um pouco disso, mas é muito mais fácil se tivermos a ajuda do provedor.

— Mas espere — disse Roland, o relações-públicas. — Como você pode sugerir que vai processar esse cara se não sabe quem ele é?

— Nós abrimos um processo contra "Anônimo". Isso nos dá poder de intimação. Também podemos acionar oficialmente os provedores para tentar conseguir as informações de registro do cara, ou, melhor ainda, o endereço IP dele. Se for um computador de uso compartilhado, como o de uma biblioteca, não vamos ter sorte, mas ainda pode ser uma informação útil. Se estiver vindo de um lugar qualquer perdido no tempo e no espaço, talvez Jake conheça alguém que mora em um lugar assim. Talvez você tenha roubado a namorada do cara na faculdade ou algo parecido.

Jake tentou assentir. Ele nunca havia roubado a namorada de ninguém na vida.

— E, se for um computador de trabalho, essa é a melhor notícia de todas, porque nós podemos ajustar a queixa, não apenas para acrescentar o nome da pessoa mas também o nome do empregador, e isso é uma arma poderosa. Esse cara pode ser muito corajoso quando ninguém sabe quem ele é, mas, se achar que vamos processar seus empregadores, é mais provável que ele cale a boca e caia fora.

— Eu com certeza faria isso! — comentou Roland, animado.

— Bem, isso é... encorajador — falou Matilda. — Porque não é justo que o Jake tenha que lidar com isso. Não é justo que qualquer um de nós tenha que lidar com isso, mas principalmente o Jake. E eu sei que ele está preocupado. Ele não falou, mas eu sei.

Por um momento, Jake achou que fosse chorar. Ele balançou rápido a cabeça, como se discordasse, mas sabia que eles não tinham se deixado enganar.

— Ah, não! — disse Wendy. — Jake, nós estamos cuidando disso!

— Certo — foi a vez do advogado. — Vou fazer o que é preciso. Esse som que vocês estão prestes a ouvir é um cervo na frente dos faróis, fugindo pela floresta.

— Muito bem — falou Jake, com entusiasmo descaradamente falso.

— Meu bem, como eu disse, isso é patético — declarou Matilda —, mas é um ponto de honra. Qualquer pessoa que consegue algum sucesso nessa vida tem alguém lá fora morrendo de vontade de derrubá-la. Você não fez nada de errado. Não deve pensar nisso como um problema seu.

Mas ele pensava. E era problema dele. E aquele era o inferno contínuo da vida dele.

RÉPLICA
DE JACOB FINCH BONNER
Macmillan, Nova York, 2017, páginas 43-44

O pai de Samantha a levou até a porta do hospital. A mãe a acompanhou até o saguão, mas se recusou a ir mais longe. Tudo parecia um programa de TV, a não ser pela quantidade absurda de dor física que ela estava sentindo. Samantha tinha esperado que fossem lhe dar algum remédio para diminuir a dor, mas havia uma atitude claramente punitiva no modo como as enfermeiras, em particular, pareciam lidar com o trabalho de parto dela. E Samantha acabou não conseguindo nenhum remédio até alguém lhe dizer que era tarde demais, que àquela altura ela não poderia tomar mais nada. Para piorar as coisas — e ela com certeza não precisava que as coisas ficassem piores —, a mãe de um de seus colegas de turma estava em trabalho de parto ao mesmo tempo, o que significava que o garoto, que fazia luta livre e tinha o rosto tomado pela acne, estava ali, entrando e saindo do quarto da mãe, andando com ela pelo corredor e lançando olhares fascinados na direção de Samantha toda vez que passava pela porta aberta do quarto dela.

Foi um dia longo e interessante, pontuado por indignidades, pela agonia e pelas novas e fascinantes atenções das assistentes sociais do hospital, que pareciam especialmente interessadas em saber como ela iria preencher o espaço onde deveria ser registrado o nome do pai do bebê nos formulários.

— Posso dizer Bill Clinton? — perguntou, entre as contrações.

— Não se não for verdade — disse a mulher, sem nem um sorriso. Ela não era de Earlville. Parecia ser de um lugar mais abastado. Cooperstown, talvez.

— E você planeja permanecer na casa da sua família depois que a criança nascer.

Era uma declaração. Poderia ser uma pergunta?

— Tenho que permanecer? Quer dizer, eu poderia ir embora da casa dos meus pais?

A mulher pousou a prancheta.

— Posso perguntar por que você gostaria de deixar a casa da sua família?

— É que os meus pais não apoiam os meus objetivos.

— E quais são os seus objetivos?

Entregar esse bebê para outra pessoa e terminar o ensino médio. Mas Samantha nunca conseguiu dizer isso, porque a contração seguinte a atingiu com a força de uma rocha, então o monitor começou a apitar por algum motivo e duas enfermeiras entraram no quarto. Depois disso, Samantha não conseguiu se lembrar de muita coisa. Quando a dor parou, ela havia acabado de acordar, já era o meio da noite e ao lado da cama havia algo que parecia um aquário portátil. Ali dentro, uma criatura vermelha e enrugada berrava. Ao que parecia, aquela era a filha dela, Maria.

CAPÍTULO DEZESSETE

Um lastimável efeito colateral do sucesso

Cerca de uma semana após a reunião, os advogados que representavam a editora de Jake inseriram o seguinte aviso na seção de comentários após várias das já conhecidas postagens de TomTalentoso:

Para a pessoa que tem postado aqui e em outros lugares como TomTalentoso:
Sou o advogado que representa os interesses da editora Macmillan e de seu autor Jacob Finch Bonner. A disseminação maliciosa que você vem fazendo de informações imprecisas e as sugestões infundadas de ações indevidas por parte do autor são importunas e indesejadas. De acordo com as leis do estado de Nova York, é ilegal fazer declarações deliberadas com a intenção de prejudicar a reputação de uma pessoa sem provas factuais. Considere-se notificado para cessar e desistir imediatamente de todos os ataques verbais em todas as plataformas de mídia social, sites e através de todas as formas de comunicação. O não cumprimento deste aviso resultará em uma ação judicial contra o aqui nomeado TomTalentoso, esta plataforma de mídia social ou site e qualquer parte

responsável relacionada ou envolvida. Representantes desta plataforma de mídia social foram notificados à parte.

Atenciosamente,

Alessandro F. Guarise, advogado habilitado pela Ordem dos Advogados

Por alguns dias houve um silêncio abençoado, e a temida busca diária do alerta que Jake tinha criado no Google para Jacob+Finch+Bonner não teve nenhum outro retorno que não resenhas de leitores, fofocas sobre o elenco para o filme de Spielberg e um "flagrante" de Jake em um evento beneficente apertando a mão de um jornalista exilado do Uzbequistão.

Então, no espaço de uma manhã de quinta-feira, tudo deu errado: TomTalentoso surgiu com um comunicado próprio, esse enviado — novamente por e-mail — para a área de contato com os leitores da Macmillan, mas também postado no Twitter, no Facebook e até mesmo em uma conta recém-criada no Instagram, acompanhado de muitas hashtags úteis para atrair a atenção de blogueiros de livros, observadores da indústria e repórteres específicos do *New York Times* e do *Wall Street Journal* que cobriam a área editorial:

Lamento informar aos seus muitos leitores que Jacob Finch Bonner, o "autor" do romance *Réplica*, não é o dono legítimo da história que escreveu. Bonner não deve ser recompensado por seu roubo. Ele é uma desgraça e merece exposição e censura.

O cervo tinha levado a melhor na teoria dos faróis.

E o dia se desenrolou daquela forma. E foi um dia terrível.

Em instantes, o formulário de contato no site de Jake estava encaminhando solicitações de comentários de meia dúzia de blogueiros de livros, um pedido de entrevista do *Rumpus* e uma mensagem desagradável, embora sem lógica, de alguém chamado Joe: Eu sabia que o seu livro era uma porcaria. Agora sei por quê. O *Millions* tuitou alguma coisa sobre ele no meio da tarde e o *Page-Turner* veio logo atrás.

Matilda, pelo menos, permaneceu otimista, ou foi o que se esforçou para fazer Jake acreditar. Ela voltou a repetir que aquilo tudo era um lastimável efeito colateral do sucesso, e que o mundo — o mundo dos escritores em particular — estava cheio de pessoas amargas que acreditavam estar sendo roubadas em alguma coisa. A lógica daquilo era algo como:

Se você é capaz de escrever uma frase, merece ser considerado um escritor.

Se você tem uma "ideia" para um "romance", merece ser considerado um romancista.

Se chega a terminar de escrever um original, merece que alguém o publique.

Se alguém o publica, você merece ganhar uma turnê de divulgação do livro por vinte cidades e ter seu livro apresentado em anúncios de página inteira no caderno literário do New York Times.

E se, em qualquer ponto daquela escada de merecimentos, uma das coisas acima mencionadas que aquela pessoa supostamente merecia não se materializasse, a culpa deveria recair em qualquer ponto em que a pessoa havia sido prejudicada de modo injusto:

Sua vida diária — por não lhe dar a oportunidade de escrever.

Os escritores "profissionais" ou já "estabelecidos" — que chegaram lá mais rápido por causa de vantagens não especificadas.

Os agentes e editores — que só conseguem proteger e lustrar a reputação de seus autores existentes mantendo novos autores de fora.

Todo o complexo industrial do livro — que (seguindo algum algoritmo maligno de lucro) dobra a aposta para alguns autores de grife e silencia todos os outros de forma eficaz.

— Resumindo, por favor, não se preocupe com isso — disse Matilda. Como ela não era naturalmente do tipo que oferece consolo, aquilo soou tenso e errado. — Além disso, você vai receber muita solidariedade dos seus colegas e de pessoas com cuja opinião você de fato se importa. Espera só para ver.

Jake esperou. Ela estava certa, é claro.

Ele recebeu um e-mail de "mantenha a cabeça erguida!" de Wendy, e outro do contato de Jake no escritório de Steven Spielberg na costa

Oeste, e ainda outros de alguns escritores com quem havia saído uma vez em Nova York (os que tinham entrado na famosa pós-graduação em escrita criativa antes dele). Ele teve notícias de Bruce O'Reilly, do Maine (Cara, que lixo imbecil é esse?), e de vários de seus ex-clientes dos tempos de coach de escrita. Também teve notícias de Alice Logan, da Hopkins, que procurou ajudar listando vários escândalos de plágio no terreno da poesia e mencionou que ela e o novo marido iam ter um bebê. Os pais de Jake também entraram em contato, ofendidos em nome do filho, assim como vários colegas de Jake da pós-graduação, um dos quais contra-atacou com sua própria stalker: Ela cismou que o meu segundo romance era um livro em código sobre o nosso relacionamento. Que, por acaso, nunca existiu. Não se preocupe, esse pessoal acaba desistindo.

Por volta das quatro da tarde, Jake teve notícias de Martin Purcell, de Vermont.

Alguém postou no nosso grupo da Ripley no Facebook, escreveu Martin em um e-mail. Você tem alguma ideia de quem está dizendo essas coisas?

Eu estava pensando que talvez pudesse ser você, pensou Jake. Mas obviamente não disse nada.

RÉPLICA
DE JACOB FINCH BONNER
Macmillan, Nova York, 2017, páginas 71-73

Quase exatamente dois anos depois, o pai de Samantha desmaiou no estacionamento do escritório central de manutenção da Universidade Colgate e morreu antes da chegada da ambulância. A maior mudança na vida de Samantha, depois desse evento, foi um declínio abrupto na segurança financeira e o fato de a mãe dela ter começado a ficar obcecada por uma mulher com quem o pai estava dormindo, ao que parecia, havia anos. (Por que ela esperou até o marido estar morto para revelar tudo aquilo não fazia sentido, pelo menos não para Samantha. Agora era tarde demais para fazer alguma coisa a respeito, não?) Por outro lado, Samantha ficou com o carro do falecido pai, um Subaru. E aquilo foi de grande ajuda.

A filha dela, Maria, naquela época estava fazendo todas as coisas normais, como andar e falar, e uma ou duas coisas que Samantha não considerava tão normais assim, como dizer o nome das letras em todos os lugares a que ia e fingir que não ouvia quando a mãe estava falando. Maria era, desde os primeiros dias de vida, uma criatura insatisfeita, dada a rompantes e que gostava de empurrar as pessoas para o lado (principalmente Samantha, mas também os avós e o pediatra). No devido tempo, a menina começou no jardim de infância como uma criança mal-humorada, que ficava isolada em um canto com alguns livros, se recusando a brincar com as outras crianças (menos ainda a cooperar com elas), interrompendo a professora com comentários quando era hora de ouvir histórias e se recusando a comer qualquer coisa que não geleia e queijo cremoso com pão de forma.

Àquela altura, todos os ex-colegas de Samantha do segundo ano do ensino médio já tinham deixado o ginásio decorado com papel crepom, todos segurando seus diplomas enrolados, e haviam se espalhado por toda parte — alguns tinham ido para a faculdade, outros direto para o mundo do trabalho, e o restante se espalhara ao vento. Se ela esbarrasse com um deles no supermercado ou no desfile de Quatro de Julho ao longo da Route 20, sentia uma onda de fúria tão grande que subia pela sua garganta e queimava sua língua, e precisava cerrar os dentes enquanto conversava com a pessoa. Um ano depois que aqueles colegas se mudaram, seus colegas de classe originais — aqueles que ela havia deixado para trás no sexto ano — também se formaram, e toda aquela raiva pareceu ir embora com eles. O que restou depois disso foi uma espécie de decepção de baixo grau, e, com o passar dos anos, Samantha perdeu até a capacidade de lembrar o motivo por que se sentia decepcionada. Sua própria mãe passava cada vez menos tempo em casa — Dan Weybridge (movido pela bondade do seu coração, ou talvez por algum senso de responsabilidade paterna) aumentara as horas de trabalho dela no College Inn, *Administrado pela família há três gerações!*, e ela havia se juntado a um grupo da igreja que visitava clínicas de saúde feminina para assediar pacientes e funcionários. Samantha passava a maior parte do tempo apenas na companhia da filha, e os cuidados com um bebê, então com uma criança pequena, depois com uma criança mais velha se expandiram até preencher todos os cantos e momentos dos seus dias. Ela cuidava de Maria como um autômato: alimentando, dando banho, vestindo e despindo, perdendo terreno a cada dia que passava.

CAPÍTULO DEZOITO

Mais um dia de mentiras

Havia dias em que Jake conseguia trabalhar uma ou duas horas no novo romance, mas na maior parte do tempo não conseguia. Em geral, depois que Anna saía do apartamento pela manhã, ele continuava sentado no novo sofá forrado em um tecido de estampa kilim — que Anna havia escolhido para substituir o anterior, já muito surrado —, se dividindo entre o celular (Twitter, Instagram) e o notebook (Google, Facebook), checando e rechecando, em busca de novas mensagens e rastreando o alcance malévolo das mensagens que já tinha visto, preso e torturado e totalmente incapaz de encontrar a saída daquela situação.

Quando o grupo que havia se encontrado na Macmillan se reuniu de novo algumas semanas depois, daquela vez por teleconferência, havia certo desapontamento geral com a resposta de TomTalentoso à ordem de cessação e uma escassez geral de outras ideias que pudessem tentar. Por outro lado, Roland, o relações-públicas, relatou que os sites de livros e os blogueiros pareciam ter deixado a história de lado, principalmente porque não havia muito mais que pudessem escrever a respeito, sem nenhum detalhe a mais, e também, para falar com sinceridade, porque o anônimo que fazia aquelas postagens parecia o tipo de pessoa que sempre sai da toca quando alguém escreve um superbest-seller. (As circunstâncias de Jake se tornaram ainda melhores graças à guerra gloriosamente oportuna entre um ex-casal de romancistas de Williamsburg, cujos livros — o primeiro dela, o terceiro dele — tinham sido publicados com semanas de diferença e que, juntos, formavam uma acusação mutuamente ácida do fracasso do casamento, embora com vilões diferentes.)

— É claro que eu gostaria que tivéssemos um resultado melhor — disse o advogado —, mas sempre há a possibilidade de que aquele tenha sido o último grito de guerra do camarada. Ele sabe que está sendo vigiado agora. Não precisava ser muito cuidadoso antes. Talvez acabe decidindo que não vale a pena.

— Tenho certeza de que é esse o caso — afirmou Wendy. Aos ouvidos de Jake, ela parecia estar se esforçando para ser otimista. — E, de qualquer forma, está para sair um novo livro de Jacob Finch Bonner. O que esse idiota vai fazer então? Acusar Jake de roubar todos os livros que ele escreve? A melhor coisa pra acabar com todo esse absurdo é colocar o novo romance em produção o mais rápido possível.

Todos concordaram com isso, e ninguém mais do que Jake, que não conseguia escrever nem uma palavra desde que o que ele pensava consigo mesmo como a mensagem de "lamento-informar" havia se materializado online. No entanto, depois de desligar o celular, Jake se recompôs. Aquelas pessoas estavam do lado dele. Mesmo se viessem a saber da história completa da origem de *Réplica*, era provável que permanecessem do lado dele! Afinal as pessoas que trabalhavam com escritores estavam plenamente conscientes das inúmeras e muitas vezes bizarras formas pelas quais uma obra de ficção se enraizava na imaginação de um autor: fragmentos de conversas ouvidas, pedaços de mitologia reaproveitados, confissões nos classificados, rumores ouvidos na reunião de reencontro da turma do ensino médio. Talvez os leigos em relação àquele universo acreditassem que os romances surgiam após a visita da musa — talvez aquelas mesmas pessoas achassem que os bebês apareciam depois da visita da cegonha —, mas e daí? Escritores, editores, qualquer pessoa que pensasse nisso por mais de um nanossegundo entendia como os livros começavam, e, no fim das contas, aquelas eram as únicas pessoas com quem ele se importava de fato. *Basta!* Era hora de abafar o ruído e chegar ao fim da primeira versão do seu novo romance.

E, para seu próprio espanto, ele conseguiu.

Menos de um mês depois, Jake clicou em Enviar para mandar para a editora uma boa primeira versão do seu novo romance.

Uma semana mais tarde, Wendy aceitou formalmente o original, pedindo só algumas revisões menores.

O novo livro contava a história de um promotor que, certa vez, em um momento vulnerável no início da carreira, havia aceitado um suborno para sabotar um dos seus próprios casos, um assunto aparentemente insignificante envolvendo uma operação policial de rotina nas ruas e um copo de vinho rosé sendo saboreado no banco de trás do carro. No entanto, aquela decisão que parecia sem grande importância volta para assombrar o personagem mais tarde, quando já é um homem de sucesso, levando uma vida calma, e provoca danos imprevistos a ele e a sua família. O romance não tinha o impacto fulminante da reviravolta na história de *Réplica*, mas tinha uma série de mudanças de rumo que mantiveram Wendy e a equipe dela na Macmillan tentando adivinhar o que aconteceria. E, embora Jake soubesse que aquele trabalho não seria capaz de provocar uma repetição do fenômeno que *Réplica* havia sido (e estava claro que ninguém, de Wendy para baixo, achava que aquilo aconteceria), o livro parecia um trabalho seguinte viável. Wendy estava feliz com ele. Matilda estava feliz com a felicidade de Wendy. Ambas estavam felizes com Jake.

Jake não estava feliz consigo mesmo, obviamente, mas aquela tinha sido a realidade de toda a sua vida, sempre, não apenas durante os longos anos de fracasso profissional, mas também durante os últimos dois anos de sucesso vertiginoso, nos quais ele apenas havia trocado uma forma de pavor e autopunição por outra. Todas as manhãs Jake acordava com a presença cálida e palpável de Anna, então, quase na mesma hora, se dava conta da outra presença: espectral e indesejada, lembrando-o de que naquele dia poderia surgir uma nova mensagem, capaz de destruir tudo no mundo dele. Então, ao longo das horas que se seguiam, ele esperava que a coisa mais terrível acontecesse, aquela que o obrigaria a se explicar para Anna, para Matilda, para Wendy, que o faria se sentar no lugar designado a James Frey no sofá de Oprah Winfrey, a pedir "segurem o Steven Spielberg, por favor", a abandonar sua posição no Comitê Consultivo de Roteiristas no PEN, a abaixar a cabeça enquanto caminhava pela rua, desesperado para não ser reconhecido. Todas as noites, Jake afundava na exaustão do subterfúgio: lá se ia mais um dia de mentiras girando ao seu redor, arrastando-o para a insônia.

— Eu me pergunto — disse Anna, em uma noite de maio — se você está, hum... bem.

— O quê? Claro que estou.

Era uma observação preocupante a ser abordada naquela noite em particular, que marcava o aniversário de seis meses da chegada de Anna a Nova York. Eles estavam mais uma vez no restaurante brasileiro aonde ele a levara naquela primeira noite, e tinham acabado de servir as caipirinhas que haviam pedido.

— Bem, você obviamente está preocupado. Sempre que chego em casa à noite, parece que você está fazendo algum esforço.

— Se esforçar não é uma coisa ruim — retrucou Jake. Ele optou por um tom leve.

— O que estou querendo dizer é que eu tenho a sensação de que você faz um esforço para ficar feliz em me ver.

Jake sentiu uma pequena onda de alarme.

— Ah. Mas isso não é verdade. Eu sempre fico feliz em ver você. É só que, você sabe, estou com um monte de coisas na cabeça. Acho que já te disse que a Wendy pediu algumas revisões. — Não era mentira, é claro, mas as revisões eram poucas e não levariam mais que algumas semanas.

— Talvez eu possa ajudar.

Ele a encarou. Ela parecia estar falando sério.

— Essa minha estrada é solitária — falou Jake, ainda tentando brincar com a situação. — Quer dizer, não apenas a minha. A de todos nós, escritores.

— Se todos vocês, escritores, estão andando na mesma estrada solitária, ela não pode ser assim tão solitária.

Agora foi impossível não ouvir o tom de repreensão. Nunca tinha sido o estilo de Anna fazer isso, esmurrar a porta, exigindo acesso aos pensamentos e preocupações dele. Na verdade, desde o momento em que haviam se conhecido, ela havia oferecido silenciosamente muitas das coisas que Jake já sabia que lhe faltavam — companheirismo, afeto, móveis melhores e uma alimentação melhor ainda —, sem nunca lhe fazer aquela pergunta fatal, de esmagar a alma: "Em que você está pensando?" Naquele momento, porém, até mesmo Anna parecia estar chegando ao limite da boa vontade.

Ou talvez ela enfim tivesse digitado o nome dele em um mecanismo de busca, durante algum momento ocioso no trabalho, ou saído para um café depois da ioga com algum conhecido que comentou: *Ei, você não mora com Jacob Finch Bonner? Que chato o que estão fazendo com ele.*

Até ali, aquilo ainda não havia acontecido, mas, *quando* acontecesse — porque teria mesmo que acontecer em algum momento —, Anna aceitaria alguma das versões que ele usara para tranquilizar Matilda (*Sim, esse sou eu: plagiador acusado! Acho que agora eu cheguei lá!*), ou alguma desculpa sofrida de que quisera poupá-la do trauma de tudo aquilo?

Jake achava que não, Anna não aceitaria isso. Então, ela veria de verdade quem ele era — não apenas uma pessoa que havia sido acusada de uma coisa horrível, mas uma pessoa que escondera dela essa acusação. Durante todo o tempo do relacionamento deles. E pronto: lá iria Anna, aquela mulher linda e amorosa, de volta para o extremo mais oposto ao dele no continente, e ficaria lá.

Por isso, Jake continuou a não contar a ela, e a justificar a própria decisão. Como Anna poderia entender? Afinal *ela* não era escritora.

— Você está certa — disse Jake naquele momento. — Eu deveria tentar não ser tão *artista*. É que, neste momento, estou me sentindo um pouco...

— Sim. Você já disse. Com muita coisa na cabeça.

— Isso quer dizer...

— Eu sei o que isso quer dizer.

O garçom chegou para servir a fraldinha que Jake havia pedido e os mexilhões de Anna. Quando ele se afastou, ela disse:

— O que estou querendo saber é se, o que quer que esteja fazendo você se sentir tão *mal*, você consideraria a possibilidade de compartilhar comigo.

Jake franziu a testa. A resposta, claro, era: *De jeito nenhum*. Mas havia várias razões excelentes para não dizer isso.

Ele ergueu o copo. Preferia voltar a temas de conversa mais comemorativos.

— Eu gostaria de te agradecer.

— Pelo quê? — perguntou Anna, parecendo um pouco desconfiada.

— Você sabe. Por largar tudo e se mudar para Nova York. Por ser tão corajosa.

— Ah — disse ela —, eu tive um pressentimento muito bom desde o início.

— Foi dar uma conferida em mim naquela palestra no auditório em Seattle — brincou Jake. — Deu um jeitinho de me fazer ir à estação de rádio em que você trabalhava.

— Você gostaria que eu não tivesse feito nada disso?

— Não! Só não consigo me acostumar à ideia de ter merecido tanto esforço.

— Ora — falou Anna com um sorriso —, você merecia. E mais: você merece. Mesmo que esteja em *uma estrada solitária*.

— Eu sei que às vezes posso não ser muito animado.

— Não se trata de você ser animado. Mas de estar *desanimado*. Eu consigo cuidar do meu próprio humor. Mas ando um pouco preocupada com o seu.

Por um momento muito desconfortável, Jake se perguntou se começaria a chorar. Como sempre, Anna o salvou.

— Meu amor, não é minha intenção me intrometer. Está claro pra mim que tem alguma coisa errada. Só estou perguntando: posso ajudar? Ou, se eu não puder ajudar, posso pelo menos saber o que está acontecendo?

— Não, não tem nada de errado — insistiu Jake, e pegou seu garfo e faca, como que para provar que estava tudo bem. — É mesmo muito gentil da sua parte se preocupar. Mas estou falando sério, a minha vida é ótima.

Anna balançou a cabeça. Ela não estava nem fingindo querer comer.

— A sua vida deve ser ótima. Você está saudável. Tem uma boa família. Tem segurança financeira. E mais, é bem-sucedido na única coisa que sempre quis fazer! Pense nos escritores que não conseguiram o que você conseguiu.

Jake pensava. Pensava neles o tempo todo, e não de um jeito bom.

— Qual é o sentido de tudo isso, se você não está feliz? — perguntou ela.

— Mas eu estou — insistiu ele.

Mais uma vez, Anna balançou a cabeça. Jake teve uma impressão súbita e terrível de que ela estava dizendo alguma coisa importante ali. Alguma coisa como: *Eu fiz tudo o que fiz por alguém que eu achava que era uma pessoa cheia de vida, criativa e agradável, e acabei tendo que conviver com essa criatura soturna, que mina a própria felicidade a cada passo. Então vou voltar para o lugar de onde eu vim.* O coração dele estava disparado. E se Anna estivesse indo embora? Ali estavam eles, juntos, e ele era um idiota por não dar valor ao que obviamente tinha: sucesso, saúde, Anna.

— Escuta, desculpe se estou dando a impressão de que não valorizo... todas as coisas incríveis.

— E as pessoas.

— Sim. — Ele assentiu com intensidade. — Porque eu odiaria...

— O quê? — perguntou Anna, fitando-o.

— Eu odiaria... não deixar claro como sou grato...

Anna balançou a cabeça, fazendo brilhar os cabelos prateados.

— *Grato* — repetiu ela, em tom de desdém.

— A minha vida — falou Jake, tropeçando no emaranhado aparentemente estrangeiro do próprio idioma. — É tão... tão melhor com você.

— É mesmo? Bem, não duvido disso, do ponto de vista prático. Mas tenho que admitir que estava esperando algo mais. Quer dizer...

— falou Anna, que já não estava mais olhando para ele. — Acho que conheço meus próprios sentimentos neste momento. Eu admito que sair de Seattle foi loucura, mas nós estamos vivendo juntos faz seis meses. Talvez nem todos tenham a noção exata do que sentem em tão pouco tempo, mas para mim já foi tempo suficiente. E, se você ainda não sabe o que quer que aconteça entre nós, talvez isso seja uma resposta em si. É nisso que estou pensando, se você quer saber a verdade.

Jake a encarou e sentiu uma onda de mal-estar percorrê-lo. Oito meses desde que haviam se conhecido, seis deles morando juntos como um casal, explorando a cidade, adotando um gato, conhecendo a família e os amigos dele e ampliando o círculo de conhecidos... Qual era o problema com ele? Estava mesmo tão distraído por um merda mal-intencionado qualquer da internet que se colocava em posição de perder aquela pessoa de verdade do outro lado da mesa, que modificara realmente a vida dele? Aquele jantar não era, como ele presumira de modo ingênuo, uma comemoração rotineira do aniversário de seis meses deles juntos, era o fim de algum período de experiência particular para Anna. E Jake estava estragando tudo. Ou já tinha estragado. Ou sem dúvida iria estragar tudo se não fizesse... o quê?

Ele pediu Anna em casamento.

Bastaram alguns segundos para ela começar a sorrir, e mais alguns poucos segundos para Jake sorrir de volta, um minuto no máximo antes de a ideia de se casar com Anna Williams de Idaho — e também de Seattle, da ilha Whidbey, de Seattle novamente e agora Nova York — perder toda a sensação de estranheza e se tornar empolgante, alegre e acima de tudo sacramentada. Eles entrelaçaram as mãos ao lado dos pratos ainda fumegantes.

— Uau — disse Anna.

— Uau — concordou Jake. — Eu não tenho um anel para te dar.

— Ah, tudo bem. Quer dizer, nós podemos escolher um anel?

— Com certeza.

Uma hora depois, várias caipirinhas a mais e sem terem voltado ao assunto anterior da conversa, eles deixaram o restaurante como um casal embriagado e absolutamente noivo.

CAPÍTULO DEZENOVE

Só lhe restava voltar

Anna não estava interessada em uma cerimônia de casamento sofisticada, e nenhum dos dois via sentido em esperar. Eles foram à "rua dos diamantes" na cidade, onde ela escolheu um anel vintage (que significava "de segunda mão" com um nome mais bonito, embora tenha ficado lindo no dedo dela), e menos de uma semana depois estavam na prefeitura esperando nos bancos duros, com vários outros casais. Depois que uma oficial de justiça de óculos chamada Rayna os declarou casados, eles caminharam alguns quarteirões até Chinatown para o que seria sua festa de casamento. (Do lado de Jake: os pais e um casal de primos, e dois ou três amigos da universidade e da pós. Do lado de Anna: um colega do estúdio de podcast e algumas mulheres que ela havia conhecido na ioga.) O grupo ocupou duas mesas redondas nos fundos de um restaurante na Mott Street, cada uma com uma bandeja giratória com pratos variados no meio. Jake e Anna levaram champanhe.

Na semana seguinte, Matilda os convidou para irem ao Union Square Cafe para comemorar, e, quando Jake chegou, alguns minutos atrasado, encontrou a agente e a agora esposa entretidas em uma conversa animada, cada uma com uma taça de margarita com borda de sal rosa diante de si, como se já se conhecessem havia anos.

— Ai, meu Deus! — Jake ouviu uma das duas dizer, enquanto se sentava ao lado de Anna. Ele nem tinha certeza de qual delas havia falado.

— O que foi?

— Jake! — disse a agente, em um tom de reprovação sem precedentes. — Você não me disse que a sua esposa tinha trabalhado para o Randy Johnson.

— Hum... não — ele confirmou. — Por quê?

— Randy Johnson! A trilha sonora da minha adolescência. Você sabe que eu cresci em Bellevue!

Ele sabia? Na verdade, não.

— Eu encontrei com ele uma vez — continuou Matilda. — Fui ao programa dele com uma amiga, porque nós estávamos organizando uma corrida beneficente por uma causa nobre. Na verdade, a causa nobre era "nos fazer entrar em uma das universidades da Ivy League", mas deixa pra lá. O meu pai levou a gente até a estação de rádio. Acho que não era a mesma em que ele está agora.

— Devia ser a KAZK — sugeriu Anna.

— Sim, pode ser. De qualquer forma, o Randy deu em cima de nós duas, primeiro uma, depois a outra. No ar! E a gente tinha dezesseis anos!

— Um hábito bem conhecido — observou Anna.

— O meu pai estava bem ali no estúdio! — A agente ergueu as mãos de unhas muito bem-feitas, em choque.

Matilda tinha cabelos loiros cor de manteiga, era uma mulher que se permitia cuidados caros e parecia em cada centímetro a profissional ocupada de Manhattan, realizada e bem remunerada que era. Ao lado dela, Anna, com sua trança prateada, unhas sem esmalte e o suéter despojado que usara para o trabalho, parecia bem mais jovem e muito menos sofisticada.

— Ele provavelmente não faria a mesma coisa hoje — estava dizendo Anna. — Esperaria até o pai em questão estar no banheiro.

— Como esse cara ainda não foi enquadrado pelo Me Too?

— Bem, acho que isso já aconteceu. Na verdade, tenho certeza. Antes de eu sair de lá houve um problema com uma estagiária. Mas ela negou e ele meio que se livrou. De qualquer forma, o Randy é uma instituição. Desculpa, Jake. Você vai ter que nos perdoar, tagarelando desse jeito.

— Acabei de conhecer a sua esposa — disse Matilda — e já tenho vontade de tagarelar com ela para sempre.

— É muita gentileza sua — falou Anna. — E sempre me disseram que você é uma pessoa direta e objetiva.

— Ah, eu sou! — disse Matilda, enquanto Jake pedia ao garçom o que quer que elas estivessem bebendo. — Mas só no escritório. Esse é o meu segredo. Me chamariam de Chacal, mas o apelido já tem dono. Não gosto de brigar por brigar. Só gosto de fazer isso pelos meus clientes. Porque eu amo os meus clientes. E, neste caso aqui, fico feliz em dizer que também amo a esposa do meu cliente. — Ela ergueu a taça para os dois. — Estou muito feliz, Anna. Não sei de onde você veio, mas estou feliz por você estar aqui.

As duas brindaram. Jake levantou seu copo de água para se juntar a elas.

— Ela veio de Idaho — ajudou ele. — De uma cidadezinha...

— Sim, muito chata — disse Anna, e cutucou a perna dele por baixo da mesa. — Eu gostaria de ter crescido em Seattle, como você. No minuto em que cheguei à cidade para fazer faculdade, me senti tão... *Uau*. Todas aquelas empresas de tecnologia chegando e a energia que traziam.

— E a *comida*.

— E o *café*.

— Sem falar na música, se você se interessa por isso — acrescentou Matilda. — E eu não me interessava. Jamais conseguiria vestir uma camisa de flanela. Mas tinha toda uma emoção em relação à música daquele lugar.

— E o mar, o lago. E as balsas. E o pôr do sol no porto.

As duas se entreolharam, evidentemente compartilhando um momento único e arrebatador.

— Me conta sobre você, Anna — pediu a agente de Jake.

E durante a maior parte da noite eles conversaram sobre os anos dela em Whidbey e depois na estação de rádio, onde Anna tinha assumido como missão conseguir inserir algum conteúdo cultural — literatura, artes cênicas, ideias — no estúdio malcheiroso de Randy Johnson. Falaram sobre os livros que Anna gostava de ler e sobre os vinhos que ela preferia, e sobre o que já havia realizado em seus primeiros meses em Nova York. Jake não ficou nem um pouco surpreso ao descobrir que Matilda acompanhava pelo menos dois dos podcasts que Anna estava ajudando a produzir, e viu a esposa pegar o celular para anotar não só os nomes de vários outros que também deveria estar ouvindo, como também informações de contato de outro cliente de Matilda, que estava começando a fazer sucesso com um podcast próprio e precisaria de uma produtora muito inteligente e com muita determinação para ajudá-lo.

— Vou entrar em contato com ele amanhã — confirmou Anna. — Leio os livros dele desde a época da faculdade. Que emocionante!

— Ele teria uma sorte incrível se te contratasse. E você com certeza não vai aturar o mansplaining dele.

Anna sorriu.

— Não, não vou. Graças ao Randy Johnson, rei dos mansplainers.

Não era desagradável ouvir as duas, mas era uma novidade. Aquele jantar era a primeira vez desde que Jake havia conhecido Matilda, três anos antes, em que o único tópico ou pelo menos o tópico desproporcionalmente dominante da conversa dela não era Jacob Finch Bonner. Só na hora da sobremesa Matilda pareceu lembrar que ele estava ali, e registrou isso perguntando quando seriam feitas as revisões do novo romance.

— Logo — respondeu Jake, e desejou na mesma hora que voltassem a falar sobre Seattle.

— Ele está trabalhando duro — comentou Anna. — Vejo isso todo dia quando chego em casa. O Jake está muito estressado.

— Bem, levando tudo em consideração, não fico surpresa — falou Matilda.

Anna se virou para ele com uma expressão de curiosidade.

— O segundo romance — Jake se apressou a dizer. — Tecnicamente é o quarto romance, mas, como ninguém tinha ouvido falar de mim antes de *Réplica*, esse acaba sendo meio que o meu segundo ato. É apavorante.

— Não, não — tranquilizou-o Matilda, aceitando o café que o garçom serviu. — Não pense nisso. Se eu conseguisse fazer meus clientes pararem de se preocupar com a própria carreira, eles escreveriam o dobro de livros e seriam muito mais felizes de modo geral. Você não acreditaria no quanto de terapia existe nesses relacionamentos — comentou ela, se dirigindo a Anna como se Jake, o sujeito da terapia teórica, não estivesse ali na mesa com elas. — Eu não sou formada em psicologia! Fiz introdução à psicologia em Princeton e não estou brincando, esse foi o máximo de treinamento que eu recebi. Mas os egos frágeis pelos quais aparentemente sou responsável! Quer dizer, não o seu marido, mas alguns deles... Se me mandam alguma coisa pra ler e eu demoro alguns dias para responder, porque são quinhentas páginas, ou é fim de semana, ou por acaso tenho outros clientes que estão no meio de leilões ou ganhando o National Book Award, ou largando o marido ou a esposa e fugindo com seus assistentes de pesquisa, Deus me livre! Eles ficam a ponto de cortar os pulsos. Claro — disse Matilda, ao se dar conta do que havia dito —, eu adoro os meus clientes. Cada um deles, mesmo os mais difíceis, mas algumas pessoas tornam as coisas pesadas demais para si mesmas. *Por quê?*

Anna assentiu com uma expressão compreensiva.

— Imagino como deve ter sido difícil para o Jake no começo. Antes de você se envolver e *Réplica* se tornar um sucesso. É preciso ter coragem para insistir. Tenho muito orgulho dele.

— Obrigado, meu bem — falou Jake. E teve a sensação de que as estava interrompendo.

— Também tenho muito orgulho do Jake. Ainda mais nesses últimos meses.

Anna se virou para ele mais uma vez, com um olhar confuso.

— Ah, está tudo certo — Jake se ouviu dizer. — Vai passar.

— Eu te disse isso — lembrou Matilda.

— Vou terminar a revisão do livro. Depois vou escrever outro.

— E outro! — declarou ela.

— Porque é isso que os escritores fazem, certo?

— Isso é o que você faz. Graças a Deus!

Quando eles saíram do restaurante, Jake reparou que Matilda deu um abraço ainda mais longo em Anna do que nele, mas estava tão aliviado por ter conseguido impedir Tom Talentoso de invadir o jantar que era impossível ver a noite como qualquer coisa menor que uma vitória. Era nítido que a agente gostava muito da esposa dele, e Jake compreendia isso muito bem.

Em termos práticos, a vida pós-casamento de Jake não mudara muito. Anna optou por adotar o sobrenome dele e se tornou oficialmente Anna Williams-Bonner — depois de preencher os vinte ou trinta formulários necessários e de esperar em várias filas em várias agências do governo para conseguir a carteira de habilitação e o passaporte com os dados atualizados. Eles fundiram contas bancárias, cartões de crédito e apólices de seguro de saúde e procuraram um advogado para organizar seus testamentos. Anna se livrou do último dos móveis da época da universidade de Jake e dos que ele comprara logo depois — uma cadeira reclinável de couro sintético, um pôster da banda Phish emoldurado e um tapete felpudo que provavelmente datava de 2002 —, trocou tudo por versões mais dignas e repintou a sala de estar. Eles partiram para uma breve lua de mel em New Orleans, onde se empanturraram de ostras e à noite ouviam jazz (de que Anna gostava), blues (de que Jake gostava) e zydeco (de que nenhum dos dois gostava).

Na noite em que voltaram para a cidade, Anna foi entregar uma caixa de pralinés para um vizinho que havia alimentado o gato enquanto eles estavam fora, e Jake entrou no apartamento para deixar uma braçada de correspondência no balcão da cozinha. E viu na mesma hora: um envelope comum deslizando sobre a bancada de granito, entre o exemplar da revista *Real Simple* de Anna e a *Poets & Writers* dele, que provocou o calafrio mais intenso que ele já sentira na vida.

Na frente e no centro, o endereço dele. Mais precisamente, o endereço *deles*.

E, no canto superior esquerdo, o nome *Tom Talentoso*.

Jake ficou olhando para o envelope por um longo e terrível instante. Então, pegou-o e correu para o banheiro, onde abriu a torneira da pia e trancou a porta. Ele abriu o envelope e tirou com as mãos trêmulas a única folha de papel que havia ali dentro.

> *Você sabe o que fez. Eu sei o que você fez. Está preparado para que todo mundo saiba o que você fez? Espero que sim, porque estou me preparando para contar ao mundo. Divirta-se com a sua carreira depois disso.*

Então aquela era a sensação quando o pior acontecia, pensou Jake, ouvindo o barulho da própria respiração acima do som da água corrente. Aquela pessoa tinha atravessado a tela do computador e do celular e chegado ao mundo real e tátil, e agora Jake estava segurando algo que TomTalentoso também tinha segurado. O horror daquilo era novo e agudo, como se o próprio papel guardasse toda a maldade, toda a indignação que Jake não merecia. O peso acumulado daquilo tirou seu fôlego e o deixou incapaz de se mover, e ele ficou onde estava por tanto tempo que Anna foi até a porta do banheiro para perguntar se o marido estava se sentindo bem.

Ele não estava se sentindo bem.

Depois de algum tempo, Jake enfiou o papel em um bolso da sua nécessaire, tirou a roupa e entrou no chuveiro. Estava tentando pensar na situação com qualquer uma de suas habilidades cognitivas ainda disponíveis, mas isso se mostrou impossível mesmo depois de meia hora sob a água mais quente que ele conseguiu suportar. Também não foi possível nos dias que se seguiram, porque Jake acrescentou o recolhimento furtivo da correspondência ao seu já obsessivo monitoramento da internet. Ele simplesmente não conseguia pensar em como seguir adiante e, por ironia, foi aquilo que o fez perceber que só lhe restava voltar ao passado.

A Universidade Ripley era o único dado conhecido naquela situação. A Ripley era a única coisa de que podia ter certeza. Algo relevante para a crise que vivia no momento tinha acontecido na Ripley, aquilo era óbvio e compreensível; a intensa camaradagem da pós-graduação em escrita criativa — mesmo (talvez particularmente?) o programa "híbrido"! — tinha um forte impacto sobre pessoas que não podiam "se assumir" como escritores em sua vida cotidiana comum, talvez nem mesmo com seus próprios amigos, com sua família. Reunidos em um campus universitário sem mais ninguém a não ser eles, aqueles escritores se viam, talvez pela primeira vez na vida, cercados de repente por sua tribo e podendo conversar sobre *história! enredo! personagem!* com pessoas que tinham acabado de conhecer e com quem se relacionariam apenas por um breve e intenso período de tempo. Evan Parker talvez tivesse se recusado a compartilhar sua trama infalível com os outros alunos na tão elogiada "segurança" da oficina formal de Jake, mas era perfeitamente possível que alguém no curso tivesse conseguido se tornar mais próximo dele, talvez enquanto todos saíam para beber no Ripley Inn, talvez se demorando um pouco mais no refeitório depois de uma refeição. Ou quem sabe mais tarde, na casa de Evan Parker ou na casa da outra pessoa, ou então por e-mail, com páginas do original de Parker sendo enviadas de um lado para o outro para ser "analisadas".

Quem quer que fosse TomTalentoso, seu conhecimento óbvio (embora falso!) do que havia acontecido entre Jake e o ex-aluno significava que ele também estava ligado àquela comunidade, ou pelo menos conhecia alguém que estava. Mas Jake havia permitido que sua própria investigação terminasse com aquela única conversa com Martin Purcell, de Burlington, Vermont. Agora, aquele idiota do TomTalentoso o havia acessado em sua própria casa, não por meio de alguma plataforma de mídia social, nem mesmo por meio do seu próprio site ou da editora, mas em seu local de residência na vida real. Onde Jake morava *com a esposa*. Aquilo era dolorosa e poderosamente próximo. E sinalizava uma intensificação sem precedentes da campanha de @TomTalentoso. Era inaceitável.

A defesa, nunca a melhor estratégia, obviamente não era mais uma opção, não depois disso. Ele precisava voltar ao que conhecia com certeza — a Ripley — e começar de novo a partir de lá.

Jake não tinha se dado o trabalho nem de abrir o envelope grande que havia chegado no outono com as páginas do original de Martin Purcell. Desde então, o material vinha acumulando poeira em uma caixa embaixo da cama, misturado a outros originais (enviados por amigos de verdade, que queriam saber a "opinião" dele) e provas para leitura (enviadas por editores, querendo declarações elogiosas para serem publicadas na capa do livro). Jake puxou aquela caixa e começou a revirá-la. Quando encontrou o envelope de Purcell, abriu a parte de cima e extraiu a carta de apresentação:

Caro Jake (se me permite),
Sou incrivelmente grato a você por concordar em ler estas histórias! Muito obrigado! Eu ficaria feliz em conversar a respeito se você tiver tempo. Nenhum comentário seu seria pequeno demais... ou grande demais! Venho pensando nisso como um romance em contos, mas talvez seja porque a ideia de escrever um "romance" seja tão grande e assustadora. Não sei como vocês, romancistas, fazem isso!
De qualquer forma, sinta-se à vontade para me enviar um e-mail ou me ligar quando terminar, e obrigado mais uma vez.
Martin Purcell
MPurcell@SBurlHS.edu

Devia haver cerca de sessenta páginas ali, pensou Jake. Ele imaginava que teria que ler. Assim, voltou para a sala, se sentou no sofá com estampa kilim e abriu o notebook. O gato, Whidbey, o seguiu, se esticou ao longo da coxa esquerda de Jake e começou a ronronar.

Oi, Martin! Andei lendo o material que você mandou. Uau... excelente trabalho. Muito para conversar a respeito.

Em poucos minutos, Purcell respondeu:

Fantástico! Basta dizer quando!

Era fim de tarde e o sol havia dado a volta ao redor da Greenwich Avenue em seu caminho para o oeste. Jake deveria sair em breve, para encontrar Anna em um restaurante japonês de que gostavam, perto do estúdio onde ela trabalhava.

Ele escreveu:

Na verdade, vou para Vermont daqui a alguns dias. Por que não nos encontramos? Talvez seja mais fácil revisar as páginas pessoalmente.

Está brincando! Você vem a Vermont por algum motivo especial?

Para saber mais de você, imbecil. (Jake não escreveu isso.)

Para fazer uma leitura de *Réplica*. Mas estou pensando em passar um ou dois dias aí. Tenho trabalho para fazer. E sinto saudade de Vermont!

Ele não sentia a menor saudade de Vermont.

Onde vai ser a leitura? Quero ir!

Argh, óbvio que ele ia querer. Onde seria a leitura ficcional?

Na verdade é um evento privado, na casa de uma pessoa. Em Dorset.

Dorset era uma das cidades mais requintadas do estado. Exatamente o tipo de lugar em que alguém poderia importar um escritor famoso para um evento privado.

Ah. Que pena.

Mas por que não nos encontramos em Rutland? Quer dizer, se não for muito longe para você.

Jake sabia que não seria. Mesmo sem a perspectiva de uma consulta particular e gratuita sobre um manuscrito, feita com um autor na lista dos mais vendidos, Jake havia muito percebera que os moradores de Vermont pareciam dispostos a dirigir por todo o estado em um estalar de dedos.

De jeito nenhum. Basta pegar a 7 direto.

Eles combinaram de se encontrar na quinta-feira à noite, no Birdseye Diner.

Martin ainda escreveu que era muita gentileza da parte de Jake, que respondeu que não, de jeito nenhum — e isso não era mentira, nem mesmo um exagero. Martin Purcell era o melhor caminho para o lugar que de alguma forma gerara TomTalentoso: fim da história.

Além disso, estava na hora de dar uma olhada mais de perto na cidade que gerara Evan Parker. Na verdade já havia passado da hora.

RÉPLICA
DE JACOB FINCH BONNER
Macmillan, Nova York, 2017, página 98

A mãe de Samantha não confiava nos médicos, e imaginou que um deles tentaria convencê-la de que o nódulo crescente em seu seio direito era câncer. Quando Samantha viu o caroço, ele já estava se projetando da alça do sutiã da mãe e a doença obviamente estava avançada demais. Maria, na época com dez anos e aluna do quinto ano, tentou convencer a avó a aceitar a tática de terra arrasada de radioterapia mais quimioterapia que o oncologista do Community Memorial, em Hamilton, estava sugerindo, mas a mãe de Samantha achou a quimioterapia desagradável e, depois do segundo ciclo, anunciou que arriscaria suas chances com Deus. Ele deu mais quatro meses a ela, e Samantha esperava que a mãe estivesse satisfeita.

Uma semana depois do enterro, Samantha se mudou para o antigo quarto dos pais, o mais bonito da casa, e acomodou Maria no quarto que ela mesma estava desocupando, aquele com a cama de dossel onde ela havia sonhado em fugir dali e onde se recolhera, emburrada, durante a gravidez, do outro lado do corredor. Aquilo praticamente deu o tom aos anos restantes das duas juntas. Samantha tinha um emprego de meio período na época, na área de cobrança de uma filial da Bassett Assistência

Médica, e, depois de um curso de treinamento em um computador da empresa que instalou em um quartinho ao lado da cozinha, conseguiu trabalhar de casa. Maria, desde os seis anos de idade, se arrumava sozinha pela manhã, e desde os oito se alimentava com cereais e embalava o próprio almoço. Aos nove, a menina já preparava o jantar, fazia a lista de compras e lembrava Samantha de pagar os impostos. Aos onze, seus professores chamaram Samantha para uma reunião porque queriam deixar Maria pular um ano na escola. Ela disse a eles que de forma alguma. Não daria essa satisfação a nenhuma daquelas pessoas.

CAPÍTULO VINTE

Ninguém vem a Rutland

Jake optou por usar a mesma mentira duas vezes e disse a Anna que iria a Vermont por alguns dias para participar de um evento privado e terminar as revisões que Wendy queria. Como era de imaginar, ela quis ir com ele.

— Eu ia adorar conhecer Vermont! — falou Anna. — Nunca estive na Nova Inglaterra.

Por um momento, Jake até considerou a hipótese de deixar que a esposa o acompanhasse, mas é claro que era uma péssima ideia.

— Acho que se eu me enfiar sozinho em algum lugar vou conseguir pôr em dia tudo o que preciso fazer. Se você estiver lá comigo, vou querer passar um tempo com você. E eu só... quero fazer isso *depois* de conseguir entregar alguma coisa para a Wendy. Para a gente poder aproveitar a viagem juntos, sem que eu passe o tempo todo achando que deveria estar fazendo outra coisa.

Anna assentiu. E pareceu entender. Ele esperava que ela tivesse mesmo entendido.

Jake dirigiu pelo oeste de Connecticut na Route 7 — ele parou para almoçar em Manchester e chegou à pousada em Rutland, onde fizera uma reserva, por volta das cinco. Lá, na cama de dossel dura como pedra, enfim leu as histórias de Martin Purcell, que eram flácidas e sem propósito, cheias de personagens facilmente esquecíveis. Purcell tinha um interesse particular em jovens, e seus personagens vacilavam entre a adolescência e a idade adulta — talvez não fosse nada surpreendente, levando em consideração o trabalho dele como professor do ensino médio —, mas o homem parecia incapaz de olhar além do superficial. Um dos personagens teve uma lesão que o impediu de terminar uma temporada promissora no atletismo. Outra se deu mal em uma prova, o que pôs em risco sua bolsa de estudos. Um jovem casal que parecia fiel — ao menos enquanto adolescentes — engravidou, e o rapaz na mesma hora abandonou a namorada. (Jake se surpreendeu com a alegação de Purcell de que aquele era, ou pretendia ser, um "romance em contos" — o conceito que ele mesmo havia usado em seu segundo livro, *Reverberações*. Jake não enganara ninguém na época, assim como Purcell não estava enganando ninguém agora.) No fim da leitura, ele conseguiu destacar alguns pontos para comentar, além de uma sugestão bastante óbvia sobre como seguir com o trabalho — concentre-se no jovem casal, deixe os personagens das outras histórias passarem para o segundo plano —, e foi se encontrar com Martin Purcell no restaurante.

Em Vermont, pessoas com dinheiro viviam em lugares como Woodstock, Manchester, Charlotte, Dorset e Middlebury, não em Rutland. E, embora Rutland fosse muito maior que a maioria das outras cidades do estado, atualmente parecia só uma cidade de passagem, um tanto deprimente, com muitas das suas grandes casas antigas sendo usadas por agiotas, "conselheiros" de aborto e agências de assistência social, intercaladas com shopping centers, pistas de boliche e estações de ônibus. A pousada de Jake ficava a menos de um quilômetro do restaurante onde havia marcado com Purcell, o Birdseye Diner, mas ele optou por ir de carro, em três minutos. Assim que entrou pela porta, um homem se levantou de um banco no meio do salão e acenou. Jake acenou de volta.

— Não sabia se você se lembraria de mim — falou Martin Purcell.

— Ah, eu lembro de você — mentiu Jake, se acomodando diante da mesa. — Embora, sabe, enquanto estava dirigindo para cá, pensei que devia ter tentado encontrar uma foto sua na internet, só para ter certeza de que não ia acabar sentando na mesa de outra pessoa.

— Na maior parte das minhas fotos na internet, estou de pé atrás de um bando de nerds de robótica. Sou o orientador do clube da minha escola. Fomos campeões estaduais em seis dos últimos dez anos.

Jake tentou invocar algum entusiasmo para cumprimentar o homem à sua frente.

— Foi muita gentileza da sua parte vir até aqui — falou.

— Ei, foi muita gentileza da *sua* parte dar uma olhada no meu material! — falou Purcell. Ele estava muito animado. — Ainda estou em choque. Andei conversando com a minha esposa a respeito. Acho que ela não acreditou quando contei que você tinha concordado em fazer isso por mim.

— Ah, imagina. Sinto falta de ensinar. — Isso também era mentira.

O Birdseye era um exemplar clássico daquele tipo de restaurante, com piso de cerâmica xadrez azul-piscina e preto, balcão e bancos de aço inoxidável cintilantes. Jake pediu um hambúrguer e um milk-shake de chocolate. Purcell escolheu a canja de galinha.

— Mas, sabe, fiquei surpreso por você querer me encontrar aqui em Rutland. Ninguém vem a Rutland. Todo mundo passa direto pela cidade.

— A não ser as pessoas que moram aqui, imagino.

— Sim. Quem quer que tenha sido o urbanista genial que planejou a cidade e decidiu que uma das rotas mais movimentadas do estado deveria passar pela rua principal daqui, essa pessoa deveria ter sido coberta de piche e penas. — Purcell deu de ombros. — Talvez tenha parecido uma boa ideia na época, sei lá.

— Bem, você é professor de história, não é? Provavelmente vê as coisas de uma perspectiva que envolve mais o passado.

O homem diante dele franziu a testa.

— Eu mencionei que era professor de história? A maior parte das pessoas imagina que eu dou aula de inglês, porque eu escrevo histórias.

Mas vou te contar um segredo obscuro. Não gosto de ler ficção. A ficção de outras pessoas.

Isso não é segredo pra mim, pensou Jake.

— Não? Você prefere ler histórias reais?

— Prefiro ler histórias reais e escrever ficção.

— Você deve ter achado isso desafiador na Ripley. Ler o trabalho dos seus colegas.

A garçonete serviu o milk-shake de Jake em uma taça cheia e ainda deixou ao lado um copo de metal até a metade com mais milk-shake. Tinha um sabor incrível e afundou direto na boca do estômago dele.

— Ah, na verdade não. Acho que, quando a pessoa se propõe a fazer parte de uma situação como aquela, acaba se adaptando. Se eu vou pedir aos meus colegas de curso para fazerem uma leitura generosa e atenta do meu trabalho, preciso fazer o mesmo com o trabalho deles.

Jake decidiu que aquele momento era tão bom quanto qualquer outro.

— Infelizmente, meu aluno não se sentia assim. Meu falecido aluno.

Para consternação de Jake, Purcell soltou um suspiro ao ouvir isso.

— Estava me perguntando quanto tempo ia demorar pra gente começar a falar de Evan Parker.

Jake recuou na mesma hora, mas não de uma forma muito persuasiva.

— Bem, eu lembro que você mencionou que Parker era desta área. Rutland, certo?

— Isso mesmo — respondeu Purcell.

— Acho que ele acabou surgindo na minha mente hoje. Parker tinha algum tipo de negócio aqui, eu acho? Um bar de algum tipo?

— Uma taverna — corrigiu Purcell.

A garçonete voltou e pousou os pratos com um floreio. O hambúrguer de Jake parecia gigantesco, com batatas fritas empilhadas tão alto que se derramaram sobre a mesa quando o prato aterrissou. A sopa de Purcell, apesar de anunciada como entrada, também foi servida em uma tigela grande.

— Nossa, eles gostam de fartura aqui — comentou Jake quando a garçonete se afastou.

— Precisam sobreviver aos invernos — comentou Purcell, e pegou a colher.

Por um momento, a conversa ficou em segundo plano.

— Que legal que vocês dois mantiveram contato. Depois da Ripley, quero dizer. É uma situação de isolamento.

— Bem, Vermont não é exatamente o Yukon — retrucou Purcell, com certa irritação na voz.

— Não, estou me referindo... a nós como escritores. A nossa situação é de constante isolamento, nós somos solitários no que fazemos. Quando a gente experimenta esse tipo de camaradagem, faz questão de manter.

Purcell assentiu com vigor.

— Isso era o que eu esperava encontrar na Ripley. Talvez até mais que os professores, a conexão com outras pessoas que estavam fazendo o que eu queria fazer. Então, sim, eu mantive contato com alguns colegas, incluindo o Evan. Por alguns meses, ele e eu trocamos coisas que a gente escrevia... até o Evan falecer.

Jake se encolheu por dentro ao ouvir isso, embora não soubesse se era pela ideia das "coisas que a gente escrevia" passando de um lado para o outro entre os dois escritores ou pelo "ele e eu".

— Todos nós precisamos de um leitor. Todo escritor precisa.

— Ah, eu sei. Por isso estou tão grato...

Mas Jake não queria tomar esse rumo. Pelo menos não antes de ser absolutamente necessário.

— Então você mandou para o Evan as mesmas histórias que mandou para mim? E ele também te mandou a história dele? Sempre me perguntei o que teria acontecido com aquele romance em que ele estava trabalhando.

Isso era um risco, claro. Jake tinha certeza de que, se Purcell tivesse lido o trabalho em andamento de Evan Parker, já teria mencionado a semelhança com *Réplica*. Mas, afinal, era para descobrir isso que Jake havia se deslocado até tão longe.

— Bem, eu mandei as minhas histórias para ele, com certeza. O Evan estava com algumas delas quando morreu, que ia me mandar de volta editadas, mas ele mantinha o que escrevia só pra ele. Vi apenas algumas páginas. Uma mulher que morava em uma casa velha com a filha e trabalhava fazendo atendimento mediúnico por telefone? É disso que eu lembro. Você deve ter visto muito mais desse romance do que eu.

Jake assentiu.

— O Evan era muito reticente no curso quando se tratava do projeto dele. Ele só me entregou essas mesmas páginas que você mencionou. Foi tudo o que eu vi — afirmou categoricamente.

Purcell já tinha chegado ao fundo da sua tigela de canja.

— Você acha que ele tinha outros amigos no curso com quem poderia ter conversado?

O professor ergueu os olhos. E sustentou o olhar de Jake por um tempo um pouco longo demais.

— Você está perguntando se o Evan mostrou o trabalho dele a mais alguém?

— Ah, não, não especificamente. Só pensei, você sabe, é uma pena que ele tenha aproveitado tão pouco o programa. Porque um bom leitor teria sido de grande ajuda para ele e, se o Evan não queria minha ajuda, talvez tivesse conseguido se aproximar de um dos outros professores. Bruce O'Reilly, quem sabe?

— Ha! "Cada folha de grama tem sua própria história"!

— Ou o outro professor de ficção. Frank Ricardo. Ele era novo naquele ano.

— Ah, Ricardo. O Evan achava aquele cara patético. Não há nenhuma possibilidade de ele ter se aproximado de qualquer um desses dois.

— Talvez um dos outros alunos, então.

— Olha, sem querer te ofender, porque é claro que não posso questionar o seu sucesso, e se a aproximação com colegas escritores te ajudou eu acho ótimo, sou totalmente a favor disso... ou não teria ido para a Ripley, nem teria te pedido para ler as minhas coisas. Mas o Evan nunca gostou desse aspecto comunitário dos escritores. Ele era uma ótima companhia para um show ou um jantar. Mas as coisas mais sensíveis sobre, você sabe, *escrita*? Aquela coisa do programa da universidade sobre as nossas vozes únicas e as histórias que só nós podíamos contar? Isso não era ele.

— Entendo. — Jake assentiu. Ele estava se dando conta, com desconforto extremo, de que ele e Evan Parker compartilhavam algo mais além da trama de *Réplica*.

— E toda essa história de *a arte da escrita*, e *o processo de escrita*, e tudo o mais? Ele nunca falava sobre isso. Estou te dizendo, o Evan não compartilhava páginas nem sentimentos. Como diz aquela música, ele era uma rocha. Ele era uma ilha.

Foi um grande alívio ouvir isso, mas é claro que Jake não podia dizer nada a respeito. Por isso falou apenas:

— Acho triste.

O professor deu de ombros.

— O Evan não me parecia triste. Era só o jeito dele.

— Mas... você não disse que toda a família dele tinha morrido? Os pais e a irmã? E ele era um cara tão jovem. Acho isso horrível.

— Claro. Os pais morreram há muito tempo, depois a irmã, mas não tenho certeza de quando foi isso. É trágico.

— Sim — concordou Jake.

— Quanto à sobrinha que é mencionada no obituário, acho que ela nem apareceu no funeral. Não conheci ninguém lá que dissesse que era parente do Evan. Os únicos que levantaram para falar alguma coisa sobre ele foram os funcionários e os clientes da taverna. E eu.

— É uma pena — comentou Jake, afastando o prato e deixando metade do hambúrguer.

— Bem, eles com certeza não eram próximos. Ele nunca mencionou essa sobrinha pra mim. E a irmã morta, cara, essa ele odiava.

Jake o encarou.

— Ódio é uma palavra muito forte.

— Ele dizia que ela era capaz de qualquer coisa. E acho que ele não via isso como algo bom.

— É mesmo? E como ele via?

Mas agora Purcell olhava para ele com nítida desconfiança. Uma coisa era passar algum tempo falando de um conhecido em comum, talvez especialmente um conhecido em comum que havia morrido fazia pouco tempo e perto dali. Mas aquilo? Será que Jake Bonner, romancista best-seller do *New York Times*, não tinha ido a Rutland só para conversar sobre os contos de um completo estranho? Porque que outra razão poderia haver?

— Não tenho ideia — disse ele por fim.

— Ah. Claro. Ei, desculpe por todas as perguntas. Como eu disse, o Evan ficou na minha cabeça hoje.

— Tudo bem.

E Jake achou melhor parar por ali.

— De qualquer forma, quero falar sobre as suas histórias. São muito fortes, e eu tenho algumas ideias sobre como avançar com elas. Quer dizer, se você quiser ouvir.

Purcell, naturalmente, pareceu encantado com a mudança no rumo da conversa. Jake passou os setenta e cinco minutos seguintes pagando a sua dívida. E também fez questão de pagar a conta.

CAPÍTULO VINTE E UM

Buá-buá, que triste

Depois de se despedirem no estacionamento, Jake esperou Martin Purcell entrar no carro e partir para o norte, de volta a Burlington, então aguardou no próprio carro por alguns minutos, só por segurança.

A Taverna Parker ficava logo na saída da Route 4, a meio caminho entre Rutland e West Rutland, e sua placa de neon anunciando TAVERNA PARKER, COMIDA E BEBIDA era visível já do início da rua. Quando entrou no estacionamento, Jake viu a outra placa de que se lembrava da matéria no *Rutland Herald*, que dizia *Happy Hour 15-18h*, pintada à mão. O estacionamento estava muito cheio e ele levou alguns minutos para encontrar uma vaga.

Jake não era de frequentar bares daquele tipo, mas tinha uma ideia de como se comportar naquelas circunstâncias. Ele entrou, se sentou diante do balcão, pediu uma cerveja e ficou checando o celular por algum tempo, para não parecer muito ansioso. Ele tinha escolhido uma banqueta sem ninguém de cada lado, mas não demorou muito para um cara ocupar o assento à esquerda. O homem cumprimentou Jake com um aceno de cabeça.

— Oi.

— Oi.

— Quer comer alguma coisa? — perguntou a bartender na vez seguinte que se aproximou.

— Não, obrigado. Mas eu aceito outra cerveja.

— É pra já.

Um grupo de quatro mulheres entrou na taverna, todas na casa dos trinta anos, ele imaginou. O cara à esquerda de Jake tinha se afastado e definitivamente estava de olho na mesa das recém-chegadas. Uma mulher que não era do grupo se sentou à direita de Jake. Ele a ouviu fazer o pedido. E, um instante depois, a ouviu soltar um palavrão.

— Desculpa.

Jake se virou. Ela tinha mais ou menos a idade dele e era uma mulher grande.

— Como?

— Eu pedi desculpa. Pelo palavrão.

— Ah. Tudo bem. — Na verdade, estava mais que bem. Aquilo o aliviou do fardo de ter que começar a conversa. — Por que você soltou um palavrão?

A mulher ergueu o celular. A foto na tela mostrava duas meninas com rostinhos angelicais, as bochechas juntas, ambas sorrindo, mas a barra verde-ácido de uma mensagem de texto cortava o topo da cabeça delas. *Vai se foder*, dizia.

— Que fofas — ele comentou, fingindo não ter visto a mensagem.

— É, elas eram, quando essa foto foi tirada. Agora estão no ensino médio. Acho que eu devia ser grata por isso, de qualquer forma. O irmão mais velho delas não passou do fundamental. Ele agora está em Troy, fazendo sabe Deus o quê.

Jake não tinha ideia de como responder, mas não estava disposto a recusar a clara abertura de uma vizinha de bar tão disposta a conversar.

A bebida dela chegou, embora Jake não a tivesse ouvido pedir nada. Era algo escancaradamente tropical, com uma fatia de abacaxi e um miniguarda-chuva de papel.

— Obrigada, boneca — disse a mulher à bartender. Então, virou metade do drinque em um único longo gole. Jake achou que isso não poderia fazer bem a ela. Mais estimulada, ela se virou para Jake e se apresentou. — Eu me chamo Sally.

— Jake. Que drinque é esse?

— Ah, é um negócio que eles preparam pra mim, especial. Este lugar é do meu cunhado.

Ponto pra mim, pensou Jake. Ele não tinha feito nada para merecer isso, mas não tinha problema algum em aceitar o presente do destino.

— Seu cunhado é o Parker?

A mulher encarou Jake como se ele a tivesse insultado. Ela tinha cabelos compridos de um loiro forte, um pouco brilhante demais, tão finos que era possível ver o couro cabeludo aqui e ali.

— Parker é o nome do cara que era o dono daqui antes. Mas ele morreu.

— Ah, que pena.

Ela deu de ombros.

— Não era a minha pessoa favorita. Cresceu aqui. Nós dois fomos criados aqui.

Jake se dedicou a fazer algumas perguntas que Sally claramente queria que ele fizesse. Ele soube que ela havia se mudado para Rutland ainda criança, vinda de New Hampshire. Tinha duas irmãs e uma já morrera. Estava criando os filhos da falecida irmã, contou a Jake.

— Isso deve ser difícil.

— Não. São boas crianças. Mas elas têm a cabeça ferrada. Graças à mãe.

Ela ergueu o copo vazio, meio em um brinde, meio como um sinal para a bartender.

— Então você foi criada com o cara que era dono deste lugar antes?

— Evan Parker. Ele estava alguns anos à minha frente na escola. Namorou a minha irmã.

Jake teve o cuidado de não mostrar nenhuma reação.

— É mesmo? Que mundo pequeno...

— Cidade pequena. Além disso, Evan Parker namorou quase todo mundo. Se é que "namorar" é a palavra certa. Ainda não tenho certeza se ele não é o pai do meu sobrinho, se quer saber a verdade. Não que isso importe.

— Bem, isso é...

— Aquele era o lugar dele, atrás do bar. — Ela ergueu o copo já quase vazio e o inclinou na direção do outro lado do salão. — Conhecia todo mundo que entrava aqui.

— Bem, o dono de um bar tem que ser sociável. Ouvir os problemas das pessoas faz parte do trabalho.

Ela sorriu para ele, mas aquele estava longe de ser um sorriso feliz.

— Evan Parker? Ouvir os problemas de alguém? Evan Parker não dava a mínima para os problemas dos outros.

— É mesmo?

— *É mesmo* — respondeu Sally, em tom de zombaria. Ela estava enrolando a língua, muito ligeiramente, percebeu Jake. E lhe ocorreu que aquele drinque tropical não era sua primeira bebida da noite. — Sim, é mesmo. E por que você se importaria com isso?

— Ah. Bem, eu acabei de jantar com um velho amigo. Nós dois somos escritores. E o meu amigo disse que o cara que era dono deste bar também era escritor. Que ele estava escrevendo um romance.

Sally jogou a cabeça para trás e deu uma gargalhada. Ela riu tão alto que algumas conversas ao redor deles cessaram e as pessoas se viraram para olhar.

— Como se aquele idiota algum dia fosse ser capaz de escrever um romance — falou Sally por fim, balançando a cabeça e parando de rir.

— Você parece surpresa.

— Pelo amor de Deus, o cara nunca deve ter lido um romance na vida. Não foi nem pra faculdade. Espera, talvez tenha ido à faculdade comunitária. — Ela se inclinou sobre o balcão e olhou para uma das pontas. — Ei, Jerry — gritou. — O Parker fez faculdade?

Um homem corpulento, de barba escura, ergueu os olhos da própria conversa.

— Evan Parker? Acho que ele fez a Universidade Comunitária de Rutland — gritou ele, de onde estava.

— Aquele é o seu cunhado?

Sally assentiu.

— Bem, talvez Parker tenha feito uma aula de escrita criativa, ou alguma coisa assim, e tenha decidido tentar. Qualquer um pode ser escritor, você sabe.

— É claro. Eu mesma estou escrevendo *Moby Dick*. E você?

Jake riu.

— Com certeza não estou escrevendo *Moby Dick*.

Ele percebeu que a fala de Sally estava cada vez mais arrastada. "Dick" saiu como "diixi" e "estou" como "iiixtou". Depois de um momento, Jake voltou a falar:

— Se ele estava escrevendo um romance, eu me pergunto sobre o que era.

— Provavelmente sobre se enfiar nos quartos das garotas à noite. — Sally estava com os olhos semicerrados.

Ele decidiu fazer uma última tentativa antes de perdê-la de vez.

— Você deve ter conhecido toda a família dele, já que cresceu aqui.

Ela assentiu com uma expressão mais solene.

— Sim. Os pais morreram. A gente estava no ensino médio.

— Os dois morreram? — perguntou Jake, como se já não soubesse.

— Juntos. Em casa. Espera. — Ela se inclinou para a frente mais uma vez, por cima do tampo do bar. — Ei, Jerry? — gritou.

O cunhado, que estava na outra ponta do balcão, levantou os olhos.

— Os pais do Evan Parker. Eles morreram, né?

Jake, que teria preferido evitar toda aquela gritaria com o nome de Parker, ficou aliviado ao ver o cunhado de Sally levantar a mão, pedindo para ela esperar. Um momento depois, ele terminou a conversa com a pessoa à sua frente e foi até onde estava sentada a cunhada embriagada.

— Jerry Hastings. — Ele estendeu a mão para Jake.

— Eu sou o Jake.

— Você está querendo saber sobre o Evan?

— Não, na verdade não. Só fiquei curioso para saber de onde veio o nome do lugar. Parker.

— Ah. Era uma família antiga por aqui. Eles eram donos da pedreira em West Rutland. Cento e cinquenta anos para ir de uma mansão a uma agulha no braço. Acho que isso é Vermont.

— Como assim? — perguntou Jake, que sabia exatamente o que o outro homem queria dizer.

Jerry balançou a cabeça.

— Não quero parecer desrespeitoso. O Parker passou um longo tempo em recuperação, mas acabou tendo uma recaída. Muita gente ficou surpresa. Quer dizer, a gente olha para alguns ex-dependentes e pensa: *Será que hoje é o dia da recaída?* Outros levantam de manhã, saem para trabalhar, cuidam dos negócios, então, quando acontece a recaída, parece ter surgido do nada. Mas por acaso eu sei que este lugar não estava indo muito bem. E o Parker disse a algumas pessoas que estava tentando vender a casa dele, colocar algum dinheiro no negócio. — Jerry encolheu os ombros.

— O Jake aqui soube que o Parker estava escrevendo um livro quando morreu — Sally informou ao cunhado.

— É mesmo? De ficção?

Lamentavelmente não, pensou Jake. Se ao menos o romance de Evan Parker *fosse* fictício, mas infelizmente era bem real.

— Fiquei curioso para saber sobre o que seria — comentou Jake.

— Por que você se importa? — perguntou Sally. Ela havia dobrado alguma esquina e entrado na avenida da beligerância. — Nem conhecia o cara.

Jake ergueu seu caneco.

— Você está certa.

— O que você estava perguntando sobre os pais dele? — falou Jerry. — Eles morreram.

— Eu sei que eles morreram — retrucou Sally, o tom carregado de sarcasmo. — Não foi por causa de um vazamento de gás na casa ou alguma coisa assim?

— Não foi vazamento de gás. Foi monóxido de carbono. Da caldeira. — Por cima da cabeça de Sally, Jerry fez um gesto discreto de mão para a bartender, o que, se Jake estivesse interpretando corretamente, significava: *Não serve mais nada pra essa aqui*. — Você conhece a casa de que eu estou falando? — perguntou ele a Jake.

— Como ele vai conhecer? — Sally revirou os olhos. — Você já viu esse cara antes desta noite?

— Eu não sou daqui — confirmou Jake.

— Certo. Bem, é uma casa grande em West Rutland. Tem, sei lá, uns cem anos. Fica bem perto da pedreira, na Marble Street.

— Em frente a uma loja chamada Agway — acrescentou Sally, já tendo esquecido o argumento que ela mesma havia acabado de levantar.

— Certo — disse Jake.

— A gente ainda estava no ensino médio. Espera, acho que o Evan talvez já tivesse saído da escola, mas a irmã dele era da sua turma, não era?

Sally assentiu.

— *Vaca* — falou ela, pronunciando bem cada sílaba.

Jake se esforçou para conter sua reação natural. Mas Jerry estava rindo.

— Você não gostava da garota.

— Ela era uma cretina.

— Então, espera — disse Jake —, os pais morreram em casa, mas a filha não?

— *Vaca* — repetiu Sally.

Dessa vez, Jake não pôde deixar de se virar para ela. Eles não estavam falando sobre uma jovem que tinha perdido os pais *enquanto ainda estava no ensino médio*? E *na casa deles*? Que provavelmente também era *a casa dela*?

— Como eu disse. — O cunhado de Sally sorriu para Jake. — Ela não gostava da garota.

— Ninguém gostava dela — declarou Sally. Ela parecia triste agora. Talvez tivesse percebido que não iam lhe servir mais nenhuma bebida ali.

— Ela também morreu — Jerry contou a Jake. — A irmã do Parker. Alguns anos atrás.

— Queimada — disse Sally.

Jake não teve certeza de que tinha ouvido direito. E pediu que ela repetisse.

— Eu disse que ela morreu queimada.

— Ah — falou Jake. — Nossa.

— Foi o que eu ouvi.

— Que horror.

E era mesmo um horror, mas mesmo assim Jake não conseguia se forçar a ter mais do que a empatia humana básica por aqueles membros da família de Evan Parker, não apenas porque ele de fato não se importava com aquelas pessoas mas porque nenhum dos eventos que estavam sendo discutidos ali — a morte prematura e aparentemente horrível da irmã, o envenenamento por monóxido de carbono em uma casa velha, décadas antes, e até mesmo, no fim das contas, a própria overdose de Evan Parker por consumo de opiáceos — tinha alguma influência real em suas preocupações atuais e muito prementes. E também, nada daquilo era exatamente informação nova. *Precedido tanto pelos pais quanto por uma irmã* estava escrito, à vista de todos, no obituário online de Evan Parker, que Jake havia lido anos antes em sua mesa em Cobleskill, antes que uma única palavra de *Réplica* fosse escrita.

Na verdade, Jake estava mais que pronto para ir embora da Taverna Parker. Ele estava exausto, um pouco bêbado, e nada do que Jerry ou Sally haviam dito tinha sido de alguma ajuda para a situação em que se encontrava — não melhorara em nada a sua vida. Além do mais, os dois agora estavam com a cabeça próxima uma da outra e pareciam estar debatendo com vigor algum assunto particular, com nítida antipatia mútua. Jake tentou voltar ao último tópico que haviam comentado — a irmã de Evan Parker, *uma cretina* —, só para fazer um último comentário vago sobre o assunto antes de sair, mas tudo parecia muito distante e totalmente irrelevante. Ele se levantou devagar, pegou a carteira e colocou uma nota de vinte dólares no balcão.

— Bem, que tristeza — disse para a parte de trás da cabeça de Sally.
— Não é? A família inteira se foi.

— Exceto a filha da irmã — Jake ouviu Sally dizer.
— Como?
— Você disse *buá-buá, que triste, a família inteira se foi.*

Ele duvidava que tivesse usado essas palavras exatas, mas aquilo não parecia um ponto importante no momento.

— A *garota* — comentou Sally, o tom carregado de irritação. — Mas ela se mandou daqui. Saiu de casa no minuto em que foi possível. Quem pode culpá-la, com uma mãe daquela? Acho que ela nem esperou pra se formar no ensino médio. *O último a sair que apague a luz!*

Então, como que para deixar claro que a conversa tinha acabado, Sally deu as costas a Jake. Ele percebeu que o cunhado já tinha se afastado e que a mulher fizera um novo amigo na banqueta ao lado. *Espera*, falou. Mas na verdade não pode ter dito isso em voz alta, porque ninguém ao redor pareceu ouvir. Por isso, Jake precisou dizer mais uma vez:

— Espera.

Sally se virou para olhar para ele. Ela pareceu precisar de um instante para se orientar ou, mais provável, para se lembrar de quem ele era.

— Esperar o quê? — falou ela, agora abertamente hostil.

Espera. A única parente viva de Evan Parker. Era o que ele queria dizer.

— Onde a sobrinha dele mora? — Jake conseguiu articular.

Sally fuzilou-o com um olhar exagerado de desprezo.

— Como é que eu vou saber? — falou.

E esse foi mesmo o fim da conversa.

RÉPLICA
DE JACOB FINCH BONNER
Macmillan, Nova York, 2017, páginas 146-147

A constatação geral era de que elas eram parecidas, mãe e filha: ambas inteligentes, mal-humoradas, decididas a não passar a vida em Earlville, Nova York, e por acaso tão semelhantes fisicamente — altas e magras, com cabelo escuro e fino e uma tendência a manter a postura relaxada — que Samantha precisava se esforçar para ver Dan Weybridge em alguma parte daquela garota. Mas, enquanto assistia a Maria crescer — e Samantha de fato assistia, aquilo era praticamente só o que ela fazia —, algumas diferenças importantes aos poucos entravam em foco. Em contraste marcante com o planejamento ardoroso da mãe para ir embora dali, Maria parecia se mover com suavidade em direção àquele objetivo, sem nenhum esforço muito óbvio, menos ainda preocupação aparente. Maria não tinha nem mesmo a discreta inclinação de Samantha para apaziguar os outros (que dirá para capitular diante deles), se recusava a pedir favores de qualquer tipo e não poderia se importar menos com o fato de haver adultos em sua vida (principalmente aqueles em sua vida escolar) que estariam dispostos a encorajá-la e a facilitar seu caminho futuro. Onde Samantha tinha sido diligente com os trabalhos escolares e cuidadosa para não errar (com uma exceção determinante!), Maria entregava as tarefas de casa quando tinha vontade, abandonava as que não lhe interessavam e menosprezava professores se achava que eles não tinham entendido direito (tradução: eram burros demais para entender) o material que ela entregava.

Além disso, Maria era lésbica, o que significava que, não importava o que acontecesse, dificilmente cometeria o mesmo vacilo da mãe.

Os colegas de turma dela incluíam os filhos de professores da Colgate e os filhos de pessoas que tinham se formado na universidade e se estabelecido na região (a maior parte trabalhando com agricultura orgânica ou criando arte), ao lado dos filhos das famílias mais antigas do condado (criadores de gado leiteiro, funcionários públicos, velhos eremitas do interior do estado). Mas aquelas pessoas também se dividiam em outra categoria: os que estavam determinados a fazer do ensino médio a melhor época de suas vidas e os que esperavam seguir logo adiante em busca de experiências muito mais interessantes. Era óbvio para todos que Maria estava ali apenas de passagem. Ela ia de um grupinho para o outro, sem se preocupar nem um pouco com alguma festa da qual não ouvira falar, ou com alguma brecha no tecido social da sua classe, mesmo que fosse uma das partes envolvidas. Por duas vezes, Maria se livrara de todo o seu grupo de amigos, deixando para trás algumas pessoas confusas e magoadas. (Samantha desconhecia aquelas movimentações sociais, até a mãe de alguém ligar para ela e reclamar.) E uma vez Maria parou de falar com uma garota que frequentava a casa delas havia anos, uma ruptura tão óbvia que até Samantha percebeu, sem que ninguém precisasse lhe contar. Maria, quando questionada a respeito, disse apenas:

— Eu só não aguento mais uma pessoa daquele jeito.

Quando tinha treze anos, ela aprendeu sozinha a dirigir o novo Subaru (um substituto para o do avô, que enfim dera seu último suspiro) e dirigiu ela mesma até o Departamento de Trânsito, em Norwich, para pegar sua carteira de habilitação de aprendiz. Quando tinha quinze, Maria ficou se agarrando com uma veterana chamada Lara na cabine de iluminação durante um ensaio para *Legalmente loira*. Foi um alívio e uma emoção. E, quando Lara se formou alguns meses depois e na mesma hora se mudou para a Flórida, Maria passou a maior parte daquele verão abatida. Ou pelo menos até conhecer Gab, na livraria em Hamilton. Ela não ficou nada abatida depois disso.

CAPÍTULO VINTE E DOIS

Hospitalidade

No fim da manhã seguinte, Jake dirigiu para oeste pela Route 4 — com as montanhas Tacônicas à frente e as Verdes no retrovisor — com a intenção de encontrar a casa onde a família de Evan Parker havia morado. Sem um endereço exato, ele não tinha certeza se conseguiria, mas, assim que pegou a saída para West Rutland, descobriu que não havia muito para *ver* na cidade — certamente menos que na maioria das cidades da Nova Inglaterra, com suas praças e seus clássicos parques verdes. Jake encontrou com facilidade a Marble Street, logo depois da antiga prefeitura de tijolos, e passou por lojas de automóveis e supermercados e pela antiga pedreira, que agora era um centro de artes. Um quilômetro e meio depois, ele avistou a loja Agway e diminuiu a velocidade. A casa, logo depois, à direita, estava bem à vista. Ele parou o carro e se inclinou para a frente no assento para observá-la.

Era uma enorme construção em estilo italiano, de três andares, com base de mármore, afastada da rua e impressionante: grande, limpa, recém--pintada de amarelo e cercada por arbustos bem cuidados, uma mudança agradável em relação a algumas das decadências arquitetônicas que ele tinha visto no fim de semana. Quem quer que morasse ali no momento havia aparado cuidadosamente as cercas vivas, e Jake conseguia ver o contorno de um jardim formal logo atrás da casa. Ele estava tentando ligar o relativo esplendor daquilo aos supostos problemas financeiros de Evan Parker quando um Volvo verde passou por ele, diminuiu a velocidade e entrou na garagem. Jake girou a chave na ignição, mas a motorista já havia saído do carro e acenava para ele com inequívoca simpatia. Era uma mulher da idade de Jake, com uma trança longa e muito vermelha descendo pelas costas. Apesar do casaco folgado que usava, dava para ver que era bem magra. A mulher estava dizendo alguma coisa. Ele abaixou o vidro da janela.

— Como? — perguntou.

A mulher estava andando na direção do carro dele, e o nova-iorquino em Jake se encolheu. Quem se arriscava daquele jeito a falar com um total estranho estacionado na frente da sua casa? Evidentemente, um morador de Vermont. Ela se aproximou. Jake começou a procurar alguma desculpa para justificar sua presença ali, mas não conseguiu pensar em nada, por isso acabou optando por uma versão da verdade.

— Desculpe. Acho que conheci alguém que já morou aqui.

— É mesmo? Sem dúvida deve ter sido um Parker.

— Sim. Era. Evan Parker.

— É claro. — A mulher assentiu. — Sabe, ele faleceu.

— Sim, eu soube. De qualquer forma, desculpe te incomodar. Eu estava passando pela cidade e pensei, sabe como é, em prestar os meus respeitos.

— Nós não o conhecíamos — disse a mulher. — Meus sentimentos.

A ironia da situação, de receber condolências por Evan Parker, quase fez Jake confessar toda a história ali mesmo. Mas ele acabou dando apenas as respostas necessárias.

— Obrigado. Na verdade, fui professor dele.

— É mesmo? — voltou a dizer ela. — No ensino médio?

— Não, não. Foi em um curso de escrita criativa. Na Ripley, não sei se conhece. No Reino do Nordeste.

— Sei — falou a mulher, com uma entonação típica de alguém de Vermont.

— Meu nome é Jake. E a sua casa é linda.

A mulher sorriu ao ouvir isso. Ela tinha dentes distintamente acinzentados, reparou Jake. Cigarros ou tetraciclina.

— Estou tentando fazer a minha companheira repintar os detalhes de gesso. Não gosto desse verde. Acho que nós precisamos de uma cor mais escura.

Jake demorou um instante para perceber que ela queria a opinião dele a respeito.

— Acho que mais escuro ficaria bom — comentou ele, por fim. Pareceu ser a resposta certa.

— Pois é! A minha companheira contratou o pintor para vir até aqui em um fim de semana em que eu estava fora da cidade. Ela me passou a perna. — A mulher sorriu ao dizer isso. Ficou claro que não guardava rancor. — Meu nome é Betty. Gostaria de ver a casa por dentro?

— O quê? Sério?

— Por que não? Você não é o assassino do machado, é?

O sangue subiu à cabeça de Jake. Por um breve momento, ele se perguntou se não seria.

— Não. Sou um escritor. Era isso que eu ensinava na Ripley.

— É mesmo? E você já publicou alguma coisa?

Jake desligou o carro e desceu devagar.

— Sim, alguns livros. Escrevi um chamado *Réplica*, conhece?

Ela arregalou os olhos.

— Jura? Peguei esse livro na biblioteca. Ainda não li, mas vou ler.

Ele trocou um aperto de mãos com ela.

— Que bom. Espero que você goste.

— Ai, meu Deus, a minha irmã vai ficar louca quando souber. Ela disse que eu tinha que ler esse livro. Que a reviravolta ia me pegar totalmente de surpresa. Porque eu sou a pessoa que senta para ver um filme e cinco minutos depois já diz o que vai acontecer. É como uma maldição. — Ela riu.

— Isso *é* uma maldição — concordou Jake. — Olha, é muita gentileza da sua parte me convidar para entrar. Quer dizer, eu adoraria ver. Tem certeza?

— É claro! Eu gostaria de não ter só o exemplar da biblioteca! Se tivesse o meu próprio exemplar, você poderia autografar pra mim.

— Não tem problema. Vou mandar um exemplar autografado para você assim que chegar em casa.

Betty olhou para Jake como se ele tivesse prometido a ela um *Primeiro Fólio* de Shakespeare.

Ele a seguiu enquanto subiam pela entrada de carros bem cuidada e entravam pela grande porta de madeira da frente. Betty preparou o caminho avisando:

— Sylvia? Tenho um convidado.

Jake conseguia ouvir um rádio tocando em algum lugar nos fundos da casa. Betty se abaixou para pegar um enorme gato cinza e se virou para Jake.

— Me dê um segundo — falou e desceu o corredor.

Jake estava tentando absorver tudo, registrando avidamente os detalhes. Havia uma larga escadaria de madeira se erguendo a partir de um saguão central muito grande, que tinha sido pintado de um rosa de revirar o estômago. À direita, ele viu um salão através de uma porta aberta e, à esquerda, uma sala de estar ainda mais formal, na qual se entrava por um arco aberto. As dimensões e os detalhes — sancas, rodapés altos — eram uma demonstração intencional de riqueza, mas Betty e Sylvia tinham espancado até a morte qualquer traço de grandeza, espalhando quadrinhos simples com dizeres como VOCÊ SÓ PRECISA MESMO DE AMOR... E DE UM GATO! e A LOUCA DOS GATOS pendurados na parede da escada, e visível acima da lareira da sala de estar estava AMOR É AMOR. Havia também uma cacofonia de tapetes de cores fortes demais, quase apagando as tábuas do piso de madeira, e, para onde quer que Jake olhasse, via muito de tudo: mesas cobertas de bugigangas e vasos de flores frescas demais e de cores intensas demais para serem verdadeiras, e tantas cadeiras arrumadas em círculo que parecia que as moradoras estavam esperando a visita de algum grupo, ou que algum tinha saído dali recentemente. Jake tentou imaginar seu ex-aluno ali: descendo aquela escada, seguindo os passos de Betty até a cozinha que ele imaginava que ficava no fim do corredor. Não conseguiu. As mulheres tinham instalado uma barreira kitsch entre o que estivera naquela casa antes e o que estava ali agora.

Betty voltou, sem o gato e com uma mulher negra e robusta com um lenço estampado na cabeça.

— Essa é a Sylvia, a minha companheira — disse ela.

— Ai, meu Deus — disse Sylvia. — Não consigo acreditar nisso. Um escritor famoso.

— Escritor famoso é um paradoxo — brincou Jake. Aquela era a frase que sempre usava para declarar sua modéstia pessoal.

— Ai, meu Deus — repetiu Sylvia.

— A casa de vocês é linda. Por dentro e fora. Há quanto tempo vocês moram aqui?

— Há alguns anos apenas — respondeu Betty. — Você não acreditaria no estado de decadência desta casa quando a gente se mudou. Tivemos que reformar tudo.

— Algumas coisas, duas vezes — disse Sylvia. — Vamos até os fundos tomar um café.

A cozinha tinha seus quadrinhos próprios: COZINHA DA SYLVIA (TEMPERADA COM AMOR) pendurado acima do fogão, e A FELICIDADE É FEITA EM CASA acima da mesa, que por sua vez estava coberta por uma toalha plastificada de um azul forte, com um barrado com estampa de gato.

— Você gosta de café aromatizado com avelã? É só o que a gente bebe aqui.

Jake, que detestava qualquer café aromatizado, confirmou que gostava.

— Sylvia, onde está aquele livro que eu peguei na biblioteca?

— Eu não vi — respondeu Sylvia. — Creme?

— Sim. Obrigado.

Ela entregou a caneca a Jake. Era branca, com a estampa de um gato preto e as palavras "Bom Felino".

— Também temos donuts — anunciou Betty. — Foi isso que eu fui fazer. Você conhece o Jones' Donuts, na cidade?

— Bem, não — falou Jake. — Não conheço a cidade. Estava mesmo só passando de carro por aqui. Não esperava toda essa hospitalidade de Vermont!

— Tenho que admitir — disse Sylvia, servindo um prato com donuts enormes com cobertura — que dei uma olhada no Google no meu celular. Você é mesmo quem diz ser. Se não fosse, eu estaria lá nos fundos chamando a polícia. Para o caso de você estar achando que nós somos só hospitalidade e nenhum bom senso.

— Ah. — Jake assentiu. — Que bom.

Ele ficou aliviado por não ter mentido no carro. Ficou aliviado por sua recente propensão a mentir não ter substituído totalmente o instinto natural de dizer a verdade.

— É difícil acreditar que este lugar já esteve decadente. É impossível dizer isso agora!

— Eu sei! Mas, acredite em mim, nós passamos todo o primeiro ano aqui aplicando massa e pintando e arrancando papel de parede velho. Não tinha sido feita nenhuma manutenção de verdade aqui em anos. O que não deveria nos surpreender. Pessoas literalmente morreram nesta casa por causa da pouca manutenção.

— Da ausência de manutenção — confirmou Betty. Ela havia retornado, segurando a própria xícara de café.

— Como assim? Houve um incêndio?

— Não. Vazamento de monóxido de carbono. Da caldeira a óleo.

— É mesmo?

O enorme gato cinza tinha seguido Betty até a cozinha. Ele pulou no colo dela e se acomodou.

— Isso te assusta? — Betty olhou para Jake. — Em uma casa velha como esta, é lógico que pessoas morreram aqui. Partos em casa, mortes em casa. Era assim que as coisas eram feitas no passado.

— Não me assusta. — Jake deu um gole no café. Estava horrível.

— Não gosto de dizer isso — voltou a falar Betty —, mas o seu antigo aluno também morreu aqui. No andar de cima, em um dos quartos.

Jake assentiu, com uma expressão solene.

— Ei, preciso perguntar — falou Betty, mudando de assunto —, como foi conhecer a Oprah?

Ele contou a elas sobre Oprah. As duas eram grandes fãs da Oprah.

— Vão fazer um filme do seu livro?

Jake também contou a respeito. Só assim poderia tentar levar a conversa de volta a Evan Parker, embora não tivesse certeza se valeria a pena o esforço. Aquelas duas moravam na casa dos Parker, mas e daí? Não haviam conhecido o antigo proprietário.

— Então o meu ex-aluno cresceu aqui — disse ele, por fim.

— A família dele morou aqui desde que a casa foi construída. Eram donos da pedreira. Você deve ter passado pela pedreira no caminho pra cá.

— Acho que sim. — Jake assentiu. — Devia ser uma família rica.

— Naquela época, claro — confirmou Betty. — Mas não por muito tempo. Nós conseguimos um pequeno subsídio do estado para ajudar a pagar a restauração. Só tivemos que concordar em abrir a casa para visitação no Natal quando terminamos.

Jake olhou ao redor. Não havia nada que tivesse visto desde que entrara que merecesse a palavra "restauração".

— Isso parece divertido!

Sylvia deixou escapar um murmúrio de lamento.

Betty falou:

— Claro, uma centena de estranhos entrando e saindo dos cômodos da sua casa, deixando um rastro de neve. Mas nós conseguimos o dinheiro, portanto cumprimos a nossa parte do acordo. Muitas pessoas ao redor de West Rutland estavam morrendo de vontade de ver o interior desta casa, e isso não tinha nada a ver com o trabalho que fizemos. As pessoas da cidade viram esta casa aqui a vida toda. E o mesmo se pode dizer da família que morava aqui.

— Aquela família teve a pior sorte — falou Sylvia.

Lá estava ela de novo, aquela frase, só que agora não parecia tão surpreendente a Jake. A essa altura, ele tinha a informação relevante: todos os quatro membros haviam morrido, Evan Parker, a irmã dele e os pais, três deles sob aquele mesmo teto. Ele supôs que merecessem coletivamente o termo "pior sorte".

— Eu soube há pouco tempo da morte do Evan — comentou Jake. — Na verdade, ainda não sei como aconteceu.

— Overdose — falou Sylvia.

— Ah, não. Eu não sabia que ele tinha esse problema.

— Ninguém sabia. Pelo menos que ele *ainda* tinha o problema.

— Eu não devia comentar sobre isso — disse Betty —, mas a minha irmã fez parte de um certo grupo anônimo com Evan Parker. Eles se reuniam no porão da igreja luterana em Rutland. E o Evan era um membro de longa data desse grupo, se você entende o que eu quero dizer. — Ela fez uma pausa. — Muitas pessoas ficaram bem chocadas.

— Nós soubemos que o Parker estava com problemas nos negócios — comentou Sylvia, encolhendo os ombros. — Diante desse tipo de pressão, não é de surpreender que ele tenha tido uma recaída. E ser dono de um bar quando se está sóbrio... não deve ter sido divertido.

— Mas as pessoas fazem isso — disse Betty. — Ele conseguiu se manter assim por anos. E aí, acho que não conseguiu mais administrar a situação.

— Pois é.

Ninguém disse nada por algum tempo.

— Então vocês compraram a casa do espólio do Evan?

— Não exatamente. Ele deixou testamento, mas a irmã, a que havia morrido antes, tinha uma filha. Que era a herdeira. E essa não era do tipo sentimental.

— Ah, não? — falou Jake.

— Acho que ela esperou no máximo uma semana depois da morte do tio para pôr a casa à venda. E o estado em que este lugar estava... — Sylvia balançou a cabeça. — Se não fosse por esta aqui, ninguém teria chegado nem perto. Mas a Betty sempre amou a casa.

— Quando eu era criança, achava que era mal-assombrada — confirmou Betty.

— Nós fizemos uma oferta que ela não tinha como recusar. — Sylvia se levantou para tirar outro gato de cima da bancada da cozinha. — Ou acho que foi isso. Nunca chegamos a nos encontrar com ela pessoalmente. Lidamos só com o advogado.

— Não foi uma comunicação fácil — comentou Betty. — Ele precisava mandar limpar toda a porcaria que ocupava o porão.

— E o sótão. E metade dos cômodos estava cheia de coisas. Não sei quantas vezes escrevemos para aquele palhaço, o Gaylord.

— Gaylord, *advogado habilitado*. — Betty revirou os olhos.

— Aquele cara — falou Sylvia, sorrindo. — Ele colocava *advogado habilitado* em tudo. Caramba, a gente já tinha entendido. Você passou no exame da Ordem dos Advogados. Precisa ser tão inseguro?

— A gente acabou dizendo a ele que ia mandar tudo para o depósito de lixo se a antiga proprietária não viesse tirar aquelas coisas daqui. Nenhuma resposta! Então, foi o que a gente fez.

— Espera, então vocês jogaram tudo fora?

Por um momento tentador, Jake se permitiu imaginar que havia uma caixa com os originais de Evan Parker ainda em algum lugar sob aquele teto. Mas a ideia foi rapidamente frustrada.

— Nós ficamos com a cama velha. Uma cama de dossel linda. Acho que não teríamos conseguido tirá-la da casa, mesmo se a gente quisesse.

— E a gente não queria! — disse Betty, com satisfação.

— Também encontramos alguns tapetes bonitos que mandamos limpar. Provavelmente pela primeira vez em um século. O resto nós colocamos em um caminhão e mandamos a conta para o sr. Gaylord, *advogado habilitado*. Aposto que você vai ficar chocado ao saber que essa conta nunca foi paga.

— Pelo amor de Deus, se a minha família tivesse uma casa por cento e cinquenta anos, eu estaria revirando cada centímetro dela. Mesmo que ela não se importasse com, sei lá, as "antiguidades", é de imaginar que iria querer as próprias coisas. Tudo com que havia crescido? Jogar tudo fora, sem nem ver?

— Espera — disse Jake. — A sobrinha também cresceu aqui? Nesta casa?

Ele estava tentando entender a ordem dos eventos, mas de alguma forma tudo parecia resistir a uma organização mental. Os pais de Evan tinham vivido e morrido ali, então a irmã também viveu ali, onde criou a própria filha. Então, depois que a irmã morreu e a sobrinha foi embora — *se mandou de lá*, como Sally, a frequentadora assídua da taverna, tinha dito —, Evan tinha voltado a morar ali? Talvez fosse um pouco confuso, mas Jake imaginava que nada daquilo fosse muito surpreendente. No fim, ver a casa acabou dando a Jake um cenário para a infância irrelevante de Evan Parker e, ele supunha, para os últimos anos de vida do homem. Mas não explicava mais nada. Ele agradeceu. E pediu que as duas anotassem o endereço da casa, para que ele mandasse o livro autografado.

— Devo enviar um para a sua irmã também?

— Tá de sacanagem? Sim!

Elas o seguiram de volta pelo corredor, em direção à porta da frente. Jake parou para vestir o casaco. E olhou para cima.

Ao redor da parte de dentro da porta da frente, havia um remanescente do passado distante da velha casa: um friso de desenhos desbotados, feitos com estêncil, mostrando uma sequência de abacaxis. Abacaxis. Aquilo prendeu sua atenção por um momento, e mais um, até Jake se concentrar no que estava vendo. Cinco abacaxis acima do batente da porta. Ao menos dez de cada lado, descendo quase até o chão. Eles haviam sido preservados em uma faixa de espaço negativo, em torno do qual o restante da parede tinha sido repintado naquele rosa medicinal.

— Ai, meu Deus — disse em voz alta.

— Eu sei. — Sylvia estava balançando a cabeça. — É cafona demais. A Betty não me deixou pintar por cima. Tivemos uma briga e tanto por causa disso.

— É um estêncil — disse Betty. — Vi a mesma coisa uma vez em Sturbridge Village, exatamente assim. Abacaxis ao redor da porta e no topo das paredes. Tenho certeza de que isso é típico da época em que a casa foi construída.

— Nós chegamos a um acordo. E eu tive que deixar aquela faixa sem pintar. Parece loucura.

Parecia loucura. E também era uma das únicas coisas deixadas sob aquele teto que poderiam ter merecido a palavra "restauração". Se tivesse sido, em qualquer sentido, restaurado.

— Vou acabar retocando — falou Sylvia. — Quer dizer, olha só as cores. Tão desbotadas! Se nós vamos manter isso aí, pelo menos eu posso retocar. Sinceramente, toda vez que olho para a minha porta eu penso: Por que alguém colocaria abacaxis nas paredes? Aqui é Vermont, não o Havaí! Por que não maçãs ou amoras? Essas coisas crescem aqui, pelo menos!

— Significa hospitalidade — Jake se ouviu dizer.

Ele não conseguia desviar os olhos dos abacaxis, daquela sequência desbotada, porque estava atordoado. Todas aquelas peças díspares giravam ao seu redor, se recusando a pousar.

— O quê?

— Hospitalidade. É um símbolo. Eu não sei por quê.

Ele tinha lido em algum lugar. E sabia exatamente onde.

Por um longo momento, nenhum deles disse nada. O que havia para dizer? E por que não havia lhe ocorrido, em seu escritório no Richard Peng Hall, que a primeira tentativa de Parker de escrever um romance provavelmente descreveria as pessoas que ele conhecia melhor, na casa que compartilhavam? Era o maior dos clichês que o primeiro livro de um escritor fosse autobiográfico: *minha infância, minha família, minha horrível experiência escolar*. O próprio livro dele, *A invenção do assombro*, tinha elementos autobiográficos, óbvio que tinha, e ainda assim Jake havia negado a Evan Parker até mesmo aquela cortesia simbólica na irmandade dos escritores. Por quê?

O erro, produto da sua própria arrogância, lhe custara meses.

Nunca se tratara de uma apropriação, real ou imaginária, entre dois escritores. Aquele fora um roubo muito mais íntimo: não de Jake, mas um roubo que o próprio Evan Parker havia cometido. O que Parker havia roubado era algo que ele vira de perto, algo muito pessoal: a mãe e a filha, e o que havia acontecido entre elas, bem ali, naquela casa.

É claro que ela estava com raiva. Nem por um minuto aquela mulher desejara que a sua história fosse contada, não pelo seu parente próximo e certamente menos ainda por um completo estranho. Até que enfim Jake havia entendido isso.

RÉPLICA
DE JACOB FINCH BONNER
Macmillan, Nova York, 2017, páginas 178-180

Gab tinha pais: uma mãe que "se esforçava" e um pai que ia e vinha. Tinha uma irmã com fibrose cística e um irmão cujo autismo era tão severo que às vezes precisava ser amarrado à cama. Gab tinha, em outras palavras, uma vida doméstica tão desesperadora e triste que até mesmo as circunstâncias de Maria pareciam algo saído de uma comédia familiar. Ela estava um ano atrás de Maria no colégio, era alérgica a nozes e obrigada a carregar uma caneta de adrenalina por toda parte, tediosa demais e sem perspectiva de ir a lugar algum.

Maria, pelo menos, se tornou um pouco mais agradável de conviver depois que Gab passou a fazer parte da sua vida. Samantha se orgulhava de não ser uma puritana nem uma aberração religiosa como os próprios pais, ou uma idiota controladora de modo geral, por isso tendia a ver o relacionamento da filha como algo com um impacto positivo naqueles últimos anos. Tudo tinha passado tão rápido que às vezes, assim que ela acordava na antiga cama dos pais, na casa da sua infância, pensava em si mesma como a pessoa que contava os dias para ir embora. Então, encontrava Maria e Gab na mesa da cozinha comendo sobras de pizza de pepperoni da noite anterior e lembrava que era uma mãe de quase trinta e dois anos, prestes a dizer um *sayonara* permanente para a única filha que provavelmente teria. Maria teria vindo e ido como se nada daquilo tivesse acontecido, e ela estava sendo catapultada para trás — dez, treze, dezesseis anos —, para aquela mesma mesa na cozinha, com a mãe e o pai, com as próprias esperanças perdidas, e para a sala de aula onde certa vez tinha vomitado em cima dos problemas anotados no caderno de matemática, e para o quarto muito limpo no College Inn onde Daniel Weybridge havia prometido que não teria como engravidá-la, mesmo se quisesse.

Certa manhã, na primavera do que deveria ter sido o penúltimo ano de Maria em casa, Samantha recebeu um telefonema do sr. Fortis, entre todas as pessoas, informando que ela precisava ir até a escola assinar uma licença qualquer para que a filha pudesse se formar mais cedo. Aquilo era intrigante, mas Samantha foi até a escola ainda naquela tarde e encontrou seu antigo professor de matemática — ele havia se tornado diretor-assistente anos antes — mais curvado, mais grisalho e tão confuso que não a reconheceu como alguém que já vira antes, menos ainda como uma ex-aluna, que dirá como uma ex-aluna talentosa que ele não tinha sido capaz de apoiar quando ela se vira forçada a abandonar a escola. E foi por aquele homem que Samantha soube que a filha havia conseguido uma bolsa de estudos para a Universidade Estadual de Ohio.

Ohio. A própria Samantha nunca havia estado lá. Ela nunca saíra de Nova York.

— Você deve estar muito orgulhosa — comentou Fortis, o velho tolo.

— É claro — disse Samantha.

Ela assinou o documento necessário, voltou para casa e foi direto para o quarto de Maria, antes seu próprio quarto, onde encontrou os papéis em uma pasta bem organizada, etiquetada com o logo da Universidade Estadual de Ohio, na gaveta de baixo da velha escrivaninha de carvalho da filha, outrora a escrivaninha de carvalho da própria Samantha. Um dos papéis era a aceitação formal para o Programa de Honras em Artes e Ciências, e outro uma notificação de alguma coisa chamada Bolsa de Estudos National Buckeye e de outra chamada Bolsa de Estudos Maximus. Samantha ficou sentada por um longo tempo ali, ao pé da cama bem-arrumada de Maria, a mesma cama enorme de quatro colunas em que ela havia dormido quando criança, onde sonhara fugir, e aonde se vira presa enquanto incubava aquele bebê que não desejava carregar, ou dar à luz, ou criar. Ela havia feito todas aquelas coisas sem verbalizar nenhuma reclamação, simplesmente porque as pessoas com poder temporário sobre a sua vida haviam dito que ela tinha que fazer. Aquelas pessoas — seus próprios pais — já tinham morrido, mas Samantha ainda estava ali, enquanto o objeto de todo aquele sacrifício estava se preparando para ir embora para sempre, sem olhar para trás.

Naturalmente, Samantha não desconhecia o fato de que aquela partida aconteceria — era pouco provável que Maria estragasse sua chance da mesma forma que a própria Samantha fizera, ou de qualquer outra forma. Desde que era bem pequena, quando corria para ler as letras em voz alta, Maria já estava partindo para a faculdade, não só para longe de Earlville — nem é preciso dizer — como provavelmente para além do próprio estado de Nova York. Mas havia algo em relação àquele último ano que Samantha vinha esperando em sua vida como mãe, talvez guardando dentro de si a esperança de alguma pequena possibilidade de reversão, até mesmo de redenção, que agora, de súbito, deixava de existir. Ou era possível que aquela tivesse sido a forma de Maria se vingar dela por aquele sexto ano que Samantha não dera permissão para a filha pular. Agora, sob o olhar distraído do antigo professor de cálculo, ela havia assinado aquela liberação, intimidada demais e envergonhada demais para não ceder. Era junho. Samantha imaginou que Maria partiria em agosto, se não antes.

Ela não confrontou a filha. Esperou para ver se Maria ao menos a convidaria para a cerimônia de formatura, mas na verdade a garota não tinha o menor interesse de atravessar aquela quadra de basquete decorada com papel crepom, e no dia em questão estava com Gab em Hamilton, provavelmente na livraria, ou andando a esmo na varanda do College Inn. (A pousada agora era *Administrada pela família há quatro gerações!*, e Dan Weybridge tinha morrido de câncer no pâncreas.) A única coisa que Maria disse quando chegou em casa naquela noite foi que havia terminado com a namorada, que tinha sido melhor assim.

Começou, então, um dos verões mais quentes dos últimos tempos. Maria não se encontrou com ninguém. Samantha ficou em seu escritório, com o ventilador ligado, fazendo o mesmo trabalho de cobrança para a empresa médica que fazia desde que Maria era pequena, o trabalho que pagava a comida e as roupas da filha, além das consultas médicas. Junho passou, e julho, e Maria ainda não havia dito uma palavra sobre o fato de que estava prestes a partir, mas Samantha começou a ver algum movimento em relação a isso. Algumas roupas da filha foram ensacadas e levadas para a caixa de doações na cidade. Livros foram encaixotados e deixados na Biblioteca de Earlville. Papéis antigos, provas do ensino médio, desenhos em giz de cera da infância foram separados e enfiados no lixo embaixo da mesa de Maria. Foi uma limpeza completa.

— Você não gosta mais? — perguntou Samantha certo dia, apontando para uma camiseta verde.

— Não. Por isso estou me livrando dela.

— Ah, então eu vou ficar com ela, se você não quer.

Afinal as duas eram do mesmo tamanho.

— Fique à vontade.

Era início de agosto.

Ela não estava planejando aquilo. Na verdade, não estava planejando nada.

CAPÍTULO VINTE E TRÊS

Única sobrevivente

Depois que saiu da casa de Betty e Sylvia, Jake precisou parar para pensar. Ele voltou para a cidade e ficou quase uma hora estacionado na frente de um supermercado, de cabeça baixa, as mãos nos joelhos, tentando descascar as muitas camadas do que achava que sabia sobre @TomTalentoso, para ter alguma noção do que mais precisava saber agora. Havia muita coisa a levar em consideração, e Jake estava começando a analisar as informações que tinha de uma perspectiva radicalmente diferente — e era muito difícil não querer se apegar às suas suposições anteriores sobre romancistas vingativos e colegas leais da Ripley. Jake chegou à conclusão de que precisava ser humilde agora, se pretendia deter aquela pessoa — aquela *mulher*, recalibrou — antes que ela lhe causasse um dano irreparável.

Ele digitou às pressas no celular uma lista do que ainda não sabia, mais ou menos em ordem decrescente de prioridade:

Quem é ela?
Onde ela está?
O que ela quer?

Então, ficou olhando para a lista por mais vinte minutos, impotente diante da amplitude da própria ignorância.

Às duas da tarde, Jake estava na biblioteca da cidade, tentando descobrir o máximo possível sobre a família de Evan Parker em uma única tarde. Os Parker tinham raízes profundas em Rutland. Haviam chegado à região na década de 1850 com a ferrovia, mas só vinte anos mais tarde o patriarca da família, Josiah Parker, se tornara proprietário de uma pedreira de mármore na mesma rua de West Rutland — a Marble Street — onde também construiria a mansão em estilo italiano em que atualmente moravam Betty e Sylvia. A casa, é óbvio, tinha sido uma vitrine para a riqueza de Josiah Parker na época da sua construção, mas a fortuna da cidade de Rutland, ao lado da fortuna da própria família Parker, acabou refletindo o declínio geral da área e a extinção gradual da indústria de mármore de Vermont. No imposto de propriedade de 1990, seu valor fora registrado em cento e doze mil dólares, quando seus proprietários já eram Nathaniel Parker e Jane Thatcher Parker.

Os pais de Evan. Ou, mais precisamente, os pais de Evan e de sua falecida irmã.

Uma vaca e *uma cretina*, de acordo com Sally, a amiga que Jake fizera no bar (e, para ser justo, ela mesma poderia ser descrita dessa forma).

Ele dizia que ela era capaz de qualquer coisa, de acordo com Martin Purcell.

Eu disse que ela morreu queimada.

Não havia uma página na internet em homenagem àquele membro em particular da família Parker, o que poderia ser uma prova de que a mulher não tinha muitos amigos, ou talvez fosse apenas a prova da falta específica de amor fraterno de Evan Parker (já que ele, ao que tudo indicava, lidara com os assuntos devidos após a morte da irmã). O nome dela, ao que parecia, era Dianna, pateticamente próximo de Diandra, o nome que Evan havia lhe dado em seu romance "ficcional". E a notícia da morte dela, na mesma página de obituários do *Rutland Herald* que noticiaria a morte de Evan Parker apenas três anos depois, era bastante breve:

Dianna Parker (32) faleceu em 30 de agosto de 2012. Residente por toda a vida em West Rutland. Frequentou a Escola de Ensino Médio de West Rutland. Precedida pelos pais. Deixa um irmão e uma filha.

Nenhuma menção ao que, em particular, havia causado a morte, nem mesmo uma das banalidades usuais ("súbita", "inesperada", "depois de uma longa doença"), muito menos algo pessoal ("amada") ou vagamente pesaroso ("trágico"). Nenhuma menção ao local onde ocorrera a morte ou onde a falecida seria enterrada. Nenhum aviso de serviço fúnebre, nem mesmo a informação sobre um "enterro privado" ou "velório a ser anunciado em breve", que aparecera no obituário de Evan Parker. Aquela mulher tinha sido filha, irmã e sobretudo mãe, e morrera jovem depois de uma vida aparentemente limitada e desprovida de experiências. Dianna Parker nem sequer se formara no ensino médio, não se Jake estivesse interpretando de modo correto o uso da palavra "frequentou", e, se ela nunca havia deixado West Rutland, ele não conseguia evitar sentir pena dela. Aquela era a despedida mais estéril que se poderia imaginar depois de uma vida sem grandes acontecimentos e — se ela de fato tivesse "queimado" — uma morte indiscutivelmente horrível.

A tentativa de encontrar registros de nascimento de Dianna e, mais importante, da filha ainda sem nome dela colocou diante de Jake seu primeiro obstáculo de verdade — era necessário um requerimento formal para ter acesso aos registros públicos do estado de Vermont, e ele não tinha certeza se tinha direito ao acesso. Por isso, pagou por uma assinatura no site Ancestry.com, em que os assinantes conseguiam aquelas informações em minutos. E foi o que aconteceu.

Dianna Parker (1980-2012)
Rose Parker (1996-)

Rose Parker. Jake ficou olhando para o nome. Rose Parker era neta de Nathaniel e Jane, filha de Dianna, sobrinha de Evan. Aparentemente a única sobrevivente daquela família.

Jake foi direto para um site de busca e começou a procurar por Rose, mas, por mais que houvesse quase trinta Rose Parkers naquele momento nos bancos de dados, nenhuma delas, para extrema frustração dele, tinha o ano de nascimento correto — exceto uma com um endereço antigo em Athens, na Geórgia —, e a única moradora de Vermont chamada Rose Parker era uma octogenária. Ele perguntou a uma bibliotecária sobre anuários da Escola de Ensino Médio de West Rutland e ficou animado quando ela apontou para um canto da seção de consulta, mas a coleção não rendeu grande coisa. Como Dianna tinha apenas "frequentado" o ensino médio, não havia nenhum retrato de formatura dela no anuário de 1997 ou 1998, e, depois de checar com cuidado os registros dos anos anteriores, quando ela poderia ter sido retratada em clubes, equipes esportivas ou em sala de aula, Jake se viu obrigado a concluir que Dianna não se envolvera de nenhuma maneira notável na escola — o nome dela constava apenas na lista de alunos da reitoria e em uma única citação por conta de um ensaio premiado sobre Vermont durante a Guerra de Independência, como prova de que ela havia deixado alguma marca na escola. Rose Parker mostrava uma ausência ainda mais frustrante. Nascida em 1996, ela saíra de casa sem se formar no ensino médio — Sally havia comentado a respeito —, portanto fazia sentido que não houvesse nenhuma Rose Parker entre os formandos de 2012. Na verdade, ele encontrou uma única imagem de Rose Parker no que provavelmente fora o segundo ano do ensino médio: uma garota magra, de franja curta e grandes óculos redondos, segurando um taco de hóquei em campo em uma foto do time. A imagem era pequena e estava um pouco fora de foco, mas Jake pegou o celular e tirou uma foto da foto mesmo assim. Talvez fosse a única coisa que encontraria.

Depois ele passou a pesquisar a venda da casa na Marble Street, da herdeira de Evan Parker para as primeiras proprietárias que não tinham o sobrenome Parker. Como as atuais proprietárias haviam contado, Rose não estivera presente na transação em si e aparentemente não dava importância ao destino de um século e meio de bens da família, sem mencionar seus próprios pertences de infância. Mas o advogado, William Gaylord, estava bem ali, em Rutland, e, se o homem não soubesse onde Rose Parker estava agora, devia saber onde ela estava no momento da venda. Aquilo já era alguma coisa.

Jake juntou suas anotações e saiu da biblioteca sob uma forte chuva, para voltar ao carro. Passava um pouco das três da tarde.

O escritório de William Gaylord ocupava uma daquelas casas antigas na North Main Street que já abrigara os moradores mais ricos da cidade de Rutland. A casa tinha um telhado de telhas cinza e uma torre em estilo Queen Anne, e ficava próximo a um semáforo, entre um estúdio de dança abandonado e uma empresa de contabilidade. Jake parou ao lado do único carro no estacionamento atrás do prédio e caminhou até a varanda da frente. Ali, uma placa ao lado da porta dizia SERVIÇOS JURÍDICOS. Ele viu uma mulher trabalhando lá dentro.

Ele não havia pensado muito em como poderia justificar seu interesse em uma transação imobiliária de três anos antes, com a qual não tinha nenhuma conexão óbvia, mas decidiu que teria mais sorte batendo na porta do advogado do que tentando explicar por telefone. Com Martin Purcell, Jake fingira ser um professor vivendo um luto tardio pelo ex--aluno, e com Sally — a habituée do bar — passara por um estranho desinformado que tinha parado ali para beber alguma coisa. Com Betty e Sylvia havia sido quase ele mesmo, um "escritor famoso" prestando seus respeitos à casa de um conhecido que falecera. Nada daquilo tinha sido particularmente fácil para Jake. Ao contrário da terrível garota de quinze anos de "A porta aberta", o conto mais famoso do escritor conhecido como Saki, escrever ficção a curto prazo não era sua especialidade — ele era perito mesmo em construir inverdades na página quando tinha todo o tempo do mundo para fabricar a história. Era verdade que conseguira sair de cada um daqueles encontros com informações que não tinha antes, e aquilo valera o desconforto pessoal, mas com o advogado ele não poderia apenas deixar a conversa correr, torcendo para acabar ouvindo alguma coisa proveitosa. Ali, Jake sabia o que estava tentando descobrir, e não era algo que ele pudesse ser direto e pedir.

Ele colocou seu sorriso mais agradável no rosto e entrou.

A mulher ergueu o olhar. Era morena, provavelmente do sudeste asiático — Índia ou Bangladesh, arriscou Jake —, e usava um suéter de um azul forte que, de alguma maneira, conseguia ficar largo na parte de cima e apertado como uma faixa firme na cintura. A mulher sorriu também quando viu Jake entrar, mas seu sorriso não foi tão agradável quanto o dele.

— Peço desculpas por não ligar antes — falou Jake. — Mas gostaria de saber se o sr. Gaylord estaria disponível por alguns minutos...

A mulher estava avaliando Jake com atenção. Ele estava feliz por não ter se vestido com informalidade para aquela visita — estava usando sua última camisa limpa e, por cima, um suéter de lã preto que Anna lhe dera no Natal.

— Posso perguntar do que se trata?

— É claro. Estou interessado em comprar um imóvel.

— Residencial ou comercial? — perguntou a mulher, ainda claramente desconfiada.

Jake não havia esperado por isso. Talvez tivesse demorado um pouco demais para responder.

— Bem, ambos, na verdade. Mas a prioridade é comercial. Estou pensando em mudar a minha empresa para a região. Estive na biblioteca e pedi a um dos bibliotecários que recomendasse um advogado especializado em imóveis.

Esse, aparentemente, era o modo certo de bajular em Rutland, porque teve um efeito inconfundível.

— Sim, o sr. Gaylord tem uma excelente reputação — informou a mulher a Jake. — Gostaria de se sentar? Posso perguntar se ele está disponível para recebê-lo.

Jake sentou-se em um canto do lado oposto à mesa dela. Havia uma poltrona de frente para a janela que dava para a rua e um antigo baú com uma samambaia em vaso em cima, além de uma pilha de edições da revista *Vermont Life*, a mais recente delas parecendo datar de 2017. Ele ouviu a recepcionista em algum lugar atrás dele, conversando com um homem. E tentou se lembrar do que acabara de dizer sobre o motivo para estar ali. *Imóvel comercial, mudar a empresa dele para a região*. Infelizmente, Jake não tinha certeza de como ir daquele ponto até onde precisava chegar.

— Olá.

Jake ergueu os olhos. O homem em pé diante dele era alto e robusto, com abundantes (mas por sorte limpos) pelos nas narinas. Estava bem-vestido, com calça preta, camisa social branca e uma gravata que teria se sentido em casa em Wall Street.

— Ah, oi. Meu nome é Jacob Bonner.

— Como o autor?

O reconhecimento ainda surpreendia Jake, e ele desconfiava de que sempre surpreenderia. Agora o que ele deveria dizer sobre a empresa que supostamente estava pensando em mudar para a região de Rutland?

— Na verdade, sim.

— Bem, não é sempre que um escritor famoso entra no meu escritório. Minha esposa leu seu livro.

Cinco palavras simples que diziam muito.

— Obrigado. Lamento ter aparecido sem hora marcada. Perguntei na biblioteca e recomendaram...

— Sim, a minha esposa disse. Gostaria de entrar?

Jake saiu da poltrona, passou pela agora revelada sra. Gaylord e seguiu William Gaylord, *advogado habilitado*, para dentro da sala dele. Havia várias menções locais e filiações emolduradas na parede. E um diploma da Escola de Direito de Vermont. Atrás de Gaylord, no console de uma lareira bloqueada, Jake viu algumas fotos emolduradas e empoeiradas do advogado ao lado da mulher com o sorriso nada agradável.

— O que o traz a Rutland? — perguntou Gaylord. A cadeira dele rangeu quando o homem se acomodou nela.

— Eu vim para trabalhar em um novo livro e para ver um ex-aluno. Dei aula no norte de Vermont até alguns anos atrás.

— É mesmo? Onde?

— Na Universidade Ripley.

O advogado ergueu uma sobrancelha.

— Aquele lugar ainda está em atividade?

— Bem, era um curso híbrido quando eu estava lá. Agora acho que é só online. Não tenho certeza do que aconteceu com o campus.

— É uma pena. Passei de carro pela Ripley não faz muitos anos. Era um lugar bonito.

— Sim. Eu gostava de dar aula lá.

— E agora — falou Gaylord, ele mesmo mudando de assunto — você está pensando em mudar seu negócio, como escritor, para Rutland?

— Bem... não exatamente. Eu posso escrever em qualquer lugar, claro, mas a minha esposa... ela trabalha para um estúdio de gravação de podcast. Estamos pensando em sair de Nova York para que ela monte um estúdio próprio. Eu disse a ela que daria uma olhada enquanto estivesse por aqui. Parecia fazer sentido. Rutland é um cruzamento de vários caminhos no estado.

Gaylord sorriu, mostrando os dentes amontoados.

— É verdade. Não posso dizer que isso seja sempre uma coisa boa para a cidade. Mas, sim, nós somos caminho para quase qualquer lugar dentro do estado de Vermont. Não é uma localização ruim para abrir um negócio. Podcast é a aposta do momento, não é?

Jake assentiu.

— Então você gostaria de alguma coisa na parte comercial da cidade, eu imagino?

Jake deixou o outro conduzir a conversa. Foram pelo menos quinze minutos falando sobre os vários "centros de negócios" de Rutland, sobre os vários programas de incentivo do estado e empréstimos destinados a novos negócios, sobre as isenções às vezes disponíveis para empresas que pretendessem empregar mais de cinco pessoas. Jake continuou assentindo, fazendo anotações e fingindo estar interessado, o tempo todo se perguntando como poderia desviar o assunto para a casa da Marble Street, em West Rutland.

— Mas estou curioso — disse William Gaylord. — Quer dizer, eu sou desta área e estou comprometido com o futuro daqui, mas a maior parte das pessoas vindas de Nova York ou Boston costuma pensar em Middlebury ou Burlington.

— Sim, claro. — Jake assentiu. — Mas eu vim para cá várias vezes quando era criança. Acho que meus pais tinham amigos na área. Em West Rutland, talvez?

— Sei. — Gaylord assentiu.

— E eu me lembro de visitar esses amigos nos verões. Lembro de uma loja de donuts. Espera... — Jake fingiu que tentava se lembrar do nome.

— Jones?

— Jones! Sim! Os melhores donuts com cobertura.

— Um dos meus lugares favoritos — falou Gaylord, e passou a mão pelo abdome.

— E tinha também um lago onde a gente nadava...

Era melhor haver mesmo um lago onde as pessoas costumavam nadar. Em uma cidade de Vermont? Parecia uma aposta segura.

— Temos muitos aqui. Qual seria?

— Ah, não sei. Eu devia ter sete ou oito anos. Não lembro nem o nome dos amigos dos meus pais. Você sabe como é quando a gente é pequeno, lembramos de coisas muito específicas. Para mim, foram os donuts e o lago onde eu nadava. Ah, e também havia uma casa em West Rutland, logo abaixo da pedreira. A minha mãe a chamava de casa de mármore, porque ficava na Marble Street e tinha uma base de mármore. Quando passávamos por ela, sabíamos que estávamos quase chegando na casa dos nossos amigos.

Gaylord assentiu.

— Acho que conheço a casa a que você está se referindo. Na verdade, eu intermediei a venda dessa casa.

Cuidado, pensou Jake.

— Ela foi vendida? — perguntou. Seu tom pareceu até para ele mesmo o de uma criança desapontada. — Bem, acho que faz sentido... Mas preciso dizer que eu tinha um sonho quando cheguei aqui ontem. Nós nos mudaríamos para Rutland e eu compraria aquela casa antiga que eu adorava quando era criança.

— Foi vendida faz alguns anos. Mas o lugar estava em péssimo estado, você não ia querer ficar com ele. Os compradores precisaram reformar tudo. Aquecimento, fiação, fossa séptica. E pagaram muito caro. Mas não cabia a mim dissuadir essas pessoas. Eu estava trabalhando para quem vendeu.

— Bem, quem comprou deve ter imaginado que teria que investir algum dinheiro em uma casa antiga como aquela. Lembro que já parecia decadente quando eu era pequeno — falou Jake, lembrando de Betty falando sobre como via a casa quando era criança. — É claro que uma criança não diz "decadente", diz "mal-assombrada". Eu era um grande leitor de *Goosebumps* naqueles verões. E era louco por aquela casa mal-assombrada em West Rutland.

— Mal-assombrada. — Gaylord balançou a cabeça. — Bem, sobre isso eu não sei. Aquela família talvez tenha tido uma boa dose do azar da Nova Inglaterra. Mas não sei nada sobre nenhum fantasma real. De qualquer forma, podemos encontrar outra velha casa mal-assombrada por aqui, temos muitas delas.

Gaylord fez Jake anotar o nome de alguns agentes imobiliários com quem trabalhava, depois passou minutos falando sobre uma casa vitoriana em Pittsford que estava no mercado havia quase uma década. Parecia uma maravilha.

— Mas tem uma varanda ao redor da casa toda, como tinha a de West Rutland?

Gaylord encolheu os ombros.

— Para lhe dizer a verdade, não lembro. Isso é imprescindível para você fechar o negócio? Sempre dá para acrescentar uma varanda.

— Acho que você tem razão.

Jake estava ficando sem ideias e sem coragem. Também tinha várias páginas de anotações, àquela altura, sobre propriedades comerciais em Rutland com as quais não poderia se importar menos, e era o orgulhoso proprietário de uma pasta contendo a descrição de políticas e programas estaduais, de brochuras completamente desnecessárias sobre compra de imóveis, além de uma lista inútil de corretores com o selo de aprovação de William Gaylord, *advogado habilitado*, e anúncios de casas antigas em Rutland e ao redor da cidade. Estava ficando escuro do lado de fora e ainda chovia, e Jake enfrentaria uma longa viagem de volta para a cidade. E não conseguira nenhuma informação nova.

— Então — disse Jake, fingindo grande atenção ao pegar os papéis e tampar a caneta —, não tenho mesmo como comprar aquela casa dos novos proprietários? Na verdade eu não teria nada contra atualizar a fossa séptica e as instalações elétricas.

Gaylord o encarou.

— Você realmente tem uma queda por aquele lugar, não é? Mas eu diria que não. Não depois de todo o trabalho que as compradoras tiveram. Se você tivesse aparecido três anos atrás, posso lhe dizer que eu tinha uma proprietária muito motivada. Bem, tecnicamente *eu* não tinha contato com ela. Eu era o advogado local responsável pela venda, mas nunca negociei diretamente com a proprietária. Ela tinha outro profissional para representá-la na Geórgia.

— Na Geórgia? — perguntou Jake.

— A proprietária fez faculdade lá. Acho que só queria começar de novo em outro lugar, romper de vez com Vermont. Ela não voltou para cá para fechar o negócio, nem mesmo para esvaziar a casa. E, depois de tudo que deu errado com aquela família, não posso dizer que a culpo.

— É claro — concordou Jake, que a culpava o bastante pelos dois.

CAPÍTULO VINTE E QUATRO

Acostamento

Quando Jake passava por Albany, seu celular vibrou no banco de trás do carro. Anna. Ele parou no acostamento para atender a chamada. Assim que ouviu a voz dela, soube que havia algo errado.

— Jake. Você está bem?
— Eu? É claro. Sim. Estou bem. O que aconteceu?
— Recebi uma carta horrível. Por que você não me contou o que estava acontecendo?

Jake fechou os olhos. Podia imaginar do que se tratava.

— Uma carta de quem? — perguntou, como se já não soubesse.
— De um imbecil chamado Tom! — A voz dela era estridente. Ele não sabia dizer se a esposa estava com medo ou com raiva. Provavelmente ambos. — Ele diz que você é um vigarista e que eu devia te perguntar sobre alguém chamado Evan Parker, que seria o verdadeiro autor de *Réplica*. Que porra é essa? Fui procurar na internet e... Jake, ai meu Deus, por que você não me contou que isso estava acontecendo? Encontrei posts no Twitter que foram publicados no outono. E no Facebook também! E vi um blog literário falando do assunto. Por que você não me contou nada, caramba?

Jake sentiu o pânico pressionar com força o peito, deixando seus braços e pernas frouxos. Pronto: tudo o que ele passara aquele tempo todo tentando desesperadamente evitar, vindo à tona no acostamento. Não conseguia acreditar que ainda ficasse surpreso ao ver que outro muro da sua vida privada tinha sido rachado. Ou que ele não conseguira impedir que aquilo acontecesse.

— Eu devia ter te contado. Desculpa. Eu só... não conseguia suportar a ideia de ver você tão chateada. Como você está agora.

— Mas do que ele está falando? E quem é essa pessoa, esse Evan Parker?

— Vou te contar, prometo — falou Jake. — Estou parado no acostamento da rodovia estadual, mas estou indo pra casa.

— Mas como esse cara conseguiu o nosso endereço? Ele já entrou em contato com você antes? Assim, diretamente, quero dizer?

Isso assustou Jake. O peso do que ele tinha escondido dela.

— Sim. Através do meu site. Também houve contato com a Macmillan. Tivemos uma reunião sobre isso. E... — Ele odiou admitir especialmente aquela parte. — Eu também recebi uma carta.

Por um longo momento, Jake não ouviu nada.

Então, Anna começou a gritar.

— Você está brincando? Você sabia que ele tinha o nosso endereço? E nunca me falou nada sobre isso? Por meses?

— Não foi exatamente uma decisão. Me escapou. E eu me sinto péssimo por ter feito isso. Gostaria de ter dito alguma coisa quando tudo começou.

— Ou em qualquer momento depois disso.

— Sim.

Por um longo instante, o silêncio preencheu a distância entre eles, e Jake olhou desamparado para os carros que passavam acelerados.

— A que horas você vai chegar em casa?

Jake disse que chegaria por volta das oito da noite e perguntou:

— Você quer sair?

Anna não queria sair. Ela queria cozinhar.

— E nós vamos conversar sobre isso, então — disse ela, como se Jake achasse que ela poderia de alguma forma esquecer o assunto.

Depois que desligaram, ele ficou parado ali por mais alguns minutos, se sentindo péssimo. Estava tentando se lembrar de quando resolvera pela primeira vez não contar nada a ela sobre TomTalentoso, e, para sua surpresa, a data remontava ao dia exato em que ele e Anna haviam se conhecido na estação de rádio. Haviam se passado mais de oito meses desde então — meses de insinuações, ameaças e hashtags para espalhar o veneno o mais longe possível —, e nada fizera aquilo parar! Se Jake tivesse conseguido lidar com o problema, seria diferente, mas ele não conseguira e, na verdade, o problema ficara maior, como um náutilo circulando cada vez mais longe, enredando as pessoas que eram importantes para ele: Matilda, Wendy e agora, o pior de tudo, Anna. Ela estava certa. O pior erro dele havia sido não contar a ela. Agora Jake tinha noção disso.

Não. Antes de mais nada, seu pior erro tinha sido usar a trama de Evan Parker.

Ainda tinha alguma importância que cada palavra de *Réplica* fosse dele, Jake? Que o sucesso do livro estivesse inextricavelmente ligado à sua própria habilidade de apresentar a história que Evan Parker lhe contara naquela noite no Richard Peng Hall? Era uma trama excepcional, é claro, mas o próprio Parker teria conseguido fazer justiça a ela? Sim, o homem tinha um certo talento para compor frases, Jake reconhecera isso ao ler o material de Parker na Ripley. Mas criar tensão narrativa? Entender o que faz uma história se desenvolver e prender a atenção do leitor? Forjar personagens com os quais o leitor se sentisse inclinado a se preocupar e nos quais investiria o seu tempo? Jake não tinha visto o suficiente do trabalho de Evan para julgar se o ex-aluno era capaz de fazer isso, mas tinha sido Parker quem contara a história naquela noite, e aquilo lhe dava certos direitos de posse; Jake tinha sido o único a quem a história havia sido contada, e aquilo lhe dava certas responsabilidades morais.

Pelo menos enquanto quem lhe contara estivesse... vivo.

Jake deveria permitir que um enredo como aquele fosse para o túmulo com outro escritor? Qualquer romancista entenderia o que ele tinha feito. Qualquer romancista teria feito exatamente o mesmo!

Assim, tranquilizado com a correção moral da situação, Jake voltou a ligar o carro e seguiu para o sul, para Nova York.

Anna gostava de preparar uma sopa de espinafre em particular — de um verde tão intenso que a pessoa se sentia mais saudável só de olhar —, e o esperava com a sopa pronta quando ele chegou em casa, e também com uma garrafa de vinho e um pão do mercado gourmet Citarella. Ela estava sentada na sala de estar, com o *Times* de domingo pousado na mesinha de centro à sua frente, e, quando aceitou o abraço tenso da esposa, Jake reparou que ela estava lendo o caderno de literatura e o jornal estava aberto na página dos mais vendidos. Pelo informe semanal da Macmillan, ele sabia que estava em quarto lugar na lista de livros de ficção, um fato que o teria emocionado e surpreendido em qualquer momento de sua vida, a não ser pelo último mês, quando aquilo tinha representado uma queda real. Mas essas não eram suas preocupações mais prementes essa noite.

— Você quer tomar um banho? Está com fome?

Jake não comia nada desde aquele donut, muitas horas antes, em West Rutland.

— Estou pronto para tomar essa sopa. Mas ainda mais pronto para uma boa taça de vinho.

— Vai guardar as suas coisas enquanto eu sirvo o vinho.

No quarto, Jake encontrou o envelope que Anna havia recebido e deixado em cima da cama para ele ver. Era idêntico ao que o próprio Jake tinha recebido, com aquele único nome, Tom Talentoso, como remetente, e o endereço deles — daquela vez com o nome de Anna — centralizado na frente. Jake tirou a folha de dentro do envelope e sentiu o corpo entorpecido de horror ao ler a única frase escrita ali:

Peça ao seu marido plagiador para te contar sobre Evan Parker, o verdadeiro autor de Réplica.

Ele teve que controlar o desejo intenso de amassar a folha ali mesmo.

Jake colocou a roupa suja no cesto e devolveu a escova de dentes ao lugar de sempre. Ele tentou, por algum instinto de preservação, evitar se ver no espelho, mas acabou encontrando o próprio olhar, e na mesma hora ficou claro o impacto daqueles últimos meses, marcado de forma profunda e inconfundível nas olheiras escuras sob seus olhos. Na pele pálida. No cabelo escorrido. E acima de tudo na expressão de profundo pavor. Mas não havia solução rápida para aquilo no momento, e nenhuma saída a não ser passar por ele. Jake voltou para a sala de estar e para a esposa.

Anna havia trazido de Seattle um conjunto de facas bem usadas, uma panela de ferro fundido, uma velha tábua de corte de madeira que era dela desde a faculdade e até mesmo um pote cheio até a metade com algo que parecia pudim de tapioca desidratada, mas na verdade era fermento natural para pão sendo cultivado. Com aquele arsenal, ela vinha produzindo havia meses um continuum de comida de verdade: refeições balanceadas, doces, pratos de forno, sopas e até condimentos que agora enchiam o congelador e as prateleiras da geladeira. Ela também havia despachado os pratos antigos de Jake (e os talheres e copos) para um bazar de caridade, substituindo tudo por novos conjuntos da Pottery Barn. Naquele momento, Anna estava enchendo as tigelas de cerâmica com a sopa verde enquanto Jake se sentava diante da mesa.

— Obrigado — disse ele. — Está linda.

— Sopa que desata a emaranhada teia dos cuidados.

— Acho que Shakespeare na verdade se referia ao sono — comentou Jake. — E sopa para a alma.

— Bem, essa sopa atende aos dois objetivos. Achei que iríamos precisar muito disso, portanto fiz a receita dobrada e congelei a outra parte.

— Eu amo seus instintos de pioneira. — Ele sorriu e tomou a primeira colherada.

— Instintos da ilha. Não que não tivéssemos supermercados em Whidbey. Mas as pessoas sempre pareciam querer estar preparadas para o caso de ficarem isoladas.

Anna arrancou um naco de pão e entregou ao marido. E ficou olhando para ele.

— Então, como vai funcionar? Tenho que fazer perguntas ou você vai me contar que diabo está acontecendo?

Naquele instante, e apesar do longo dia sem comer, Jake perdeu o apetite.

— Eu vou te contar — respondeu ele.

E foi o que tentou fazer.

— Eu tive um aluno chamado Evan Parker. Quando dava aula na Ripley. E Parker tinha uma ideia fantástica para um romance. Era um enredo... bem, impressionante. Memorável. Envolvendo mãe e filha.

— Ah, não — falou Anna, baixinho.

Isso acertou Jake como um golpe, mas ele se obrigou a continuar.

— Aquilo me surpreendeu, porque Parker não gostava particularmente de ficção, até onde eu podia ver. Não era um grande leitor, o que é sempre um indicador. E as poucas páginas do trabalho dele que eu li, bem, o homem sabia escrever, mas aquela não era a ideia de ninguém de um grande livro em andamento. Talvez fosse a ideia dele, mas a de mais ninguém. Com certeza não era a minha ideia de um grande livro. Ainda assim, o cara tinha aquela história excelente.

Jake parou. A coisa já não estava indo bem.

— Então... você usou a história, Jake? É isso que está me dizendo?

De repente, ele se sentiu mal. E largou a colher.

— É claro que não. Eu não fiz nada, a não ser, talvez, sentir um pouco de pena de mim mesmo. E ficar um pouco chateado com o universo por aquele cara ter tido uma ideia tão boa do nada. Ele era um pesadelo como aluno. Tratava todos os outros do curso como se estivessem desperdiçando o tempo dele, e não tinha um pingo de respeito por mim como professor, é claro. Às vezes eu me pergunto se teria feito o que fiz se ele não fosse um cretino.

— Olha, eu não iria por esse caminho, se alguém te perguntar a respeito — comentou Anna, o tom bastante sarcástico.

Jake assentiu. Obviamente ela estava certa.

— Acho que nos falamos só uma vez fora da sala de aula. Em uma reunião. Foi quando ele me contou sobre esse enredo. Mas nós nunca tivemos nenhum relacionamento pessoal. Eu não sabia coisas básicas sobre Parker, como o fato de que ele era de Vermont ou o que ele fazia da vida.

— Ele era de... Vermont — disse Anna, devagar.

— Sim.

— De onde você coincidentemente acabou de voltar. Para fazer uma leitura e trabalhar nas revisões do seu livro atual. — Ela pousou a taça.

Jake suspirou.

— Sim. Quer dizer, não, não é coincidência. E eu não estava trabalhando nas revisões do livro. Nem fazendo nenhuma leitura pública. Fui até Rutland encontrar um dos amigos do Parker, que estudou com ele no curso da Ripley. Era a cidade natal dele.

— Você foi para Rutland? — Ela parecia horrorizada.

— Sim. Eu venho meio que me escondendo dessa situação. E finalmente achei que precisava encarar o que está acontecendo. Ver se tinha alguma coisa que eu pudesse descobrir estando lá. Conversar com algumas pessoas, talvez.

— Que pessoas?

— O amigo da Ripley, por exemplo. E eu fui até o lugar do Parker.

— A casa dele? — perguntou Anna, alarmada.

— Não — respondeu Jake. — Quer dizer, sim, a casa também. Mas estava me referindo ao bar de que ele era proprietário. Uma taverna — se corrigiu.

Depois de um momento, Anna voltou a falar:

— Muito bem. O que aconteceu depois que você foi professor do Parker e conversou em particular com ele apenas uma vez fora da sala de aula?

Jake assentiu.

— Bom, basicamente eu esqueci que o Parker existia, ou quase. Todo ano eu pensava: *Nossa, aquele livro ainda não foi publicado.* E que talvez ele tivesse descoberto que escrever um livro era muito mais difícil do que ele pensava.

— Então por fim você decidiu: *Ah, já que ele nunca vai escrever o livro, escrevo eu*. E agora Evan Parker está ameaçando expor você por roubar a ideia dele.

Jake balançou a cabeça.

— Não. Não foi isso que aconteceu. E, seja quem for que está me ameaçando, não é ele. Evan Parker está morto.

Anna o encarou.

— Ele está morto.

— Sim. Na verdade, há muito tempo. Ele morreu, sei lá, alguns meses depois daquele curso na Ripley. Nunca chegou a escrever o livro. Ou pelo menos nunca terminou de escrever.

Por um momento, Anna não disse nada. Então perguntou:

— Como ele morreu?

— De overdose. É horrível, mas não tem nada a ver com a história que o Parker escreveu, ou comigo. E, quando eu soube da morte dele... me debati com a ideia, é claro. Mas não podia simplesmente deixar morrer. O enredo. Você entende?

Anna tomou um gole de vinho. E assentiu lentamente.

— Certo. Continua.

— Vou continuar, mas preciso que você entenda uma coisa. No meu mundo, a migração de uma história é algo que nós reconhecemos e respeitamos. Obras de arte podem se sobrepor, ou podem se combinar umas com as outras. Neste momento, com algumas inquietações que nós temos em torno de apropriação, isso se tornou um tema absolutamente explosivo, mas sempre achei que havia uma espécie de beleza nisso, no modo como as narrativas são contadas e recontadas. É assim que as histórias sobrevivem através dos tempos. É possível acompanhar uma ideia passando do trabalho de um autor a outro, e para mim isso é algo poderoso e emocionante.

— Bem, tudo isso soa muito artístico e mágico e tal — falou Anna, com um toque claro de irritação na voz —, mas você vai me perdoar se eu te disser que o que vocês, escritores, veem como uma espécie de troca espiritual soa como plágio para o resto de nós.

— Como pode ser plágio? — perguntou Jake. — Nunca vi mais do que umas poucas páginas do que o Parker estava escrevendo e evitei todos os detalhes de que me lembrava. Isso não é plágio, nem remotamente.

— Tá certo — admitiu Anna. — Então talvez plágio não seja a palavra certa. Talvez roubo da história seja mais próximo do que aconteceu.

Isso doeu demais.

— Como Jane Smiley roubou *Uma bela propriedade* de Shakespeare ou Charles Frazier roubou *A montanha gelada* de Homero?

— Shakespeare e Homero estavam mortos.

— Assim como Parker. E, ao contrário de Shakespeare e Homero, Evan Parker nunca escreveu algo que outra pessoa pudesse roubar.

— Até onde você sabe.

Jake olhou para a sopa diante dele, que esfriava rapidamente. Apenas algumas colheradas tinham entrado em sua boca, e aquilo parecia ter acontecido muito tempo antes. Anna havia conseguido cutucar o pior medo dele.

— Até onde eu sei.

— Muito bem — disse Anna. — Evan Parker não é a pessoa que me escreveu. Quem foi, então? Você sabe?

— Achei que soubesse. Achei que tinha que ser alguém que esteve na Ripley na mesma época em que eu dava aula lá, quando Parker fez o curso. Pensei: se ele me contou sobre o livro, por que não teria contado a um colega do curso? Afinal era para isso que os alunos estavam lá, para compartilhar seus trabalhos.

— E para aprenderem a se tornar escritores melhores.

Jake encolheu os ombros.

— É claro. Se isso for possível.

— Diz o ex-professor de escrita criativa.

Jake a encarou. Anna claramente ainda estava com raiva dele. Uma raiva justificada.

— Pensei que poderia acabar logo com essa história. E que poderia poupar você disso.

— Por quê? Porque ia ser demais pra mim, esse hater patético da internet? Se algum fracassado por aí resolveu te perseguir porque você conseguiu realizar alguma coisa na vida, isso é problema dele, não seu. Por favor, não esconda esse tipo de coisa de mim. Estou do seu lado.

— Você está certa — concordou Jake, mas sua voz agora estava obviamente embargada. — Desculpa.

Anna ficou de pé. E levou a própria tigela de sopa ainda quase cheia para a pia da cozinha. Jake a observou enquanto ela jogava a sopa fora e colocava a tigela na lava-louça. Ela levou a garrafa de vinho de volta para a mesa e serviu mais para cada um deles.

— Meu bem — disse Anna, por fim —, espero que você saiba que eu não me importo nem um pouco com esse idiota. Quer dizer, tenho compaixão zero por alguém que faz o que ele fez, por mais que essa pessoa possa achar que tem alguma justificativa. Eu me importo é com você. E, pelo que eu estou vendo, você ficou abalado de verdade com isso. Deve estar devastado.

Bem, essa é a mais absoluta verdade, Jake teve vontade de dizer, mas só o que conseguiu falar foi:

— Sim.

Os dois continuaram sentados ali, em silêncio, por algum tempo. Jake se perguntou se a esposa se sentiria melhor ou pior por saber que estava certa, ao longo de todas aquelas semanas, em relação a quanto ele estava se sentindo mal. Mas Anna não era uma pessoa vingativa. Naquele momento, ela devia estar frustrada ao se dar conta de quanto o marido lhe omitira, mas a empatia já estava prevalecendo. Ele só precisava contar tudo mesmo a ela.

Jake tomou um gole do seu vinho e tentou mais uma vez.

— Então, como eu disse, pensei que fosse alguém da Ripley, mas estava errado.

— Tá — falou Anna, o tom cauteloso. — Então quem seria?

— Deixa eu te perguntar uma coisa antes. Por que você acha que *Réplica* fez tanto sucesso? Não estou atrás de elogios, só estou dizendo que... muitos romances são publicados todos os anos. E muitos deles são bem planejados, cheios de surpresas, bem escritos. Por que esse explodiu?

— Bom — respondeu Anna com um encolher de ombros —, a história...

— Sim. A história. E por que essa história foi tão impactante? — Jake não esperou a resposta dela. — Porque como aquilo poderia acontecer na vida real, com mãe e filha reais? É loucura! A ficção nos convida a cenários ultrajantes. Essa é uma das coisas que nós pedimos que ela faça. Certo? Para não termos que pensar nessas coisas como reais?

Anna deu de ombros de novo.

— Imagino que sim.

— Certo. Mas e se a história *fosse* real? E se houvesse uma mãe e uma filha reais por aí, e se o que acontece em *Réplica* realmente tivesse acontecido com elas?

Ele viu a esposa empalidecer.

— Mas isso é horrível — disse Anna.

— Concordo. Mas pense nisso. Se for real... mãe real, filha real... a última coisa que essa mulher quer é ler sobre o que aconteceu, menos ainda em um romance que está sendo publicado no mundo todo. Essa pessoa obviamente vai querer saber quem é o autor, certo?

Ela assentiu.

— E a informação está bem ali, na segunda orelha, de que eu dei aula na pós-graduação em escrita criativa da Universidade Ripley. Onde meu caminho teria cruzado com o do falecido Evan Parker. Onde eu poderia ter ouvido a história dele.

— Mas, mesmo que isso seja verdade, por que ficar com raiva de você e não de Parker por ter te contado? Por que não ficar com raiva de quem contou a história a Evan Parker antes de mais nada?

Jake balançou a cabeça.

— Acho que ninguém contou ao Parker. Acho que ele era próximo das personagens reais. Tão próximo que soube em primeira mão do que aconteceu. E, quando se deu conta de como era tudo tão impressionante, talvez tenha chegado à conclusão de que era uma história boa demais para ser desperdiçada. Porque ele era um escritor, e os escritores entendem que uma história como essa é absurdamente rara.

Jake balançou a cabeça de novo. Pela primeira vez sentiu certo respeito por Evan Parker, seu colega escritor. E tão vítima quanto ele.

— Acho que o assédio dessa pessoa nunca teve a ver com plágio — Jake voltou a falar. — Nem com o roubo da história ou qualquer outra coisa nesse sentido. Nunca foi por uma questão literária.

— Não sei o que você quer dizer com isso.

— Quero dizer que, mesmo admitindo que eu tenha me apropriado de uma coisa que não era tecnicamente minha, Evan Parker fez isso primeiro, e a pessoa de cuja história ele se apropriou ficou furiosa com isso. Mas então ele morreu. Portanto: fim da história.

— Só que não — observou Anna.

— Exatamente. Porque então, alguns anos mais tarde, aparece *Réplica* e, ao contrário da tentativa de Parker, o livro foi concluído e alguém publicou. Agora a história está por aí, preto no branco, em toda a sua glória, e dois milhões de estranhos já leram... em edições em capa dura, brochura, livro de bolso, em áudio, em edições em letras grandes! Agora a história foi traduzida para trinta idiomas e a Oprah está colocando um adesivo do clube de leitura dela na capa. E em breve essa história vai chegar a um cinema perto de você. E, toda vez que essa pessoa entra no metrô, vê alguém com um exemplar aberto, bem na cara dela. — Ele fez uma pausa. — Sabe, eu realmente entendo como essa pessoa deve estar se sentindo.

— Agora estou começando a ficar com medo.

Estou com medo há meses, pensou Jake.

Anna endireitou o corpo na cadeira, então.

— Espera — disse ela. — Você sabe quem é essa pessoa, não sabe? Estou vendo que sabe. Quem é ele?

Jake balançou a cabeça.

— Ela — falou.

— Espera um pouco. O quê? — Anna estava torcendo uma mecha do cabelo grisalho nos dedos.

— Ela. É uma mulher.

— Como você sabe? — perguntou.

Jake hesitou antes de responder. Aquilo parecia insano, agora que ele estava prestes a dizer em voz alta.

— Ontem à noite, na taverna que já foi do Evan, a mulher sentada ao meu lado conhecia o Parker. E detestava ele. Disse que era um completo idiota.

— Tudo bem. Mas isso parece que você já sabia.

— Sim. Então ela me lembrou de outra coisa. O Parker tinha uma irmã mais nova. Dianna. Eu sabia sobre ela, mas nunca tinha pensado a respeito porque ela também está morta... Morreu antes mesmo do irmão.

Anna pareceu aliviada. E até tentou sorrir.

— Então não é ela. É óbvio.

— Nada é óbvio em relação a essa história. Dianna teve uma filha. E *Réplica* é sobre o que aconteceu com ela. Você entende?

Anna ficou olhando para ele por um longo tempo e, finalmente, assentiu. E, se aquilo valia de alguma coisa, agora os dois sabiam.

RÉPLICA
DE JACOB FINCH BONNER
Macmillan, Nova York, 2017, páginas 212-213

Por semanas elas não se falaram, e, mesmo depois de terem passado quase uma vida inteira daquele jeito, algo dessa vez parecia diferente: era um silêncio mais duro, mais frio, implacavelmente tóxico. Quando se cruzavam no corredor, na escada ou na cozinha seus olhos deslizavam uma pela outra, e Samantha sentia, em certos momentos, uma vibração física do que se acumulava dentro dela. Mas não era uma intenção, só uma sensação crescente de que algo se aproximava e não poderia seria evitado, mesmo com esforço. Assim, qual o sentido de tentar evitar? Era muito mais fácil desistir, e depois de chegar àquela conclusão ela não sentiu mais nada.

Na noite em que Maria saiu de casa para sempre, ela bateu na porta do escritório da mãe e perguntou se podia pegar o Subaru emprestado.

— Para quê?

— Vou me mudar — informou Maria. — Estou indo para a faculdade.

Samantha tentou não reagir.

— E o seu último ano na escola?

A filha deu de ombros, o que irritou Samantha profundamente.

— O último ano é uma bobagem. Eu consegui entrar antes na faculdade. Vou para a Universidade Estadual de Ohio. Consegui também uma bolsa de estudos para alunos de fora do estado.

— É mesmo? E quando você ia mencionar tudo isso?

Mais uma vez, aquele dar de ombros.

— Agora, eu acho. Achei que talvez pudesse usar o carro para levar as minhas coisas até lá, depois eu trago de volta. Então pego um ônibus quando eu for de vez, ou alguma coisa assim.

— Uau. Ótimo plano. Imagino que você tenha pensado bastante a respeito.

— Bem, você não iria me levar para a faculdade.

— Não? — falou Samantha. — Ora, como eu poderia, se você nem me disse que isso ia acontecer?

Maria deu as costas, e Samantha pôde ouvi-la voltando pelo corredor até o quarto. Ela se levantou e seguiu a filha.

— E por que isso? Por que eu tive que saber pelo meu professor de matemática do ensino médio que a minha filha está se formando mais cedo? Por que eu tenho que vasculhar a sua escrivaninha para descobrir que a minha filha vai para uma faculdade em outro estado?

— Bem que eu imaginei — disse Maria, a voz com uma calma enlouquecedora. — Não conseguiu manter suas patas longe das minhas coisas, não é?

— Não, acho que não. E o mesmo aconteceria se eu achasse que você estava usando drogas. Supervisão parental justificada.

— Ah, isso é hilário. Agora, de repente, você está interessada na supervisão parental justificada?

— Eu *sempre*...

— Certo. Se importou. Por favor, mãe, a gente só tem mais alguns dias para aguentar juntas. Não vamos estragar tudo agora.

Maria se levantou da cama e passou na frente da mãe, talvez a caminho do corredor, para ir até o banheiro onde Samantha certo dia confirmara sua situação com um teste de gravidez comprado em uma drogaria de Hamilton; ou até a cozinha onde Samantha certa vez tentara persuadir a própria mãe de que não fazia sentido — *não fazia sentido!* — ter ou manter de qualquer forma aquele bebê que nunca quisera, que não quisera nem por um momento, nem naquela época, nem agora. E, enquanto aquele corpo passava diante dela, Samantha viu, com um choque, a si mesma: magra e reta, com cabelos castanhos finos e aquele jeito familiar de se curvar para a frente — como ela era agora e também naquele momento longínquo no tempo, quando tudo o que desejava era que chegasse logo o dia em que poderia partir, como Maria estava prestes a fazer. Então, sem entender o que estava fazendo, sem nem saber que ia fazer, ela estendeu a mão para o pulso da filha e deu um tranco violento, fazendo o corpo preso a ele se arquear com força para trás, como que puxado por um arco invisível. E, ao fazer isso, ela teve uma visão de si mesma balançando uma garotinha no ar e sorrindo ao vê-la sorrir, enquanto as duas giravam e giravam. Era algo que uma mãe poderia ter feito com a filha, e uma filha com a mãe, em um filme ou comercial de TV de vestidos, de praias na Flórida ou de herbicida para deixar o quintal bonito para uma criança inocente brincar. Só que Samantha não conseguia se lembrar de ter feito aquilo — nem no papel da mãe, nem no da menininha que girava e girava em um arco perfeito.

A cabeça de Maria bateu em um dos postes do dossel de madeira daquela velha cama, e o som da batida foi tão profundo e tão alto que silenciou o mundo.

A garota caiu como uma coisa leve, quase sem fazer barulho, mas ainda assim muito visível: metade em cima e metade para fora de um velho tapete trançado que, muito tempo antes, quando a própria Samantha era jovem, ficava no corredor na frente do quarto dos pais. Ela esperou que a filha se levantasse, mas a espera corria em paralelo a outra coisa, que era a compreensão absoluta e estranhamente calma de que Maria já havia partido.

Tinha ido embora. Fugido. Escapado, enfim.

Samantha talvez tenha ficado sentada ali por um minuto ou uma hora, ou pela maior parte daquela noite, fitando aquela coisa franzida que certa vez, muito tempo antes, tinha sido Maria, sua filha. E que desperdício tinha sido *aquilo*. Que exercício de inutilidade trazer um ser humano ao mundo só para se ver mais sozinha que antes, mais frustrada, mais desapontada, mais perplexa sobre o significado de qualquer coisa. Aquela filha que nunca se aproximara dela nem expressara qualquer tipo de amor, que nunca demonstrara o menor apreço pelo que a mãe fazia, que não reconhecia tudo de que ela abrira mão — não de bom grado, com certeza, mas com resignação, com responsabilidade — e agora terminava daquele jeito. Pra quê?

Em um momento, no meio da madrugada, Samantha pensou: *Eu talvez esteja em choque*. Mas isso não colou. Esse pensamento ficou para trás, também imóvel.

Por acaso, naquela noite Samantha estava usando a camiseta verde que Maria descartara. Era macia e ficava solta no corpo dela, exatamente como no da filha: as duas tinham os mesmos ombros estreitos, o mesmo peito achatado. Samantha esfregou o algodão entre os dedos até eles doerem. Havia outra blusa da filha de que ela sempre tinha gostado, uma camiseta preta de manga comprida que parecia folgada e confortável e tinha capuz. Ela pensou em si mesma usando e se perguntou se alguém iria vê-la e perguntar: *Essa blusa não é da Maria?* O que ela responderia? *Ah, ela me deu antes de ir para a faculdade.* Só que Maria não ia mais para a faculdade. Certamente todos saberiam disso. Mas quem contaria?

Eu não vou contar, Samantha constatou. Ela não ia contar a ninguém.

Tudo ficou muito óbvio depois disso. Samantha terminou de arrumar os pertences da filha e alguns dos seus. Então fechou a casa, colocou tudo dentro do carro e dirigiu para oeste, o mais longe que já tinha se afastado da cidade, e mais longe depois. Em Jamestown, ela seguiu para o sul e finalmente deixou o estado de Nova York. No fim da tarde, estava no meio da Floresta Nacional de Allegheny, escolhendo sempre a estrada que parecia mais vazia. Em uma cidade chamada Cherry Grove, Samantha viu uma placa anunciando uma cabana para alugar, tão afastada que o proprietário lhe disse para nem pensar em ficar ali se não tivesse um carro com tração nas quatro rodas.

— Eu tenho um Subaru — disse ela.

Samantha pagou o aluguel de uma semana em dinheiro. O dia seguinte foi passado procurando o melhor lugar e, naquela noite, ela cavou o buraco com uma pá que tinha colocado no carro em Earlville. Na noite seguinte, Samantha colocou o corpo da filha naquela cova e o deixou lá, fundo debaixo da terra e coberto de pedras e arbustos. Depois tomou banho, arrumou a cabana e deixou a chave na varanda da frente, conforme havia sido instruída a fazer. Então voltou para o seu carro velho e também deixou aquilo para trás.

PARTE QUATRO

CAPÍTULO VINTE E CINCO

Athens, Geórgia

— Preciso ir para a Geórgia — Jake disse a Anna, um dia depois de ter voltado de Rutland. Eles estavam caminhando do apartamento onde moravam até o Chelsea Market e começaram a discutir na mesma hora.

— Jake, isso é loucura. Sair por aí puxando conversa com as pessoas em bares e se esgueirando para dentro de casas e escritórios de quem você não conhece!

— Eu não me esgueirei.

— Você não disse a verdade.

Não. Mas tinha valido a pena. Em vinte e quatro horas, ele havia descoberto mais do que descobrira em meses. Agora entendia com que realmente estava lidando, ou pelo menos com que estava evitando lidar.

— Tem que haver outra maneira — insistiu Anna.

— Claro. Eu poderia voltar ao programa da Oprah como o meu espírito animal, James Frey, abaixar a cabeça e choramingar sobre o meu "processo", e todo mundo vai compreender totalmente, e isso não vai destruir tudo o que eu conquistei nem vai fazer o filme ser cancelado... sem mencionar o novo livro, e o fato de que eu vou me tornar um pária para o resto da vida. Ou eu poderia pedir a Matilda ou a Wendy para prepararem algum tipo de expiação pública, e transformar Evan Parker em um Grande Romancista Americano que perdeu a vida de maneira trágica, e dar crédito a ele por um livro que ele não escreveu. Ou talvez seja melhor simplesmente deixar essa vaca ter controle total sobre a minha vida e dar a ela o poder de implodir a minha carreira, a minha reputação e o meu ganha-pão.

— Não estou sugerindo nada disso — disse Anna.

— Eu sei como encontrá-la agora, ou pelo menos por onde começar a procurar. É o momento errado para me pedir para parar.

— É o momento certo. Porque você vai se machucar.

— Vou me machucar se não fizer nada, Anna. Ela também não quer se expor. Quer estar no controle, e foi o que aconteceu até agora. Só que, quanto mais eu descobrir sobre essa mulher, mais chances vou ter de restabelecer o equilíbrio. Sinceramente, é a única arma que eu tenho.

— Mas por que ainda é "eu"? Também recebi uma carta nojenta dessa mulher, lembra? E, mesmo que não fosse esse o caso, nós devíamos lidar com isso juntos. Somos casados! Somos parceiros!

— Eu sei — concordou Jake, abatido.

Talvez ele não tivesse compreendido bem o impacto de suas próprias evasivas em Anna, ou mesmo o dano que haviam causado ao seu casamento tão recente, ao menos não até ser forçado a fazer essa confissão. Seis meses escondendo a existência de Tom Talentoso (sem mencionar a existência do próprio Evan Parker) o desgastaram — essa parte Jake entendia —, mas agora ele via o risco que havia assumido com Anna, e a pior parte era que ele provavelmente *ainda* não teria contado nada à esposa sobre tudo aquilo, não se ela não o tivesse forçado a fazer isso. Aquela era uma terrível constatação do que restava do caráter dele, e Anna tinha todos os motivos para estar furiosa, mas, mesmo reconhecendo isso, Jake esperava que as confissões da noite anterior tivessem servido para melhorar as coisas. Ele esperava que deixar Anna entrar em seu círculo pessoal do inferno, mesmo contra a vontade dele, talvez pudesse uni-los ainda mais. Tinha que torcer por isso. Estava louco para chegar ao fim daquela história e, quando isso acontecesse, prometeu a si mesmo recomeçar do zero — com Anna e com todo o resto.

— Preciso ir para a Geórgia — Jake repetiu.

Ele já havia contado a ela sobre o advogado de Rutland — William Gaylord, *advogado habilitado* — que agira em conjunto com o representante de fora do estado da vendedora. Também havia contado sobre Rose Parker, que tinha a idade certa e já havia morado em Athens, na Geórgia. Agora, contou o que descobrira gastando cinco dólares em um passe para ter acesso por vinte e quatro horas ao Portal dos Escriturários da Cidade de Vermont: o nome e o endereço daquele advogado de fora do estado, um certo Arthur Pickens. Também de Athens, Geórgia.

— E...? — disse Anna.

— Você sabe o que mais há em Athens, Geórgia? Uma universidade enorme.

— Tudo bem, mas isso não é uma grande evidência. Parece mais uma grande coincidência.

— Tudo bem. Se for só coincidência, então eu vou descobrir. E vou poder me resignar a deixar essa mulher destruir a nossa vida. Mas primeiro eu quero saber se ela ainda está lá e, se não estiver, quero saber para onde ela foi quando saiu da cidade.

Anna balançou a cabeça. Eles tinham chegado à entrada da Nona Avenida para o Chelsea Market, e havia um grande grupo de pessoas saindo.

— Mas por que você não pode só ligar para esse cara? Por que precisa pegar um avião até lá?

— Acho que vou ter mais chance de conseguir falar com ele se aparecer de repente. Isso pareceu funcionar em Vermont. Você pode vir comigo, sabe?

Mas Anna não podia. Precisava voltar para Seattle para terminar de examinar as coisas que tinha deixado em um depósito, e para acertar algumas pendências com a estação de rádio onde tinha trabalhado. Anna já adiara aquela viagem algumas vezes, e agora o chefe do estúdio de podcast havia lhe pedido para não viajar mais tarde, em junho (quando ele se casaria e iria passar a lua de mel na China) ou em julho (quando o mesmo chefe participaria de uma conferência sobre podcasts em Orlando). Anna já havia planejado a viagem para a semana seguinte, e Jake não conseguiu convencê-la a mudar de planos, por isso acabou desistindo e uma tensão palpável passou a pairar entre os dois. Ele comprou passagem para um voo com destino a Atlanta na segunda-feira seguinte, e passou os dias que restavam até lá concluindo as revisões no próximo livro, que precisava entregar para Wendy. Jake enviou o original revisado no final da noite de domingo e, na tarde seguinte, quando ligou o celular depois que o avião pousou em Atlanta, viu um e-mail informando que seu próximo livro havia entrado em produção. Portanto, ao menos aquele peso em particular deixava seus ombros.

Jake havia passado algumas vezes por Atlanta em suas turnês de lançamento, mas nunca visitara realmente a cidade. Ele alugou um carro no aeroporto e seguiu em direção ao nordeste até Athens, passando por Decatur, onde muitos meses antes, quando *Réplica* se destacara pela primeira vez em âmbito nacional, havia participado de uma feira literária e desfrutado dos seus primeiros "aplausos ao entrar". Jake se lembrou daquele dia — apenas dois anos antes — e da sensação estranha, como se estivesse olhando de fora, de ser reconhecido por alguém (naquele caso, por muitos "alguéns") que ele mesmo não conhecia, e a sensação de deslumbramento por ter escrito um livro que estranhos haviam pagado e gastado tempo para ler, e que aqueles estranhos haviam gostado tanto do que leram que se dispuseram a ir até o prédio do governo do condado de DeKalb só para vê-lo e ouvi-lo dizer, presumivelmente, alguma coisa interessante. Que longa distância havia sido percorrida daquele momento inebriante até agora, pensou Jake, passando pelas placas de saída para Decatur na Interstate 285. Ele se perguntou se poderia se permitir sentir orgulho de seu novo livro quando fosse publicado, ou se algum dia seria capaz de escrever qualquer outra coisa depois do tormento por que estava passado — mesmo que, de alguma forma, conseguisse levá-lo a uma conclusão pacífica. E se ele não tivesse sucesso na empreitada, se aquela mulher conseguisse colocá-lo de joelhos, envergonhando-o diante dos seus colegas, dos leitores e de todos os outros que haviam colocado a própria reputação profissional em risco para apoiá-lo, Jake se perguntou como seria capaz de continuar mantendo a cabeça erguida no mundo, não apenas como escritor, mas como pessoa.

Mais uma razão para conseguir as respostas que havia ido buscar ali.

Quando chegou a Athens era tarde demais para fazer qualquer coisa além de comer, por isso ele fez check-in no hotel que havia reservado e foi até uma churrascaria, onde aproveitou para marcar em um mapa os lugares que precisava visitar, enquanto esperava pelas costelas e pela cerveja que pedira. Ele estava cercado por jovens loiras usando camisetas vermelhas da universidade local. Elas tinham vozes musicais e embriagadas, e estavam celebrando algum triunfo claramente não acadêmico. Aquilo fez Jake pensar em como sua esposa era diferente daquelas jovens inegavelmente bonitas, e como ele se sentia sortudo por estar casado com Anna, mesmo que ela estivesse angustiada com as escolhas que ele vinha fazendo e aborrecida com ele de modo geral. Jake se lembrou de como, todas as manhãs depois que a esposa saía para o trabalho, ele encontrava um ninho de seus longos cabelos grisalhos enrolados no ralo do chuveiro, e que recolhê-los lhe dava uma enorme satisfação, embora isso fosse um pouco bizarro. Ele se lembrou de como a casa deles era agradável, confortável e colorida — e nada daquilo era algo que Jake teria conseguido alcançar por conta própria —, e de como a geladeira e o congelador estavam cheios da comida deliciosa que ela preparava: sopas, ensopados e até pão feito em casa. Também se lembrou do gato, Whidbey, e da satisfação particular de coabitar com um animal (seu primeiro animal de estimação de verdade, desde um hamster de vida curta quando era menino), e do jeito como o animal de vez em quando se dignava a expressar gratidão pela vida prazerosa que levava. E lembrou das pessoas novas e agradáveis que gradualmente haviam sido anexadas à vida deles como casal — algumas do mundo dos escritores (com quem Jake conseguia se divertir, agora que não tinha motivo para invejá-los) e outras da esfera das novas mídias em que Anna estava começando a circular. Tudo aquilo enfatizava a forte sensação de que ele havia embarcado no melhor período da sua vida.

Agora, enquanto bebia cerveja e comia suas costelas na brasa, enquanto as garotas da fraternidade gritavam na mesa ao lado, Jake se encantou com o acaso de tudo aquilo: aquele evento acrescentado à sua turnê já apertada de divulgação do livro, que Otis (Jake custou para se lembrar do nome do homem que o acompanhara durante a turnê!) havia aceitado em seu nome, a entrevista ao vivo irritante, quase insultante, na rádio, o convite espontâneo para tomar um café e, acima de tudo, a coragem inusitada de uma mulher disposta a fazer uma reviravolta na própria vida e se juntar à dele, deixando tanto para trás. E ali estava ele, menos de um ano depois, casado com aquela mulher sensata e encantadora, com uma vida nova e um novo livro a caminho, que não carregava a menor mancha em sua criação, à espera de toda sorte de novas realizações.

Se ao menos Jake pudesse deixar Evan Parker e a família terrível dele para trás.

CAPÍTULO VINTE E SEIS

Pobre Rose

De manhã, Jake caminhou até o campus da Universidade da Geórgia e foi até a sala de arquivos, onde solicitou os registros de uma estudante chamada Rose Parker, nascida em West Rutland, Vermont. Ele já tinha uma história pronta — sobrinha distante, avô moribundo —, mas ninguém lhe pediu nada, nem mesmo alguma identificação. Por outro lado, só lhe ofereceram as informações permitidas por algo chamado Lei de Direitos Educacionais e Privacidade da Família, e, se aquilo pareceu escasso em comparação com todas as perguntas que Jake tinha, também foi como um buquê de fatos maravilhosamente concretos. Antes de mais nada ele soube que Rose Parker havia se matriculado na Universidade da Geórgia, em Athens, em setembro de 2012, ainda sem uma carreira específica definida. Então, descobriu que ela havia solicitado e recebido uma isenção para a exigência de que os calouros morassem em um dormitório no campus (como um bônus de boas-vindas, o endereço fora do campus fornecido à universidade correspondia ao da pesquisa anterior de Jake na internet). Por fim, ele soube que apenas um ano depois, no outono de 2013, não havia mais nenhuma Rose Parker entre os trinta e sete mil alunos matriculados na universidade. Desnecessário dizer que o arquivista não tinha nenhum endereço de encaminhamento ou informações de contato atuais de qualquer tipo. E, se os registros acadêmicos de Rose haviam sido enviados em algum momento para outra instituição de educação de nível superior, atendendo a algum pedido de transferência, aquela informação não se enquadrava nos parâmetros do que Jake tinha permissão para saber.

Ele saiu dos arquivos para a manhã de junho e se sentou em um dos bancos de madeira diante do Edifício Acadêmico Holmes-Hunter. Era ao mesmo tempo maravilhoso e de alguma forma perturbador imaginar aquela pessoa andando pelas calçadas da universidade, talvez se sentando naquele mesmo banco diante do prédio de estilo distintamente anterior à Guerra Civil, do qual ele acabara de sair. Ela ainda poderia estar ali, em Athens? Era possível, mas Jake desconfiava de que Rose saíra dali havia muito tempo, que tinha ido para alguma outra cidade, de algum outro estado, fazendo sabe-se lá o que, enquanto se engajava em uma campanha obsessiva contra ele e o trabalho dele.

Jake encontrou o escritório de Arthur Pickens, advogado habilitado, na College Avenue e se acomodou a uma mesa ao ar livre em um café um pouco acima na mesma rua para organizar as ideias. Estava examinando algumas informações bastante desagradáveis sobre Pickens que reunira ao longo dos dias, desde a sua visita àquele outro advogado habilitado em Rutland, no estado de Vermont, quando viu um pai obviamente furioso entrando no escritório do advogado, acompanhado do filho em idade universitária, que usava a agora familiar camiseta vermelha da Universidade da Geórgia. Os dois ficaram um longo tempo ali dentro, e, quando saíram, Jake se levantou de sua mesa e entrou pela mesma porta, logo se vendo na base de uma escada íngreme. No segundo andar, a porta de vidro do escritório estava destrancada, e lá dentro ele viu um homem de rosto vermelho sentado diante de uma enorme mesa de mogno. Atrás dele havia prateleiras de livros de direito, tão imaculados que pareciam nunca ter sido abertos. Aquilo combinava bem com o que Jake havia descoberto sobre Arthur Pickens.

O homem estava franzindo a testa. Jake fez o mesmo, até se lembrar de que a primeira fala era dele.

— Sr. Pickens?

— Sou eu. E você é?

— Jacob Bonner.

Jake atravessou a sala com a mão estendida. Ele optou por uma abordagem ianque civilizada.

— Desculpe não ter ligado antes. Se estiver ocupado, posso voltar em outra hora.

Pickens, no entanto, permaneceu sentado. E não estendeu a mão. Parecia estar dedicando a Jake mais desaprovação do que até mesmo uma visita inesperada merecia.

— Não acredito que isso seja necessário, sr. Bonner. Não poderei ajudá-lo, mesmo se voltar outra hora.

Os dois se encararam. Jake deixou cair a mão. Finalmente, perguntou:

— Desculpe?

— Sinto muito, mas o sigilo advogado-cliente torna impossível para mim responder às suas perguntas.

— Está dizendo que já sabe sobre o que eu vim falar com você?

— Não tenho liberdade para responder a isso — falou Pickens.

— E, só para deixar claro, você também sabe a qual dos seus clientes as minhas perguntas se refeririam.

— Mais uma vez, não vou responder.

Jake, apesar de toda a sua expectativa, e apesar, principalmente, da hora que havia passado esperando no café mais acima na rua, não havia considerado esse cenário em particular. E se pegou desnorteado.

— Assim, com todo o respeito, eu o convido a se retirar, sr. Bonner — acrescentou Pickens. O advogado também se levantou.

Ao que parecia, havia pernas muito longas debaixo daquela mesa grande, e elas se desdobraram quando o advogado se levantou. Em sua altura considerável, ele parecia cada centímetro a fina flor dos homens do sul, desde a estrutura atlética até o rosto vermelho e o cabelo penteado para trás — mas com o tom bronzeado uniforme demais para ser natural.

Pickens se inclinou para a frente, os braços apoiados na mesa, com um sorriso estranhamente nada hostil, mas que deixava claro que esperava que Jake fosse embora sem mais comentários.

Em vez disso, Jake atravessou a sala e se acomodou em uma das cadeiras do outro lado da mesa.

— Eu decidi contratar um advogado — falou. — Estou sendo assediado e ameaçado, e gostaria de entrar com uma ação por difamação.

Pickens franziu o cenho. Talvez o que lhe haviam dito não incluísse as partes sobre assédio, ameaça e difamação.

— Tenho motivos para acreditar que o assédio se originou aqui em Athens e preciso de um advogado local para agir em meu nome.

— Será um prazer encaminhá-lo a outro profissional. Conheço advogados excelentes aqui em Athens.

— Mas *você* é um excelente advogado, Pickens. Quer dizer, com certeza parece ser, se não olharmos muito de perto.

— O que quer dizer com isso? — perguntou Pickens, o tom brusco.

— Bem, você obviamente sabe quem eu sou. Suponho que isso signifique que também sabe que eu sou escritor. Escritores pesquisam. E é claro que eu pesquisei sobre você.

Pickens assentiu.

— Fico feliz em ouvir isso. Minhas avaliações na internet são excelentes.

— Tem toda a razão! — disse Jake. — Formado pela Universidade Duke. Escola de Direito Vanderbilt. Bons títulos. Quer dizer, houve aquele golpe na Duke, mas toda a sua fraternidade esteve envolvida. Não parece justo destacar apenas você. Depois aconteceu aquele incidente com a filha do seu cliente. E as suas próprias autuações por dirigir alcoolizado, é claro. Mas quem não passa por isso, não é mesmo? Além do mais, tenho certeza de que os policiais do condado de Clarke tinham na mira um advogado de defesa bem-sucedido como você. Ainda assim, foi por pouco com a Ordem dos Advogados da Geórgia.

Pickens se sentou. Ele estava tão furioso que seu rosto tinha ficado ainda mais vermelho.

— De qualquer forma, acho que a maioria das pessoas recorre só ao Facebook, ou a algum aplicativo de busca de profissionais locais, quando está procurando um advogado. Você provavelmente não vai ter problemas.

— Quem está assediando e ameaçando agora? — disse o homem. — Já pedi para você ir embora.

— Rose Parker é a pessoa que avisou que eu poderia aparecer aqui?

Pickens não respondeu.

— Você sabe onde ela está?

— Sr. Bonner, eu já lhe pedi várias vezes para ir embora. Agora vou ligar para a polícia. Então também haverá uma queixa criminal contra o senhor aqui no condado de Clarke.

Jake suspirou. E se levantou.

— Bem, tenho certeza de que você sabe o que está fazendo. Só estou preocupado que, quando vierem falar com você sobre os crimes em Vermont, todas essas coisas antigas a seu respeito venham à tona. Mas acho que você está em paz com o que aconteceu.

— Não sei nada sobre qualquer crime em Vermont. Nunca pus os pés nesse estado. Nunca estive ao norte da Linha Mason-Dixon.

Ele disse isso com tanto orgulho que chegou a dar um sorrisinho. Que idiota patético.

— Bem — Jake deu de ombros —, sem problemas, mas, quando aqueles investigadores ianques chegarem, acho que você não vai se livrar deles simplesmente pedindo para irem embora. Meu palpite é que você vai precisar contratar seu próprio advogado. Talvez um daqueles colegas excelentes que ia me indicar. Quem sabe o mesmo que lidou com suas acusações por dirigir embriagado, ou com aquela história com a adolescente. E eu devo citar você no meu próprio processo. Sabe, quando processar a sua cliente. Portanto, se eles representarem você nessa causa também, talvez te deem um desconto no valor final.

O sr. Arthur Pickens parecia prestes a explodir.

— Se quer desperdiçar seu dinheiro em um processo idiota, vá em frente. Como eu disse, o sigilo advogado-cliente me impede de fornecer qualquer informação sobre a minha cliente. Por favor, saia.

— Ah, mas você forneceu muitas informações — falou Jake. — Confirmou que ainda mantém contato com a sua cliente, Rose Parker. Eu não tinha como saber disso quando entrei aqui, alguns minutos atrás, portanto agradeço.

— Se você não sair agora, vou chamar a polícia.

— Tudo bem — falou Jake, e começou a se dirigir lentamente à porta. — Se isso não cruzar nenhum *limite ético*, espero que você diga à sua cliente que, se ela não parar com os e-mails, as cartas e os posts, vou procurar a polícia de Vermont levando todas as informações que recolhi. E isso inclui algumas coisas que andaram me incomodando em relação à morte de Evan Parker.

— Não tenho ideia de quem seja esse — falou Pickens, mal conseguindo se controlar.

— É claro que não. Mas, se a sua cliente o assassinou, e se você esteve envolvido, posso jurar que você enfim vai atravessar a Linha Mason-Dixon para o norte, porque é onde ficam os tribunais ianques. E as prisões ianques.

Arthur Pickens, advogado habilitado, parecia ter perdido o poder da fala.

— Bem, então tchau. Foi um prazer.

Jake saiu, a raiva e a adrenalina disparando por todo o seu corpo. Das coisas surpreendentes que havia acabado de dizer a um completo estranho em seu local de trabalho, aproximadamente cem por cento não tinham sido planejadas, embora ele tivesse todos aqueles fatos relevantes à sua disposição havia dias. As falhas morais de Pickens, assim como as dos seus colegas de fraternidade, tinham sido descritas em nada menos que quatro artigos no jornal estudantil da Duke, com os nomes e turmas de todos os envolvidos. A situação complicada com a filha de dezenove anos do cliente (que não chegava a ser ilegal, mas era repulsiva) tinha sido revelada no Facebook, cortesia da garota e da mãe dela, e as autuações por dirigir sob efeito de álcool surgiram em uma simples pesquisa na internet. (E deveriam ter sido retiradas, de alguma forma, pensou Jake. Talvez Pickens não fosse um advogado tão bom assim.)

Jake não tinha planejado mencionar a morte de Evan Parker, menos ainda como qualquer coisa que não uma overdose acidental. E, quanto ao risco legal que Pickens poderia enfrentar por conta dos crimes que sua cliente teoricamente havia cometido em Vermont, ele sabia que esse era um terreno instável. Jake não tinha ideia do que aconteceria se entrasse na delegacia de polícia de Rutland e mencionasse seus questionamentos sobre uma overdose de drogas que havia acontecido cinco anos antes, mas presumia que não seria levado muito a sério, e era bastante improvável que o estado de Vermont enviasse investigadores para West Rutland, menos ainda para Athens, na Geórgia. Além disso, Jake tinha fortes suspeitas de que Arthur Pickens teria pouco a temer de uma investigação oficial, e sua cliente também, mas havia sido absurdamente satisfatório dizer as palavras "prisão ianque" naquele escritório, e a fúria que ele sentira diante de Pickens parecia só aumentar a cada passo que dava.

Na verdade, Jake estava chocado com o que tinha acabado de acontecer entre ele e Pickens, e ficava até grato por não ter tido a chance de considerar e moderar sua reação. Não que estivesse particularmente otimista quando entrou no escritório do advogado, mas não esperava ser impedido de falar antes mesmo de conseguir fazer a primeira pergunta. Jake achou que cercaria um pouco o cara, talvez até sugerisse que estava interessado em contratar um advogado e, quando fosse perguntado sobre detalhes da sua queixa, descreveria as atividades de Tom Talentoso e tentaria incluir o nome de Rose Parker na conversa. Então, se Pickens se recusasse a fornecer algum meio de entrar em contato com a cliente dele, Jake iria embora, talvez dizendo parte do que havia dito, embora não de forma tão contundente. Jake agora percebia que, durante meses — desde aquele dia no carro, a caminho do aeroporto de Seattle, quando lera a primeira daquelas mensagens aterrorizantes —, se mantivera em uma postura defensiva, se preparando para o próximo contato, enquanto torcia, contra toda lógica, para que aquele contato não acontecesse. Isso o havia esgotado, e naquele momento, pela primeira vez, ele estava sentindo a raiva profunda que também se acumulara no mesmo período, o imenso ressentimento contra aquela pessoa que achava que era da conta dela — e direito dela — atormentá-lo e persegui-lo, só porque ele tinha sabido de uma história e a transformado em uma narrativa elegante e convincente, exatamente como os escritores sempre haviam feito! Mas havia algo naquele cara, com seu rosto vermelho, o cabelo tingido e a estante de livros de direito, no muro que Pickens tinha erguido antes mesmo que Jake abrisse a boca. Algo que irritou Jake profundamente e o fez falar em um idioma que poderia ter aprendido com a própria TomTalentoso. Não, aquelas pessoas não iam mais ferrar com a vida dele. Se fizessem isso, ele ferraria com a vida delas de volta.

Àquela altura, Jake havia dobrado na West Hancock Street e estava se aproximando do endereço que descobrira na biblioteca pública de Rutland. Pouco mais de uma semana havia se passado desde que ele descartara aquela Rose Parker de Athens, Geórgia, como irrelevante para a saga em andamento de Evan Parker e seu anjo vingador. Agora o endereço, um condomínio de apartamentos chamado Athena Gardens, na Dearing Street, era o melhor que lhe restava como esperança de encontrar uma ligação com qualquer que fosse o lugar onde Rose estivesse morando no momento — não que Jake fosse ingênuo a ponto de esperar conseguir um endereço de correspondência ou qualquer ligação de Rose Parker com quem estivesse morando ali no momento. Em uma cidade universitária como Athens, a passagem de seis anos significava uma completa rotatividade de alunos de graduação nos muitos prédios da cidade, mas Jake supôs que ainda seria possível encontrar alguém que se lembrasse daquela pessoa em particular: uma descrição, uma lembrança, qualquer coisa assim poderia deixá-lo mais perto de encontrá-la.

O Athena Gardens era uma versão mais simples das opções de luxo que Jake já vira pela cidade — complexos habitacionais com espaços de convivência que eram como clubes de campo, deixando entrever vislumbres de piscinas e quadras de tênis através de seus portões de ferro. O que estava diante dele naquele momento, por outro lado, parecia uma clínica de reabilitação de tijolos vermelhos, ou um pequeno complexo de escritórios ocupado por empresas que faliam de maneira lenta e silenciosa. Havia uma placa na frente do condomínio anunciando as comodidades do Athena Gardens (controle de pragas e remoção de lixo incluídos no aluguel mensal, limpeza por uma taxa *simbólica*) e opções de apartamentos com um, dois e três quartos. Jake tinha poucas dúvidas sobre o tipo de apartamento que Rose Parker teria escolhido no outono de 2012, depois de se esforçar para evitar ter uma colega de quarto no campus. Ela teria morado sozinha ali no Athena Gardens. Teria se mantido isolada, enquanto sua antiga vida se descolava dela e desmoronava.

Havia um escritório de administração logo na entrada principal, e Jake viu uma mulher diante de uma mesa, trabalhando no computador. Ela usava um corte de cabelo rígido em estilo pajem que só servia para acentuar o rosto muito cheio, e sua expressão deixava claro para qualquer um: *Eu não gosto de você, mas estou sendo paga para fingir que gosto*. Ela dirigiu um sorriso falso a Jake quando ele entrou. Ainda assim, foi uma saudação muito mais calorosa do que a que havia recebido de Arthur Pickens, o advogado.

— Oi. Espero não estar interrompendo.

A mulher parecia ter mais ou menos a idade de Jake. Talvez um pouco mais velha.

— De forma alguma — disse ela. — Em que posso ajudar?

— Estou só dando uma olhada em algumas opções de apartamento para a minha filha. Ela vai começar o segundo ano no outono. E não vê a hora de sair dos dormitórios da universidade.

A mulher riu.

— Escuto muito isso. — Ela se levantou. — Eu me chamo Bailey — falou, estendendo a mão.

— Oi. Jacob. — Eles trocaram um aperto de mãos. — Eu disse que daria uma olhada em alguns lugares enquanto ela estivesse em aula. Vou precisar voltar aqui com ela, se vir alguma coisa que tenha a minha aprovação de pai. Pedi indicação ao meu primo. A filha dele morou aqui alguns anos atrás.

— Aqui no Athena Gardens?

— Sim. E ele disse que era seguro. Segurança é o que mais me importa, na verdade.

— É claro! Você é o pai dela! — falou Bailey, e deu a volta na mesa. — Temos sempre muitos pais aparecendo por aqui. Eles não se importam com quantas bicicletas ergométricas há na academia. Querem saber se suas meninas vão estar seguras.

— Exatamente. — Jake assentiu. — Não quero saber de que cor é o tapete. Mas sim se as portas trancam direito, se o condomínio tem um vigia, esse tipo de coisa.

— Não que não tenhamos uma academia muito boa. E uma piscina muito bonita.

Jake, que tinha visto a piscina enquanto descia a rua, teve vontade de discordar.

— Também não quero nada muito perto da Washington Street. Bares demais.

— Ah, eu sei. — A mulher revirou os olhos. — São cem deles no centro de Athens, sabia disso? Aquilo fica uma loucura nas noites de sábado. Na verdade, é uma loucura na maioria das noites. Então. Gostaria de ver alguns apartamentos?

Bailey lhe mostrou um apartamento de dois quartos horroroso, que ainda tinha as manchas no tapete deixadas pelos ocupantes que haviam saído poucos dias antes (pessoas com muita sede, se a coleção de garrafas em cima dos armários da cozinha fosse alguma indicação). E outro de apenas um quarto que cheirava a pot-pourri de canela. E outro ainda, também sala-e-quarto, que na verdade tinha um inquilino no momento. Jake tinha certeza de que Bailey não deveria mostrá-lo a ninguém.

— Você disse que a sua filha quer um apartamento de apenas um quarto?

— Sim. Ela teve uma colega de quarto horrível este ano. De fora do estado.

— Ah — disse Bailey. Aparentemente, nada mais precisava ser dito.

— Há quanto tempo este condomínio foi construído? — perguntou Jake.

Bailey respondeu que fazia quase vinte anos, embora Jake já soubesse disso, por conta da pesquisa que fizera. Assim como também sabia que bairros com moradores de maioria negra por toda Athens haviam sido postos abaixo para que condomínios de apartamentos como aquele (a maioria muito mais bonita que aquele) pudessem ser ocupados principalmente por estudantes brancos. Mas ele estava ali para uma história mais específica.

— E você? Há quanto tempo trabalha aqui?

— Há uns dois anos. Antes disso eu gerenciava um dos outros condomínios. Nossa empresa tem quatro, todos em Athens.

— Que interessante — comentou Jake. — Como eu disse, a filha do meu primo morou aqui. Ela teve uma boa experiência, eu acho. O nome dela era Rose Parker. Você não deve se lembrar dela.

— Rose Parker? — Bailey pensou por algum tempo. — Não, não me soa familiar. A Carole talvez se lembre. Ela é a faxineira do condomínio. O que, aliás, é uma despesa extra — esclareceu.

— Uau. Fazer a limpeza para um bando de universitários. Deve ser um trabalho difícil.

— Carole ama o que faz — retrucou Bailey, um pouco na defensiva. — Ela é como uma mãe substituta neste lugar.

— Ah, claro.

Jake não sabia mais o que dizer. Ele deixou que Bailey lhe mostrasse outro apartamento de um quarto, a academia lamentável e a piscina, onde dois jovens estavam se acomodando em espreguiçadeiras baratas. Quando ela o convidou a voltar ao escritório para pegar um folheto e uma cópia do código de conduta, ele percebeu que estava prestes a deixar o Athena Gardens sem o que havia ido buscar — ou seja, qualquer coisa. Bailey estava tentando marcar uma visita para Jake e sua filha imaginária no dia seguinte, mas no dia seguinte ele estaria em casa, em Greenwich Village, sem muito para contar a uma Anna bastante preocupada.

— Escuta — disse Jake. — Eu te devo desculpas.

Na mesma hora, Bailey ficou desconfiada. E quem poderia culpá-la?

— Deve?

Eles ainda não tinham chegado ao escritório. Estavam em uma das passagens entre a piscina e o prédio principal do condomínio, onde ficava o escritório.

— A verdade é que a minha filha já encontrou um lugar que gostou.

— Entendo — disse Bailey, que parecia estar esperando algo pior.

— Eu quis visitar este condomínio porque... sabe aquele primo que eu mencionei? Ele me pediu.

Bailey franziu a testa.

— O primo cuja filha morava aqui?

— Sim, entre 2012 e 2013. Ele não tem notícias dela há alguns anos. E está muito preocupado. Por isso, me pediu para vir. O meu primo sabe que é um tiro no escuro, mas, você sabe, como eu já ia estar na cidade... Para o caso de ela ter mantido contato com alguém daqui...

— Entendo — voltou a dizer Bailey. — Eles sabem — ela hesitou antes de continuar — se ela ainda está...

— Ela está ativa nas "redes sociais". — Jake fez aspas no ar. — Os pais sabem que ela está morando em algum lugar no Meio-Oeste. Mas a menina não responde a nenhuma tentativa de contato. Eles acharam que, se eu conseguisse encontrar alguém com quem ela mantivesse contato, sabe como é, poderiam enviar uma mensagem. Pessoalmente, não achei muito promissor, mas... se fosse a minha filha...

— Sim. Que triste.

Por um momento, Bailey não disse nada, e Jake achou que a sua história, ou a sua atuação, haviam ficado aquém do esperado, mas então a mulher voltou a falar.

— Como eu disse, eu trabalhava em um dos nossos outros empreendimentos até o ano passado. E, quanto aos nossos inquilinos, cerca de oitenta por cento são estudantes matriculados na Universidade da Geórgia, a maioria da graduação, por isso quem estava aqui na mesma época da filha do seu primo já foi embora há muito tempo. Alguns estudantes de pós-graduação ficam mais tempo, mas acho que não temos nenhum agora que estava aqui em 2013.

— Aquela mulher que você mencionou antes, a faxineira?

— Sim. — Bailey assentiu. Ela pegou o celular e mandou uma mensagem. — Ela está aqui hoje. Eu não a vi, mas o expediente dela começou à uma da tarde. Estou pedindo para ela vir nos encontrar na frente do prédio.

Jake agradeceu, talvez um pouco calorosamente demais, e os dois foram juntos até a área da recepção, na frente do escritório dela. Quando chegaram lá, uma mulher robusta, usando um moletom vermelho desbotado de um time esportivo da Geórgia, já os esperava.

— Oi, Carole — disse Bailey. — Este é o sr...

— Jacob — disse Jake.

— Carole Feeney — ela se apresentou, obviamente preocupada.

— Não há nada de errado — falou Bailey para acalmar a outra mulher. — Esse senhor só está tentando encontrar uma garota que morou aqui algum tempo atrás.

— É a filha do meu primo — confirmou Jake. — Eles não conseguem entrar em contato com ela. E estão preocupados.

— Ah, meu Deus, sim — disse Carole, logo deixando claro que era mesmo a mãezona do lugar.

— Foi antes de eu vir trabalhar aqui — falou Bailey. — Mas achei que talvez você pudesse se lembrar

— Nós poderíamos... — Jake olhou ao redor. Não lhe escapou que Bailey não havia oferecido o próprio escritório para a conversa. Agora que Jake não era mais um cliente em potencial, ela claramente não queria ceder o espaço, ou talvez não quisesse mais ficar em uma sala fechada com ele. Mas havia duas cadeiras em um pequeno salão de aparência triste ao lado. No tour pelo condomínio, Bailey tinha chamado aquilo de sala comunitária. E foi para onde Jake apontou. — Você tem alguns minutos?

— Claro, claro — disse Carole.

Ela era uma mulher de pele pálida e tinha uma floresta de verrugas escuras ao longo da clavícula. Jake estava achando difícil não ficar olhando para aquelas verrugas.

— Bem, boa sorte — falou Bailey. — Lembre de nós se o lugar onde a sua filha está morando não der certo.

— Muito obrigado — disse Jake. — Farei isso.

Ele não faria isso. Até Bailey sabia.

Na sala comunitária, Jake se acomodou em uma das velhas poltronas, que era tão desconfortável quanto parecia, e Carole Feeney se sentou na outra. Ela parecia já estar de luto por aquela garota sem nome de "algum tempo atrás", que não fizera mais contato com a família, e com medo de descobrir quem era.

— Então, como eu disse, a filha do meu primo morou aqui no primeiro ano dela na universidade. Isso foi de 2012 a 2013.

— No ano dela como caloura? Normalmente eles ficam nos dormitórios do campus.

— Eu sei. Ela conseguiu algum tipo de liberação.

Carole arregalou os olhos.

— Espera, é a Rose? Você está falando da Rose?

Jake perdeu o fôlego. Ele não esperava que fosse ser tão rápido. Agora, não sabia muito bem o que dizer.

— Sim. Rose Parker.

— Em 2012, você disse? Parece mesmo a época certa. Ela está desaparecida? Pobre Rose!

Pobre Rose. Jake conseguiu assentir.

— Ah, meu Deus. Que tristeza. A mãe dela morreu, você sabe.

Jake assentiu. Ele ainda não estava seguro.

— Sim. Foi muito trágico. Você por acaso lembra de alguma coisa a respeito da Rose que possa ajudar o pai dela a encontrá-la?

Carole cruzou as mãos no colo. Eram mãos grandes e ásperas, o que não era de surpreender.

— Bem, ela era madura, é claro. Não tinha muito em comum com a maioria dos outros alunos. Não frequentava os bares. Não assistia aos jogos, eu acho. Não usava drogas. Eu não fazia a limpeza pra Rose, por isso só entrava no apartamento dela de vez em quando. Acho que ela era do norte.

— De Vermont — confirmou Jake.

— Isso mesmo.

Ele esperou que ela continuasse.

— A maior parte dessas garotas tem a cama coberta de bichos de pelúcia, como se tivessem seis anos de idade. Cada centímetro da parede tem pôsteres. Almofadas por toda parte. Um frigobar em cada quarto pra não precisarem andar mais do que alguns passos pra pegar uma lata de refrigerante. Em alguns desses apartamentos, a gente mal consegue se mexer, de tanta coisa que trazem. A Rose mantinha o dela bem simples, era uma pessoa organizada. Como eu disse, madura.

— Ela chegou a comentar sobre mais alguém da família?

Carole balançou a cabeça.

— Que eu me lembre, não. Ela nunca mencionou o pai. É seu primo?

— Eles não estavam juntos, os pais dela. Durante a maior parte da vida da Rose — respondeu Jake, improvisando. — Provavelmente foi por isso.

A mulher assentiu. Seu cabelo laranja estava preso em duas tranças finas e já muito desalinhadas.

— Eu só soube da mãe. Mas é claro, aquela coisa horrível com a mãe dela tinha acabado de acontecer, pouco antes de a Rose chegar aqui. Com certeza a pobre garota não conseguia parar de pensar naquilo. — Ela balançou a cabeça. — Um horror.

— Você está falando sobre... o fogo, certo? — disse Jake. — Foi um acidente de carro?

E se deu conta de que era aquilo que vinha imaginando desde que estivera na Taverna Parker e ouvira o inesquecível "queimada" de Sally. Obviamente não tinha sido na casa — Sylvia ou Betty teriam comentado a respeito, assim como haviam mencionado o envenenamento por monóxido de carbono e a overdose, e aquela seria apenas mais uma coisa terrível que acontecera em uma antiga casa de família onde as pessoas nasciam e morriam. Desde aquela noite na Taverna Parker com Sally, Jake visualizara a cena de forma bastante consistente: *carro cai em uma vala, capota, dá cambalhotas morro abaixo, explode em chamas*, e ele conseguia ver aquela cena em uma centena de variações já mostradas em filmes e séries de televisão, talvez com o acréscimo de um passageiro trágico/sortudo que conseguia escapar a tempo, gritando e chorando e assistindo horrorizado ao incêndio, já do alto da estrada.

— Ah, não — falou Carole Feeney. — A coitada estava em uma barraca. A Rose quase não conseguiu sair a tempo e teve que ficar assistindo àquilo acontecer. Não pôde fazer nada para salvar a mãe.

— Em uma barraca? Elas tinham ido... o que, acampar?

Aquele era o tipo de detalhe surpreendente que o primo do ex-marido de uma vítima fatal de acidente provavelmente deveria saber. Mas Jake não sabia.

— Estavam vindo aqui para Athens, vindo do norte. Eu acho que de Vermont, como você disse. — Ela o encarou. — Nem todo mundo tem dinheiro para ficar em hotel, sabe? Uma vez a Rose me disse que, se não tivesse vindo estudar tão longe de casa, a mãe ainda estaria bem, e não enterrada em algum lugar no norte da Geórgia.

Jake sustentou o olhar da mulher.

— Espera — falou. — Espera, isso aconteceu na Geórgia?

— A Rose teve que enterrar a mãe em um cemitério lá em cima, na cidade perto de onde aconteceu. Consegue imaginar uma coisa dessas?

Ele não conseguia. Bem, conseguia, mas, outra vez, o problema não era imaginar, e sim dar sentido àquilo.

— Por que ela não levou o corpo da mãe para casa, para ser enterrado em Vermont? A família inteira está enterrada em Vermont!

— Sabe de uma coisa? Eu não perguntei isso a ela — disse Carole, o tom carregado de sarcasmo. — Você acha que essa é uma pergunta para fazer a alguém que acabou de perder a mãe? A Rose não tinha ninguém, lá de onde ela veio. Me disse que eram só ela e a mãe. Não tinha irmãs nem irmãos. E, como eu disse, nunca ouvi ela falar nada sobre esse seu *primo* — completou Carole, com ênfase intencional na palavra. — Talvez tenha feito sentido para ela cuidar disso aqui na Geórgia. Mas, se você encontrar a Rose, com certeza vai poder perguntar a ela.

A conversa parecia estar indo ladeira abaixo. Aflito, Jake tentou pensar no que ainda precisava saber.

— A Rose saiu da universidade depois do primeiro ano. Você tem alguma ideia de para onde ela foi?

Carole balançou a cabeça.

— Eu só soube que a Rose não estava mais morando aqui quando me mandaram limpar o apartamento, depois de ela já ter ido embora. Não fiquei exatamente surpresa por ela ter decidido ir estudar em outro lugar. Essa é uma universidade cheia de festas, de bagunça. A Rose não era uma garota festeira.

Jake assentiu, como se também soubesse disso.

— E não há mais ninguém que morasse aqui, com quem ela poderia ter mantido contato?

Carole pensou por um instante.

— Não. Como eu disse, acho que ela não tinha muito em comum com os outros alunos. Mesmo dois anos fazem uma grande diferença nessa idade.

— Espera — disse Jake. — Quantos anos você diria que a Rose tinha quando morou aqui?

— Eu nunca perguntei. — Ela se levantou. — Desculpe não poder te ajudar. Detesto a ideia de ela estar desaparecida.

— Espera — falou Jake de novo. Então enfiou a mão no bolso de trás da calça para pegar o celular. — Posso só... te mostrar uma foto? — Ele procurou a imagem desfocada da garota do time de hóquei em campo: franja curta, grandes óculos redondos. Porque aquilo era tudo o que tinha, a única prova da Rose Parker que havia terminado o ensino médio um ano mais cedo e saído de casa no início do que teria sido seu último ano de escola, e que teria chegado ali, à Geórgia, como uma órfã de dezesseis anos. — Eu só quero ter certeza — falou e ergueu o celular para mostrar a Carole.

A mulher se inclinou mais para perto e, na mesma hora, Jake viu a preocupação em seu rosto desaparecer. Ela endireitou o corpo.

— Essa não é a Rose. — Carole Feeney balançou a cabeça. — Você está falando de outra pessoa. Nossa, que alívio. A garota já passou por coisa demais.

— Mas... essa é ela. Essa é Rose Parker — insistiu Jake.

Ela fez a vontade dele e checou de novo, mas agora por não mais que um segundo.

— Não, não é — repetiu.

RÉPLICA
DE JACOB FINCH BONNER
Macmillan, Nova York, 2017, páginas 245-246

Ela fez questão de voltar para casa algumas vezes naquele primeiro ano e, quando encontrava pessoas que conhecia em Earlville, ou em Hamilton, pessoas com quem convivera a vida inteira, contava que Maria estava na Universidade Estadual de Ohio.

— Ela vai se formar em história — falou Samantha para o caixa do banco, enquanto organizava uma transferência de fundos para a conta da filha em Columbus.

— Ela está pensando em pedir transferência — comentou com o velho Fortis, quando o viu saindo do carro no supermercado. — Quer conhecer outras partes do país.

— Bem, quem pode culpá-la? — falou ele.

— Ela parece bem feliz lá — foi o que disse a Gab, que apareceu na casa um dia.

— Eu estava de passagem por aqui. Eu vi o seu carro? — falou Gab, dando a entonação de uma pergunta à voz. — Não vejo mais o seu carro quando passo.

— Estou namorando um cara que mora perto de Albany — falou Samantha. — Acabo passando muito tempo lá, com ele.

— Ah.

Samantha soube, então, que Gab vinha mandando e-mails para Maria desde agosto, enviando mensagens e ligando para ela até receber a mensagem de que o número não estava mais em operação.

— Ela estava esperando que você entendesse o recado — disse Samantha. — Sinto muito por ter que te contar isso, mas a Maria está namorando sério. Uma moça brilhante da aula de filosofia.

— Ah — voltou a dizer a garota.

Cinco minutos excruciantes depois, Gab foi embora, abatida, e foi o fim daquela história. Ou deveria ter sido.

— Estou pensando em me mudar para Ohio, para morar com a minha filha lá — disse Samantha à mulher da imobiliária local. — Estava pensando... quanto você acha que vale a minha casa?

Valia muito menos do que Samantha queria, mas ela vendeu mesmo assim, naquela primavera. Então, seguiu novamente com o Subaru para oeste, embora dessa vez com uma carreta de mudança acoplada ao carro e sem fazer nenhum desvio para a Pensilvânia.

CAPÍTULO VINTE E SETE

Foxfire

Antes mesmo de ligar para ela, Jake sabia que a esposa ficaria chateada. O voo dela para Seattle seria em breve e ele havia programado estar em casa na manhã seguinte, depois de dois dias de uma viagem que, antes de mais nada, Anna não queria que ele fizesse. Em vez disso, Jake estava mudando de planos, estendendo o aluguel do carro e, pior de tudo, seguindo para o norte, para um lugar do qual nunca tinha ouvido falar, em uma parte da Geórgia que nunca tivera motivos para visitar. Até então.

— Ah, Jake, não — falou Anna quando soube da mudança de planos.

Ele estava no quarto de hotel, comendo um hambúrguer que havia comprado no caminho de volta da biblioteca.

— Escuta, eu presumi que ela tivesse morrido em Vermont. Não fazia ideia de que o acidente tinha acontecido na Geórgia.

— Tá, e daí? — disse Anna. — Por que importa onde aconteceu? Quer dizer, pelo amor de Deus, Jacob, o que você acha que vai descobrir?

— Não sei — respondeu ele, com sinceridade. — Só quero fazer o máximo que puder para essa mulher parar de me extorquir.

— Mas ela não fez isso — argumentou Anna. — Extorsão implica uma exigência. Essa mulher não te pediu nem um centavo. Não pediu nem para você confessar tudo.

Jake precisou de um momento para assimilar isso. Doeu ouvir.

— Confessar tudo? — disse por fim.

— Desculpa. Você sabe o que eu quero dizer.

Mas ele não sabia. E lhe ocorreu que aquilo estava se tornando um problema.

— Você não acha interessante que, pelo que parece, ela largou o corpo na beira da estrada e seguiu caminho? Tem cento e cinquenta anos de membros da família Parker em um cemitério em Vermont!

— Olha, não — respondeu Anna —, não me parece assim tão estranho. Nas circunstâncias em que aconteceu? Ela estava indo de Vermont para a Geórgia, provavelmente com a vida inteira no banco de trás do carro, e acontece isso? Talvez a Rose já soubesse que não voltaria para casa. Talvez não fosse sentimental de um modo geral. Talvez muitas coisas! Então ela pensa: *Quer saber? A minha vida é daqui pra frente, não pra trás. Vou encontrar um bom lugar por aqui para ela ser enterrada e seguir adiante.*

— E os membros da família? Os amigos? Talvez eles tivessem desejado opinar a respeito.

— Talvez elas não tivessem amigos. Talvez Evan Parker não fizesse parte da vida das duas. Talvez nada disso importe. Você poderia, por favor, voltar para casa?

Mas Jake não podia. Ele havia precisado de apenas trinta segundos depois de digitar os termos de pesquisa "Dianna Parker+barraca+Geórgia" para encontrar uma matéria breve e altamente problemática no *Clayton Tribune*, de Rabun Gap:

Da redação, 27 de agosto de 2012
Condado de Rabun

Uma mulher de 32 anos morreu na madrugada de domingo, 26 de agosto, aproximadamente às duas da manhã, em um incêndio em uma barraca no Acampamento Foxfire, na Floresta Nacional de Chattahoochee-Oconee. Dianna Parker, de West Rutland, Vermont, estava acampando com a irmã, Rose Parker, de 26 anos, que escapou do incêndio e conseguiu dar o alarme.

> Paramédicos do serviço de emergência do condado de Rabun e membros da Tropa C da Patrulha do Estado da Geórgia atenderam ao chamado, mas a destruição já estava completa quando chegaram ao acampamento.

Ele enviou o link para Anna, então, com a pergunta: *Você não vê o problema aqui?*

Ela não via. E Jake não a culpava.

— Rose Parker tinha dezesseis anos. Não vinte e seis.

— Então há um erro de digitação. Um dígito. Falha humana.

— *Irmã?* — disse ele. — Não filha?

— É um erro. Olha, Jake, eu cresci em uma cidade pequena. Esses jornais locais não são o *New York Times*.

— Não é um erro. É mentira. Escuta — insistiu Jake —, você não acha interessante que ninguém pareça ficar doente nessa família? Todo mundo morre de repente, em algum tipo de evento inesperado. Envenenamento por monóxido de carbono. Overdose. Uma barraca que pega fogo, pelo amor de Deus! É demais para aceitar.

— Sabe, Jake, as pessoas morrem de todas essas maneiras. Nem sempre houve detectores de monóxido de carbono... e mesmo com eles às vezes as pessoas ainda são envenenadas. O mesmo vale para overdose. Há uma crise de opiáceos neste país, você deve estar ciente. E em Seattle nós tínhamos incêndios em barracas nos acampamentos de sem-teto o tempo todo.

Jake achou que a esposa tinha razão, mas insistiu que, ainda assim, tiraria mais um dia para dirigir até a Geórgia. Talvez conseguisse encontrar alguém que tivesse estado no local do acidente, ou quem sabe até conversado com a sobrevivente na época. E ele poderia visitar o acampamento onde tinha acontecido o incêndio.

— Mas por quê? — perguntou Anna, profundamente irritada. — Um acampamento qualquer na floresta? O que você acha que vai descobrir lá?

Para ser sincero, Jake não tinha ideia.

— Também quero ver onde ela está enterrada.

E isso era ainda menos defensável.

Pela manhã, Jake seguiu de carro para o norte, atravessando o Platô de Piedmont e entrando nas montanhas Blue Ridge, um caminho tão lindo que o fez deixar de lado, ao menos por um tempo, suas preocupações do momento. O que ele diria quando chegasse a Rabun Gap, e para quem diria, eram perguntas sem resposta, mas Jake não conseguia conter a sensação de que havia alguma revelação final esperando por ele à frente, algo que justificaria não apenas a longa viagem (que não era nada no caminho do aeroporto de Atlanta) e as despesas do dia extra e do voo remarcado, mas acima de tudo a desaprovação óbvia da esposa. Jake esperava por uma revelação que não conseguiria em nenhum outro lugar. Algo que finalmente confirmasse quem era aquela pessoa, por que estava atrás dele e como ele poderia fazê-la parar.

Jake havia encontrado o acampamento com facilidade no Google Maps, mas achá-lo na vida real foi bem mais difícil, já que o GPS do celular pareceu vacilar no momento em que ele entrou nas montanhas. Precisou recorrer, então, ao método decididamente analógico de parar em um empório em Clayton para pedir ajuda, e aquilo exigiu uma troca obscura de informações antes que a informação desejada pudesse ser fornecida.

— Tem licença? — perguntou o homem atrás do balcão, quando Jake explicou o que estava procurando.

— Como?

— Podemos te vender uma, se você não tiver.

Licença pra quê?, Jake teve vontade de perguntar, mas essa não lhe pareceu a melhor maneira de estabelecer um relacionamento.

— Ah, ora, isso é bom.

O homem sorriu. Suas costeletas eram tão longas que contornavam o maxilar, mas não se encontravam no queixo. O queixo tinha uma covinha, à la Kirk Douglas. Talvez esse fosse o motivo.

— Acho que você não está aqui para pescar.

— Ah. Não. Só estou tentando encontrar o acampamento.

A grande atração de Foxfire, como o homem explicou alegremente (e longamente) a ele, era a pesca de trutas. O riacho — Jilly Creek —, ao sul da cachoeira, era um local popular.

— A que distância daqui, você diria?

— Eu *diria* uns vinte minutos. A leste na Warwoman Road por dezoito quilômetros. Depois à esquerda na estrada de serviço florestal. E dali são cerca de três quilômetros.

— Quantos acampamentos existem? — perguntou Jake.

— De quantos você precisa? — O homem riu.

— Na verdade — explicou Jake — não preciso de nenhum. Só estou interessado em uma coisa que aconteceu lá alguns anos atrás. Talvez você se lembre.

O cara parou de sorrir.

— Talvez eu me lembre. Talvez até eu já tenha uma boa ideia do que você está falando.

O nome dele era Mike. Era um veterano do norte da Geórgia e, por um golpe de sorte imerecido, bombeiro voluntário. Dois anos antes, o batalhão dele tinha sido chamado ao Acampamento Foxfire, em uma tarde de verão em que o lugar estava muito cheio, para apartar uma briga entre duas mulheres, uma das quais havia quebrado o pulso. Cinco anos antes disso, uma mulher havia sido queimada até a morte em uma barraca no meio da noite. Além daqueles dois incidentes, as únicas ocorrências notáveis das últimas décadas envolveram a não devolução à água de trutas de tamanho menor que o normal.

— Não vejo por que você teria interesse naquelas duas garotas malucas de Pine Mountain — falou Mike. — Embora também não tenha ideia de por que você estaria interessado na mulher que morreu. A não ser, talvez, por ela não ser daqui e, obviamente, você também não.

— Sou de Nova York — disse Jake, confirmando as piores suspeitas do homem.

— E ela também?

— Vermont.

— Pois é. — Ele deu de ombros, como se seu ponto de vista tivesse sido provado.

— Eu conhecia o irmão dela — falou Jake, depois de um momento. Aquilo tinha a vantagem de pelo menos ser verdade.

— Ah. Bem, foi uma coisa horrível. Terrível de ver. A irmã estava histérica.

Jake, que não confiava em si mesmo para comentar a respeito, apenas assentiu. *Irmã*.

— Então você estava lá naquela noite — falou.

— Não. Mas estive na manhã seguinte. Como não tinha nada para os paramédicos fazerem, eles esperaram que nós fizéssemos a remoção.

— Você se importa se eu perguntar a respeito?

— Você já está perguntando a respeito — lembrou Mike. — Se eu me importasse, não estaria mais respondendo.

Mike era dono do empório com os dois irmãos — um deles estava na prisão, o outro no estoque. Esse último apareceu por ali naquele momento e olhou para Mike em busca de uma explicação.

— Ele quer saber sobre o Acampamento Foxfire — explicou Mike.

— Tem licença? — perguntou também o irmão. — Posso te vender uma, se não tiver.

Jake desejou poder evitar passar por isso novamente.

— Na verdade eu nunca pesquei. E não vou começar hoje. Sou escritor.

— Escritores não pescam? — Mike sorriu.

— Este aqui não.

— O que você escreve? Filmes?

— Livros.

— De ficção?

Jake suspirou.

— Sim. Meu nome é Jake. — Ele trocou apertos de mãos com os dois irmãos.

— Você está escrevendo um romance sobre aquela mulher no Acampamento Foxfire?

Era um pouco demais explicar que na verdade já havia feito aquilo.

— Não. Como eu disse, eu conhecia o irmão dela.

— Eu te levo até lá, se você quiser — se ofereceu Mike. O irmão do estoque pareceu tão surpreso quanto o próprio Jake ao ouvir isso.

— Sério? Isso é incrivelmente gentil da sua parte.
— Acho que o Lee consegue guardar o forte aqui.
— Acho que consigo — disse o irmão. — Não que você não pudesse encontrar o acampamento por conta própria.

Jake tinha sérias dúvidas de que seria capaz de encontrar o lugar sozinho.

Eles foram na caminhonete de Mike, que guardava os restos de pelo menos quatro refeições no piso e cheirava a mentol, e, por dezoito quilômetros de avanço lento pela estrada, Jake teve que ouvir muito mais do que gostaria de saber sobre os impostos gerados pela pesca de trutas no norte da Geórgia, e como muito pouco daquilo voltava para a comunidade de onde tinha saído, indo em vez disso para, por exemplo, subsídios para o Obamacare em outras partes do estado. Mas tudo isso valeu a pena quando eles saíram da estrada para uma trilha pela qual Jake certamente teria passado direto se tivesse se arriscado a ir sozinho. E, mesmo que não fosse o caso, ele teria desistido muito antes de terminar a parte seguinte do caminho, ao longo de uma trilha que entrava por quilômetros nas profundezas da floresta.

— Pronto — disse Mike, desligando o motor.

Havia uma pequena área de estacionamento com algumas mesas de piquenique e uma placa velha e surrada com o horário do acampamento (vinte e quatro horas por dia, sendo que das dez da noite às seis da manhã deveriam ser horas "silenciosas"), política de reservas (não se aceitavam reservas), conveniências (dois banheiros químicos, fossem eles como fossem) e taxa noturna (dez dólares a serem pagos na caixa de coleta). O Foxfire ficava aberto o ano todo, a estadia máxima era de catorze dias e a cidade mais próxima, como Jake agora sabia muito bem, era Clayton, a vinte e cinco quilômetros. Ficava realmente no meio do nada.

Mas também era bonito. Muito bonito e muito tranquilo e tão cercado pela floresta que ele nem podia imaginar como deveria ser o lugar na calada da noite. Sem dúvida era o último lugar no mundo em que se desejaria ter que lidar com uma crise de qualquer tipo, menos ainda uma crise que envolvesse risco de vida. A não ser que fosse exatamente o lugar onde você desejaria ter aquele tipo de crise.

— Eu posso mostrar a área onde elas ficaram, se você quiser.

Jake seguiu atrás de Mike ao longo do riacho, então eles dobraram à esquerda, passando por duas ou três áreas de acampamento desocupadas, cada uma com seu próprio espaço para acender uma fogueira e montar a barraca, e, mais atrás, a floresta.

— Tinha mais alguém acampando aqui naquela noite?

— Um dos outros espaços estava ocupado, mas você está vendo como é a distribuição do lugar. Os espaços para as barracas são bem espalhados, e os acessos são feitos por caminhos diferentes. Mesmo se a irmã soubesse que tinha alguém por perto, ela provavelmente não saberia como encontrar a pessoa, ainda mais no escuro. E duvido que qualquer um pudesse ter sido de grande ajuda, mesmo que a irmã conseguisse encontrar alguém. Quem estava aqui além delas era um casal de Spartanburg na casa dos setenta anos. Eles dormiram durante toda a confusão e, quando saíram da barraca de manhã para guardar a bagagem no carro e despejar o lixo, encontraram o estacionamento cheio de paramédicos e bombeiros. Não faziam ideia do que estava acontecendo.

— Então onde ela foi buscar ajuda? A irmã. Na direção da estrada?

— Sim. São três quilômetros daqui até a estrada principal. E, quando ela chegou lá, não passava nenhum carro... óbvio, afinal eram quatro da manhã. Demorou mais algumas horas até alguém aparecer. Àquela altura a irmã estava alguns quilômetros mais perto de Pine Mountain. Era uma noite fria, e ela estava só de chinelos e com uma camiseta comprida. As pessoas muitas vezes são pegas de surpresa pelo frio que faz nas montanhas. Mesmo em agosto. Mas acho que esse não foi o caso delas.

Jake franziu a testa.

— O que você quer dizer?

— Bem, elas tinham o aquecedor, não tinham?

— Você está se referindo a um aquecedor elétrico?

Mike, ainda alguns passos à frente, se virou para olhar para Jake.

— Não era um aquecedor elétrico. Era a gás propano.

— E foi assim que o fogo começou?

— Ora, a possibilidade é grande! — Mike teve a desfaçatez de rir. — A gente costuma se preocupar com o dióxido de carbono nesses aquecedores, mas nunca se deve colocá-los perto de qualquer coisa, ou colocar qualquer coisa em cima deles, ou deixá-los em algum lugar em que alguém possa derrubá-los. Os mais modernos conseguem detectar quedas. E tocam um alarme. Mas o delas não era novo. — Ele encolheu os ombros. — Enfim, nós achamos que foi isso que aconteceu. A irmã disse ao legista que levantou para usar o banheiro no meio da noite. Ela desceu até onde as duas tinham estacionado o carro. Foram cerca de dez minutos ao todo. Depois, a garota disse que talvez tenha esbarrado no aquecedor quando saiu. Que talvez ele tenha caído. Ela estava desesperada enquanto contava a respeito.

Mike parou. Eles tinham chegado a uma clareira com cerca de dez metros de diâmetro. Jake ainda podia ouvir o riacho, mas agora o vento nos pinheiros e nogueiras acima era tão alto quanto. Mike estava com as mãos nos bolsos. Sua irreverência natural parecia ter desaparecido.

— Então foi aqui?

— Sim. A barraca estava ali. — Ele acenou com a cabeça para o lugar limpo e plano. Havia a estrutura para uma fogueira ao lado, que não parecia ter sido usada.

— É realmente no meio do nada — Jake se ouviu dizer.

— Claro. Ou no centro do universo, se você gosta de acampar.

Jake se perguntou se Rose e Dianna Parker gostavam de acampar. Ele percebeu, mais uma vez, como sabia pouco a respeito das duas, e como muito do que tinha achado que sabia se provara errado. É isso que acontece quando as informações que se tem sobre as pessoas vêm de um romance — o de outra pessoa ou o dele mesmo, não importava.

— Que pena ela não estar com um celular — comentou Jake.

— O celular estava dentro da barraca e, quando ela voltou, já estava tudo em chamas. A barraca virou cinzas, como tudo o que estava dentro. — Ele fez uma pausa. — Não que isso teria dado certo aqui, de qualquer maneira.

Jake olhou para ele.

— O quê?

— O celular. Você descobriu isso por si mesmo.

Era verdade.

— Você tem alguma ideia de por que elas estavam aqui? — perguntou Jake. — Duas mulheres de Vermont em um acampamento na Geórgia?

Mike encolheu os ombros.

— Não. Eu não cheguei a falar com a irmã. Mas Roy Porter conversou com ela. Ele é o legista de Rabun Gap. Eu só deduzi que as duas estavam viajando pela região, acampando. Se você conhece a família, provavelmente tem uma ideia melhor a esse respeito do que qualquer um de nós. — Ele olhou para Jake. — Você disse que conhecia a família.

— Eu conhecia o irmão da mulher que morreu, mas nunca perguntei a ele sobre isso. E o cara morreu um ano depois disso aqui. — Jake indicou o acampamento.

— É mesmo? Que má sorte a dessa família.

— Péssima — teve que concordar Jake. Se é que o problema era mesmo falta de sorte. — Você acha que o legista conversaria comigo?

— Não vejo por que não. Nós percorremos um longo caminho desde *Amargo pesadelo*. Somos bastante gentis com os forasteiros agora.

— Vocês... o quê? — disse Jake.

— *Amargo pesadelo*. Gravaram esse filme a alguns quilômetros daqui.

Jake não conseguiu evitar que um arrepio percorresse seu corpo ao ouvir isso.

— Ainda bem que você não me contou isso antes! — falou, no que esperava ser o tipo de tom que fazia as vezes de um tapinha nas costas.

— Ou você não teria vindo para *o meio do nada* com um completo estranho e um celular que não funciona.

Jake não soube dizer se Mike estava brincando.

— Ei, eu poderia levar você e o legista pra jantar, para agradecer, que tal?

Mike pareceu gastar mais tempo que o necessário para pensar no convite. Mas, no fim, concordou.

— Posso ligar para o Roy e perguntar a ele.

— Seria fantástico. Aonde podemos ir?

Nem era preciso dizer que essa era uma pergunta muito nova-iorquina, já que em Clayton o leque de opções não era extenso. Ele combinou de encontrar os dois em um lugar chamado Clayton Café e, depois que Mike o levou de volta ao empório para pegar o carro, Jake encontrou uma pousada e se registrou para passar a noite. Ele sabia que era melhor não telefonar, nem mesmo mandar uma mensagem de texto para Anna. Em vez disso, ficou deitado na cama assistindo a um programa antigo da Oprah em que o dr. Phil aconselhava um casal de dezesseis anos a amadurecer e assumir a responsabilidade pelo bebê que estavam esperando. Ele quase adormeceu, embalado pelos gemidos de desaprovação do público.

O Clayton Café ficava na rua principal da cidade, tinha um toldo listrado na frente e uma placa que dizia SERVINDO À COMUNIDADE DESDE 1931. Dentro, as mesas eram cobertas por toalhas de tecido xadrez preto, com cadeiras laranja e paredes cobertas por trabalhos de arte local. Uma mulher o recebeu na porta, carregando dois pratos cheios de espaguete e molho de tomate, cada um com uma fatia de pão de alho equilibrada em cima. Quando viu a comida, Jake se lembrou de que não colocava nada no estômago desde que parara para comprar um muffin para viagem, naquela manhã, ainda em Athens.

— Vim encontrar o Mike — falou, se dando conta tarde demais de que não chegara a perguntar o sobrenome dele. — E... — Jake havia esquecido o nome do legista. — Uma outra pessoa.

A mulher apontou para uma mesa do outro lado do salão, sob um quadro que mostrava um bosque muito parecido com o que ele tinha visitado algumas horas antes. Já havia um homem sentado à mesa: idoso, negro, vestindo um moletom do time Braves.

— Já vou até lá — disse a garçonete.

Naquele momento, o homem ergueu os olhos. Seu rosto, como parecia apropriado para sua profissão, não revelava nada, nem mesmo um sorriso. Jake ainda não tinha conseguido se lembrar do nome dele. Assim, atravessou a sala e estendeu a mão.

— Olá, eu sou o Jake. Você é... o amigo do Mike?

— Sou vizinho do Mike. — A correção parecia muito importante.

O homem lançou um olhar avaliador para a mão estendida de Jake. Então, aparentemente concluindo que estava de acordo com seu padrão de higiene, apertou-a.

— Obrigado por aceitar o convite.

— Obrigado por me convidar. Não é sempre que um completo estranho decide me pagar o jantar.

— Ah, isso acontece comigo o tempo todo.

A piada caiu tão mal quanto poderia. Jake se sentou.

— O que é bom aqui?

— Quase tudo — disse o legista. Ele não havia pegado o cardápio à sua frente. — Os hambúrgueres. O bife com molho especial. E os assados são sempre gostosos. — Ele apontou para alguma coisa além do ombro de Jake, que se virou e viu um quadro com as especialidades da casa. O prato do dia era frango, brócolis e arroz. Ele também viu Mike entrar, acenar para alguém sentado ao lado da porta e atravessar o salão.

— Mike — disse o legista.

— Oi, Mike.

— Oi, Roy — cumprimentou Mike. — Vocês dois já se conheceram?

Não, pensou Jake.

— Na verdade, sim — falou Roy.

— O Mike me ajudou muito hoje.

— Foi o que eu soube — comentou Roy. — Não sei bem por que ele se deu o trabalho.

A garçonete se aproximou. Jake pediu a mesma coisa que Mike: frango com sementes de papoula, purê verde e quiabo frito. Roy pediu a truta.

— Você pesca? — perguntou Jake a ele.

— Sou conhecido por isso.

Mike balançou a cabeça.

— Ele é insano. Esse homem tem um toque mágico.

Roy deu de ombros, tentando ser modesto, mas foi causa perdida para o seu orgulho considerável.

— Ah, não sei.

— Eu gostaria de ter paciência pra isso.

— Como você sabe que não tem? — perguntou Mike.

— Não sei. Não é da minha natureza, acho.

— O que você diria que é da sua natureza?

— Descobrir coisas, eu diria.

— Isso é uma natureza? — foi a vez de o legista perguntar. — Ou um propósito?

— Acho que as duas coisas se fundem — respondeu Jake, já ficando irritado. Aquele cara estava ali apenas para um jantar grátis? Ele parecia ter condições de pagar pela própria truta. — Estou muito curioso sobre a mulher que morreu lá no acampamento. O Mike deve ter contado a você que eu conhecia o irmão dela.

— O irmão delas — corrigiu Roy.

— Como?

— Elas eram irmãs. Logo, o irmão de uma também seria da outra. Ou estou esquecendo alguma coisa?

Jake respirou fundo para se recompor.

— Acredito que você talvez partilhe de algumas das perguntas que eu tenho sobre o que aconteceu.

— Bem, você está errado — respondeu Roy, o tom brando. — Não tenho pergunta nenhuma. E também não vejo por que você deveria ter. O Mike aqui diz que você é escritor. Estou sendo entrevistado para algum tipo de publicação?

Jake balançou a cabeça.

— Não. De forma alguma.

— Uma matéria para algum jornal? Ou um artigo para uma revista?

— De jeito nenhum.

A garçonete voltou, deixou três copos de plástico com chá gelado na mesa e se afastou de novo.

— Então não preciso me preocupar em olhar por cima do ombro do cara sentado ao meu lado no avião e me ver em um livro.

Mike sorriu. Ele mesmo provavelmente teria adorado se ver em uma situação dessas.

— Eu diria que não.

Roy Porter assentiu. Ele tinha olhos fundos e usava uma camisa polo azul, abotoada até o pescoço, e um relógio enorme com pulseira de couro larga. Também irradiava uma intensidade profundamente desconfortante. Devia ser toda aquela morte que via, supôs Jake. Todas aquelas coisas terríveis que as pessoas faziam umas às outras.

A garçonete apareceu mais uma vez, agora com a comida — que tinha uma aparência e um aroma tão bons que Jake quase se esqueceu do que estavam falando. Ele não sabia exatamente o que havia pedido. E continuava sem saber. Mas começou a comer com vontade.

— Você foi ao acampamento?

Roy deu de ombros. Ao contrário de Jake, que estava enfiando montes de frango na boca, o legista estava postergando o prazer, ainda partindo sua truta com delicadeza.

— Estive. Cheguei lá por volta das seis da manhã. Não que houvesse muito pra ver, já que a barraca tinha queimado quase completamente. Sobraram alguns pedaços da roupa de cama, algumas panelas e o aquecedor. E o corpo, é claro. Mas o corpo estava carbonizado. Tirei algumas fotos e levei os restos para o necrotério.

— E descobriu mais alguma coisa lá?

Roy levantou os olhos.

— O que, em particular, você acha que eu deveria ter descoberto? Eu tinha um corpo que parecia um pedaço de carvão. Você já ouviu aquela história sobre barulho de cascos no parque?

Aquilo pareceu vagamente familiar a Jake, mas ele respondeu que não.

— Se você ouve o som de cascos no parque, vai achar que são cavalos ou zebras?

— Não estou entendendo — disse Mike.

— Você acha que são cavalos — respondeu Jake.

— Certo. Porque é muito mais provável que haja cavalos soltos no parque do que zebras soltas.

— Ainda não entendi — insistiu Mike. — Que parque tem cavalos soltos correndo por aí?

Era um bom argumento.

— Então o você está dizendo é que era bastante óbvio que aquela mulher tinha morrido queimada.

— Não estou dizendo nada disso. Era óbvio, sim, que ela tinha sido queimada. Mas o fogo foi o motivo da morte? É por isso que o legista vai ao local, antes de mais nada, para ver se a pessoa se moveu durante o incêndio. Pessoas que estão sendo queimadas vivas tendem a se movimentar. Pessoas que já estão mortas, ou pelo menos inconscientes, geralmente não fazem isso. E, mesmo que os legistas achem que são cavalos soltos no parque, somos treinados para verificar se não seriam zebras. Aquele corpo passou por uma TCPM completa, adequada às circunstâncias.

— TCPM?

— Tomografia computadorizada post mortem. Para procurar fraturas, objetos de metal.

— Você quer dizer... uma prótese no joelho, por exemplo?

Roy, que estava prestes a comer uma garfada da truta, parou e olhou para Jake com uma expressão de incredulidade.

— Quero dizer um projétil.

— Ah. Sim. Sem fraturas, então.

— Sem fraturas. Nem qualquer objeto estranho. — Ele fez uma pausa. — Nenhuma prótese no joelho.

Mike estava sorrindo. E continuou a comer o frango.

— Nenhum projétil também. Apenas uma mulher que morreu queimada em sua barraca de acampamento, em um incêndio quase com certeza iniciado por um aquecedor a propano, que eu pessoalmente vi ao lado dela.

— Certo — falou Jake. — Mas... e quanto à identificação? A tomografia ajudou nisso?

— Identificação — disse Roy.

— Ora, sim.

O legista largou o garfo.

— Você acredita que aquela jovem estava enganada sobre com quem estava dividindo a barraca?

Não exatamente, pensou Jake.

— Mas você não precisa provar que não era o caso? — insistiu.

— Nós estamos em um programa de televisão? — perguntou Roy Porter. — Sou um daqueles apresentadores que resolvem crimes? Eu tinha um conjunto de restos mortais e tinha alguém para fazer a identificação. Esse é o padrão em qualquer necrotério do país. Eu deveria ter feito um teste de DNA nela?

Em qual delas?, pensou Jake brandamente.

— Não sei — falou.

— Bem, então, me permita assegurar que a srta. Parker recebeu o mesmo protocolo que qualquer outra testemunha de identificação. Ela foi entrevistada, mais à frente, e assinou uma declaração juramentada atestando a identificação.

— Por que mais à frente? Você não conseguiu falar com ela no acampamento? Ou no necrotério?

— Ela estava histérica no acampamento. E, sim, tenho consciência de que o termo está fora de moda hoje. Mas na época, vale lembrar, a moça viu a irmã queimar até a morte e passou algumas horas no meio da noite correndo por estradas secundárias, só de camiseta, tentando encontrar ajuda. E não estava melhor quando chegamos ao hospital. Levá-la até o necrotério estava fora de questão. Ela não estava machucada, por isso não foi internada, mas eles também não queriam deixá-la ir embora. A moça não conhecia ninguém por aqui e tinha acabado de perder a irmã. De uma forma horrível. Além disso, ela acreditava que havia causado o acidente quando esbarrou no aquecedor ao sair da barraca. Um dos meus colegas na sala de emergência tomou a decisão de sedá-la.

— E você não pediu nenhuma identificação?

— Não. Porque eu sabia que os documentos pessoais dela estavam na barraca. Acho que a moça tinha acabado de sair para usar o banheiro. Não sei de onde você é, mas tendemos a deixar nossa identidade em casa quando saímos para fazer xixi no meio da noite.

— Então, quando foi que você conseguiu falar com ela?

— Na manhã seguinte. O policial estadual e eu a levamos até o refeitório, colocamos um prato de comida na frente dela, e a moça nos contou os detalhes básicos do que tinha acontecido. O nome e a idade da irmã. Endereço residencial. Número do seguro social. Ela não quis que ninguém fosse avisado.

— Nenhum membro da família? Nenhum amigo?

Roy balançou a cabeça.

— Ela chegou a dizer por que elas estavam aqui? Em Clayton?

— Estavam só viajando juntas. Elas nunca tinham saído de onde quer que morassem, no norte...

— Vermont — disse Jake.

— Isso mesmo. Ela me disse que as duas tinham visitado alguns campos de batalha e estavam indo para Atlanta. E seguiriam até New Orleans.

— Nenhuma menção sobre ir para a faculdade, então?

Pela primeira vez o legista pareceu genuinamente surpreso.

— Faculdade?

— Estou perguntando porque eu soube que elas estavam a caminho de Athens.

— Bem, eu não saberia dizer. Eu soube apenas que estavam fazendo uma viagem, para depois voltar para o norte. A maior parte das pessoas que passa por Rabun Gap está a caminho de Atlanta, e às vezes fazem uma parada para pescar ou acampar. Nada fora do comum para nós.

— Pelo que eu sei, ela está enterrada aqui — comentou Jake. — Dianna Parker, quero dizer. Como isso aconteceu?

— Nós temos algumas reservas de orçamento para esses casos — explicou Roy. — Para indigentes ou pessoas cujos parentes mais próximos não conseguimos localizar. Uma das enfermeiras me chamou de lado e perguntou se não podíamos fazer alguma coisa por aquela jovem. Ela não tinha mais ninguém da família, e também não parecia ter os meios para enviar o corpo da irmã para qualquer lugar. Então fizemos a oferta. Era a coisa certa a fazer. Um gesto cristão.

— Entendo.

Jake assentiu, mas ainda se sentia entorpecido. Ele reparou que Mike já havia limpado o prato. E, quando a garçonete voltou a passar pela mesa, pediu uma torta de sobremesa. O próprio Jake tinha desistido de comer no meio do caminho, ou mais ou menos no momento em que Roy tinha usado a palavra "carvão" para descrever o corpo no Acampamento Foxfire.

— Para dizer a verdade, fiquei um pouco surpreso quando ela aceitou. As pessoas podem ser muito orgulhosas às vezes. Mas ela pensou um pouco a respeito e aceitou. Uma das funerárias locais doou o caixão. E havia um lote no Cemitério de Pickett que eles disponibilizaram para nós. É um lugar bonito.

— A minha avó está lá — comentou Mike, do nada.

— Então nós organizamos um pequeno funeral, alguns dias depois. E encomendamos uma lápide com o nome e as datas de nascimento e morte.

A torta de Mike chegou. Jake ficou olhando para ela. Seus pensamentos estavam acelerados. Ele não podia deixar aqueles dois irem embora.

— Você está bem?

Jake ergueu os olhos. O legista o fitava, mais com curiosidade que com preocupação. Jake levou as costas da mão à própria testa e a sentiu úmida.

— Sim, claro — conseguiu dizer.

— Sabe — falou Roy —, não mataria você nos contar do que se trata. Você conhecia a família? Não tenho certeza se acredito nisso.

— Mas é verdade — disse Jake, e soou pouco convincente até para si mesmo.

— Estamos acostumados com teóricos da conspiração. Os legistas estão. As pessoas assistem a programas de TV ou leem romances de mistério. E acham que toda morte tem uma trama tortuosa por trás, um veneno indetectável ou algum método obscuro e insano que nunca vimos antes.

Jake deu um sorrisinho débil. Ironicamente, ele nunca tinha sido uma daquelas pessoas.

— Se eu já me vi diante de casos em relação aos quais tive dúvidas, me questionei? Claro. Uma arma "simplesmente disparou"? Alguém escorrega do nada e cai em um degrau congelado? Muitas coisas eu nunca vou saber com certeza e guardo comigo. Mas aquele não foi um desses casos. Deixa eu te dizer uma coisa: é exatamente daquele jeito que se parece quando alguém morre queimado em uma tenda porque um aquecedor caiu. É exatamente daquele jeito que se parece quando alguém perde um parente próximo, de forma repentina e traumática. E agora você está aqui fazendo perguntas bastante provocativas sobre pessoas que nunca conheceu. É nítido que você tem alguma coisa em mente. O que acha que aconteceu, afinal?

Por um longo momento, Jake não disse nada. Então, tirou o celular do bolso do paletó, encontrou a foto e estendeu para eles.

— Quem é? — perguntou Mike.

O legista estava olhando com atenção.

— Você conhece? — perguntou Jake.

— Deveria? Nunca vi essa moça.

Estranhamente, a sensação predominante de Jake foi alívio.

— Essa é Rose Parker. Com isso eu quero dizer: a verdadeira Rose Parker. Que, a propósito, não era irmã de Dianna Parker. Era filha dela. A moça tinha dezesseis anos e, na verdade, estava a caminho de Athens para se matricular na universidade. Mas ela não conseguiu chegar lá. Rose Parker está bem aqui em Clayton, na Geórgia, no seu caixão doado, enterrada no seu lote doado sob a sua lápide doada.

— Isso é loucura — disse Mike.

Depois de um momento longo e profundamente desagradável, por mais absurdo que pudesse parecer, Roy Porter abriu um sorriso. Seu sorriso se tornou cada vez mais largo, então ele começou a rir.

— Eu sei do que se trata tudo isso — falou Roy.

— Do quê? — perguntou Mike.

— Você devia ter vergonha.

— Não sei o que você quer dizer — falou Jake.

— Aquele livro! É aquele livro que todo mundo estava lendo no ano passado. A minha esposa leu e me contou a história quando terminou. A mãe mata a filha, não é isso? E toma o lugar dela?

— Ah — disse Mike —, eu ouvi falar desse livro. A minha mãe leu para o clube de leitura dela.

— Como se chamava? — perguntou Roy, ainda olhando para Jake.

— Não consigo lembrar — disse Mike, e Jake, que sabia muito bem o título do livro, não disse nada.

— É isso mesmo! Essa é a história que você está tentando contar aqui, não é? — O legista tinha se levantado. Ele não era um homem muito alto, mas estava conseguindo um ângulo descendente acentuado acima de Jake. E não estava sorrindo agora. — Você leu aquele enredo maluco do livro e pensou em arriscar e ver se conseguia distorcer o que aconteceu aqui para transformar na história. Você é louco?

— Merda — foi a contribuição de Mike. Ele também ficou de pé. — Que espécie de criatura patética...?

— Não estou... — Jake precisou se forçar a dizer aquelas palavras — *inventando uma história*. Estou tentando descobrir o que aconteceu.

— O que aconteceu foi exatamente o que eu contei a você — falou Roy Porter. — Aquela pobre mulher morreu em um incêndio acidental, e só espero que a irmã tenha conseguido deixar aquilo para trás e seguir em frente com a própria vida. Não tenho ideia de quem é essa pessoa na foto do seu celular, e não tenho ideia de quem é você, mas acho doentio o que está insinuando. É Dianna Parker quem está naquele cemitério em Pickett. A irmã dela deixou a cidade um ou dois dias depois que a enterramos. E eu não saberia dizer se ela voltou algum dia para visitar o túmulo.

Bem, eu não apostaria dinheiro nisso, pensou Jake, enquanto via os dois saírem do restaurante.

CAPÍTULO VINTE E OITO

O fim da linha

Depois que os dois saíram do restaurante, Jake pediu uma fatia daquela torta que Mike havia comido e uma xícara de café, e ficou sentado ali por um bom tempo, tentando entender a situação. No entanto, toda vez que sentia que estava quase conseguindo, a solução lhe escapava. O fato de a verdade ser mais estranha que a ficção era, por si só, uma verdade universalmente reconhecida, mas, se *isso* era verdade, por que sempre lutamos tanto contra ela?

Mãe e filha, as vidas interligadas em um relacionamento tóxico — essa poderia ser a descrição da vida cotidiana talvez da maior parte das famílias.

Mãe e filha capazes de cometer atos violentos uma contra a outra — essa felizmente era uma situação mais rara, mas de forma alguma inédita.

Uma filha que mataria a mãe e obteria benefícios com a morte dela — esse era o verdadeiro crime sensacionalista: sim, sensacionalista, mas também verdadeiro.

Mas uma mãe que tiraria a vida da própria filha, depois tomaria aquela vida para si, para que ela mesma a vivesse? Isso era lenda. Era o enredo de um romance que poderia vender milhões de cópias e ser a base de um filme do que Evan Parker uma vez havia chamado de "diretor de primeira linha". Aquele era um enredo que a mãe de alguém leria em um grupo de leitura em Clayton, na Geórgia; um enredo que lotaria um auditório de dois mil e quatrocentos lugares em Seattle; que colocaria o autor do livro na lista de mais vendidos do New York Times e na capa da revista Poets & Writers. Era uma trama pela qual alguém seria capaz de matar, supôs Jake, embora ele mesmo não tivesse feito isso — ele simplesmente recolhera a história do chão. *Sucesso garantido*, havia dito Evan Parker certa vez se referindo à sua história, e tinha sido assim, em absoluto. Mas ele também poderia ter descrito como: *A história do que a minha irmã fez com a filha*. Ou: *A história que alguém pode querer me matar por contar, porque não é minha para contar*. Ou ainda: *A história pela qual não valia a pena morrer*.

Jake pagou a conta e saiu do Clayton Café. Então voltou para o carro e partiu em direção ao cemitério, passando pela Sociedade Histórica do Condado de Rabun e entrando à esquerda na Pickett Hill Street, uma estrada estreita e coberta de vegetação que entrava na floresta. Depois de menos de um quilômetro, Jake passou por uma placa para o cemitério e diminuiu a velocidade do carro. Era a última hora de luz, e ele se sentiu perdido entre as árvores. Jake se lembrou dos lugares a que aquela aventura inesperada e indesejada já o havia levado — da taverna em Rutland ao condomínio de apartamentos de qualidade questionável em Athens, ao vazio daquela clareira nos bosques do norte da Geórgia. Parecia o fim da linha, e era mesmo. Onde mais poderia haver alguma coisa depois dali? De uma forma ou de outra, tudo convergia àquele pedaço de terra e ao corpo destruído enterrado ali. A trilha terminou quando ele viu as lápides.

Havia muitos túmulos, cem pelo menos, e os primeiros que Jake encontrou datavam do século xix. Picketts, Rameys, Shooks e Wellborns, homens idosos que haviam lutado nas guerras mundiais, crianças que viveram por meses ou anos, mães e recém-nascidos enterrados juntos. Ele se perguntou se já teria passado pela avó de Mike ou pelos túmulos de outros destinatários da generosidade de Clayton para com os indigentes e abandonados. O dia caminhava para o fim agora, deixando um céu azul profundo acima e alaranjado através da floresta a oeste. Sem dúvida, era um lugar tranquilo para passar a eternidade.

Ele a encontrou, enfim, na extremidade da clareira. O túmulo era marcado por uma pedra simples, plana sobre o solo e meio avermelhada, com o nome da mulher enterrada ali: DIANNA PARKER, 1980-2012. Simples, notavelmente modesto, mas o horror que guardava fez Jake ficar paralisado.

— Quem é você? — disse em voz alta.

Mas foi uma pergunta puramente retórica. Porque ele sabia. Soubera no momento em que tinha visto aqueles velhos abacaxis gravados acima da porta da casa dos Parker em West Rutland. E as conversas que tivera com todos com quem havia falado na Geórgia — o advogado indignado, a faxineira que não tinha reconhecido a foto de escola de Rose Parker no campo de hóquei, o legista na defensiva que ouvia batidas de casco e pensava em cavalos — só haviam reforçado aquela certeza. Jake teve vontade de se abaixar e cavar até alcançá-la, aquela pobre garota, o instrumento e a inconveniência da vida da mãe, mas, mesmo se ele conseguisse atravessar o solo compacto da Geórgia, até seu caixão doado e além, o que encontraria senão pó?

Jake aproveitou o restante de luz, tirou uma foto do túmulo e mandou para a esposa, com o nome da ocupante corrigido. Qualquer outra coisa teria que esperar até ele chegar em casa, para uma conversa cara a cara. Então, Jake explicaria o que realmente tinha acontecido ali, como uma jovem prestes a conseguir escapar de casa havia acabado em um túmulo no interior da Geórgia com o nome da mãe na lápide. Ele fitou o solo, como se pudesse ver os restos mortais destruídos e sepultados da jovem assassinada, e lhe ocorreu que aquela história tão estranha merecia uma recontagem completa, dessa vez não mais como ficção. Na verdade, desde o início talvez tudo o estivesse levando àquilo — contar a história real de Rose Parker, uma oportunidade sem precedentes de escrever o livro dele, seu *Réplica* milagroso, uma segunda vez, iluminando a história real que nem o autor verdadeiro daquela trama chegara a conhecer. Matilda, quando superasse o desconforto, sem dúvida ficaria intrigada, depois empolgada. Wendy ficaria empolgada desde o início. Uma desconstrução do best-seller mundial pelo próprio autor? Um fenômeno!

E, ainda que escrever aquele novo livro exigisse que Jake fosse honesto sobre seu falecido aluno, Evan Parker, mesmo assim ele seria capaz de controlar a narrativa enquanto mergulhava na história e refletia sobre as questões profundas do que era ficção e como ela era feita, em nome de todos os seus colegas romancistas e contistas! A segunda narrativa de *Réplica* seria uma metanarrativa, destinada a defender cada escritor e a ressoar em cada leitor. E contar essa história faria dele um artista ousado e corajoso. Além disso, qual era o sentido de ser um escritor famoso se ele não podia usar *sua voz única* para contar aquela história *singular*?

No cemitério, o restante de luz do dia morreu ao redor dele.

Desesperai, ó Grandes, vendo as minhas obras!

Nada além disso permanecia.

RÉPLICA
DE JACOB FINCH BONNER
Macmillan, Nova York, 2017, página 280

Ela havia alugado uma casinha na East Whittier Street, em German Village, a cerca de oito quilômetros do campus, um bairro tranquilo com poucos alunos da Universidade Estadual de Ohio. Ainda fazia a contabilidade para a Bassett Assistência Médica, mas trabalhava principalmente à noite, mantendo manhãs e tardes livres para as aulas: história, filosofia, ciência política. Era tudo prazeroso — os trabalhos de conclusão de curso, as provas, até o fato de ser obrigada a se perder entre os sessenta mil alunos matriculados no campus de Columbus e nunca se tornar próxima demais dos professores. A profunda emoção de ter ressuscitado e encontrado seu objetivo da vida toda, um objetivo enterrado havia tanto tempo, a acompanhava a cada dia da sua nova vida. Onde ela estaria agora sem aquela pausa de dezoito anos? Trabalhando como advogada, possivelmente, ou como professora universitária? Talvez cientista ou médica? Quem sabe até escritora! Mas não valia a pena pensar nisso, ela supunha. Afinal, naquele momento, estava em um lugar aonde já havia perdido a esperança de conseguir chegar.

Uma tarde, no fim de maio, ela chegou em casa e descobriu aquele camundongo indesejável, Gab, esperando à sua porta com uma mochilinha triste.

— Vamos entrar — disse Samantha, e empurrou a garota para a sala de estar. Assim que fechou a porta, ela perguntou: — O que você está fazendo aqui?

— Consegui o endereço da Maria na secretaria da universidade — disse Gab. Ela era pequena, mas seu corpo tinha uma camada reforçada de carne. — Não sabia que você também estava aqui.

— Eu me mudei faz alguns meses — respondeu Samantha, sem se estender. — Vendi a nossa casa.

— É — ela assentiu. O cabelo escorrido caía pelo rosto. — Eu soube.

— Eu já te disse que ela tem outra namorada.

— Não, eu sei. É que estou indo para a costa Oeste. Quero tentar me estabelecer lá. Ainda não sei bem onde. Provavelmente San Francisco, ou talvez Los Angeles. Estava passando por Columbus, então...

Aquela garota estava sempre passando.

— Então?

— Só pensei que seria legal ver a Maria. Dar um, você sabe...

Fecho?, pensou Samantha. Ela detestava particularmente essa palavra.

— Fecho.

— Ah. É claro. Bem, a Maria está na faculdade agora. Mas deve chegar em casa em mais ou menos uma hora. Vou comprar uma pizza para nós três. Por que você não vem comigo?

Gab saiu com ela, o que foi ótimo. Samantha não queria a garota bisbilhotando pela casa de apenas um quarto, curiosa para saber onde Maria dormia à noite. Ela fez perguntas educadas a Gab enquanto as duas andavam até o Luigi's, onde Samantha costumava pedir pizza, e descobriu que a garota — como a própria Samantha — não tinha intenção de retornar à sua cidade natal ou de manter laços com qualquer pessoa que vivia lá. Na verdade, tudo o que Gab tinha na vida estava no carro dela, um Hyundai Accent que ela dirigia com coragem para o oeste, e, depois que ela conseguisse aquele pequeno *fecho*, pretendia seguir, literalmente, em direção ao pôr do sol. A menos, supôs Samantha, que Gab fizesse alguma descoberta infeliz ali em Columbus que justificasse um retorno a Earlville, Nova York. Mas, na verdade, tudo era uma descoberta infeliz àquela altura. Não era?

— Só um minuto — falou Samantha conforme entrava para pegar a pizza.

Mais tarde, enquanto Gab arrumava a mesa para três na pequena sala de jantar, Samantha usou uma espátula de metal para esmagar um punhado de nozes contra a bancada da pia e espalhou os pedacinhos por baixo das fatias oleosas de pepperoni.

Pepperoni, é claro.

Porque ela se lembrava disso.

Porque *tinha* sido uma boa mãe e, mesmo que isso não fosse verdade, não havia ninguém para discordar agora.

CAPÍTULO VINTE E NOVE

Tanto desperdício de energia

Quando ele chegou em casa, Anna não estava, mas havia uma panela da sopa verde dela no fogão e uma garrafa de merlot aberta em cima da mesa. A visão das duas tigelas — ou mesmo da sopa e do vinho — postas na mesa o animou muito mais do que seria justificado, mas... ele estava em casa. Aquilo por si só teria sido suficiente. E Jake também estava muito satisfeito porque tinha valido a pena ir atrás, se certificar.

Ele foi até o quarto, desfez a mala e pegou a garrafa de bourbon Stillhouse Creek que havia comprado no caminho de volta para o aeroporto de Atlanta. Então, abriu o notebook e viu, para sua descrença, que outra mensagem havia sido encaminhada do formulário de contato do seu site. Ele olhou para a mensagem, respirou fundo e clicou para abri-la.

Segue a declaração que estou me preparando para divulgar em um ou dois dias. Quer fazer alguma correção antes disso?
"Em 2013, enquanto era 'professor' na Universidade Ripley, Jacob 'Finch' Bonner conheceu um aluno chamado Evan Parker que contou a ele sobre o romance que estava escrevendo. Parker morreu de forma inesperada no fim daquele ano e, depois disso, Bonner publicou

o romance chamado *Réplica* sem dar o devido reconhecimento ao verdadeiro autor. Nós apelamos à editora Macmillan para confirmar seu compromisso com o trabalho original de autores íntegros e recolher essa obra fraudulenta."

Uma cutucada no estratagema do nome do meio de Jake — era irritante, mas não exatamente um segredo: Jake havia contado a inúmeros entrevistadores sobre seu amor por Atticus Finch e *O sol é para todos*. Já o questionamento do valor dele como professor... isso era novo, e muito irritante. Mas o mais importante naquele novo contato eram a intenção iminente de publicar o comunicado e a insinuação de que ele havia roubado cada palavra de *Réplica*, não apenas o enredo, do infeliz autor "verdadeiro". E seria a paranoia inegável de Jake, ou havia também uma sugestão de que ele era de alguma forma responsável pela *morte inesperada* do "autor verdadeiro", seu ex-aluno?

Levando tudo em consideração, ele deveria ter se sentido apavorado com essa última mensagem. Mas, ainda sentado na beira da cama, diante do horror daquelas palavras, Jake não estava com medo. Por um lado, aquele "nós" irradiava fraqueza, como os camaradas inventados do Unabomber ou qualquer outro solitário demente em uma cruzada nobre a partir do porão de sua casa. Indo mais ao ponto, Jake agora entendia que aquela pessoa queria evitar a exposição tanto quanto ele próprio. Tinha chegado a hora de apertar o botão Responder naquela conversa que fora de mão única até ali e revelar que ele sabia quem ela era e também estava preparado para expor a sua história. E dessa vez não seria a versão anterior e inconsciente que ele tinha da história, mas o relato real e factual do que ela havia feito com a própria filha e a identidade fraudulenta que estava apresentando ao mundo. E aquilo, por si só, já não era uma história completa? Do tipo que daria uma capa irresistível da revista *People*? Na verdade, Jake permaneceu sentado por um longo instante, se sentindo particularmente bem, enquanto compunha em sua mente o primeiro — e, com sorte, último — e-mail para ela:

> Segue a declaração que *eu* vou divulgar se você não sair da minha vida e ficar de boca fechada. Quer fazer alguma correção antes disso?
> "Em 2012, uma jovem chamada Rose Parker morreu de forma violenta nas mãos da própria mãe, que roubou sua identidade, se apropriou da bolsa de estudos da filha na Universidade da Geórgia e vive como se fosse a filha desde então. Ela está assediando um autor conhecido, mas a verdade é que merece a fama por direito próprio."

Jake conseguia sentir o cheiro da sopa, e de todas aquelas verduras saudáveis dentro dela. O gato, Whidbey, pulou em seu colo e olhou com otimismo para a mesa, mas não havia nada lá para ele, que acabou pulando para o sofá com estampa kilim que Anna havia escolhido como parte de sua campanha para tornar a vida dele melhor. Ela não queria que ele fosse para a Geórgia, obviamente, mas, quando Jake lhe contasse tudo o que descobrira, Anna entenderia por que tinha sido a decisão certa e o ajudaria a fazer o melhor uso possível das informações que trouxera consigo.

Ele ouviu a porta ser aberta. Anna entrou em casa com um pão e um pedido de desculpas por não estar ali na hora em que o marido havia chegado, e, quando ele a abraçou — e ela retribuiu o abraço —, o alívio que Jake nem sabia que precisava sentir percorreu todo o seu corpo.

— Olha o que eu trouxe — ele falou e lhe entregou o bourbon.

— Ótimo. Mas é melhor eu não tomar agora. Você sabe que eu preciso ir para o aeroporto em algumas horas.

Ele olhou para ela.

— Pensei que fosse amanhã.

— Não. Vou pegar o voo da madrugada.

— Quanto tempo você vai ficar fora?

Anna não tinha certeza, mas queria que a viagem fosse o mais rápida possível.

— É por isso que estou pegando o voo da madrugada. Vou dormir no avião e, do aeroporto, já vou direto para o depósito onde estão guardadas as coisas que ficavam no meu apartamento. Acho que posso resolver tudo em três dias, e as coisas do trabalho também. Se precisar, fico mais um dia.

— Espero que não — falou Jake. — Senti saudade de você.

— Você sentiu saudade porque sabia que eu estava chateada por você ter viajado.

Jake franziu a testa.

— Pode ser. Mas eu iria sentir a sua falta de qualquer jeito.

Anna foi buscar a sopa e serviu só uma tigela.

— Você não vai tomar? — perguntou Jake.

— Daqui a pouco. Quero saber o que aconteceu.

Ela colocou em uma tábua de corte o pão que tinha acabado de comprar, serviu vinho para os dois e então ele começou a contar tudo o que descobrira desde que deixara Athens: a viagem para o norte, pelas montanhas, o encontro casual no empório, o acampamento tão longe na floresta que mal se conseguia ouvir o riacho. Quando ele estendeu a foto que havia tirado em seu celular, Anna ficou olhando para ela.

— Não parece um lugar onde uma pessoa morreu queimada.

— Bem, já se passaram sete anos.

— Você disse que o homem que te levou até lá esteve no local do incêndio na manhã depois que aconteceu?

— Sim. Como bombeiro voluntário.

— É uma coincidência e tanto. E muita sorte a sua.

Jake encolheu os ombros.

— Não sei. Cidade pequena. Um acidente como aquele envolveria mesmo muita gente... paramédicos, policiais, bombeiros. Pessoas que trabalhavam no hospital. O legista, por acaso, era vizinho desse cara.

— E os dois se sentaram com um completo estranho e te contaram tudo? Parece meio errado, não?

— Será? Acho que eu devo me sentir grato. No mínimo, eles me pouparam de ter que vasculhar todos os cemitérios em Rabun Gap com uma lanterna.

— Como assim? — perguntou Anna. E voltou a encher a taça de vinho de Jake.

— Bem, eles me contaram onde estava o túmulo.

— O túmulo de onde você me enviou aquela foto?

Ele assentiu.

— Olha, eu vou ter que te pedir pra ser mais específico. Quero ter certeza de que entendi exatamente tudo o que você está dizendo.

— Estou dizendo — falou Jake — que Rose Parker está enterrada em um lugar chamado Pickett Hill, nos arredores de Clayton, na Geórgia. O nome na lápide é Dianna Parker, mas quem está lá é a Rose.

Anna pareceu precisar de algum tempo para pensar nisso. Então, perguntou se ele estava gostando da sopa.

— Está deliciosa.

— Que bom. É a outra metade da panela que nós tomamos aquele dia — disse ela. — Quando você voltou de Vermont. Na noite em que me contou sobre Evan Parker.

— Sopa que desata a emaranhada teia dos cuidados — lembrou ele.

— Isso mesmo. — Anna sorriu.

— Eu gostaria de não ter esperado tanto tempo para te contar sobre tudo isso — comentou Jake, levando a colher pesada aos lábios.

— Não importa — respondeu ela. — Tome a sopa.

Ele tomou.

— Então, só porque nós estamos conversando sobre todos os aspectos disso, o que você acha que aconteceu de verdade?

— O que aconteceu foi que Dianna Parker, como centenas de milhares de outros pais e mães, estava levando a filha para a faculdade em agosto de 2012. E talvez, como provavelmente a maioria desses pais e mães, ela tivesse sentimentos contraditórios sobre a partida da menina. Rose era inteligente, isso está claro. Ela passou pelo ensino médio e entrou na faculdade em apenas três anos, não foi?

— Foi?

— E com uma bolsa de estudos, pelo jeito.

— Era um gênio, a garota — comentou Anna. Mas ela não parecia muito impressionada.

— Devia estar desesperada para escapar da mãe.

— Da mãe terrível. — Ela revirou os olhos.

— Isso mesmo — disse Jake. — E ela devia ser muito ambiciosa, assim como a mãe provavelmente era, mas Dianna nunca conseguiu sair de West Rutland. Houve a gravidez, os pais repressores, o irmão que não se envolvia.

— Não se esqueça do cara que a engravidou e depois disse: me inclua fora dessa.

— Claro. Então lá está ela, levando a filha para mais longe do que qualquer uma das duas jamais esteve, para longe do único lugar em que já viveram, e ela sabe que a filha nunca mais vai voltar para casa. Ela passou dezesseis anos deixando a própria vida de lado para cuidar daquela pessoa, e agora, *bum*: tudo acabado, ela ia embora.

— Sem dizer nem um obrigada.

— Certo. — Jake assentiu. — E talvez ela esteja pensando: *Por que não eu? Por que eu não consegui ter essa vida?* Então, quando o acidente acontece...

— Defina *acidente*.

— Bem, ela falou para o legista que talvez tivesse esbarrado em um aquecedor a propano enquanto estava saindo da barraca no meio da noite. Quando voltou do banheiro, a barraca inteira já estava pegando fogo.

Anna assentiu.

— Certo. Isso seria um acidente.

— O legista também disse que ela estava histérica. Foi a impressão dele.

— Muito bem. E histeria não pode ser fingida.

Jake franziu a testa.

— Continua.

— Então, depois que o acidente acontece, ela pensa: *Isso é horrível, mas não posso trazer ela de volta*. E tem uma bolsa de estudos esperando na faculdade e nenhum motivo para voltar. E ela pensa mais uma vez:

Ninguém me conhece na Geórgia. Vou morar fora do campus, assistir às aulas, descobrir o que eu quero fazer da vida. Ela sabe que não parece jovem o suficiente para dizer que é filha de uma mulher de trinta e dois anos, então talvez diga que é irmã da vítima, não filha. Mas, a partir do momento em que sai de Clayton, na Geórgia, ela é Rose Parker, cuja mãe morreu em um incêndio trágico. — *Queimada.*

— Do jeito que você coloca, parece quase razoável.

— Bem, é horrível, mas não é *irracional*. É criminoso, obviamente, porque no mínimo estamos falando de roubo. Roubo de identidade. Roubo da vaga da filha na universidade. Roubo do dinheiro de uma bolsa de estudos. Mas também é uma oportunidade imprevista para uma mulher que nunca tinha conseguido viver os próprios sonhos e que, aliás, ainda é jovem. Trinta e dois anos é muito mais jovem que nós dois. Ainda parece possível fazer uma enorme mudança de vida quando se tem trinta e dois anos, não? Olha só pra você! Você era mais velha que isso, deixou tudo o que conhecia para trás, se mudou para o outro lado do país e se casou, tudo em... o que, oito meses?

— Tudo bem — concordou Anna. Ela estava enchendo a taça de Jake com o restante do merlot. — Mas eu preciso comentar que você parece estar dando todas as justificativas para essa mulher. Você é mesmo tão compreensivo?

— Bem, no romance... — Jake começou a dizer, mas ela o interrompeu.

— Em qual deles? — perguntou em voz baixa. — No seu? Ou no do Evan?

Jake estava tentando se lembrar se o texto que Evan lhe entregara na Ripley tinha abordado aquilo. Claro que não. Evan Parker era um amador. A que profundidade ele teria conseguido chegar na vida interior daquelas mulheres? Quando contara mais do seu enredo extraordinário naquela noite no Richard Peng Hall, Parker não tinha se dado o trabalho de descrever ou de reconhecer as complexidades de Diandra (como ele havia chamado a mãe) ou de Ruby (como ele chamara a filha). Será que conseguiria fazer algo muito melhor ao longo de um romance inteiro, mesmo supondo que tivesse sido capaz de completá-lo?

— No meu romance. Samantha é frustrada e extremamente infeliz. Essas coisas podem corromper uma pessoa tanto quanto alguma predisposição para o mal. Sempre pensei nela como alguém que caiu em um poço terrível de decepção. E que, ao longo do tempo, conforme via a filha se preparar para ir embora, essa decepção a *dominou*, com resultados devastadores. Então, quando aconteceu, *foi* uma espécie de acidente, ou pelo menos não foi nada planejado ou preparado. Não é como se ela fosse uma...

— Sociopata? — completou Anna.

Jake sentiu surpresa genuína. Claro que ele entendia que aquela era a visão predominante entre seus leitores, mas Anna nunca tinha falado isso sobre a personagem.

— E é aí que está a linha divisória? — perguntou a esposa. — Entre algo que qualquer um de nós talvez fizesse naquelas circunstâncias e algo que apenas uma pessoa verdadeiramente má faria? Arquitetar?

Jake encolheu os ombros — que pareciam terrivelmente pesados enquanto ele os levantava e voltava a abaixá-los.

— Parece um bom lugar para traçar uma linha divisória.

— Certo. Mas só no que diz respeito a sua personagem inventada. Não tem relação com a vida real dessa mulher. Você não pode ter ideia do que estava se passando na cabeça dela, ou do que mais ela pode ter feito, antes ou depois desse ato *não planejado*. Quer dizer, quem sabe o que mais essa Dianna Parker aprontou? Você mesmo disse que ninguém parece ficar doente na família dela.

— Isso é verdade. — Jake assentiu, e sua mente parecia confusa quando se inclinou para a frente.

Ele havia escrito um romance inteiro em torno daquela coisa terrível, e ainda não conseguia aceitar totalmente que havia uma mãe de verdade à solta, que tinha sido capaz de fazer uma coisa daquelas. Ver a filha morrer daquele jeito e seguir em frente?

— Nossa — Jake se ouviu dizer—, é inacreditável. Não é?

Anna suspirou.

— Há mais coisas entre o céu e a terra do que sonha nossa vã filosofia, Jake. Você quer mais sopa?

Ele aceitou e Anna se levantou para servir, voltando com outra tigela fumegante.

— Está muito gostosa.

— Eu sei. Receita da minha mãe.

Jake franziu a testa. Havia algo que ele queria perguntar a esse respeito, mas não conseguia atinar o quê. Espinafre, couve, alho, caldo de frango... era gostosa mesmo, e ele podia sentir o calor da sopa se espalhando pelo corpo.

— Aquele túmulo da foto que você me enviou parecia um lugar bonito. Posso ver de novo?

Jake pegou o celular e tentou encontrar a foto para mostrar à esposa, mas não foi tão fácil quanto deveria ter sido. As fotos não paravam de ir para a frente e para trás enquanto ele rolava a tela, recusando-se a parar na imagem certa.

— Aqui — disse Jake por fim.

Anna segurou o celular e examinou a foto com atenção.

— A lápide. É bem simples. Eu gosto disso.

— É — disse Jake.

Anna estava segurando a trança grisalha e torcendo a ponta em volta dos dedos de maneira quase hipnótica. Ele amava muitas coisas na aparência da esposa, mas naquele momento lhe ocorreu que amava aquele cabelo prateado acima de tudo. Pensar em soltar a trança provocou uma espécie de baque pesado na cabeça de Jake. Ele tinha passado dias viajando, meses preocupado. Agora, com tantas peças enfim se encaixando, se sentia profundamente cansado, só queria se arrastar até a cama e dormir. Talvez não fosse tão ruim o fato de Anna viajar naquela noite. Talvez ele precisasse de algum tempo para se recuperar. Talvez cada um dos dois precisasse de alguns dias sozinho consigo mesmo.

— Então, depois do acidente — continuou Anna —, a nossa mãe enlutada continua seguindo para o sul. A velha história de pegar um limão e fazer uma limonada, né?

Jake assentiu, sentindo a cabeça pesada.

— E, quando ela chega a Athens, se registra na universidade usando o nome de Rose e consegue permissão para morar fora do campus no primeiro ano. E isso nos leva até o fim do ano letivo de 2012 para 2013. O que acontece depois?

Jake suspirou.

— Bem, eu sei que ela largou a universidade. Depois disso, não tenho ideia de para onde foi ou onde esteve, mas isso não importa. Ela não vai querer ser publicamente exposta pelo crime real que cometeu, assim como eu não quero ser pelo meu crime imaginário. Por isso, amanhã vou enviar um e-mail para essa mulher e mandar ela pro inferno. E com cópia para aquele advogado idiota, para ter certeza de que ela receba a mensagem.

— Mas você não quer saber onde essa mulher está agora? E qual é o nome dela? Porque, obviamente, ela deve ter mudado de nome. Você nem sabe como ela é. Certo?

Anna tinha levado a tigela dele para a pia e estava lavando. Ela lavou também a colher e a panela que tinha usado para aquecer a sopa, colocou tudo na lavadora de louça e ligou. Então, voltou para a mesa e parou ao lado dele.

— Talvez seja melhor levar você pra cama — falou Anna. — Você parece exausto de verdade.

Jake não podia negar isso, e não estava nem disposto a tentar.

— Mas foi bom você ter tomado a sopa. Foi uma das únicas coisas que a minha mãe me deixou, a receita dessa sopa.

Ele então se lembrou do que queria perguntar a ela.

— Você está falando da srta. Royce. A professora?

— Não, não. Estou falando da minha mãe verdadeira.

— Mas ela morreu. Ela entrou com o carro em um lago quando você era muito pequena. Não foi isso?

De repente, Anna começou a rir. A risada dela era musical: leve e doce. Ela ria como se tudo aquilo — a sopa, a professora, a mãe que tinha entrado com o carro em um lago em Idaho — fosse a coisa mais engraçada que já tinha ouvido.

— Você é tão patético. Que escritor que se preze não conhece o enredo de *Housekeeping*, o livro de Marilynne Robinson? Passado em Fingerbone, Idaho! A tia que não é capaz de cuidar de si mesma ou das sobrinhas! Eu nem mudei o nome da professora, cacete! E não pense que não foi um risco. Acho que resolvi testar o destino para provar meu argumento.

Jake quis perguntar que argumento era esse, mas subitamente o esforço de tentar fazer sua garganta respirar e falar ao mesmo tempo atingiu a complexidade de fazer malabarismo com facas. Além disso, ele já sabia. Qual era a dificuldade, na verdade, de roubar a história de outra pessoa? Qualquer um podia fazer isso — não era preciso nem ser *escritor*.

Ainda assim, havia algo naquilo tudo que Jake simplesmente não conseguia entender. Na verdade, ele só parecia estar conseguindo entender algumas poucas coisas, e qualquer poder de concentração que ainda tivesse estava dirigido àquelas coisas, como sangue para os órgãos vitais quando você se vê preso em um banco de neve, prestes a congelar até a morte. Primeira coisa: que Anna logo partiria para o aeroporto. Segunda: que Anna parecia saber algo que ele não sabia. Terceira: que Anna ainda estava brava com ele. Jake não teve forças para perguntar a ela sobre todas as três. Então, perguntou sobre a última, porque já havia esquecido as duas primeiras.

— Você ainda está com raiva de mim, não está? — disse, pronunciando as palavras com muito cuidado para não ser mal interpretado.

E Anna assentiu.

— Ah, Jake — falou ela —, preciso dizer que é verdade. Estou com raiva de você há muito tempo.

CAPÍTULO TRINTA

O olho do romancista para o detalhe

— Eu não ia fazer isso ainda — disse Anna.

Ela passou o braço por baixo do de Jake para erguer o marido ou ajudá-lo a se levantar, ele não sabia bem. Em algum momento ele devia ter ficado terrivelmente leve, ou o chão do apartamento havia se inclinado em um ângulo de quarenta e cinco graus. Anna o segurou com força enquanto eles passavam pelo sofá com estampa kilim, que pareceu deslizar por uma das paredes enquanto isso, mas por mágica, sem se mover de fato.

— Não havia pressa — continuou Anna. — Mas você teve que começar a andar por aí como aquele detetive, lorde Peter Wimsey! Se tem algo que eu não aguento em você, é essa sua compulsão por entender tudo. E a inclinação para fortes emoções, cheio de *Sturm und Drang*! Se você ia ficar tão preocupado com o que fez, por que roubar a história de outra pessoa? Quer dizer, pra que ficar se torturando sobre isso depois de já ter feito? Pra que tanto desperdício de energia, ainda mais quando eu estou bem aqui e sou tão boa nisso. Você não acha?

Jake começou a balançar a cabeça para negar, porque ele não tinha roubado nada, mas então entendeu que Anna era boa nisso, por isso assentiu. Ela nem reparou em nenhum dos dois movimentos, porque estava ajudando Jake na lenta caminhada até o quarto e ele se arrastava ao lado dela, o braço ao redor dos seus ombros, enquanto ela o segurava pelo pulso. Ele estava com a cabeça baixa, mas viu o gato passar em direção à sala.

— Tenho uns remédios para você — disse Anna —, e não vejo motivo para não te contar a minha história. Porque, se tem uma coisa que eu sei sobre você, Jake, é que você adora uma boa história. A minha *história singular*, contada na minha *voz única*. Você vê alguma razão para eu não fazer isso?

Ele não via. Mas a verdade era que, mais uma vez, não havia entendido a pergunta. Jake se sentou na cama e Anna lhe entregou os comprimidos, três ou quatro de uma vez, e mesmo não querendo ele engoliu todos, até não sobrar nenhum.

— Bom trabalho — disse ela, depois de cada punhado que ele botava na boca.

Jake bebeu a água do copo. Que foi deixado na mesa de cabeceira, ao lado dos frascos vazios de comprimidos. Ele ficou curioso sobre o que seriam os comprimidos, mas isso realmente importava?

— Bem, nós temos alguns minutos — voltou a falar Anna. — Tem alguma coisa em particular que você queira me perguntar?

Havia uma coisa, pensou Jake. Mas agora ele não conseguia se lembrar do que era.

— Tudo bem. Então vou só... meio que fazer uma associação livre de ideias. Me interrompa se já tiver ouvido alguma dessas coisas.

Tá, falou Jake, embora não tenha conseguido ouvir a si mesmo dizendo isso.

— O quê? — perguntou Anna. E ergueu os olhos do celular. Do celular de Jake, na verdade. — Você está murmurando.

Então, continuou com o que quer que estivesse fazendo.

— Eu não quero ser aquela pessoa que reclama o tempo todo da própria infância, mas você precisa saber que tudo na nossa casa sempre girou ao redor do Evan. Evan e o futebol americano. Evan e algum outro esporte qualquer. Evan e as namoradas. O cara era um imbecil, mas você sabe como são as famílias. O orgulho dos Parker! Fazer gols e passar de ano... uau! Mesmo depois que ele começou a usar drogas, continuaram a achar que o sol nascia e se punha na bunda dele. Quanto a mim, por mais inteligente que eu fosse, por melhores que fossem as minhas notas ou o que eu queria fazer pelo mundo, continuava a ser um nada. E lá estava o Evan engravidando meninas a torto e a direito e ainda era um anjo caído do céu... Só que, quando eu engravidei, foi como se a missão deles passasse a ser me punir e garantir que eu ficasse presa em casa pelo resto da vida. Foi simples: *Você vai abandonar o ensino médio e criar esse bebê, porque é isso que você merece.* Zero chance de aborto. Zero apoio para entregar o bebê para adoção. Na verdade, você foi certeiro em relação a tudo isso, do jeito que escreveu. Foi exatamente desse jeito pra mim. O que não é um elogio, a propósito.

Ele não tinha achado que era.

— Então eu tenho aquele bebê que eu não quero, nem eles querem, e me vejo fora da escola, sentada em casa com a criança o dia todo, ouvindo a minha mãe e o meu pai gritarem sobre a vergonha que eu levei para a família. Uma manhã, quando eles estão fora de casa, escuto um barulho no porão. O alarme de monóxido de carbono estava meio doido, e eu não sabia o que aquilo significava, mas fiz uma pesquisa rápida. Só tirei as baterias e substituí por algumas já gastas. Eu não sabia se ia funcionar, ou quanto tempo ia demorar para funcionar, se fosse o caso, ou com qual de nós funcionaria, e mantive a janela do meu quarto aberta, onde o bebê também estava. Mas, para ser honesta, acho que não ia me importar com o que quer que acontecesse.

Ela fez uma pausa e se inclinou sobre ele. Estava checando a sua respiração.

— Você quer que eu continue?

Mas não importava o que ele queria, não é mesmo?

— Eu me esforcei ao máximo. Não foi divertido, mas, sabe, eu pensei: Somos só nós duas aqui. Não havia ninguém com quem contar, mas também ninguém que eu pudesse culpar se fosse tudo ladeira abaixo.

Eu admito que meio que perdi a cabeça depois que o resto da minha turma se formou. E comecei a pensar: Talvez seja assim que deve ser, dar a minha vida por essa outra vida. Achei que poderia fazer as pazes com essa ideia, e, além do mais, não era contra sentir aquelas coisas que supostamente se sente por um filho. Companheirismo ou qualquer outra coisa. Mas aquela menina.

Eles ouviram um "ping" no celular. No celular dele. Ela o pegou.

— Ah, olha — disse Anna. — A Matilda está dizendo que a sua editora na França ofereceu meio milhão pelo novo romance. Vou entrar em contato com ela daqui a alguns dias, embora ache que a editora francesa não vai estar no topo da nossa lista até lá. — Ela fez uma pausa. — O que eu estava dizendo?

O gato voltou e pulou na cama, onde assumiu uma das suas posições favoritas, ao lado da panturrilha direita de Jake.

— Nem uma vez, em dezesseis anos, houve algum sinal de afeto. Eu juro que ela me afastava quando eu estava tentando amamentá-la... preferia não comer a ficar fisicamente perto de mim. Aprendeu a usar o banheiro sozinha, para que eu não tivesse esse poder sobre ela. Eu sabia que ela não planejava ficar em Rutland um dia a mais que o necessário, mas achei que pelo menos faria as coisas da maneira normal... se formar no ensino médio, talvez ir para Burlington. Mas não a Rose. Um dia, quando ela tinha dezesseis anos, disse que iria embora no fim do verão. *Bam.* Eu não podia nem dizer a ela que não tínhamos dinheiro para bancar uma faculdade fora do estado, a mais de mil quilômetros de distância. A Rose tinha conseguido uma bolsa de estudos, um quarto em um dormitório, e ainda tinha outra bolsa para bancar as despesas pessoais, dada por algum bom samaritano de lá. Eu disse que queria pelo menos levar ela até lá, e percebi que a Rose não queria nem isso. Só que, quando ela pensou de forma prática sobre a situação, entendeu que seria conveniente. A Rose sabia que nunca iria voltar para casa, por isso me deixou levá-la, e eu deixei que ela enchesse o carro com tudo o que queria, sobrando só um espacinho para as minhas próprias coisas.

Mas quer saber? Não havia muito que eu quisesse levar. Só umas roupas e um antigo aquecedor a propano.

Jake usou toda a força que tinha para virar a cabeça na direção de Anna.

— Não foi um acidente, Jake. Mesmo com a sua suposta grande imaginação, você não conseguiria pensar nisso. Talvez tenha alguma espécie de cegueira de gênero em relação à maternidade, como se fosse impossível uma mãe fazer uma coisa daquelas. No caso dos pais, é claro que ninguém liga se matam um dos filhos, mas se alguém com um útero faz a mesma coisa... *bum*, o mundo explode. É sexismo, na verdade, não é?, se a gente pensar bem. O Evan não teve o mesmo escrúpulo que você, caso esteja se perguntando. Na versão dele, eu mato a minha filha adolescente usando uma faca de trinchar, no meio da noite, e a enterro no quintal. Mas a verdade é que ele me conhecia bem. E conhecia a minha filha, não se esqueça disso. O Evan sabia que a garota era uma cretina.

A palavra fez Jake se lembrar de alguma coisa. Mas ele não conseguiu atinar o quê.

Anna suspirou. Ela ainda estava com o celular de Jake na mão. Estava checando as fotos, apagando. De muito longe, Jake podia sentir o gato, Whidbey, começando a ronronar contra sua perna.

— Eu deixei aqueles caipiras enterrarem a menina — contou Anna. — As pessoas sempre querem se envolver quando veem uma tragédia. Teria preferido cuidar eu mesma daquilo. Cremaria o corpo... afinal já estava com meio caminho andado. E espalharia as cinzas, não importava. Não sou sentimental com essas coisas. Mas eles ofereceram, e todas as despesas foram pagas. Então eu disse: *Não consigo acreditar em toda essa gentileza de vocês*. E: *Vocês restauraram a minha fé na humanidade*. E ainda: *Vamos rezar*. E aí fui embora para Athens.

Anna sorriu para ele.

— O que você achou de Athens? Consegue me ver morando lá? Quer dizer, eu me mantive o mais discreta possível, é claro. Não me envolvi em nenhum daqueles eventos sociais. Tudo naquele lugar girava em torno de fraternidades e futebol, e de todos aqueles cabelos compridos e os bons e velhos garotos, todo mundo morando naqueles condomínios de apartamentos cafonas. Consegui a isenção de moradia dizendo a eles que a minha mãe tinha acabado de falecer e que eu realmente precisava ficar sozinha. Nem tive que ir à secretaria de alojamento da faculdade, o que foi uma sorte. Sempre pareci mais jovem que a minha idade, mas tinha certeza de que não passaria por dezesseis anos. Ainda mais depois que aconteceu isso com o meu cabelo. — Ela fez uma pausa e sorriu para ele. — Eu te disse que aconteceu quando a minha mãe morreu, e foi mais ou menos a verdade. De qualquer forma, pintei de loiro enquanto estava na Geórgia. — Ela sorriu. — Isso ajudou a me misturar. Só mais uma loira oxigenada.

Jake usou toda a força que ainda tinha para se afastar dela e virar de lado, embora não tenha conseguido ir tão longe. Mas conseguiu virar a cabeça no travesseiro, o que lhe deu uma visão embaçada do copo pela metade e dos frascos de comprimido vazios.

— Vicodin — explicou Anna, prestativa. — E uma coisa chamada gabapentina, que consegui por causa da minha síndrome das pernas inquietas. Faz os opioides funcionarem melhor. Você sabia que eu tenho síndrome das pernas inquietas? Pois bem, na verdade eu não tenho, só disse que tinha. Não existe um exame de verdade pra esse problema, por isso basta procurar um médico e dizer: "Doutor! Eu tenho uma ânsia forte e irresistível de mexer as pernas. Especialmente à noite! E isso vem sempre com umas sensações desconfortáveis". Então eles descartam deficiência de ferro e problemas neurológicos e voilà: você recebe o diagnóstico. Marquei a consulta no outono, para o caso de a médica querer que eu fizesse um estudo do sono antes de me dar a receita, mas ela era ótima e foi direto para os remédios. A médica também me deu um pouco de oxicodona para a dor horrível que eu sentia e acrescentou o diazepam quando contei que um hater maluco estava acusando o meu namorado de plágio na internet, e que nós dois estávamos estressados demais. Aliás, era diazepam na sopa. — Jake a ouviu rir. — O que com certeza não estava na versão da minha mãe. Também te dei um remédio para náusea, para garantir que você não vomite tudo e estrague o meu trabalho árduo quando eu estiver no caminho para Seattle. De qualquer forma, é uma combinação de remédios realmente infalível, por isso, se fosse você, eu relaxaria. — Anna suspirou. — Olha, eu posso ficar um pouco mais. Posso ficar do seu lado no pior momento, se você quiser. Quer? Aperta a minha mão se quiser.

E Jake, que não era capaz de dizer o que queria e já havia esquecido o que deveria fazer a respeito, sentiu Anna apertar sua mão e apertou de volta.

— Certo — disse ela. — O que mais? Ah... Athens. Eu estava adorando voltar a estudar. Uma boa educação é mesmo um desperdício com os jovens, não é? Quando eu estava no ensino médio, costumava olhar para as pessoas da minha turma, para o meu irmão e os amigos dele, e pensar: *Isso é muito incrível! A gente poder ficar sentado aqui o dia todo, aprendendo coisas. Por que vocês são tão idiotas em relação a isso?* Meu irmão era o maior idiota de todos, por sinal. Ele nunca, em toda a vida, perguntou alguma coisa sobre mim ou me dirigiu uma palavra carinhosa, e não tive o menor problema com a ideia de nunca mais pôr os olhos nele, até que ele começou a tentar entrar em contato comigo. Com isso eu quero dizer: entrar em contato com a Rose. E não porque ele estivesse de repente interessado em saber dela. Foi porque o Evan queria vender a casa. Talvez porque o bar dele estivesse afundando. Talvez porque ele tivesse voltado a usar drogas, sei lá, mas acho que o Evan se deu conta de que não podia deixar a minha filha fora daquilo sem correr o risco de um processo. Não respondi a nenhuma das ligações ou e-mails dele, então um dia, naquele inverno, ele apareceu na Geórgia. Eu o vi esperando em um carro na frente do Athena Gardens. Infelizmente ele me viu primeiro.

Anna checou o horário mais uma vez.

— De qualquer forma, dei a ele o benefício da dúvida. Pensei: *Tudo bem. Ele me viu. Obviamente é capaz de reconhecer a própria irmã, por isso até um idiota como o meu irmão vai descobrir o que aconteceu.* Eu esperava que a gente fosse ficar cada um em um canto, como sempre foi. E eu sabia que ele estava morando de novo na casa, por isso um pouco de gratidão não teria sido ruim, mas é claro que esse nunca foi o jeito do meu irmão. E um dia vi no Facebook que o Evan tinha se inscrito em um programa de escrita criativa qualquer no Reino do Nordeste. E talvez você esteja pensando: *Tudo bem, mas por que presumir que ele iria escrever sobre a sua história?* Só o que eu posso dizer é: eu conhecia o meu irmão. Ele não era o que você poderia chamar de um cara criativo. Era como aquele passarinho, a pega-rabuda, sabe? Via uma coisa bonita e brilhante no chão e pensava: *Hum, isso deve ter algum valor*. Então se servia à vontade. Tenho certeza de que você consegue entender, Jake, como deve ter sido ver alguém roubando uma história assim. Então, alguns meses depois, voltei para Vermont e esperei até que ele saísse para o trabalho, e você não tem ideia de como fiquei surpresa quando descobri que aquele idiota tinha conseguido escrever quase duzentas páginas. *Da minha história.* E não pense que ele estava fazendo isso por si mesmo, também. Aquilo não era uma exploração interior através da escrita criativa, uma forma de tentar *encontrar a própria voz* ou compreender o sofrimento que atingia o cerne da família de origem dele. Encontrei folhetos de concursos, listas de agentes, o cara tinha até uma assinatura da *Publishers Weekly*. Ele sabia o que estava fazendo. Tinha um plano para ganhar muito dinheiro. À minha custa. As pessoas hoje enchem a nossa paciência se a gente supostamente se apropria de uma palavra ou de um penteado, não é? Aquele desgraçado se apropriou da história de toda a minha vida. Agora você sabe que isso não é certo, Jake, não sabe? Não é isso que dizem nos programas de escrita? *Ninguém mais pode contar a sua história além de você?*

Aquele era o primo não tão distante de *Ninguém mais pode viver a sua vida*, pensou Jake.

— Enfim, eu passei na casa e recolhi tudo o que não queria que ficasse para trás. Todas as páginas da *obra-prima* que o Evan tinha escrito e as anotações. Qualquer foto minha ou da Rose que ainda estivesse por lá. Ah, e peguei também o livro de receitas da minha mãe, com todas as receitas dela, incluindo a da sopa que você gosta. Está na nossa cozinha há meses, na prateleira acima da pia, não que você tenha notado. Onde está o olho do romancista para o detalhe, Jake? Você devia ter esse olhar, sabe.

Ele sabia.

— E encontrei as drogas do Evan, é claro. Ele tinha muitas drogas. Então esperei ele voltar da taverna e, quando ele chegou, eu disse que achava que era hora de a gente conversar de maneira civilizada sobre a venda da casa. Aliás, o Evan precisou de um monte de benzos antes que eu conseguisse chegar perto dele com a seringa, mas é isso que acontece quando a pessoa abusa de opiáceos por tanto tempo quanto ele abusou. Eu não tive pena nenhuma do Evan. Ainda não tenho. E o jeito como ele morreu foi ainda mais agradável do que esse seu. E esse seu jeito de morrer *é* agradável, eu acho. É pra ser.

Não era agradável, pensou Jake, mas também não era doloroso. Ele tinha a sensação de estar estendendo a mão para cravar as unhas em alguma coisa que tinha a consistência de algodão-doce, mas não conseguia chegar ao outro lado. Não sentia dor exatamente, mas uma ideia ficava martelando na sua cabeça, como quando a gente sabe que deveria estar em outro lugar, mas não tem ideia de onde é esse lugar ou por que a gente iria para lá. Além disso, um mesmo pensamento ficava ricocheteando em sua mente: *Espera, você não é a Anna?* Só que isso não fazia sentido, porque obviamente ela era Anna, e o que ele não entendia era por que nunca havia questionado isso antes e também por que estava questionando naquele momento.

— Depois que o Evan morreu, resolvi ir embora de Athens. Não me dou bem com o sul. Só fiquei lá o tempo necessário para fazer as malas e encontrar um advogado para lidar com a venda da casa em Vermont. Aliás, o que você achou do Pickens? Meio babaca, né? Ele tentou me agarrar uma vez e eu tive que ameaçar denunciar o cara para a Ordem dos Advogados. Como você deve saber, ele já estava pisando em ovos com eles por causa de várias outras transgressões, por isso logo se tornou muito correto e atencioso. Liguei para ele na semana passada para avisar que um cara chamado Bonner poderia aparecer e para lembrar a ele dos laços sagrados de sigilo entre advogado e cliente, mas não acho que ele teria falado com você, mesmo se eu não tivesse ligado antes. Ele com certeza não quer ver o meu pior lado.

Não, pensou Jake. Ele também não queria ver o pior lado dela. Agora sabia disso.

— De qualquer forma, eu queria ir para o oeste para terminar a faculdade, mas não tinha certeza de para onde ir. Pensei em San Francisco, mas acabei escolhendo Washington. Ah, e mudei de nome, claro. Anna parece um pouco com Dianna, e Williams é o terceiro sobrenome mais comum nos Estados Unidos, sabia disso? Acho que na época pensei que Smith e Johnson pareciam óbvios demais. Também parei de pintar o cabelo. Seattle está cheia de mulheres de cabelos grisalhos, muitas ainda mais jovens do que eu, então me senti à vontade. Nunca morei em Whidbey, embora tenha passado alguns fins de semana divertidos lá com o Randy. Tivemos um breve affair enquanto eu estava estagiando na estação, o que tenho certeza que funcionou a meu favor quando a vaga de produtora foi aberta. Ei! — falou Anna. — Por que você não para de olhar para aqueles comprimidos? Você não pode fazer nada a respeito, sabe disso.

Ela puxou o ombro de Jake até que ele estivesse deitado de costas de novo, os olhos às vezes abertos, às vezes não. Também estava ficando mais difícil ouvi-la.

— Então, tudo fica bem. Eu tenho uma casa, um emprego e um abacateiro, até que uma tarde, em um dos bons cafés de Seattle, escuto umas mulheres falando sobre um livro que estavam lendo, sobre aquela história de uma mãe que mata a filha e toma o lugar dela. Porra, eu não consegui acreditar! Fiquei sentada lá, pensando: *Não é possível!* Eu não achei que tivesse alguma coisa a ver comigo, porque não havia mais ninguém que pudesse conhecer a história, e além disso tirei tudo o que o Evan tinha escrito daquela casa e destruí depois de ler. Espalhei pen drives e páginas por todas as lixeiras do sistema interestadual Eisenhower. Joguei o computador dele dentro do vaso sanitário de um banheiro químico no Missouri! Ou seja, tinha que ser uma coincidência insana, ou o desgraçado do meu irmão tinha escrito o livro dele no inferno e mandado por e-mail para a editora de Lúcifer e Belzebu, *mentiras e histórias roubadas são a nossa especialidade!* — Ela sorriu da própria piada. — Fui até a Elliott Bay e pedi um livro de que eu tinha ouvido falar, sobre uma mulher que mata a filha. E pronto. Quando pesquisei ao seu respeito e vi que você tinha dado aula na Ripley, no curso de pós-graduação, logo ficou óbvio o que tinha acontecido. Afinal um enredo como esse não surge do nada, não é? Me fala se surge.

Jake não respondeu.

— Você vai ficar feliz em saber que o seu livro tinha uma mesa só para ele, bem na frente da loja. Eu sei que a posição do livro na livraria é muito importante para um autor. E o cara da Elliott Bay me contou que *Réplica* era o número oito da lista naquela semana. Eu não sabia o que era "a lista". Não na época. Agora eu sei. Não conseguia acreditar que ia ter que gastar o meu dinheiro para ler a minha própria história. *A minha história*, Jake. O meu irmão não tinha o direito de contá-la, e você menos ainda. Antes mesmo de sair daquela livraria, eu já sabia que ia arrancar a minha história de você, mesmo que demorasse um pouco para descobrir como. Você já tinha passado por Seattle, na sua turnê de divulgação do livro, e aquilo foi chato, porque significava que eu ia ter que esperar você voltar, mas comecei a tentar convencer o Randy assim que anunciaram a palestra no auditório da sinfônica. Esse foi o *meu* enredo, acho que podemos dizer assim. — O sarcasmo dela era extravagante. — E preciso dizer que fiquei muito impressionada comigo mesma, mas você consegue me explicar por que eu deveria me *casar* com alguém que roubou de mim, só para recuperar o que já era meu? *Isso é assunto para um romance, não é?* Não que eu seja capaz de escrever um *romance*, Jake. Porque não sou uma *escritora*. Não como *você*.

Jake olhou vagamente para ela. Ele já não estava conseguindo entender como aquilo se relacionava com ele.

— Nossa, uau — comentou Anna. — Suas pupilas. Parecem dois pontinhos. E você está suando frio. Como você diria que está se sentindo? Porque o que nós estamos procurando aqui é a respiração deprimida...

Isso é linguagem médica sofisticada para respiração lenta, além de sonolência, pulsação fraca. E algo que costumam chamar de "mudança no estado mental", mas não sei bem o que significa. Além do mais, como vou fazer você descrever seu estado mental agora?

O estado mental de Jake era que ele queria que tudo aquilo parasse. Ao mesmo tempo, sentia que começaria a gritar se conseguisse descobrir um jeito de fazer isso.

— Detesto ter que encerrar a nossa conversa — falou Anna —, mas vou ficar preocupada com o trânsito se passar muito mais tempo aqui, por isso já vou indo. Eu só quero tranquilizar você em relação a algumas coisas antes de ir. Primeiro, deixei bastante comida para o gato e muita água, portanto não se preocupe com ele. Em segundo lugar, não quero que você se preocupe com como vou me virar depois. Nós já tínhamos acertado todas essas questões legais e o novo livro está pronto, por isso não deve haver problemas. Na verdade eu não ficaria surpresa se *Réplica* voltasse ao topo da lista do *Times* depois do que vai acontecer aqui e... ah, se essa boa oferta da França é alguma indicação, o seu novo livro também vai se sair muito bem. Você deve estar aliviado. Às vezes o livro que vem depois de um sucesso pode ser uma decepção, não é? Mas seja como for não se preocupe, porque, como sua viúva e inventariante literária, vou fazer todo o possível para administrar o seu patrimônio com prudência, porque esse é o meu dever e, acho que você vai concordar, o meu direito. E, por fim, tomei a liberdade de escrever uma espécie de bilhete de suicídio no seu celular neste tempo em que estamos aqui, e estou deixando claro que ninguém deve se sentir responsável por isso, que você estava vivendo um desespero terrível porque, bem, *blá-blá-blá*, você estava sendo assediado por alguém na internet e não tem ideia de quem é, mas essa pessoa está te acusando de plágio e essa é uma experiência devastadora para qualquer escritor.

Anna ergueu o corpo de Jake para lhe mostrar o celular, o celular dele, e ele mal conseguiu distinguir o borrão das palavras que ela havia escrito. Frases: suas últimas, e nem tinham sido escolhidas por ele, ou revisadas por ele, ou checadas por ele. Isso foi quase o pior de toda aquela situação.

— Eu poderia ler pra você, mas acho que você não está em condições de editar nada agora, e além disso preciso mesmo ir embora. Vou deixar este celular em cima da bancada da cozinha para que você não seja incomodado por nenhuma ligação ou mensagem de texto enquanto tenta descansar. E acho... — Ela fez uma pausa e olhou ao redor do quarto agora escuro. — Sim, acho que é isso. Adeus, Jake.

Ela pareceu esperar que ele respondesse, então deu de ombros.

— Foi muito interessante. Aprendi muito sobre escritores. Vocês são um tipo estranho de animal, não é, com suas rixas mesquinhas e seus cinquenta tons de narcisismo? Agem como se as palavras não pertencessem a todo mundo, como se as histórias não tivessem pessoas reais ligadas a elas. Isso dói, Jake. — Ela suspirou. — Mas acho que vou ter bastante tempo para superar.

Anna ficou de pé.

— Agora, só pra você saber, vou mandar uma mensagem quando chegar ao LaGuardia para reafirmar como te amo. E outra quando pousar pela manhã, avisando que cheguei bem. Também vou te enviar fotos do depósito que vou esvaziar amanhã, e talvez algumas de quando eu me encontrar com amigos amanhã à noite em um dos nossos antigos pontos de encontro à beira-mar. Então vou começar a mandar mensagens de texto para você pedindo que por favor me ligue e dizendo que você não respondeu a nenhuma das minhas mensagens e eu estou preocupada, e vou continuar a fazer isso por um ou dois dias. Então, lamento, mas talvez eu tenha que ligar para a sua mãe e o seu pai, mas não vamos pensar nisso agora. Durma bem. Adeus, querido.

Anna se inclinou sobre a cama, mas não beijou Jake. Estava beijando o gato, Whidbey, batizado em homenagem à ilha onde ela havia passado alguns fins de semana divertidos com Randy, seu ex-chefe, quando era estagiária dele. Então, Anna saiu do quarto e, um instante mais tarde, Jake ouviu a porta da frente ser trancada depois que ela saiu.

O gato ficou onde estava, pelo menos por mais alguns minutos, então subiu no peito de Jake e permaneceu lá, seu corpo se erguendo a cada inspiração, baixando a cada expiração, olhando nos olhos de Jake enquanto havia algum calor humano ali. Depois, ele foi para o mais longe que pôde e passou dias escondido embaixo do sofá com estampa kilim, até que o vizinho que tinha gostado tanto daquela caixa de pralinés de New Orleans finalmente chegou e conseguiu convencê-lo a sair.

EPÍLOGO

O falecido Jacob Finch Bonner, autor do best-seller mundial *Réplica*, obviamente não estava presente no Auditório da Fundação S. Mark Taper para o evento que marcou a publicação de seu romance póstumo, *Lapso*, mas foi representado por sua viúva, Anna Williams-Bonner, ex--moradora de Seattle. Williams-Bonner, uma mulher impressionante com uma longa trança prateada, estava sentada em uma das duas poltronas que tinham sido colocadas no palco, na frente de uma enorme ampliação da capa do livro. A outra poltrona estava ocupada por uma personalidade local chamada Candy.

— O triste para mim — disse Candy, com uma expressão de profunda compaixão — é que eu cheguei a entrevistar o seu marido, bem aqui neste palco, sobre *Réplica*. Isso foi há cerca de um ano e meio.

— Ah, eu sei — disse a viúva. — Eu estava na plateia naquela noite. Era fã do Jake, mesmo antes de conhecê-lo pessoalmente.

— Nossa! Que lindo. Você o conheceu depois, na sessão de autógrafos?

— Não. Fiquei tímida demais para entrar na fila com o meu exemplar. Fui apresentada ao Jake na manhã seguinte. Na época eu era produtora do programa do Randy Johnson na rádio KBIK. O Jake foi ao programa e nós tomamos um café juntos depois. — Ela sorriu.

— E aí você deixou Seattle e se mudou para Nova York. Você sabe que nós não aprovamos isso — brincou Candy.

— O que é perfeitamente compreensível. — Anna sorriu. — Mas não consegui me conter. Eu estava apaixonada. Fomos morar juntos poucos meses depois de nos conhecermos. Não tivemos muito tempo juntos.

Candy abaixou a cabeça, parecendo abatida com a tragédia que representava tudo aquilo.

— Eu sei que você concordou em fazer essas participações em eventos não apenas em apoio ao livro do Jake, mas porque acha importante falar sobre alguns problemas com os quais o seu marido estava lidando.

Anna assentiu.

— Ele ficou devastado com uma série de ataques anônimos que sofreu. Principalmente na internet, via Twitter e Facebook, mas também em mensagens mandadas para a editora dele e até algumas cartas enviadas para a nossa casa. O e-mail final chegou no dia em que o Jake tirou a própria vida. Eu sabia que ele estava perturbado com aquilo, que estava tentando descobrir quem era a pessoa e o que queria dele. E acho que a última mensagem, por algum motivo, foi a gota-d'água.

— E do que ele estava sendo acusado? — perguntou Candy.

— Bem, isso nunca fez muito sentido. A pessoa dizia que o meu marido havia roubado a história de *Réplica*, mas a verdade é que não dava detalhes. Era uma acusação vazia, mas no mundo do Jake até mesmo uma mera acusação infundada pode ser prejudicial. Ele ficou arrasado, teve que se defender com a agente e com o pessoal da editora, e ficou muito preocupado com o impacto que aquilo poderia ter aos olhos dos seus leitores, se mais pessoas tomassem conhecimento das acusações... Bem, tudo isso simplesmente o destruiu. Mais para perto do fim, eu percebi que ele estava ficando deprimido. Fiquei preocupada, mas você sabe, eu via a depressão do jeito que a maioria das pessoas vê. Olhava para o meu marido e pensava: *Ele tem uma carreira de enorme sucesso, nós acabamos de nos casar, com certeza isso é mais importante do que essa bobagem, então como ele pode estar deprimido?* Eu tinha vindo passar alguns dias aqui em Seattle, para esvaziar o depósito onde tinha deixado as minhas coisas e para ver amigos... e foi quando o Jake tirou a própria vida. Eu me senti tão culpada por ter deixado ele sozinho, e também porque o Jake acabou usando o remédio que tinham receitado para um problema antigo meu. Nós jantamos juntos no nosso apartamento antes de eu sair para o aeroporto, e ele parecia absolutamente bem. Mas no dia seguinte o Jake não respondeu a nenhuma das minhas mensagens nem atendeu as minhas ligações. Comecei a ficar preocupada. No fim, liguei para a mãe dele para perguntar se ela tinha notícias do Jake. Foi horrível ter que fazer isso com a mãe dele. Não sou mãe, então só posso imaginar a dor de perder um filho. Foi terrível ver aquilo.

— Mas você não pode se culpar — falou Candy, o que obviamente era a coisa certa a dizer.

— Eu sei, mas ainda é difícil.

Anna Williams-Bonner ficou em silêncio por um momento. A plateia fez o mesmo.

— Você passou por uma situação muito dura — observou Candy. — Acho que o fato de estar aqui esta noite, conversando conosco sobre o seu marido, sobre as dificuldades e as realizações dele, é um testemunho da sua força.

— Obrigada — disse a viúva, o corpo muito ereto na poltrona. Sua trança prateada tinha escorregado para a frente por cima do ombro esquerdo, e ela estava torcendo a ponta ao redor dos dedos.

— Mas diga, você tem algum plano seu para nos contar? Pretende voltar para Seattle, por exemplo?

— Não. — Anna Williams-Bonner sorriu. — Lamento dizer, mas eu amo Nova York. Quero acompanhar o lançamento do incrível livro novo do meu marido e o fato de a Macmillan estar homenageando o Jake com a reedição dos dois romances que ele já havia escrito antes de *Réplica*. E, quando a adaptação de *Réplica* para o cinema for lançada, no ano que vem, pretendo acompanhar tudo. Mas, ao mesmo tempo, comecei a sentir que talvez seja hora de começar a me concentrar em mim mesma. Eu tive um professor na Universidade de Washington que costumava dizer: *Ninguém mais pode viver a sua vida.*

— Muito sábio — comentou Candy.

— Sempre pensei assim. E agora tive algum tempo para refletir profundamente sobre o que eu quero da minha vida e como quero vivê-la. É um pouco embaraçoso, dadas as circunstâncias, mas acabei me dando conta de que o que eu quero mesmo fazer é escrever.

— Jura?! — falou Candy, e inclinou o corpo para a frente. — A ideia deve ser intimidante. Quer dizer, como viúva de um escritor tão famoso...

— Eu não me sinto assim. — Anna sorriu. — É verdade que o trabalho do Jake ficou conhecido no mundo todo, mas ele sempre insistiu que não era especial. Jake costumava me dizer: *Cada pessoa tem uma voz única e uma história singular para contar. E qualquer um pode ser escritor.*

AGRADECIMENTOS

Raramente me senti tão grata pela carreira que escolhi como durante os meses da primavera e do verão de 2020, não apenas pela oportunidade de trabalhar em casa, mas também pela chance de escapar, dia após dia, para outra realidade. Agradeço demais às minhas maravilhosas agentes da WME, Suzanne Gluck e Anna DeRoy, assim como a Andrea Blatt, Tracy Fisher e Fiona Baird, além de Deb Futter, Jamie Raab e sua equipe extraordinária na Celadon, incluindo Randi Kramer, Lauren Dooley, Rachel Chou, Christine Mykityshyn, Jennifer Jackson, Jaime Noven e Anne Twomey. Este livro nasceu no escritório da Deb. Desculpa a bagunça.

Meus pais, que na época estavam em "prisão domiciliar" na cidade de Nova York, devoraram cada palavra deste romance conforme ele ia sendo escrito. Meu marido me trazia café pela manhã e drinques alcoólicos pontualmente às cinco da tarde. Minha irmã e meus filhos torceram por mim. Amigos queridos me apoiaram ao longo do tempo em que escrevi o livro, e nem sei como agradecer a todos eles, especialmente Christina Baker Kline, Jane Green, Elise Paschen, Lisa Eckstrom, Elisa Rosen, Peggy O'Brien, Deborah Michel (e suas filhas sorrateiras), Janice Kaplan,

Helen Eisenbach, Joyce Carol Oates, Sally Singer e Laurie Eustis. Também agradeço a Leslie Kuenne, mas essa é, literalmente, outra história.

A trama pode parecer um pouco duro em sua visão dos escritores, mas isso não deve surpreender ninguém — somos duros com nós mesmos. Na verdade, não se poderia encontrar um bando de pessoas criativas que mais se autoflagelam. Mas, no fim das contas, temos muita sorte. Primeiro porque trabalhamos com linguagem, e a linguagem é uma coisa emocionante. Segundo, porque adoramos histórias e nos divertimos com elas. Histórias pelas quais imploramos, que pedimos emprestadas, que adaptamos, que enfeitamos... talvez até histórias que roubamos: tudo faz parte de uma grande conversa. "Agarre isso e você terá a raiz do problema. Compreender tudo é perdoar tudo" (Evelyn Waugh, *Retorno a Brideshead*).

Este romance é dedicado a Laurie Eustis, com amor.

Impresso no Brasil pelo Sistema Cameron da Divisão Gráfica da
DISTRIBUIDORA RECORD DE SERVIÇOS DE IMPRENSA S.A.